FRANZ KREUZER

Waldsterben

GLÄSERNES GEHEIMNIS Der in München erfolgreiche Niederbayer Valentin Steinberg zieht zurück in seine Heimat, um in einer Glasfabrik eine interessante Aufgabe zu übernehmen. Doch der vermeintliche Traumjob entpuppt sich bereits nach wenigen Wochen als nahezu unbezwingbare Aufgabe und als Steinberg eine Leiche in einem Wolfsgehege entdeckt, entwickelt sich die Rückkehr in den Bayerischen Wald endgültig zum Albtraum. Nur der Rückhalt seiner engsten Schulfreunde hilft ihm durchzuhalten. Von diesen, die ein naturnahes Künstlerleben führen, erfährt er, dass der Tote ein bekannter Gegner des Nationalparks war und seine hohe Position im Forstamt durch politisches Einwirken verloren hat. Weitere Nachforschungen führen ihn zu den geheimnisvollen Schrazelgängen und weit in die Vergangenheit ...

Franz Kreuzer wurde 1965 in Zwiesel geboren und verbrachte seine Jugend und Schulzeit im Bayerischen Wald. Zur weiterführenden Ausbildung ging er nach München, wo er sein Studium als Diplom-Ingenieur abschloss. Nach Stationen bei einem Glashersteller und einer Bank arbeitet er seit vielen Jahren in der Entwicklung von Embedded Software.
www.franz-kreuzer.de

FRANZ KREUZER

Waldsterben

Kriminalroman

GMEINER *Original*

Besuchen Sie uns im Internet:
www.gmeiner-verlag.de

Im Ehnried 5, 88605 Meßkirch
Telefon 07575/2095-0
info@gmeiner-verlag.de

1. Auflage 2012

Lektorat: Sven Lang
Herstellung: Julia Franze
Umschlaggestaltung: U.O.R.G. Lutz Eberle, Stuttgart
unter Verwendung eines Fotos von: © time. / photocase.com
Druck: Bercker Graphischer Betrieb GmbH & Co. KG, Kevelaer
Printed in Germany
ISBN 978-3-8392-1235-6

Personen und Handlung sind frei erfunden.
Ähnlichkeiten mit lebenden oder toten Personen
sind rein zufällig und nicht beabsichtigt.

Der Zwiesle

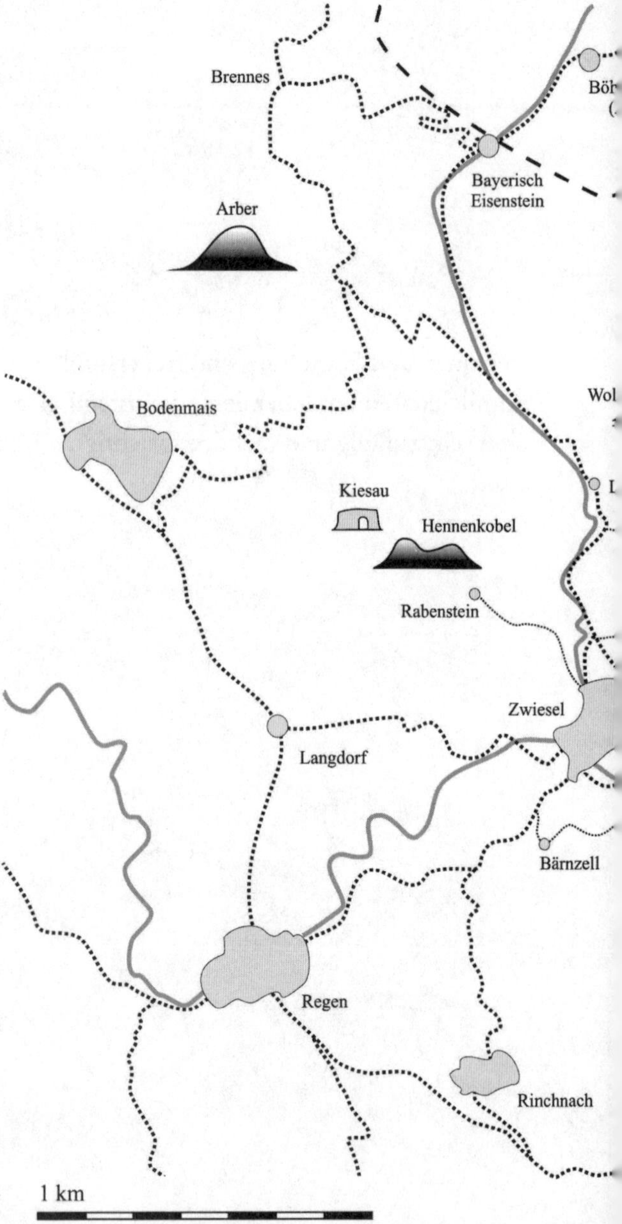
Brennes
Bayerisch
Eisenstein
Arber
Bodenmais
Kiesau
Hennenkobel
Rabenstein
Zwiesel
Langdorf
Bärnzell
Regen
Rinchnach
1 km

Winkel

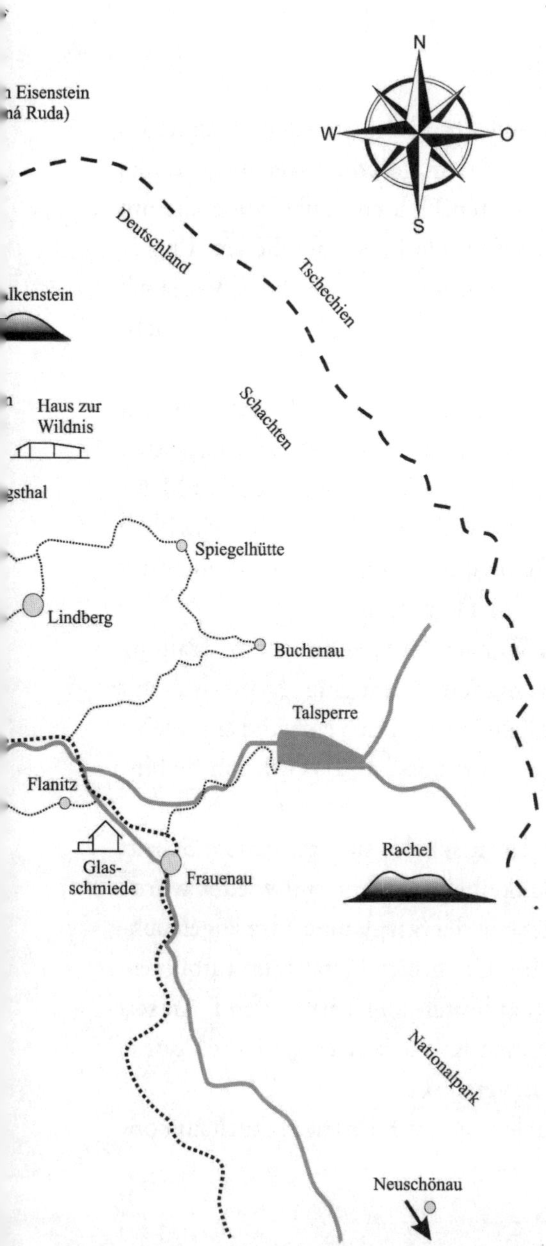
N
W
O
S
Deutschland
Tschechien
Schachten
Haus zur
Wildnis
Spiegelhütte
Lindberg
Buchenau
Talsperre
Flanitz
Glas-
schmiede
Frauenau
Rachel
Nationalpark
Neuschönau

KAPITEL 1

Der grelle, blauweiße Strahl der Stirnlampe tanzte im Takt seines Laufs auf dem geschotterten Weg. Links und rechts davon ragten Fichten in die Höhe, die um diese Stunde kaum Dämmerlicht durchließen. Er war froh, diesmal die Lampe mitgenommen zu haben, sonst hätte er den Anstieg in dieser Geschwindigkeit nicht geschafft.

Gezimmert aus mächtigen Douglasienstämmen war der Turm immer wieder schemenhaft zwischen den Bäumen zu erkennen. Nur noch ein paar hundert Meter und dann hätte er sein Ziel erreicht. Er hoffte, das hohe Lauftempo durchzuhalten, allerdings würde ein Sturz viel besser zu diesem Tag passen.

In den letzten Wochen hatte er einiges an Training hinter sich gebracht. Sein Atem ging rhythmisch mit dem Lauf und bei jedem Ausatmen entstand eine kleine weiße Wolke, die sofort zerstob, als er durch sie hindurchlief.

Der hölzerne Turm schälte sich mit jedem Schritt mehr aus der Dunkelheit und hin und wieder wurde sein Sockel bereits von der Stirnlampe kurz angeleuchtet. Manchmal sah er den hohen Metallzaun aufblitzen, der sich unmittelbar hinter dem Turm befand. An seiner drei Meter hohen Krone war er zusätzlich durch einen Elektrozaun verstärkt.

Valentin versuchte, sich auf das letzte Stück zu konzentrieren. Nach jedem dritten Schritt durch die Nase einatmen und dann beim vierten Schritt durch den Mund ausatmen. So hatte er es sich beigebracht. Er zählte in Gedanken mit. Eins, zwei, drei – einatmen – und vier – ausatmen. Möglichst gleichmäßig. Er wusste, dass er den Turm hinauf seinen Rhythmus nicht halten konnte. Dann würde er im Mund den Geschmack von Blut wahrnehmen und seine Oberschenkel würden zu brennen beginnen. Allein Konzentration würde ihn nach oben zum Scheitelpunkt seiner abendlichen Tour bringen.

Die letzten zehn Meter zur Treppe waren übersät von Wurzeln und Steinen und mehr als einmal blieb er daran hängen. Doch er schaffte es jedes Mal, einen Sturz zu vermeiden. Als er die erste Stufe der Treppe erreichte, kam Euphorie in ihm auf und er nahm in vollem Tempo die hölzernen Stufen. Jetzt bloß nicht abrutschen, waren seine Gedanken, immerhin hatte es den ganzen Tag genieselt. Nach den ersten beiden Runden um die Mitte des Turms war seine Energie verbraucht und wie befürchtet, hatte er es nicht geschafft, seinen Atemrhythmus auf die Treppe umzustellen. Nun war es nur noch pure Quälerei.

Als er die 15-Metergrenze erreicht hatte, meinte er, zusammenbrechen zu müssen. Der einzige Grund, es nicht zu tun, bestand darin, dass er an nichts anderes mehr dachte als an sein Ziel – die Plattform an der Spitze. Er hatte das Gefühl, nur noch Blut im Mund zu haben. Es war ekelhaft und gleichzeitig irgendwie überwältigend. Er spürte, dass er lebte. Eine weitere

Runde um den Turmmittelpunkt und dann war es vorbei. An der allerletzten Holzstufe wäre er beinahe ausgerutscht, mit einem schnellen Zwischenschritt stellte er sein Gleichgewicht wieder her.

Gebückt und die Hände auf seine Oberschenkel gestützt stand Valentin auf der Plattform. Er atmete tief ein und aus und langsam kam das bewusste Denken in seinen Kopf zurück.

Die Plattform war von einem Zeltdach aus massigen Balken gegen Regen und Schnee geschützt und wurde von einem hölzernen Geländer umschlossen. Es bot sich geradezu für Dehnübungen nach der Anstrengung an. Mit langsamen Schritten ging Valentin zum Geländer und drückte immer noch stark schnaubend einen Fuß in Kniehöhe dagegen. Er beugte sich einige Male nach vorn und wiederholte dies mit dem anderen Bein. Sein Puls und der Atem beruhigten sich zusehends, was ihn mit Stolz erfüllte. Vor einigen Wochen wäre dies nicht so schnell erfolgt.

Er lehnte sich an die Brüstung und blickte in die Tiefe. Eigentlich wurde ihm in solch einer Höhe immer mulmig, doch es war bereits zu dunkel, um Höhenangst in ihm auszulösen. Die kleine Lichtung, die sich an den Turm anschloss, wurde vom Sternenlicht erhellt. Es war freilich immer noch so dunkel, dass Valentin lediglich einige größere Felsbrocken, ein paar zerrupfte Büsche und natürlich die allgegenwärtigen Bäume erkennen konnte.

Seine Stirnlampe schnitt einen scharf begrenzten Strahl in die Finsternis, als er von der Brüstung direkt zum Boden blickte. Ein Augenpaar glitzerte ihn von unten weiß strahlend entgegen. Als er den Kopf zur Seite drehte, erblickte er weitere Augen, die sich ihm zuwandten. Allerdings lenkte das Licht die Aufmerksamkeit der Kreaturen am Fuß des Turms nicht lange ab. Sie konzentrierten sich schnell wieder auf das Geschehen, das unmittelbar neben ihnen stattfand. Das war ihnen wohl wichtiger als das merkwürdige Licht aus dem Himmel. Die Tiere knurrten angriffslustig in Richtung eines besonders starken Artgenossen, welcher mit wilder Gewalt an etwas Großem zerrte. Die anderen standen in einigen Metern Abstand und schauten gierig hinüber, während das erste Tier sie mit aggressiven Lauten am Näherkommen abhielt.

Valentin war froh, dass er sich auf dieser Seite des Zauns befand. Die Wildnis und das Rudel Wölfe auf der anderen Seite war mit Sicherheit etwas, dem niemand gern begegnete. Er schwenkte die Lampe hin und her, um einen besseren Eindruck der gesamten Szene zu bekommen, die er als völlig unwirklich empfand.

Offensichtlich war das Rudel vor Kurzem gefüttert worden, schlussfolgerte Valentin. Es verwunderte ihn, warum man dies erst so spät am Abend tat, da alle Besucher schon weg waren. Die hätten sicherlich Interesse an so einer Vorstellung gehabt. Andererseits war es nicht gerade ein schöner Anblick, wenn sich eine Horde Raubtiere um ein großes Stück Fleisch balgt. Vermutlich konnte man so einen Anblick den Natur liebenden Touristen nicht zumuten.

Ein erneut lautes Knurren und ein darauf folgendes Aufheulen ließen ihn genauer nachsehen. Anscheinend hatte das Alphatier einem zu gierigen anderen Tier eine Abreibung verpasst. Es war hier wie in der Firma: Zuerst kommt der Boss, dann das gemeine Volk. Valentin schmunzelte innerlich und schaute den Chefwolf an.

»Scheiße«, entfuhr es Valentin. Der Wolf hatte mit seinen Reißzähnen den Arm eines Menschen gepackt und zerrte mit aller Gewalt daran.

Valentin versuchte, mit der Lampe die ganze Szene zu beleuchten. Reglos lag da ein menschlicher Körper, die Kleidung von den Wölfen an vielen Stellen zerrissen. Das Gesicht war gottlob dem Boden zugewandt, doch im Umkreis von einigen Metern waren dunkle Stellen zu erkennen. Wahrscheinlich Blut. Valentin starrte hinunter zu dem Toten, der erbarmungslos Stück für Stück aufgefressen wurde.

Valentins Atem ging flach und vor Schreck verharrte er im Augenblick seiner grausamen Entdeckung völlig bewegungslos. Als er sich etwas von dem Schock erholt hatte, versuchte er mit zittrigen Händen, den Schieber am Reißverschluss seiner Gürteltasche zu greifen. Er brauchte einige Versuche, bis er die Lasche zwischen Daumen und Zeigefinger festhalten und den Beutel öffnen konnte. Er holte sein Handy hervor und hoffte inständig, dass in dieser abgelegenen Gegend eine Netzverbindung vorhanden war. Sonst müsste er den ganzen Weg zurück bis zum geparkten Auto laufen, eventuell bekäme er unterwegs Empfang. Im schlimmsten Falle würde er noch einige Kilometer mit dem Auto fahren müssen, bis eine Verbindung hergestellt wurde.

Auf dem Display wurden Valentin neben dem Antennensymbol zwei Kästchen angezeigt. Er begriff, dass seine Horrorvorstellung nicht eintrat, und tippte die 112 auf der Tastatur. Bisher hatte er diese Nummer nie gewählt und er wünschte sich flehentlich, jemand nehme am anderen Ende der Leitung ab.

»Notrufleitstelle«, meldete sich eine Männerstimme bereits nach einigen Sekunden.

»Ich bin hier in Ludwigsthal auf dem Turm und da ist ein Toter bei den Wölfen in der Umzäunung«, unterbrach Valentin voller Hektik die ruhige Stimme am anderen Ende.

»Jetzt sagen Sie bitte mal Ihren Namen und erzählen mir, was los ist«, erklärte der Mann betont langsam. »Sind Sie verletzt oder sind Sie Augenzeuge?«

»Mir fehlt nichts und ich heiße Steinberg«, beantwortete Valentin ungeduldig die Frage. »Sie müssen schnell jemanden schicken. Da liegt einer im Wolfsgehege und die Viecher fallen über ihn her. Das ist wirklich so – glauben Sie mir.«

»Ich sende sofort Polizei und Rettungswagen zu Ihnen. Dafür brauchen die schon einige Minuten. Das ist ganz schön abgelegen. Sie sind also in Ludwigsthal beim Wolfsgehege?«

»Das sagte ich doch schon«, schnauzte Valentin. »Die Wölfe fressen ihn«, schrie er in sein Telefon.

»Nur die Ruhe. Wenn er tot ist, dann macht es ihm nichts mehr aus.« Die Stimme war bedächtig und Valentin war sich nicht sicher, ob er wirklich völlig ernst genommen wurde. »Ich habe gerade Ihr Telefon kreuzgepeilt und es dauert nicht mehr lange, bis Hilfe da ist.«

»Was soll ich denn jetzt tun? Ich kann doch da nicht bloß zuschauen, ohne etwas zu unternehmen?«

Eine kurze Pause entstand und Valentin wollte gerade wieder sprechen, als die ruhige Altstimme erneut aus dem Telefon klang: »Ich war selbst schon ein paar Mal dort, wo Sie jetzt sind. Gehen Sie doch ganz nahe an den Zaun und schreien laut oder schlagen mit einem Knüppel dagegen. Sie müssen richtigen Lärm veranstalten. Wölfe sind eigentlich ziemlich scheu. Auch die im Gehege. Probieren Sie doch mal, ob Sie sie vertreiben können. Liegt der Tote eigentlich weit weg vom Zaun?«

»Nein, er liegt unmittelbar am Zaun«, entgegnete Valentin und fuhr fort. »Ich bin oben auf dem Turm. Warten Sie, ich gehe nach unten. Bleiben Sie bloß dran.«

Valentin rannte zum Treppenabgang der Plattform und ging mit schnellen Schritten hinunter. In der einen Hand hielt er das Telefon fest umfasst und mit der anderen glitt er am Handlauf entlang. Das Letzte, was er jetzt gebrauchen konnte, war, dass er die Treppe runterfiel oder ihm das Handy entglitt. Seine Beine zitterten immer noch stark und er achtete trotz der schnellen Schritte sorgfältig auf jede Stufe. Nicht wie sonst, wenn er beim Laufen zwei oder drei Stufen auf einmal nehmend hinunterjagte.

Nach einigen Runden im Turm war er dem Waldboden bis auf ein paar Meter näher gekommen. Mit Blick zum Zaun fing er an zu brüllen: »Haut ab, ihr Viecher! Weg mit euch!«

Sein Brüllen lenkte zwar die Aufmerksamkeit des Rudels ab, doch nur kurzzeitig. Kaum waren die Rufe verhallt, wandten sich die Tiere wieder dem Alphatier zu, das seine Beute weiterhin mit aggressiven Lauten verteidigte. Es war Valentin klar, dass er mit Schreien wahrscheinlich nichts bewirken würde. An lautes Rufen waren die Tiere vermutlich wegen der Touristen sogar gewöhnt.

Als er das Ende der Treppe erreichte und wieder den verwurzelten Waldboden unter den Füßen hatte, rannte er an den Zaun und brüllte wieder auf die Tiere ein. Er hämmerte mit Händen und Füßen mit aller Gewalt gegen den Metallzaun. Der erzeugte Lärm war ohrenbetäubend und zeigte langsam seine Wirkung. Das Alphamännchen, das vorher nur seine Artgenossen ankeifte, wandte sich plötzlich ihm zu. Es stieß ein Knurren aus. Vermutlich dachte es, dass mit Valentin ein weiterer Konkurrent eingetroffen war, der ihm sein Futter streitig machen wollte.

Valentin drehte sich um und blickte suchend in den Wald. Vielleicht war da irgendwo ein Ast, mit dem er mehr Lärm erzeugen konnte als mit den bloßen Händen. Es lagen zwar einige Holzstöcke herum, aber die meisten waren eher dünn und recht kurz. Also unbrauchbar, um fest gegen den Zaun zu schlagen. Er lief ein paar Meter in den Wald hinein und schnappte sich einen Ast, etwa zwei Daumen dick und einen guten Meter lang. Ideal für den gesuchten Zweck. Mit einigen wenigen Schritten war er wieder am Zaun und diesmal stelle sich der gewünschte Erfolg ein. Er drosch gegen das Metall und schrie so laut er konnte. Das Rudel wich einige Meter zurück und sogar das Alphatier ließ von seiner Beute ab. Starr glotzte es Valentin an, der sich nicht sicher war, ob die Wirkung anhalten würde.

Er brauchte noch etwas anderes. Vielleicht einen langen dünnen Stock, mit dem er durch die Maschen des Zaunes den Wolf erreichen konnte, falls dieser sich dem Toten erneut näherte. Möglich, dass ihm ein paar Schläge auf den Pelz mehr beeindruckten als bloßer Lärm. Er dachte an das Telefon und hielt es an sein Ohr.

»Die lauten Geräusche halten sie ab, ich weiß allerdings nicht, ob dies von Dauer ist. Haben Sie eine bessere Idee?« Er erhielt keine Antwort, hörte überhaupt nichts. Ein rascher Blick auf das Display zeigte ihm warum. Neben dem Antennensymbol war kein einziges Kästchen sichtbar. Verdammt, hier unten hatte er keinen Empfang mehr. Oben auf dem Turm war er über den meisten Baumwipfeln und das genügte für eine stabile Verbindung. Am Boden schwächte das ganze Grünzeug wohl die Funkwellen ab. Er steckte das Telefon in sein Wimmerl zurück. Nun hatte er beide Hände frei.

Was sollte er tun? Wieder rauf auf den Turm und noch mal anrufen? Die Frage war, ob der Mann aus der Ferne eine bessere Idee hatte als er. Er überlegte fieberhaft. Wie konnte er die Wölfe auf Abstand halten. Einen längeren Ast ausprobieren? Aber als er nach hinten in den Wald spähte, konnte er nichts Geeignetes finden.

Eine Idee hatte er noch. Da lagen Steine. Er prügelte wieder an den Zaun und bückte sich schnell nach ihnen. Nachdem er einige in Händen hielt, wandte er sich um und lief auf die Treppe des Turms zu. Er musste an Höhe gewinnen, damit er traf. Einfach die Steine in einem Bogen über den Zaun zu werfen, würde sicherlich zu keinem Erfolg führen. Nach nur einer Runde im Turm befand er sich hoch genug über dem Zaun. Ein guter Werfer war er nie gewesen, aber es war ja keine große Entfernung, die es zu überbrücken galt. Die ersten beiden Steine gingen daneben, der dritte traf das Tier direkt am Körper. Es heulte laut auf und lief einige wenige Schritte zurück, bevor es sich wieder seiner Beute zuwandte. Die nächsten Steine gingen allesamt vorbei, jedoch hatten die Treffer offensichtlich eine abschreckende Wirkung, sodass die Wölfe nunmehr Abstand hielten.

Valentin rannte wieder vom Turm und suchte nach weiteren Steinen. Sie mussten die richtige Größe haben. Zu kleine würden keine Wirkung bei den Wölfen zeigen und die größeren konnte er nicht weit genug werfen. Gehetzt lief er an der Turmbasis hin und her und klaubte jeden Stein auf, der gut in die Hand passte.

Im Licht seiner Stirnlampe blitzte etwas auf und als er genauer hinsah, erkannte er ein arg zertrümmertes Handy. Das war wohl jemandem runtergefallen, aber es eignete sich gut als weiteres Wurfgeschoss. Er stopfte es zu den Steinen in seine Hosentasche. Hauptsache er konnte die Tiere zurücktreiben, bis die Polizei eintraf, dachte er. Dann rannte er wieder die Treppe hinauf und machte sich bereit, die Wölfe wegzudrängen. Doch die hatten inzwischen gelernt, dass jemand aufgetaucht war, der ebenfalls Ansprüche anmeldete. Sie standen abwartend in einiger Entfernung und sahen lauernd zu ihm herauf. Er zerrte die Steine und das kaputte Handy aus seinen Taschen und legte sie nebeneinander griffbereit auf das breite Geländer. Der Nächste, der sich näher herantraute, bekäme etwas auf die Nase, dachte er und blickte angespannt zu den Tieren. Konzentriert bewegte er die Lampe hin und her, sodass er trotz des schlechten Lichts einen Überblick über die ganze Szene hatte. Es reichte, um sicherzustellen, dass die Tiere den Toten in Ruhe ließen.

KAPITEL 2

Zwei Monate zuvor.

Es war ein Sonntagnachmittag im September und es herrschte die typische diesige Hochnebellage, die sich im Herbst oft um München einstellte. Valentin fuhr auf der A 92 von München in Richtung Deggendorf und war mit sich und der Welt zufrieden. Soeben hatte er die Ausfahrt zum Münchner Flughafen und das Schild, das die Geschwindigkeitsbegrenzung aufhob, hinter sich gelassen. Er beschleunigte auf über 200 und fuhr beinahe entspannt auf der zweispurigen Autobahn in Richtung Osten.

Diese Tageszeit war ideal für die Reise, überlegte er. Der Fernverkehr hatte noch nicht begonnen und die ganzen Sonntagsausflügler waren entweder schon am Ziel oder saßen noch bei Kaffee und Kuchen zu Hause. Das würde er sich merken, da er so in Zukunft eine Menge Zeit sparen konnte.

Er war stolz auf sein neues Auto. Ein schwarzer Geländewagen mit einem Stern auf der Motorhaube und schön breiten Reifen. Perfekt für die Straße, aber im Falle des Falls auch für tief verschneite Fahrbahnen gut geeignet. Er besaß drei echte Differenzialsperren und nicht etwa den elektronischen Ersatz, der nur für Gespräche unter Großstädtern etwas taugte. Seit nunmehr zwei Wochen hatte er den Wagen und bislang hatte er es nicht geschafft, ihn eine längere Strecke zu fahren. Bei der Übergabe empfahl man ihm dringend, es die ersten tausend Kilometer ruhiger angehen zu lassen. Die hatte er zwar noch nicht ganz erreicht, doch er glaubte nicht, dass dies für so ein Fahrzeug ein Problem darstellte.

Die nächsten hundert Kilometer würden bei der Verkehrslage ein Genuss werden und in höchstens einer halben Stunde heruntergefahren sein. Am Kernkraftwerk Ohu vorbei, dann Landshut, von den Einheimischen in Anlehnung an das Nummernschild oft liebevoll in amerikanischer Aussprache L. A. genannt, anschließend Dingolfing mit dem sich schier endlos an der Straße dahinziehenden BMW-Werk. Valentin wusste aus eigener Erfahrung, dass die Strecke München–Dingolfing gerne von Angestellten des weißblauen Automobilherstellers für inoffizielle Testfahrten genutzt wurde. Früher war er oftmals bereits aus großer Entfernung mit Lichthupe von der linken Spur verscheucht worden. Beim anschließenden Überholmanöver hatte er stets das Gefühl gehabt, auf der rechten Spur zu stehen und nicht mit 130 Kilometer pro Stunde dahinzufahren. Diesmal konnte er mithalten. Erst bei 250 wurde sein Motor abgeregelt und Valentin erwartete, dass dies auch bei den anderen der Fall sein würde.

Wallersdorf war erreicht, der Ort an dem über viele Jahre die Autobahn in Richtung München zu Ende gewesen war und die zeitaufwendige Tour über die Landstraße begann. Ein Mobilfunksendemast kennzeichnete diesen Punkt, an dessen Bedeutung sich ohnehin nur noch Menschen über einem bestimmten Alter erinnerten. Als Valentin die lang gezogene Linkskurve hinter sich gebracht hatte und sich die Straße einige Kilometer schnurgerade hinzog, konnte er in der Ferne bereits schemenhaft die ersten Hügel des Bayerischen Waldes erkennen. Sie schimmerten bläulich am Horizont und ihn beschlich ein klein wenig das Gefühl von Heimat.

Diese Hügel und bewaldeten Berge waren von Westen her gesehen über eine weite Strecke hinweg die ersten Erhebungen. Die vom Atlantik über Süddeutschland ziehenden Wolken konnten nicht anders, als über sie hinwegzufliegen. Dabei gewannen die Wolken an Höhe und stiegen in die oberen Luftschichten auf. Der niedrige Luftdruck dort oben führte dazu, dass die Feuchtigkeit der Wolken kondensierte und als Regen in Richtung Erde fiel. Valentin wusste den Vortrag seines Physiklehrers aus den Zeiten am Zwiesler Gymnasium beinahe auswendig. Beim Anblick der Berge kamen solche Erinnerungen wieder auf. Er mochte zwar weder den Lehrer noch das Fach, doch diese Darstellung hatte sich bei ihm ins Gehirn gebrannt. Heutzutage würde man vermutlich sagen, im Bayerischen Wald gäbe es ausreichend Niederschläge. Damals war es für ihn und seine Mitschüler nur die wetterkundliche Bestätigung, dass es drei Viertel des Jahres entweder regnete oder schneite. In Zeiten der globalen Erwärmung und den angekündigten großen Dürren könnte dies eine echte Gewinnergegend werden, sinnierte er. Ein weiterer Grund für die Korrektheit seiner Entscheidung.

Die Brücke über die Donau unmittelbar vor Deggendorf war bald erreicht und im anschließenden Tunnel nahm er die erste Abfahrt. Kaum aus dem Tunnel stand er an der großen Kreuzung, die rechts in Richtung Deggendorfer Stadtplatz führte, links auf der Bundesstraße in den Wald und geradeaus zur Ruselbergstrecke. Wie jedes Mal, wenn er hier entlangkam, war die Ampel kurz vorher rot geworden. Er spielte genervt an der Musikanlage herum, um die scheußliche Sonntagnachmittagskonservenmusik loszuwerden, und wählte auf dem MP3-Player die von ihm zusammengestellte Wiedergabeliste ›Skifahrmusik‹ aus. Das könnte jetzt ganz gut passen, dachte er, selbst wenn es noch keinen Schnee hatte.

Die Ampel schaltete auf Grün und er fuhr geradeaus über die Kreuzung. Da maulte das Navi auch schon los und forderte vehement von ihm umzukehren und auf die Bundesstraße zurückzufahren. Ab hier bräuchte er es wirklich nicht mehr, fand Valentin und schaltete es ab. Dann drehte er den Regler der Musikanlage auf, um den Song ›Es lebe der Sport‹ aus zwölf Lautsprechern so richtig auf sich wirken zu lassen.

Seine Vorfreude steigerte sich. In wenigen Kilometern hatte er das Ruselkraftwerk erreicht und von da an ging es knapp 500 Höhenmeter bergan. Hoffentlich hatte er kein Tscheche mit so einer total untermotorisierten Kiste vor sich. Obwohl das ab jetzt kein Problem mehr wäre. Mit dem Drehmoment des V8-Triebwerks müsste er beim Überholen wahrscheinlich nicht mal runterschalten.

Als er den Beginn der Bergstrecke erreicht hatte, war vor ihm wider erwarten kein Fahrzeug auf der Straße und er fuhr, ohne zu schalten, in die Steigung hinein. Nur bei den beiden Kehren auf mittlerer Höhe betätigte er kurz vorher die Schaltung, um besser aus der Kurve herauszubeschleunigen. Valentin genoss es. In der Mitte der langen Gerade reduzierte er das Gas, da ihm bei der Geschwindigkeit ein bisschen mulmig wurde.

Die letzte Herausforderung, bevor er die Kuppe des Passes erreicht hatte, war die Wegmacherkurve. Bereits weit vor der 180-Grad-Kruve, die direkt in der Steigung des Hangs lag, war die Geschwindigkeit auf Tempo 60 reduziert. Euphorisch durch Musik und die bisherige Bergfahrt ging Valentin sie mit weit über 80 an. Er hatte nicht einmal die erste Hälfte der Kehre hinter sich, als ihm schlagartig bewusst wurde, dass seine Geschwindigkeit deutlich zu hoch war.

Sein Geländewagen, der ansonsten wie auf Schienen fuhr, begann mit quietschenden Reifen aus der Spur auszubrechen. Die ganze ausgeklügelte Fahrwerkselektronik war machtlos, als die zwei Tonnen Blech, Holz und Kunststoff in den Zug der Zentrifugalkraft gerieten. Er verlor immer weiter die Spur und rutschte auf die andere Fahrbahnseite. Sein Glück war, dass diese just in dem Augenblick frei war und so konnte er in der breit ausgebauten Kurve bis an den gegenüberliegenden Fahrbahnrand driften.

Als er mit zitternden Armen sein Auto wieder unter Kontrolle gebracht und auf die richtige Seite gelenkt hatte, war es mit seiner Euphorie vorbei. Das flaue Gefühl im Bauch würde ihn noch eine Weile verfolgen und ihm wurde so langsam klar, dass er gerade ziemlich viel Glück gehabt hatte. Er nahm sich fest vor, sich nicht erneut durch eine Hochstimmung in dermaßen riskante Situationen zu bringen. Im Grunde genommen war er kein abergläubischer Mensch, doch in diesem Fall klopfte er dreimal auf das Holzdekor seines Armaturenbretts und wünschte sich ganz fest, dies möge kein böses Omen für die Zukunft sein.

Er durchfuhr die Wolkenschicht, die ihn seit München verfolgte und die Sonne erleuchtete die ersten verfärbten Laubbäume. Vor ihm lag ein strahlend blauer Herbsthimmel, der die Hügel des Waldes sanft ausleuchtete. Noch ein Vorteil dieser Gegend, erkannte er, es gab so gut wie nie Nebel.

Zwiesel lag in einem weiten Talkessel, ringsum eingefasst von bewaldeten Hügeln. Von der Kreisstadt Regen aus dem Fichtenwald kommend fuhr Valentin an einem Haus mit Holzfassade und vielen Solarzellen auf dem Dach vorbei. Der Beschilderung nach gehörte es zum Nationalpark und sollte wohl für die Touristen eine Art erste Anlaufstelle zur Orientierung sein. Er nahm die nächste Abfahrt der Umgehungsstraße und musste grinsen, da diese recht großspurig mit ›Zwiesel Süd‹ ausgeschildert war. Kaum hatte er den Abfahrtskreisel hinter sich gebracht, sah er die ersten hohen Kamine aus Backstein einer der Glasfabriken. Valentin konnte sich gut erinnern, wie früher oft braune Rauchschwaden aus den kirchturmhohen Schornsteinen quollen. Das waren die Tage, als das Glas mit Kohle oder Öl geschmolzen wurde. Diese Zeiten waren allerdings schon lange vorbei und das heute verwendete Erdgas verbrannte ohne sichtbare Abgase.

Als er das Ortsschild passierte, blickte er kurz auf die Uhr und überschlug im Kopf die Fahrzeit. Sie betrug knapp unter eineinhalb Stunden, für diese Strecke eine ausgezeichnete Zeit. Somit könnte er sogar ab und zu unter der Woche heimfahren. Jetzt noch zweimal abbiegen und dann war er beim Hotel Zur alten Mühle. Er würde schnell seine Sachen auf das Zimmer bringen und gleich danach durch den Ort bummeln.

KAPITEL 3

Das Hotel machte auf ihn einen recht guten Eindruck. Es besaß ein Hallenbad mit Saunabereich und sogar einen Fitnessraum. Er zweifelte allerdings stark daran, dass er diesen nutzen würde. Das Restaurant wurde wohl auch von den Einheimischen stark frequentiert und war eine richtige niederbayerische Gastwirtschaft. Da wäre er auf jeden Fall unter Leuten. Er hatte schon befürchtet, abends allein in einem kahlen Speisesaal zu sitzen und mikrowellengewärmte Mahlzeiten vorgesetzt zu bekommen.

Valentin schlenderte die dunkle Holztreppe vom ersten Stock, in dem er sein Quartier für die nächste Zeit aufgeschlagen hatte, zur Rezeption hinab. Diese war in einer Ecke des Eingangsbereichs platziert und passte farblich zur Treppe. Lediglich der Bildschirm des Rechners spendete Licht und lies die davor sitzende junge Frau im Dirndl ein bisschen unheimlich erscheinen. Sie sprach ihn jedoch freundlich und mit deutlich niederbayerisch gefärbtem Tonfall an.

»Kann ich Ihnen helfen, Herr Steinberg?«

»Ich glaube nicht. Ich wollte mir heute mal die Stadt anschauen«, antwortete Valentin in reinem Hochdeutsch.

»Sie brauchen sicher einen dieser kleinen Faltstadtpläne? Warten Sie, ich gebe Ihnen einen.«

Valentin lachte auf. »Das ist wirklich nicht notwendig. Ein wenig kenne ich mich hier schon noch aus und ab heute bin ich sozusagen wieder ein Zwiesler. Da kann ich ja wohl schlecht mit einem Plan durch die Straßen laufen.« Er wollte schon weiter in Richtung Ausgang gehen, als ihm doch noch etwas einfiel. »Ab wann gibt es denn bei Ihnen Abendessen?«, fragte er die Rezeptionistin.

»Das wird noch ein klein wenig dauern. Die Hotelgäste können regulär ab 18 Uhr bei uns zu Abend essen. Bei Ihnen gibt es dieses À-la-carte-Arrangement, das heißt, sobald die Küche besetzt ist, können Sie gerne kommen. Das wäre ab 17 Uhr.«

»Danke. Jetzt weiß ich ja, bis wann ich meine Runde durch die Stadt beendet haben muss.« Er nickte ihr zu und trat hinaus auf den Gehweg. Die Sonne schien, brachte freilich zu dieser Jahreszeit nur wenig Kraft zur Erde. Allerdings erzeugten die herbstlichen Gold- und Rottöne der Blätter an den Bäumen zumindest den Eindruck von Wärme. Die Luft war kühl und als sie Valentin prüfend durch die Nase einatmete, hatte er nicht das Gefühl, dass es bald Schnee geben würde. Insgeheim fragte er sich, ob man hier aufgewachsen sein musste, um den kommenden Schnee zu spüren, oder ob diese Fähigkeit alle Menschen besaßen.

Im gemütlichen Tempo ging es Richtung Stadtplatz, damit er sich einen Überblick über die Stadt und die Veränderungen seit seiner Jugend verschaffen konnte. Er hatte sich sogar eigens eine kleine Digitalkamera gekauft und wollte regelmäßig die Fotos von Zwiesel und der Umgebung per E-Mail an Luisa senden.

Bei den Verhandlungen für den neuen Arbeitsvertrag hatte man ihm angeboten, in den ersten Monaten die Auslagen für eine gut ausgestattete Ferienwohnung zu übernehmen. Er argumentierte dagegen und wollte, dass sein neuer Arbeitgeber zumindest bis zum Jahreswechsel die Unterbringung in einem Hotel übernahm. Überzeugt hatte er die Personalerin schlussendlich mit seinem Argument, dass er sich somit nicht um die alltäglichen Kleinigkeiten kümmern müsste und aus diesem Grund mehr Zeit für die geschäftlichen Belange aufbringen könne. Die Personaldame traf dann wohl ein recht üppiges Arrangement mit dem Hotel, was er in dieser Form gar nicht erwartet hatte.

Er nahm sich vor, am Stadtplatz die Schaukästen der Banken auf der Suche nach Häusern abzuklappern. Es eilte zwar noch nicht, doch war es auf jeden Fall gut, um das Preisniveau einzuschätzen. In München erzählten sie wahre Fabelgeschichten, wie unglaublich preisgünstig in Zwiesel und Umgebung angeblich alles geworden war.

Als er am Kino vorbeikam, streifte sein Blick die aufgehängten Filmplakate. Valentin war überrascht, dass hier bereits dieselben Filme wie in München liefen. In den ersten Wochen würde er dazu vermutlich keine Zeit haben. Ein Indiz dafür: In seinem Arbeitsvertrag war keine Wochenarbeitszeit festgelegt. Andererseits, so war seine Überlegung, hatte er unter der Woche ohnehin nichts Besseres zu tun und nach einigen Wochen würde sicherlich Routine aufkommen. Dann sollte es zeitlich entspannter werden.

Nach dem Kino überquerte er die breite Brücke über den Regen, der in diesem trockenen Herbst nur wenig Wasser führte. Auf der anderen Flussseite, von den Einheimischen ›scharfes Eck‹ tituliert, war links ein Grieche und rechts ein recht einladend aussehender Dönerstand. Interessiert guckte er hinüber und war hin und her gerissen, ob er sich einen Imbiss gönnen sollte. Am späten Vormittag hatten sie zwar in München einen recht extravaganten Brunch mit Rührei und gebratenem Speck, doch so langsam bekam er wieder Hunger.

Nicht nur für ihn, auch für die einheimische Jugend sah der Dönerstand verlockend aus. Zumindest standen ein paar getunte Golfs und Mopeds auf dem kleinen Parkplatz davor und ihre Besitzer plauderten in mehreren Grüppchen miteinander.

Eigentlich wollte er ja nach einem Eis Ausschau halten und im Hotel zu Abend essen. Allerdings wäre ein Döner genau das Richtige für ihn. Er steuerte auf das kleine Häuschen mit Blechdach zu. An der Frontseite befand sich ein großes Schild mit der Aufschrift ›Volkans Döner‹.

»Hi«, wurde er von einem Mann mittleren Alters begrüßt, der unverwechselbar türkischer Abstammung war. »Was möchten Sie?«

Valentin überflog kurz die hinter ihm an der Wand befestigte Speisekarte und blickte abwägend zu einer Gruppe Jugendlicher an einem der Stehtische.

»Ich möchte so einen Döner, mit allem, aber mit ohne Knoblauch«, scherzte Valentin, der an seinem ersten Arbeitstag keinesfalls unangenehm auffallen wollte. Sein Gegenüber grinste und wandte sich dem Drehspieß zu. »Wann kommt denn der Schnee?«, versuchte der wartende Valentin ein Gespräch anzuknüpfen.

»Hoffentlich bleiben wir noch eine Zeit davon verschont«, bekam er vom Dönerverkäufer als Antwort. »Dann wird es hier so richtig ungemütlich.«

»Das kann ich mir vorstellen. Sie haben jedenfalls schon vorgesorgt.« Valentin deutete auf die Heizpilze, die vor dem Dönerladen standen.

»Sonst kommt die Kundschaft nur noch kurz mit dem Auto vorgefahren und verzieht sich sofort wieder. Das ist nicht gut fürs Geschäft.« Der sympathische Mann reichte ihm den Döner über den Tresen. »Lassen Sie sich's schmecken. Wollen Sie noch ein Bier dazu?«

Valentin überlegte einen Augenblick und kam zum Schluss, dass ein trockener Döner nur halb so gut schmeckte. »Wenn Sie ein kühles Pils haben, sage ich nicht Nein.«

»Immer doch«, feixte der Mann und holte eine grüne Flasche aus einem Kühlschrank, die sogar aus dem nahe gelegenen Pilsen kam.

Den Döner genießend zog sich Valentin mit seinem Bier an einen der Tische zurück und beobachtete das Treiben auf dem kleinen Parkplatz vor dem Stand. Alle paar Minuten kam Kundschaft vorbei. Volkan, Valentin mutmaßte, dass ihn der Chef selbst bedient hatte, bot eine recht umfangreiche Auswahl an Gerichten an. Von der warmen Leberkässemmel über Hot Dogs bis zur Fleischpflanzerlsemmel war alles dabei. Die Spezialität waren wohl die in mehreren Varianten angebotenen Döner im selbst gebackenen Fladenbrot. Die gab es original mit Lammfleisch oder mit Putenfleisch und sogar als vegetarische Ausführung. Wahrscheinlich für die Gymnasiastinnen der Oberstufe, dachte Valentin etwas gehässig.

Als er seinen Imbiss verspeist hatte, brachte er die leere Flasche zurück. »Hat gut geschmeckt.«

»Na, dann hoffe ich, dass Sie mal wieder vorbeikommen«, entgegnete Volkan. »Ach, übrigens, das mit dem Winter dauert nicht mehr lange. Als Einheimischer spürt man das.«

»Danke«, lachte Valentin, »ich schaue sicher vor dem ersten Schnee noch mal vorbei.« Er ging bis zur Kreuzung und überlegte, welchen Teil von Zwiesel er als Nächstes erkunden könnte. Allerdings wäre ein Eis ein guter Abschluss, dachte er und bog rechts in Richtung Anger ab, wo es früher eine weithin bekannte Eisdiele gab, mit hervorragendem Eis, zumindest aus damaliger Sicht.

Als er die kurze Strecke zurückgelegt hatte, musste er leider feststellen, dass die Eisdiele zu einem Multikulti-Lokal mutiert war. Es nannte sich zwar laut Schild über dem Eingang Pizzeria, aber gleichzeitig war auch zu lesen, dass es indische, thailändische und bayerische Gerichte gab. Von der ursprünglichen Eisdiele war augenscheinlich nur eine rollbare Gefriertruhe übrig geblieben, die vor dem Lokal platziert war.

Nicht weit von seiner früheren Lieblingseisdiele entdeckte er doch noch einen Eisladen, der in etwa dem entsprach, was er sich ursprünglich vorgestellt hatte. Es war sogar ein italiensches Geschäft, die Bedienung sah zumindest so aus und hatte den passenden Akzent. Er bestellte sich einen Doppio und eine Waffel mit großen Kugeln Kirsch- und Vanilleeis. Den Espresso trank er sofort und spazierte mit der Eistüte weiter.

Am Stadtplatz fand er bei den einheimischen Banken die Immobilienangebote. Er begutachtete sie interessiert. Es sah besser aus als erwartet, sinnierte er. Das Angebot war umfangreich und selbst auf den ersten Blick waren einige Häuser dabei, die passen konnten. Mit der Entscheidung hatte er zwar noch Zeit, dennoch notierte er sich die Telefonnummer des Bankberaters. Ausgehängt war unter anderem ein Baugrundstück. Die Idee, hier zu bauen, wollte er sich durch den Kopf gehen lassen. Beim Grundriss war man frei, andererseits dauerte das Bauen eines Hauses eine Ewigkeit. Da wäre es wahrscheinlich besser, eines zu kaufen. Verlockend wäre natürlich ein alter Bauernhof. Den könnte man richtig schön herrichten und man hätte jede Menge Platz. Und wenn der Hof einen Stall hätte, ließe sich ein Pferd unterbringen. Das würde den Mädels sicher gefallen.

Valentin stand nachdenklich vor der Bank und hatte das Eis beinahe fertig gegessen. Nun kam das Beste, freute er sich, die mit Eis getränkte Waffelspitze. Als Kind musste er diese immer wegwerfen. Seine Mutter fand es unhygienisch, weil man die Waffel meist mit ungewaschenen Händen anfasste. Valentins Frau hatte eine ähnliche Meinung und zudem musste er für die Mädchen ein Vorbild sein. Alle anderen durften jedoch die Waffel essen, hatte er gegrummelt, und die starben auch nicht wie die Fliegen. Genussvoll steckte er sich den Rest in den Mund und setzte zufrieden seine Erkundung durch die Stadt in Richtung der Kirche am oberen Stadtplatz fort.

KAPITEL 4

Da stand er nun, nach Rasierwasser duftend, mit dunklem Geschäftsanzug an der Tür zur Gaststube des Hotels. Es war sieben Uhr morgens. Valentin hatte ziemlich unruhig geschlafen und war seinem Gefühl nach mindestens 50 Mal in der Nacht wach geworden. Er kannte den Grund, warum dies so war, fand es jedoch total unlogisch. Was war denn schon so anders an der neuen Arbeit? Er hatte eine Menge Erfahrung in der vorherigen Firma gesammelt und konnte sich beim besten Willen nicht vorstellen, dass die Arbeit bei einer Glasfabrik im Bayerischen Wald anspruchsvoller werden würde als bei einem international tätigen IT-Unternehmen in München.

Er betrat die Gaststube. Der gemütliche Raum wurde von einer in dunklem Holz gehaltenen Schanktheke dominiert, an deren Rückwand Hunderte von Gläsern exakt ausgerichtet in Regale gestellt waren. Eine wunderschöne Zapfanlage aus Messing zog den Blick jedes Gastes auf sich.

Links von der Theke war ein großer Kachelofen in die Wand gemauert, mit dem früher sicher das halbe Gebäude beheizt worden war. Die Decke des Raums war als Kreuzgewölbe ausgeführt, das an den Widerlagern mit fassförmigen Säulen abgestützt wurde. Die Einrichtung war schlicht gehalten. Sie bestand aus dunklen, einfach gestalteten Stühlen, Bänken und Tischen, die damit einen guten Kontrast zu dem altweiß getünchten Raum boten. Wie früher in Wirtshäusern üblich besaßen die Tische dicke Ahornplatten, die vom jahrelangen Wienern eine graue Patina angesetzt hatten.

Valentin stand mitten im Raum und spähte suchend nach einem Platz. An einem Tisch in der Mitte zu sitzen, war ihm irgendwie unangenehm, überlegte er. Überdies hatte er gern den ganzen Raum im Blick. Das

Eck am Kachelofen wäre ein guter Platz und heute früh war genügend Zeit. Er ging zu dem Tisch und setze sich auf die Eckbank. Erfreut stellte er fest, dass gleich nebenan ein Korb mit Zeitschriften und den aktuellen Tageszeitungen lag. Er nahm sich die Süddeutsche und die Frankfurter Allgemeine heraus und fing an zu blättern.

»Guten Morgen«, hörte er nach kurzer Zeit. Eine große dünne Frau im dunklen Dirndl blickte ihn fragend an. »Was hätten Sie denn gerne zum Frühstück?«

»Einen möglichst großen Cappuccino und ein Glas Wasser ohne Sprudel«, antwortete er. »Sonst nichts, das reicht mir.«

»Kommt gleich. Falls Sie doch Hunger haben sollten, dann lasse ich Ihnen sicherheitshalber die Frühstückskarte da.« Sie legte ihm ein kleines Büchlein auf den Tisch und verschwand in Richtung Küche.

Valentin musste an den gestrigen Abend zurückdenken. Nach seinem langen Spaziergang durch Zwiesel war er pünktlich zum Abendessen ins Hotel zurückgekehrt. Hunger hatte er jedoch keinen gehabt, ob es an dem Döner gelegen hatte oder an der Aufregung, hatte er nicht sagen können. Er war auf sein Zimmer gegangen, um seine Sachen in den Schrank zu sortieren. Immerhin würde er hier einige Wochen oder sogar Monate verbringen. Aus diesem Grund hatte er sich vorgenommen, das Zimmer richtig in Beschlag zu nehmen und nicht nur aus dem Koffer zu leben, wie er es sonst bei Reisen tat.

Kurzzeitig hatte er überlegt, ins hoteleigene Hallenbad zu gehen. Mit der Gegenstromanlage könnte er ohne Wenden tausend Meter schwimmen, so wie früher im Zwiesler Freibad. Aber da er eigentlich lang in der Stadt herumspaziert war und keine Badesachen dabei hatte, wollte er lieber in seinen neu erworbenen Fachbüchern schmökern. Das Wissen würde er in der nächsten Zeit ganz sicher für die Arbeit gebrauchen. Die Chance eines kompletten beruflichen Neuanfangs war etwas Besonderes und das nahm er sich vor zu nutzen.

Mittlerweile war es acht Uhr morgens und er überlegte sich, ob er einen dritten Cappuccino bestellen sollte. Die Müdigkeit war bislang nicht komplett besiegt. Gestern Abend hatte er nach dem Studium seiner Fachliteratur noch mit Frau und Kindern telefoniert und war früh zu Bett gegangen.

Langsam kamen die ersten Feriengäste. Es waren durchwegs ältere Eheleute, die vermutlich keine Kinder hatten oder deren Kinder bereits auf eigenen Beinen standen.

»Guten Morgen«, flöteten manche der Frauen in einer Tonlage, die bei Valentin zu der gehässigen Überlegung führte, ob man denn bei diesem süßen Gesäusel vielleicht sogar Karies bekommen könnte. Die Männer hingegen brummelten oft nur leise ein »Guten Morgen« und tappten behäbig hinter ihren gut gelaunten Gattinnen zum Tisch.

So langsam wurde es Zeit zu gehen, dachte Valentin, der seinen Kopf nach wie vor hinter einer seiner beiden Lieblingszeitungen versteckt hielt. Diese übertrieben heitere Urlaubslaune konnte er noch nie leiden, erst recht nicht um diese Tageszeit. Er faltete die Zeitungen sorgfältig zusammen und legte sie wieder zurück. Dann atmete er einmal tief durch und stand auf. Jetzt ging es los.

Der Weg zur Firma war nicht weit. Ein paar hundert Meter zu Fuß die Straße hinunter und er würde vor einem grauen fünfstöckigen Verwaltungsbau aus den Siebzigern stehen. Unmittelbar daneben lagen die Gebäude der eigentlichen Glashütte. Diese waren deutlich älter, hatten eine schmutzig braune Farbe und hätten bereits vor einigen Jahren einen Neuanstrich benötigt. Der eigentliche Eingangsbereich der Fabrik befand sich dazwischen und war durch ein großes Metalltor abgesichert. Eng an den Verwaltungsbau gedrängt stand ein kleines Pförtnerhäuschen in dem etliche Überwachungsmonitore schon von der Straße aus sichtbar waren.

Valentin grüßte den Pförtner, der eine dunkelgraue Jacke trug und dem Alter nach kurz vor seiner Pensionierung stand. »Guten Tag. Valentin Steinberg ist mein Name.«

»Grüß Gott. Der Herr Steinberg! So früh haben wir Sie gar nicht erwartet. Einen Augenblick, ich rufe Frau Hoffmann an. Die ist schon seit einer halben Stunde da und holt Sie gleich ab.« Der Pförtner griff zum Telefon. »Sie ist schon unterwegs. Dauert nicht mehr lange«, tönte es blechern. »Ich kann Ihnen schon mal Ihre Parkmarke geben. Es ist die A5, der Stellplatz direkt neben dem Haupteingang.«

KAPITEL 5

Sechs Wochen später.

Der Blick vom Gipfel des Hennenkobels hinab auf die Hügel und Täler des Bayerischen Waldes war beeindruckend. Einige der Täler waren noch mit einer leichten Nebelschicht angefüllt, die an manchen Stellen in die Nachbartäler schwappte. Die Sonne stand bereits seit einer halben Stunde über dem Horizont und beleuchtete die Szenerie mit einem schräg einfallenden weichen Licht.

Der Hennenkobel war der Hausberg der Ortschaften Zwiesel und Rabenstein. Bis unmittelbar unter dem felsigen Gipfel gab es Mischwald, der mit vielen kleinen Wegen durchzogen war. Es war eine ideale Gegend für Spaziergänger und Sportler.

Gestern, spät abends, war Valentin in Zwiesel eingetroffen und hatte sich schnaufend die Treppe zum Zimmer im Hotel hochgequält. Vorm Anziehen des Pyjamas betrachtete er sich nackt im Spiegel des Badezimmers. Ihm sah ein mittelgroßer Mann mit dunkelblonden Haaren und annehmbarer Figur entgegen. Eigentlich sah er für sein Alter noch ganz passabel aus, wenn nur dieser offenkundige Bauchansatz nicht wäre. Der war in den letzten Wochen viel deutlicher zutage getreten, was ihn nicht einmal verwunderte. Dreimal täglich reichlich Essen und den ganzen Tag entweder am Schreibtisch oder in Besprechungen. Er drehte sich hin und her und musste bekennen, dass er seinen Bauch beim besten Willen nicht mehr wegdiskutieren konnte. Die Angst eines Mittvierzigers körperlich zu verfallen, brachte ihn zu dem Entschluss, wieder mit Sport zu beginnen. Zeitlich würde er es unterbringen, immerhin hatte er außer Arbeit und Essen hier wenig zu tun.

Also zog er am nächsten Morgen bequeme Sachen und Turnschuhe an und startete vor Sonnenaufgang vom Hotel aus in Richtung Hennenkobel. Er stellte recht schnell fest, dass er bei Weitem nicht die Kondition besaß, die sechs Kilometer bis zum Gipfel zu laufen. Meistens ging er mit zügigen Schritten und auf ebenen Strecken joggte er immer wieder einige hundert Meter so lange, bis er Seitenstechen bekam. Er gab nicht auf und schaffte es, den Gipfel nach weniger als eineinhalb Stunden zu erreichen.

Hinter sich hörte er die trockenen Blätter auf dem Waldboden rascheln und drehte sich um. Ein junger Mann kam in schnellem Tempo den Berg herauf. Er hatte eine lange schwarze Trainingshose an und als Oberteil eine grellrote Laufjacke. Die letzten zehn Höhenmeter zum Gipfelfelsen waren rentnergerecht mit einer Metalltreppe versehen, die der Sportler zügig hinter sich brachte.

»Grüß dich«, sagte er zu Valentin, ohne dabei besonders Luft holen zu müssen.

»Hallo«, erwiderte der und verspürte einen Anflug von Neid.

»Super Tag heute. Von wo kommst du denn her?«, fragte ihn der Läufer.

»Ich bin von der Stadt aus gestartet. Ist jedoch seit Langem das erste Mal, dass ich wieder laufe. Du bist wohl öfter hier oben.« Obwohl Valentin im Grunde genommen das formale Sie bevorzugte, blieb ihm hier nichts anderes übrig, als sich anzupassen, wollte er nicht das Gespräch gleich am Anfang abwürgen.

»Ich laufe dreimal die Woche vor der Arbeit. Wir wohnen dort unten am Sonnenhügel«, sagte der Läufer und deutete auf die zwischen den Bäumen erkennbare nördliche Ecke von Zwiesel. »Da kann ich direkt von zu Hause aus starten und die acht Kilometer bis hierher sind eine gute Strecke.«

»Wenn der Schnee kommt, dann wird es hier herauf halt schwierig.« Valentin wollte dem offensichtlich so sportlichen Menschen etwas entgegensetzen, da er langsam Minderwertigkeitskomplexe bekam. Für manche Leute war der Beruf wohl nur so eine Nebentätigkeit und die Hauptbefriedigung lag im Sport.

»Du, da kann man immer noch in die Trinkwassertalsperre in der Au laufen. Die Straße dort ist immer geräumt und gestreut.«

Nun konnte Valentin wirklich nicht mehr kontern. Er schwieg und blickte in die Ferne auf die ruhige Hügellandschaft.

»So, ich pack es dann. Wir sehen uns sicher mal wieder hier oben. Servus.«

Valentin drehte sich zu dem Sportler und nickte ihm zu. »Tschau, bis demnächst.« Doch der war schon wieder auf den eisernen Treppenstufen in Richtung Tal unterwegs. Valentin sah ihm nach, wie er den Waldweg entlang durch die herabgefallenen Blätter lief. Der benötigtet überhaupt keine Kraft beim Laufen, staunte er. Da stimmte jede Bewegung. Vermutlich müsste er sich auf der gleichen Strecke fünfmal mehr anstrengen.

Valentin hatte sich nach dem Frühsport abwechselnd heiß und kalt abgeduscht, einen dunklen Geschäftsanzug mit Weste angezogen und war voller Elan in die Gaststube gegangen. Nun saß er an seinem Stammplatz, der gemütlichen Ecke neben dem Kachelofen, beim Frühstück. Heute hatte er sich ein frisch zubereitetes Birchermüsli bestellt. Auf den obligatorischen großen Cappuccino wollte er jedoch nicht verzichten. Neben dem Kaffee lag die heutige Süddeutsche und sein PDA-Handy. Er sinnierte über den heutigen Tagesbeginn.

Nach der Rückkehr zum Hotel hatte er beschlossen, den Waldlauf ab sofort regelmäßig zu machen. Dreimal die Woche den Hennenkobel rauf, das war jetzt sein Ziel. Er musste nur aufpassen, dass er nicht dem Tier vom Gipfel beim Hochlaufen begegnete, denn das würde ihn glatt umbringen, wenn er versuchte mitzuhalten. Irgendwie war es in dieser Gegend schon seit seiner Kindheit so, dachte er. Es existierten hier ausschließlich drei Archetypen von Männern: das Sporttier, der Künstler und der Couch-Potato. Andere gab es nicht oder er hatte sie bisher nicht entdeckt. Der Typ vom Gipfel war ein Sporttier, der arbeitete nur für

Geld, um sich Essen zu kaufen und ein Dach überm Kopf zu haben, ansonsten hatte der ausschließlich Sport im Kopf. Neidvoll stellte Valentin Vergleiche zwischen dem muskelgestählten Körper und seinen eigenen an, als er in seinen Gedanken unterbrochen wurde.

»Möchten Sie noch einen Kaffee, Herr Steinberg?«, unterbrach die jeden Morgen anwesende große, dünne Bedienung seine Gedanken.

»Ja, gerne. Da ich Sie gerade sehe. Könnten Sie bitte mal nachschauen, ob das mit dem Arrangement am Wochenende klappt? Das Zimmer neben dem meinem, das ich für die Kinder letzte Woche reserviert habe.«

»Ich frage gleich mal nach. Das sollte schon so alles passen,« bekam er zur Antwort.

Sie hatten schon seit Längerem geplant, dass ihn seine Frau mit den beiden Mädchen übers Wochenende besuchen würde. Mit dem Zug waren es zwei Stunden Fahrzeit und er würde sie in Zwiesel vom Bahnhof abholen. Bis dahin wollte Valentin noch ein Programm für das gemeinsame Wochenende im Wald austüfteln. Einige Ideen hatte er bereits. Der Waldwipfelpfad in Neuschönau mit einem anschließenden Rundgang im Nationalpark war bereits vorgemerkt. Eventuell das Bergwerk am Silberberg in Bodenmais. Abends konnten die Mädchen vielleicht ins Kino gehen, während er mit seiner Frau in Ruhe essen würde. Auf jeden Fall würde er alles minutiös planen, damit bloß keine Langeweile aufkam und sie alle vier das Wochenende in guter Erinnerung behalten würden. Vielleicht sollte er mit Luisa noch eine Rundfahrt machen und ihr die Gegend genauer zeigen. Er bedauerte, dass er nicht schon längst mit einem Makler Kontakt aufgenommen hatte. Dafür war in den letzten Wochen keine Zeit gewesen. Allerdings wäre es schön, wenn sie am Wochenende zusammen einige Häuser oder Baugrundstücke anschauen könnten. Leider würde er das in den nächsten Tagen nicht mehr geregelt bekommen. Na ja, dachte er, dann würde er das für den übernächsten Besuch vorbereiten.

Er trank seinen Cappuccino leer und wandte sich dem PDA zu. Seit er hier war, hatte er es sich angewöhnt, beim Frühstück die Zeitung und nebenbei die E-Mails zu lesen. Die Tastatur war zum Schreiben größerer Texte allerdings zu fummelig, deshalb antwortete er immer nur stichpunktartig. Zum Lesen der Texte funktionierte das Gerät allerdings recht gut und so war er jederzeit über die aktuellen Sachen informiert. Sein neuer Chef legte höchsten Wert darauf, dass er auf alle Nachrichten innerhalb kurzer Zeit eine Antwort bekam.

Nebenbei stand Valentin mit einigen Freunden und ehemaligen Kollegen aus München in sporadischem Mailkontakt. Je nach Lust und Laune bekamen sie live vom Frühstück das Neueste aus dem Wald. Das war dahin gehend ganz praktisch, weil er auf diesem Weg kompetente Antworten auf viele Fragen aus der Computerei bekam, die sich im Laufe seiner Arbeit so einstellten. Besonders ein ehemaliger Kollege aus der Entwicklung namens Thaddäus war hier eine schier unerschöpfliche Quelle an guten Ratschlägen.

KAPITEL 6

Die Sitzung fand in einem dieser Besprechungsräume statt, bei denen sich der Innenarchitekt an den Bedürfnissen von in ewiger Dunkelheit lebenden Höhlenwesen orientiert hatte. Der Raum befand sich inmitten des Gebäudes und war demnach fensterlos. Die Energiesparlampen lieferten nur spärliches Licht. Das Halbdunkel half allerdings, die arg verpixelten Diagramme zu erkennen, die ein recht lichtschwacher Beamer an die Wand projizierte.

An einem der ersten Tage am Monatsanfang lud Valentins Chef zu diesem Treffen ein, das sich monatliches Status-Meeting nannte. Anwesend waren Vertreter aller Bereiche der Firma sowie natürlich das Controlling. Reihum präsentierte man die wichtigsten Unternehmenszahlen des vergangenen Monats sowie die Projektionen für die folgenden drei Monate. Der Schwerpunkt lag natürlich auf den Umsatz- und Verkaufszahlen.

Für Valentin war es das erste Mal, dass er bei dieser Sitzung anwesend sein durfte. An der Kleidung der Teilnehmer ließ sich unschwer erkennen, dass es sich durchwegs um die Führungsmannschaft handelte. Alle Anwesenden trugen Anzug und Krawatte, waren ernst und hatten teure kleine Notebooks oder ihre PDAs vor sich auf dem Tisch liegen.

Nachdem als Erstes der Vertriebschef mit Elan

über die Verkaufszahlen referiert hatte, war der Produktionsleiter an der Reihe. Als typischer Techniker berichtete er in trockenen Worten über Fertigungszahlen, Ausschuss und Produktivität. Anstelle aufwendig gestalteter Präsentationsgrafiken zeigte er Tabellen mit einer Unmenge an Zahlen. Diese waren offensichtlich direkt aus der Produktionsdatenerfassung herauskopiert worden.

Obwohl es noch früh am Vormittag war, überkam Valentin ein Gefühl der Müdigkeit. Er versuchte krampfhaft, die Augen offen zu halten. Er musste sich irgendwie beschäftigen, sonst würden die anderen merken, dass er gleich einschlief, dachte er. Er hatte nur ein einziges Mal die Chance, einen ersten Eindruck zu machen. Am Besten wäre es, wenn er sich den PDA schnappen würde und nachsah, ob neue Mails gekommen waren. Das würde ihn zumindest in den nächsten Minuten wachhalten. Irgendwann musste der Produktionsmensch mit seinen endlosen Tabellen zum Ende kommen. Er nahm das schwarze Gerät mit den vielen winzigen Tasten in die Hand und spielte mit dem Trackball herum. Leider waren keine neuen Mails eingetroffen, nicht mal die üblichen Spams. Dazu war die Mailadresse zu neu. Er überlegte, ob er Luisa ein paar Vorschläge für das Wochenende schicken sollte. Wenn er Glück hatte, saß sie ebenfalls in einer öden Sitzung und dann konnten sie ein bisschen via Mail diskutieren. Valentin setzte sich ganz gerade auf seinen Stuhl, machte ein ernstes Gesicht und fing an zu tippen. Am Freitag um sechs würden seine Frau und seine beiden Kinder in Zwiesel mit dem Zug ankommen und anschließend würden sie gemeinsam im Hotel zu Abend essen. Das passte gut, da am Freitag der Koch immer wieder mal neue Gerichte ausprobierte. Vielleicht war es möglich, ihn zu überzeugen, etwas mit Muscheln zu machen, Luisa würde sich darüber sehr freuen.

Der Vortrag über die Produktion nahm einfach kein Ende und Valentin konnte in Ruhe seine Nachricht schreiben. Ab und zu schaute er interessiert in die Runde und vertiefte sich dann wieder in seine Mail. Die anderen würden schon nicht merken, was er hier tat. Die dachten sicher, dass er gerade mit einem Kollegen an einem dringenden Problem mit einer der SAP-Anwendungen arbeitete.

Neben ihm wurde ein Stuhl zurückgeschoben und Valentins Chef stand auf. Er ging nach vorn, zur Stirnseite des Besprechungstisches. Die Tabellenkalkulationsshow war jetzt wohl zu Ende, überlegte Valentin und sah interessiert in Richtung Projektionswand. Die anderen hatten ihre Zahlen im Sitzen vorgetragen, doch Raabe achtete offensichtlich auf eine gewisse Seniorität. Das musste er sich merken, dachte Valentin, das käme viel professioneller bei den Zuhörern an. Beim nächsten Mal würde er da vorn stehen und die Zahlen des Controllings vorstellen. Dann musste alles passen. Seine Müdigkeit war verflogen, da er sich jetzt möglichst viel von Raabes Art, diesen Vortrag zu halten, abschauen wollte.

»Meine Herren«, begann dieser seine Ausführungen, »wie wir gesehen haben, befinden sich alle grundlegenden monatlichen Unternehmenszahlen innerhalb der tolerablen Schwankungsbreiten. Aus diesem Grund möchte ich heute darauf gar nicht weiter eingehen, sondern von einer sehr erfolgreichen vertrieblichen Aktivität berichten.« Er stand aufrecht am Tischende, hatte den Beamer mit der Fernbedienung ausgeschaltet und erzählte von der Aktion einer großen deutschen Wochenzeitschrift, die Weingläser von verschiedenen Glashütten miteinander verglichen hatte. Die Juroren, zu denen auch Raabe gehörte, mussten mit verbundenen Augen eine Weinsorte in unterschiedlichen Weingläsern verkosten und dann nach verschiedenen Kriterien die Gläser beurteilen.

Das normalerweise im Zehn-Sekundentakt grün aufleuchtende Statuslämpchen an Valentins PDA wechselte ins Rote und lenkte seine Aufmerksamkeit von dem Vortrag ab. Eine Mail war eingetroffen. Er hoffte, dass Luisa geantwortet hatte und tippte das Passwort ein.

›Lieber Val, es tut mir schrecklich leid, das mit dem Wochenende klappt wahrscheinlich nicht. Einer der Vorstände hat heute früh ein Konzept für eine neue Quizsendung auf den Tisch gelegt. Ich muss bis zur Montagssitzung alles durchkalkulieren und eine Entscheidungsvorlage erstellen. Die wollen dann festlegen, ob sie weitermachen. Schatz, ich bin wirklich traurig, dass das jetzt dazwischengekommen ist. Lass uns einfach den Ausflug um eine Woche verschieben. Wir können es uns ja auch in München schön machen. Deine Luisa‹

Valentin starrte enttäuscht auf den kleinen Bildschirm. Er hatte sich so auf das Wochenende gefreut. Es wäre der erste Besuch seiner Familie gewesen, seit er hier in Zwiesel arbeitete. Unnötig laut schob er seinen Stuhl zurück, stand auf und ging aus dem Raum. Es war ihm im Augenblick egal, was die anderen von seinem Verhalten dachten. Er musste sofort mit Luisa sprechen. Vor der Tür zum Sitzungsraum wählte er ihre Nummer. Nach ein paar Freizeichen meldete sie sich. Ohne Begrüßung fing er an. »Das kannst du doch nicht machen! Wir hatten das Treffen so lange geplant und es jetzt so kurzfristig abzusagen, finde ich total daneben.«

»Jetzt beruhige dich doch. Ich habe unseren Ausflug nach Zwiesel ja nicht abgesagt, sondern nur verschoben. So schlimm ist das doch nicht.«

»Aber wir haben das seit Wochen so ausgemacht. Ich habe mich die ganze Zeit richtig drauf gefreut und wollte euch so viel zeigen«, sagte Valentin.

»Es geht einfach nicht. Sonst bekomme ich meine Arbeit nicht fertig. Glaub mir, Liebling, mir ist die Absage nicht leicht gefallen. In diesem Falle lässt es sich einfach nicht vermeiden«, verteidigte sich seine Frau.

»Und wenn du dein ganzes Zeug mit nach Zwiesel nimmst und die Arbeit hier machst? Die Berechnungen und die Präsentation kannst du mit dem Laptop erstellen und währenddessen unternehme ich etwas mit den Mädels. Wir lassen dich tagsüber in Frieden arbeiten und abends machen wir es uns dann schön.«

»Schatz, du weißt doch wie das ist«, versuchte Luisa dic Situation zu erklären. »Ich mache das doch nicht allein. Ich brauche zwei oder drei Leute, um das zu diskutieren, und der Mensch mit der Idee zur Sendung muss auch dabei sein. Da kann ich nicht im Bayerischen Wald im Hotel sitzen und die Leute per Telefon befragen.«

»Sag halt wie es ist, du willst einfach nicht kommen.« Valentin hatte plötzlich die Lust verloren, konstruktive Vorschläge zu machen, da Luisa offensichtlich nicht nachgeben wollte. »Na gut, ich fahr dann am Freitagabend wie immer hoch. Dann lassen wir es halt sein. Tschüss.« Ohne eine Antwort abzuwarten, beendete er das Gespräch und starrte vor sich hin. Er schloss die Augen und atmete ein paar Mal kräftig durch, bis sein Ärger etwas abgeklungen war. Hoffentlich hatte das drinnen in der Sitzung niemand gehört, dachte er. Schleppend ging er zur Tür und drückte die Klinke langsam nach unten. Die Anwesenden sahen immer noch nach vorn zu Raabe, der gerade über das recht erfolgreiche Abschneiden der Burgunder- und Bordeaux-Gläser beim großen Weinglasvergleich berichtete. Niemand beachtete Valentin, als er langsam wieder Platz nahm, seinen PDA vor sich auf den Tisch legte und zuhörte.

Kurz vor der Mittagspause war Valentin wieder auf dem Weg in sein Büro. Als er ohne weitere Kommentare sein Vorzimmer durchqueren wollte, sprach ihn seine Sekretärin, Jennifer Hoffmann, an.

»Wie war es?«

»Ganz interessant. Man bekommt einen guten Überblick über die aktuelle Situation. War in der Zwischenzeit irgendwas?«

»Was soll denn schon gewesen sein? Die ganzen wichtigen Leute waren doch in der Besprechung«, lächelte sie ihn verschmitzt an.

»Ach was, so wichtig sind die doch nicht.«

Jennifer legte ihren Kopf schief und fragte: »Hat der Hamberger eigentlich wieder seine Monstertabelle mit den Produktionszahlen gezeigt?«

»Hat er. Und es hat eine Ewigkeit gedauert!«

»Simone, seine Sekretärin hat mir kürzlich beim Mittagessen erzählt, dass er das mit voller Absicht macht. Er testet damit, wem als Ersten in der Sitzung die Augen zufallen.« Sie hielt sich überrascht die Hand vor den Mund. »Oh, sorry – ich hätte Sie wohl vorher warnen sollen.« Sie sah ihn schuldbewusst an.

»Ich habe ja den dabei gehabt«, antwortete Valentin und hielt seinen PDA hoch. »Sonst wäre ich in dieser dunklen Kammer wahrscheinlich wirklich eingenickt.«

»Weil ich gerade ihr Telefon sehe. Ihre Frau hat vor etwa einer Stunde angerufen und wollte sie sprechen. Sie hat Sie mobil nicht erreichen können. Hier ist Ihr Zettel dazu.« Jennifer zögerte, fuhr aber nach kurzem Nachdenken fort: »Ähm, sie klang irgendwie ziemlich angesäuert.« Sie reichte ihm einen kleinen, gelben Zettel, der mit dem Namen seiner Frau, der Uhrzeit und dem Satz ›Bitte um Rückruf‹ beschriftet war.

Valentin hatte mit ihr vereinbart, dass er von ihr zu allen Anrufen oder zu erledigenden Dingen solch einen Zettel bekam. Wenn die Sache erledigt war, wurde er von ihm zerknüllt und mit Schwung in den Papierkorb gepfeffert. Er hatte das irgendwann mal in einem Zeitmanagementseminar gehört und seit seiner neuen Anstellung übernommen. Angeblich sollte es eine tiefe innere Befriedigung verschaffen, wenn man die Notizen nach getaner Arbeit wegwerfen konnte.

Er setzte sich auf den Reservestuhl gegenüber Jennifer und blickte sie über den Schreibtisch hinweg an. Sie war jung, hatte dunkelblonde Haare mit einer leichten Dauerwelle und legte Wert auf modische Kleidung. Valentin hatte mitbekommen, dass sie abends gern ausging und einen eifersüchtigen Freund hatte. Gleichwohl war sie flink und kompetent und er war ziemlich froh, dass er sie hatte.

»Ich musste vorhin kurz aus der Sitzung raus, weil ich mich so aufgeregt habe. Wir hatten ein Familienwochenende in Zwiesel geplant und heute hat sie mir kurzerhand abgesagt. Wegen einer wichtigen Terminsache in der Firma.«

»Das tut mir leid. Sie können doch sicherlich den Besuch an einem der nächsten Wochenenden nachholen. So toll wird das Wetter vermutlich ohnehin nicht«, versuchte sie ihn zu trösten.

»Danke für die Ermunterung«, antwortete Valentin. »Es ist nur so, dass ich mich richtig darauf gefreut habe, ihnen die Gegend zu zeigen. Schließlich wollen wir in wenigen Monaten hierher ziehen und es ist es immer gut, wenn man sich ein bisschen auskennt.«

»Wissen Sie was, Herr Steinberg? Sie sollten sich heute auf die Enttäuschung etwas Gutes tun. Gehen Sie doch mal abends weg. Zum Tanzen, ins Kino oder fahren Sie einfach abends mal nach Straubing. Da ist immer viel los.«

Valentin überlegte. Wahrscheinlich war ihr Vorschlag gar nicht mal so schlecht. Obgleich er sich für eine Disco deutlich zu alt fühlte. »Ich überlege es mir«, sagte er zögernd. »Zum Tanzen gehe ich bestimmt nicht. Das hat mir noch nie gefallen.«

»Sie könnten in den Fitnessklub nach Regen fahren. Die haben sogar recht preisgünstige Gästekarten. Nur so zum Ausprobieren«, versuchte sie eine weitere Idee zu platzieren.

»Danke für die Tipps. Ich überlege es mir. Ganz sicher. Doch jetzt rufe ich als erstes meine Frau zurück und dann sehe ich weiter.« Er ging in sein Büro, schloss die Tür und drückte die Kurzwahltaste für das Mobiltelefon von Luisa.

KAPITEL 7

Der ungewöhnlich hohe Kinosaal besaß eine mittlere Größe mit bequemen, sauberen Plüschsesseln und einem dunkelroten Vorhang, der die Leinwand verbarg. Insgesamt fand Valentin das Kino recht gemütlich, wenn auch die Temperatur ziemlich niedrig war. Er saß in der letzten Reihe und zwar genau auf dem Platz in der Mitte, sodass er einen optimalen Blick zur Leinwand hatte. Noch war er ganz allein in dem Saal, da er viel zu früh gekommen war. Als Großstädter rechnete er immer und überall mit Massen von Leuten und wollte sich einen guten Platz sichern, da es keine Reservierung gab. Diese Vorsorge war jedoch in diesem Fall überflüssig.

Ungeduldig erwartete er den Beginn des Films. Er hatte den Rat seiner Sekretärin beherzigt und versuchte es sich, als Ausgleich zu den beiden unerfreulichen Telefonaten mit seiner Frau, gut gehen zu lassen. Die Absage des Wochenendbesuchs hatte er noch nicht recht überwunden. Bei dem anschließenden Versuch einer Aussprache hielt sie ihm vor, dass sie in Bezug auf ihre Arbeit die gleichen Rechte wie er beanspruchte. Sie hatte immerhin zugestimmt, dass er im Bayerischen Wald arbeitete und er sollte sich bitte schön nicht so aufregen, wenn sie einmal ein Wochenende keine Zeit für ihn hatte.

Um Punkt fünf hatte er die Firma verlassen und war zurück ins Hotel gegangen. Nachdem er die Arbeitskleidung in den Schrank gehängt hatte und in Jeans, Hemd und Pulli steckte, fühlte er sich wohler. So warm wie heuer der Herbst war, lohnte es sich neben dem Laufen noch mit einer zusätzlichen Sportart zu beginnen. Er hatte schon seit einiger Zeit überlegt, was ein weiterer passender Sport wäre. Viele Einheimische waren mit Skirollern unterwegs, als vorbereitendes Training für das winterliche Langlaufen. Allerdings hatte Valentin dem noch nie besonders viel abgewinnen können. Aus diesem Grund wollte er nach der Arbeit auskundschaften, was es denn so an Mountainbikes gab. Die Gegend war mit ihren vielen Forststraßen ideal geeignet.

Als er Jennifer am frühen Nachmittag Bescheid sagte, warum er um fünf weg musste, hatte sie ihm ein paar fachmännische Ratschläge gegeben. »Sie brauchen auf jeden Fall ein Fully. Hier haben alle Fullys. Das ist beim Downhill viel bequemer und Uphill können Sie die Federung ja abschalten. Hat mein Freund ebenfalls und der ist in der Woche mindestens fünfmal unterwegs. Diesen Sommer ist er mit ein paar Kumpels von Garmisch komplett offroad zum Gardasee gefahren. Das Jahr davor haben sie sogar die Alpen von Osten nach Westen überquert.«

Valentin war beeindruckt, obwohl er nicht vorhatte, gleich zum Leistungssportler zu mutieren. »Muss ich sonst noch auf etwas achten?«, fragte er höflichkeitshalber, denn er wollte Jennifers Redeschwall mit guten Ratschlägen nicht einfach abwürgen.

»Mein Freund sagt immer, man darf bloß keine Einheitsprodukte kaufen. Die kosten genauso viel wie individuelle Bikes, sind jedoch nicht optimal auf den Körper abgestimmt«, dozierte sie. »Schauen Sie doch heute nach der Arbeit bei dem hiesigen Radgeschäft vorbei. Die haben richtig gute Teile mit edlen Komponenten.«

»Danke für den Rat. Dann werde ich heute Abend zu dem Geschäft gehen.«

»Soll ich meinen Freund anrufen, der kann Ihnen noch mehr erzählen?«, frage sie. »Ist ja ganz schön teuer, so ein gutes Bike.«

Valentin winkte ab und sagte: »Ich wollte mir heute nur mal alles ansehen, dann kann ich in den nächsten Tagen immer noch fragen. So eilt es nun auch wieder nicht.«

Es kam jedoch anders, als er es sich gedacht hatte. Nachdem er der extrem sportlich aussehenden Verkäuferin in dem besagten Radgeschäft seine Vorstellungen geschildert hatte, führte sie ihn durch den mit erstaunlich hochwertigen Rädern überfüllten Verkaufsraum und erklärte ihm im Detail Vor- und Nachteile der verschiedenen Mountainbike-Komponenten. Angefangen von den hydraulischen Scheibenbremsen, über die vom Lenker aus verstellbare pneumatische Federung, bis hin zu den Radmänteln mit teerstraßentauglichen Mittelsteg. So wurde aus der anfänglichen Idee eines unverbindlichen Bummels durch ein Fahrradgeschäft ein recht teurer Spontankauf. Er entschied sich schlussendlich für den voll gefederten Rahmen einer süddeutschen Manufaktur mit einer Reihe von erstklassigen japanischen Komponenten.

Ausschlaggebend für den Spontankauf war, dass der Winter mit dem vielen Schnee jederzeit kommen konnte und er unbedingt vorher sein neues Rad einfahren musste. Es wäre ja blöd, ein tolles Fahrrad zu kaufen und es dann monatelang im Keller verstauben zu lassen. Die selbst aktiv bikende Verkäuferin hatte ebenfalls einen vernehmlichen Anteil an dem kurzfristigen Kauf. Sie erzählte von ihren letzten großen Touren, die interessanterweise einen identischen Verlauf hatten, wie jene von Jennifers Freund.

Nachdem nach und nach einige weitere Zuschauer im Kino Platz genommen hatten, fuhr der Vorhang zur Seite und es begann die übliche Werbung. Dieses ansonsten eher langweilige und nervende Prozedere empfand Valentin ausnahmeweise überhaupt nicht so, was daran lag, dass der Werbeblock gefühlsmäßig aus den gleichen Bildern wie vor 25 Jahren bestand. Da gab es Fotos vom lokalen Spengler, einem Dachdecker, der Pizzeria und der örtlichen Zeitung. Valentin amüsierte sich innerlich und fühlte sich zurückversetzt in die Zeit seiner Jugend, als er mit Freunden ins Kino gegangen und alles noch neu und besonders für ihn gewesen war. In der Dunkelheit des Werbeblocks trafen die letzten Kinobesucher ein und wurden mit einer Taschenlampe von der Platzanweiserin zu ihren Sitzplätzen geleitet. Dann begann der Film. Es handelte sich um einen Streifen, der die Hintergründe der globalen Politik der USA thematisierte und dabei nicht gerade an Kritik sparte. Valentin hatte sich für den Film entschieden, da er im Vorfeld als besonders interessant herausgestellt worden war. Allerdings war er bereits nach einer halben Stunde ziemlich enttäuscht, da nur das bestätigt wurde, was ohnehin jedem Menschen mit gesundem Menschenverstand klar war. Den letzten Teil fand er nur noch reißerisch und irgendwie langweilig.

Kaum hatte der Abspann begonnen und das Licht wurde langsam hochgedimmt, stand Valentin auf, schlüpfte in seinen schwarzen Daunenanorak und ging die Reihe entlang zum Ausgang. Vor ihm waren drei Frauen sowie zwei Männer, die miteinander diskutierten und gleichzeitig dabei waren, ihre Jacken und Mäntel anzuziehen. Valentin konnte sich nicht an ihnen vorbeiquetschen und wartete ungeduldig, bis sie sich in Richtung Ausgang wandten.

Einer der Männer, er hatte kurz geschnittene, dunkle Haare, wandte sich ihm zu und sah ihn interessiert an. »Sag mal, kennen wir uns nicht?«, fragte er und musterte ihn von oben bis unten. »Bist du nicht der Val aus dem Gymnasium?«

Valentin war überrascht und versuchte den Mann zuzuordnen. Es gelang ihm nicht. »Ja, das stimmt. Dich bringe ich im Augenblick nirgends unter.«

»Na so was! Jetzt komm schon.« Er drehte sich zu den anderen um und rief: »Du, Richi, schau mal wer hier ist! Der Valentin aus dem Zwiesler Gym.«

Als Valentin den Namen des anderen hörte, fiel es ihm plötzlich wieder ein. Axel und Richard aus Frauenau. Er war mit ihnen in dieselbe Klasse des Gymnasiums gegangen, hatte sie allerdings nach dem Abitur aus den Augen verloren. Die beiden waren schon in der Schule unzertrennlich gewesen und offensichtlich steckten sie nach wie vor zusammen.

»Ich glaube, jetzt weiß ich es wieder. Du bist der Axel«, sagte Valentin und streckte ihm die Hand entgegen. »Mensch, ich hätte dich nicht mehr erkannt.« Sie schüttelten sich herzlich die Hand und gingen ins Freie, wo bereits die anderen aus der Gruppe warteten. Valentin begrüßte als erstes Richard und anschließend die drei ihm unbekannten Frauen.

»Was habt ihr beiden denn all die Jahre gemacht?«, fragte Valentin lachend.

»Na ja, im Gegensatz zu dir sind wir hier hängen geblieben.«

Eigentlich hätte er die beiden ohne irgendwelche Hinweise sofort wiedererkennen müssen, überlegte Valentin. Sie waren zwar älter geworden, hatten sich überdies recht wenig verändert. Axel, der mittelgroße schlaksige Sportler mit dunklem Haar, war wie damals tief gebräunt. Richard mit blondem Haar, Ziegenbärtchen, einer goldenen Creole im Ohr und noch genauso kräftig wie zu Gymnasialzeiten.

»Habt ihr heute Abend noch etwas vor?«, fragte Valentin die beiden. »Wir könnten uns ja in einer Kneipe noch ein Pils genehmigen.«

»Du, Val, heute geht es leider nicht mehr. Wir sind ja nicht allein unterwegs«, antwortete Axel und blickte auf die abseits stehenden Begleiterinnen. »Komm doch morgen zu uns in die Schmiede. Richi macht etwas zu essen und wir ratschen den ganzen Abend. Was hältst du davon?«

»Liebend gern. Aktuell bin ich hier nur Gastarbeiter und fahre morgen fürs Wochenende zur Familie heim.«

»Dann treffen wir uns Anfang nächster Woche. Welcher Tag passt dir den am besten?«

»Dienstag wäre super.« Gerade noch hatte er daran gedacht, dass ihm für Montag sein neues Rad versprochen war, das bis dahin zusammengebaut wurde. »Wo muss ich denn hin?«

»Ganz einfach. Du fährst in Richtung Au und direkt vor dem Dörfl biegst du rechts in den kleinen Waldweg ab. Dann so lange den Berg hinunter bis zur alten Hammerschmiede«, beschrieb Axel den Weg. »Mensch, die Ecke kennst du doch. Da haben wir als Kinder im Kanal immer Fische gefangen.«

»Ich glaube, ich erinnere mich noch dunkel an die Stelle. Wann soll ich denn bei euch sein?«

»Wie es dir passt. So genau geht bei uns nicht. Jetzt muss ich weiter, die anderen warten schon.«

Axel hob noch kurz die Hand und auch Richard winkte zum Abschied. Dann zogen die fünf laut schwatzend in Richtung Anger davon.

Obwohl er bereits fast zwei Monate in Zwiesel war, hatte er erst heute das erste Mal jemanden aus seiner Schulzeit getroffen. Das lag vor allem daran, dass nach der Schule fast alle weggingen. Er war wirklich neugierig auf Dienstag und was die beiden so machten.

KAPITEL 8

Das Navi seines Wagens befand sich buchstäblich im Wald und zeigte keine vernünftige Weginformation mehr an. Gut, dass er hier auch ohne Hilfsmittel den Weg fand, dachte Valentin und fuhr mit seinem allradgetriebenen Geländewagen im Schneckentempo den ausgefahrenen Waldweg entlang. Nur durch eine recht gewagte Vollbremsung hatte er in der Dunkelheit die unbeschilderte und sehr schmale Abfahrt von der Landstraße zur Hammerschmiede erwischt. Jetzt hoffte er inständig, dass die Bodenfreiheit seines Autos für diesen Weg ausreichte. Er verspürte überhaupt keine Lust in der Firma erklären zu müssen, wie er es geschafft hatte, bei seinem geländetauglichen Auto den Unterboden aufzuschlitzen. Behutsam überquerte er einen ziemlich verfallenen Bahnübergang und manövrierte weiter den Weg durch den dichten Wald.

Als erstes Zeichen seines Ziels blitzte zwischen den Bäumen ein Licht auf. Kurz darauf fuhr er auf eine kleine, beinahe runde Waldlichtung, die von den Scheinwerfern seines Autos fast vollständig ausgeleuchtet wurde. In der Mitte der Lichtung stand ein altes, niedriges Backsteingebäude, an das sich seitlich eine große Scheune mit einem Unterbau aus Granitsteinen schmiegte. Das ehemals rot gestrichene Blechdach der beiden Gebäude hatte deutlich mehr Rostflecken als

Farbe und besaß mehrere Kamine. Aus kleinen Sprossenfenstern des Backsteinbaus fiel warmes Licht und erhellte den Platz vor dem Haus. Dieser war im Eingangsbereich mit Gredplatten – großen Steinplatten aus Granit – gepflastert. Neben der Haustür stand eine ältere Holzbank. Insgesamt machte das Gebäude bis auf das Licht aus dem Fenstern nicht den Eindruck, dass hier Menschen wohnten.

Valentin kannte den Ort aus seiner Jugend. Damals wurden hier von einem allein lebenden Schmied Äxte und Sensen hergestellt. Die Äxte waren im weiten Umkreis bekannt, da sie individuell für den jeweiligen Kunden und dessen Vorlieben angefertigt wurden. Irgendwann musste der Schmied wohl seine kleine Manufaktur aufgegeben haben.

Valentin stellte den Wagen vor dem Haus auf der Wiese ab und ging zur Haustür. Wie üblich bei solchen alten Häusern gab es keinen Klingelknopf, also pochte er an die schwere Holztür.

»Hallo, Axel und Richard. Ich bin da«, rief Valentin vor dem Haus. Er hörte jemanden näherkommen, dann zog Axel die Tür quietschend auf.

»Servus Val, alter Kumpel. Super, dass es geklappt hat.« Überschwänglich begrüßte er Valentin. »Komm rein in unsere Stube. Wir haben eine Brotzeit hergerichtet und ein paar Bierchen kalt gestellt«, sagte er augenzwinkernd. Er führte Valentin ins Haus. Sie gingen einen niedrigen, ebenfalls mit Granitplatten gepflasterten Gang entlang und traten rechts durch eine Tür in einen großen Raum mit Dielenboden. Darin befand sich ein gemauerter Holzofen mit riesiger Herdplatte. Daneben vervollständigte eine lange Holzarbeitsplatte mit offenen Unterschränken den Küchenbereich. Das Zentrum des Raums bildete jedoch ein mittig im Raum platzierter großer Tisch mit einer dicken Platte aus Buche um den einige Stühle standen.

Das interessante an dem Tisch war, dass er über und über beladen war. Da gab es offene Metallschachteln mit Bleistiften und Zeichenkohle, Blöcke mit halb fertiggestellten Skizzen, Radiergummis, einen Satz kleiner Lautsprecher mit angestecktem MP3-Player, einen Laptop, mehrere Schnitzmesser, Stücke von bearbeiteten Lindenholz und vieles mehr. Nur eine winzige Ecke war notdürftig frei geräumt. Es war vermutlich der Platz, an dem die Hausbewohner üblicherweise aßen.

Richard stand an der Küchenarbeitsplatte und drehte sich um, als Valentin den Raum betrat. Auch er begrüßte Valentin herzlich.

»Du bist wohl dem guten Essen immer noch so zugetan wie zu Schulzeiten?«, fragte ihn Valentin und deutete auf die vorbereiteten Sachen auf der Küchenplatte.

»Klar doch. Außerdem ist Kochen entspannend und inspirierend«, antwortete er und schnitt Brot von einem großen Laib ab. »Allerdings gibt es heute Abend nur Profanes, dafür jedoch selbst gemacht: Glaslfleisch und Essiggurken aus Plattling. Ich hoffe, das magst du?«

»Liebend gerne. Das habe ich schon lange nicht mehr gehabt«, freute sich Valentin. »Kann ich helfen?«

»Du, lass das mal sein. Setz dich da drüben auf den Stuhl und kümmere dich um das Bier. Ein Öffner muss da irgendwo auf dem Tisch vergraben sein«, sagte Richard.

Valentin ging zu dem Tisch und setzte sich auf den Stuhl an der freien Ecke. Gleichzeitig spähte er nach dem Öffner, was allerdings in dem Sammelsurium von Sachen nicht gerade eine einfache Aufgabe war. Seine Suche war nicht von Erfolg gekrönt.

Während Richard das Brot, die Gurken und das Glaslfleisch auf den Tisch stellte, brachte Axel drei braune Halbliterflaschen Bier aus der Speisekammer. Er warf einen Blick über den Tisch, griff zielstrebig nach dem Öffner und grinste Valentin an. »Ist eigentlich leicht zu finden, zumindest wenn man weiß, wie er aussieht.«

»Auf unser Wiedersehen«, sprach Axel feierlich und stieß mit den anderen an. »Sag mal, Val, wie viele Jahre haben wir uns jetzt nicht mehr gesehen?«

»Lass mich mal überlegen. Ich glaube, das könnten fast schon 25 Jahre sein. Nach dem Abi ging ja jeder seine eigenen Wege.«

»Und du bist jetzt wieder zurück in Zwiesel?«, fragte Axel neugierig.

»So halb und halb. Eigentlich wohnen wir ja in München. Doch vor ein paar Monaten ist mir in der Süddeutschen Zeitung die Stellenanzeige einer Glasfabrik in Zwiesel aufgefallen. Die suchten einen Controller und genau als das habe ich die letzten Jahre gearbeitet.«

»Warum wolltest du denn ausgerechnet nach Zwiesel zurück? In München gibt es doch viel mehr Möglichkeiten als hier bei einer Glashütte.«

»Wir haben mittlerweile zwei Kinder und ich finde es besser, wenn sie auf dem Land aufwachsen«, erklärte Valentin. »Und ich muss euch ganz ehrlich sagen, das Gehalt, das ich hier bekomme, kann mit München voll und ganz mithalten. Und das bei deutlich geringeren Lebenshaltungskosten.« Valentin bemerkte, dass sich Axel und Richard erstaunt ansahen.

»Jetzt komm, iss schon.« Richard stellte ihm ein großes Einweckglas hin, in dem sich gebratenes Schweinefleisch mit Zwiebeln, Gurken in einem gelatinösen Sud mit vielen Gewürzen befand. Valentin nahm sich Fleisch aus dem Glas und belegte damit eine Brotscheibe. Es schmeckte außergewöhnlich gut, wohl auch wegen der Einfachheit des Gerichts. Richard hatte aus dem früheren arme Leute Essen einen wunderbaren Leckerbissen geschaffen.

»Sagt mal, ihr beiden. Wohnt ihr eigentlich allein hier draußen im Wald?«, fragte Valentin, obwohl er die Frage beinahe selbst beantworten konnte.

»Momentan schon«, lachte Axel. »Hier haben wir alles, was wir brauchen. Eine geräumige Unterkunft mitten in der Natur und zur Arbeit gehen wir nur nach nebenan. Das reicht.«

Es war nach wie vor wie in der Schulzeit. Bereits damals war Axel der kommunikativere der beiden Freunde gewesen. Er überlegte, ob die beiden ein Paar waren, aber eine diesbezügliche Frage wäre ihm unangenehm gewesen.

»Was macht ihr denn eigentlich so arbeitsmäßig?«, fragte Valentin. »Schmied?«

»Von wegen! Wir sind im gleichen Metier wie du gelandet. Allerdings nicht in der Bürokratie, sondern beim kreativen Teil der Sache.«

»Ja, und was bedeutet das nun?«, fragte Valentin ungeduldig.

»Glaskunst, was denn sonst«, antwortete Axel, als ob es nichts anderes gäbe. »Diese Gegend ist seit dem frühen Mittelalter das Zentrum der Arbeit mit dem fantastischen Werkstoff Glas. Und genau damit arbeiten wir beide.«

Valentin hatte so etwas in der Art bereits vermutet. Er kannte das Gewerbe aus seiner Jugend. Allerdings war der Verkauf von Glaskunst von jeher ein schwieriges Geschäft. Finanziell überleben konnten dabei nur diejenigen, die eine enge verwandtschaftliche Verbindung zum Besitzer einer Glashütte hatten. Dort waren sie das künstlerische Aushängeschild, während das Geld bestenfalls mit mundgeblasenem Glas oder oft nur mit gewöhnlichem Maschinenglas verdient wurde. Manchmal war die Glashütte nur eine Art Potemkin'sches Dorf und der sogenannte Werksverkauf war zu einem Umschlagplatz für zugekauftes Glas degeneriert. So weit sich Valentin erinnern konnte, hatten beide niemanden im Bekanntenkreis, dem eine Hütte gehörte.

Axel interpretierte seinen skeptischen Blick richtig und setzte zu einer Erklärung an. »Du, Val, wenn man es richtig anpackt, ist das eine feine Sache. Wir haben mittlerweile im Zwiesler Glaspark sogar eine Galerie. Dort kann man unsere Objekte besichtigen und kaufen. Das läuft ganz gut. Vor allem mit den Touristen.«

»Entschuldige, Axel. Ich wollte eure Arbeit nicht schlecht machen. Ich kenn es halt aus meiner Jugend. Von Kunst allein kann man nicht wirklich leben.«

»Das hat sich in der Zwischenzeit total gedreht. Die Touries sind richtig scharf auf die handgemachten Sachen. Je größer und abstrakter, desto beliebter. Wir haben kürzlich ein paar Objekte geschaffen, die haben über 15 Kilo gewogen. Da brauchst du Kraft wie ein Schmied.« Er lachte laut. »Das funktioniert halt, weil wir hier alles im Haus haben. Da musst du nicht in irgendeiner Hütte betteln gehen, dass du mal auf den Ofen darfst.«

»Heuer im Herbst haben wir beim Zwiesler Buntspecht den ersten Preis gemacht. Es war eines dieser Riesenteile aus Glas. Verkaufsmäßig hat uns dies einen ganz schönen Schub gegeben. Aus diesem Grund haben wir vom Glasmuseum sogar einige Auftragsarbeiten bekommen. Parallel haben wir noch ein paar andere Sachen am Laufen. Die entwickeln sich ebenfalls ganz gut«, ergänzte Richard, der nicht allein Axel das Wort überlassen wollte.

Gerade als Valentin nachfragen wollte, ob sie ihm denn nicht ein paar Glasobjekte zeigen könnten, begann vor dem Haus ein ungeheurer Lärm. Kuhglocken, Peitschenknallen und das Gedröhne von Blasinstrumenten hallte nach drinnen. Alle drei schreckten auf und drehten sich zur Fensterfront.

»Was ist denn da los?«, entfuhr es Valentin und blickte zu Axel hinüber. Der zuckte nur die Schultern.

»Heute ist der Abend vor Martini«, sagte Richard wissend in die Runde und grinste. »Wolfauslassen, ich hol schon mal etwas für den Wolf. Geht ihr inzwischen raus.«

Axel und Valentin standen auf und gingen zur Tür, während sich der Lärm steigerte. Als sie die Haustür öffneten, sahen sie auf der Wiese vor dem Haus eine Gruppe Jugendlicher. Drei Mädchen und zwei Jungen trugen große Kuhglocken um den Bauch gebunden, die sie immer wieder mit aller Kraft schwenkten. Daneben bliesen drei junge Leute in fanfarenartige Instrumente aus durchsichtigem Glas. Abseits von der Hauptgruppe ließen drei weitere lange Peitschen gekonnt über ihrem Kopf kreisen und immer wieder schnalzen. Alles zusammen machte einen unglaublichen Lärm.

Ein junger Mann hob die Hand, als er die beiden aus dem Haus kommen sah, und schlagartig hörte der Krach auf. Axel wandte sich an den Anführer des Wolfs.

»Servus. Das überrascht uns jetzt schon, dass ihr bis zu uns in die Schmiede rausgekommen seid«, sagte Axel.

»Wir haben in der Flanitzmühle zwei von uns abgeholt und ihr liegt ja quasi auf dem Weg in die Au. Da dachten wir, schauen wir doch mal bei Axel und Richi vorbei.« Er drehte sich zu der Gruppe um und rief

»Wolf, rigelt's eich« und der Lärm ging von Neuem los. Vor allem die Buhhörner, eine Besonderheit aus dem nahe gelegenen Glasmacherdorf Frauenau, machten einen schaurigen Lärm. Der verringerte sich schlagartig, als Richard mit einem hölzernen Tablett aus dem Haus kam. Darauf befand sich eine Flasche aus buntem Glas, viele farbige Schnapsgläschen und ein paar Tafeln Schokolade. »Jetzt hört schon auf und kommt her. Ihr seid sicher schon alle 18, da dürft ihr einen Schluck Bärwurz zum Aufwärmen trinken. Er stellte sein Tablett auf die Bank neben der Haustür und schenkte den Schnaps in die Gläser.

Die meisten Jugendlichen nahmen sich ein Stamperl. Man konnte an ihrem Mienenspiel deutlich erkennen, dass der Alkoholgehalt sie ziemlich überraschte. Richard beobachtete das und grinste still vor sich hin. Die Mädchen und die jüngeren Buben machten sich über die Schokolade her.

»Dass es diesen Brauch noch gibt, hätte ich mir nicht mehr gedacht«, sagte Valentin.

»Das ist in den letzten Jahren hier wieder so richtig in Mode gekommen. Zudem macht die Vorbereitung richtig Spaß und ein wenig Taschengeld bleibt ja auch übrig«, bekam er augenzwinkernd zur Antwort.

»Oh ja, das hätte ich jetzt beinahe vergessen.«

Valentin krame seine Geldbörse aus der Hosentasche und steckte dem Wortführer einen Zwanziger in einen am Gürtel befestigten Lederbeutel. Der nickte dankend mit dem Kopf und brüllte zu seiner Gruppe.

»Auf geht's – pack mas.«

Einige Jugendliche stopften noch schnell ein paar Rippchen Schokolade in den Mund und die anderen stellten die Gläser auf das Tablett zurück. Dann erschallte ein letztes Mal der infernalische Lärm des Wolfs und der Trupp machte sich auf dem Waldweg in Richtung Frauenau davon.

»Willst einen?«, fragte Richard und schaute Valentin an.

»Freilich, was ist das für einer?«

»Was ganz feines. Bärwurz, selbst angesetzt. Nicht so eine Chemiebrühe aus dem Supermarkt. Schau mal«, sagte er und hielt Valentin die Flasche hin. Es war eine aus verschieden farbigen Glassorten zusammengeschmolzene Flasche. Die Wandstärke war ziemlich dick und eingeschlossen in der bunten Wandung waren Tausende von winzig kleinen Luftbläschen.

»Sieht fantastisch aus. Wo habt ihr die Flasche her?«

»Nix herhaben – das ist unser eigenes Design«, antwortete Richard mit deutlichem Stolz in der Stimme.

»Wow! Und die Flaschen macht ihr beide selber? Hier?«

»Klar, doch. Komm, jetzt lass uns zuerst einen Schluck probieren und nachher zeigen wir dir unsere Werkstadt.« Richard schenkte den Bärwurz in die bunten Stamperl und sie tranken ihn in einem Zug leer.

»Der hat richtig Kraft und schmeckt saustark. Das ist wirklich ein passender Abschluss zum Glaslfleisch«, bestätigte Valentin.

»Das ist unser eigenes Rezept. Wir haben da ziemlich

lange herumexperimentiert, bis wir diesen Geschmack erreicht haben. Aber nun klappt es ganz gut.«

»Wo habt ihr denn die Wurzeln her? Hier aus dem Garten?«, fragte Valentin.

»Nicht ganz. Lass uns in die Werkstatt gehen, draußen wird es langsam zu kalt.« Sie gingen den Gang bis zum Ende durch und bogen links in den Anbau. Der untere Teil bestand aus großen Granitsteinen, auf die eine bis zum Dach offene Holzkonstruktion aufgesetzt worden war. In dem Raum hörte man ein tiefes Brummen. Außer einem rötlichen Licht lag die Werkstatt im Dunkeln.

»Das ist unser Ofen«, sagte Axel und deutete auf die massige Konstruktion aus Stahl und Stein in der Mitte des Raums. »Er hat eine Gasheizung und sechs Häfen. Damit können wir mit sechs unterschiedlichen Farben gleichzeitig arbeiten, das ist ziemlich wichtig für unsere Farbglasobjekte.«

»Und vor allem macht er eine angenehme Wärme«, ergänzte Valentin und ging näher an den Glasofen heran.

Axel erklärte Valentin die recht komplizierte Technik und die typischen Arbeitsschritte beim Erstellen von Glasobjekten. Neben dem eigentlichen Schmelzofen stand ein nicht minder großer Temperofen, in dem die mehr als tausend Grad heißen Glasobjekte über viele Stunden auf Raumtemperatur abgekühlt wurden. Damit verhinderte man Spannungen im Glas. Valentin merkte Axel beim Erzählen deutlich an, wie stolz er auf seine Arbeitsgeräte war.

»Da habt ihr beiden ja wirklich viel geschafft«, kommentierte er die Vorstellung und nickte anerkennend.

»Na ja, ein bisschen Glück hatten wir schon. Die beiden Öfen haben wir recht günstig aus der Konkursmasse einer Schauglashütte bekommen. Sonst hätten wir uns das nicht leisten können. Sie waren damals nur wenige Monate lang in Betrieb gewesen.«

»Jetzt bin ich neugierig geworden. Zeigt mir doch mal einige eurer Stücke«, forderte Valentin die beiden auf.

»Komm mit, dort hinten ist unsere Werksausstellung«, antwortete Axel und ging in Richtung einer der Außenwände des großen Raums. Richard verschwand leise in Richtung Küche. An der Wand waren grob gezimmerte Holzregale an die Steinmauer geschraubt, auf denen die Kunstwerke standen. Axel betätigte einen Lichtschalter, und zwei Halogenstrahler tauchten die Kunstwerke in grelles Licht.

»Schau, hier sind die eher abstrakten Objekte«, sagte Axel und nahm eines der kiloschweren Glasteile in die Hand. »Wir haben uns bei dieser Serie stark von der Farbgebung der Waldglashütten des frühen Mittelalters leiten lassen. Das heißt, die Grundfarbe geht immer leicht ins Grüne, und starke Farben bleiben außen vor.«

Valentin betrachtete das schwere Stück Glas genauer. Es schimmerte grünlich und hatte mehrere Einfügungen aus blauem und rotem Glas, die wie Nebelschwaden wirkten. Es war durchwoben von ungewöhnlich vielen Einschlüssen aus winzigen Luftblasen, die das Dreidimensionale des Objektes stark hervorhoben. »Wenn wir solche Bläschen in unserem Maschinenglas hätten, dann könnten wir die Charge sofort wieder einschmelzen«, bemerkte Valentin lachend. Er wusste genau, dass es ziemlich schwierig war, so einen Effekt kontrolliert und vor allem reproduzierbar hervorzubringen.

»Das ist ein deutliches Indiz, dass es sich hierbei um Handarbeit handelt. Dort drüben haben wir im Übrigen unsere Trinkgefäße und Flaschen.« Im Nachbarregal standen verschiedene, lebhaft bunte Flaschen in einem ähnlichen Design wie die Bärwurzflasche und dazu passende Stamperl für den hochprozentigen Inhalt.

»Für was ist denn das?«, fragte Valentin und deutete auf die abseits stehenden Gefäße, die ihn irgendwie an silberne und bronzene Gurkengläser mit Glasdeckel erinnerten.

Axel kam eher widerwillig mit der Antwort heraus: »Na ja, das war nur so eine Konzeptstudie. Nichts Richtiges halt.«

»Sieht mir stark nach Bonbongläser aus. Gute Idee.« Valentin überlegte, ob er seinen Schulkameraden nicht eines abkaufen und mit Süßigkeiten gefüllt ins Sekretariat stellen sollte. Das käme bei den Mitarbeitern sicher gut an.

»Urnen. Das sind Urnen für die Asche von Tieren«, entschlüpfte es Axel.

»Hä?«, entwich es Valentin. »Jetzt musst du mir

auf die Sprünge helfen. Das verstehe ich nicht so recht.«

»Eigentlich machen wir so etwas nicht, doch es gibt immer wieder Anfragen dafür. Na ja, und dann dachten wir uns halt, dass wir für diesen Zweck auch etwas anbieten sollten. Finanziell lohnt es sich, künstlerisch ist es natürlich die totale Bankrotterklärung.« Axel war die Sache offenbar ziemlich unangenehm.

Richard rettete die Situation, indem er genau zum richtigen Zeitpunkt mit der Flasche Bärwurz und einer Glasplatte mit Käse zurückkam. »Kommt her, wir setzen und an den Ofen. Da können wir uns aufwärmen und von alten Zeiten reden.« Sie gingen zurück an den Glasofen und machten es sich an den einfachen Arbeitstischen bequem. In der Werkstatt waren einige Lautsprecher verteilt und Richard hatte sogar die passende lokale Musik aus ihrer Sturm-und-Drangzeit – ›Live your life‹ und ›Krowentbirl Musi‹. Axel und Richard berichteten einige Details ihres beruflichen Werdegangs, angefangen von der Glasfachschule in Zwiesel bis zu dem abgebrochenen Kunststudium in München.

Valentin revanchierte sich mit seinem schnurgeraden Lebenslauf, der ihm in dieser Situation beinahe peinlich war. Er versuchte, manche Sachverhalte abzumildern, sonst hätte es zu sehr nach Angeberei ausgesehen. Ihm war allerdings schon klar, dass sein bisheriges Leben mit viel Glück und der Tatsache begründet war, dass er zur richtigen Zeit am richtigen Ort gewesen war. So gegen Mitternacht wurde das Gespräch langsamer und träger. Valentin fasste es als Hinweis auf aufzubrechen.

»Könnt ihr mir ein Taxi rufen? Ich glaube nicht, dass ich jetzt noch fahren sollte.« Sie hatten in den letzten Stunden mehrere verschiedene Bärwurzschnäpse probiert und Valentin musste den beiden jeweils seine Einschätzung mitteilen.

»Ach komm, Val. So viel war es doch nicht«, kommentierte Axel seine Frage.

»Es geht nicht darum, noch fahren zu können, da sehe ich überhaupt kein Problem. Ich möchte nur nicht in eine Kontrolle geraten. Dann bin ich mindestens einen Monat lang Fußgänger.«

»Ach so. Man merkt, dass du lange weg warst. Nimm von hier aus die Forststraße nach Bärnzell und fahr dann auf den kleinen Straßen im Zwiesler Stadtgebiet zum Hotel zurück. Da bist du sicher.«

»Wirklich?« Valentin erinnerte sich aus seiner Jugend noch an die kleinen Waldwege, um den Polizeikontrollen zu entgehen. Er konnte nicht so recht glauben, dass dies nach wie vor funktionierte.

»Na klar. Die Bullerei kontrolliert nur die geteerten Straßen zwischen den Ortschaften. Die geschotterten Forstwege gibt es für die nicht. Wahrscheinlich liegt es daran, dass man offiziell auf denen nicht fahren darf, also muss man da keine Kontrollen durchführen«, erklärte Axel.

Valentin war ziemlich unwohl bei der Vorstellung, in seinem Zustand noch zurückzufahren. Wenn er jetzt allerdings auf einem Taxi bestand, dann wäre er bei den beiden Künstlern unten durch. »Hey Leute, ich verlass mich da jetzt auf euch«, erklärte er. »Wehe, wenn die mich erwischen.«

KAPITEL 9

Seit genau zwei Monaten war er in der Glasfabrik in Zwiesel und sein Wochenablauf automatisierte sich langsam. Montag früh mit dem Auto von München nach Zwiesel, die ganze Woche arbeiten und Freitagabend dann die 200 Kilometer zurück in die Großstadt. Unter der Woche konzentrierte er sich auf die Arbeit, die allerdings noch längst nicht zur Routine geworden war. Seit einigen Wochen jedoch hatte er begonnen, seine wenige Freizeit nicht mehr ausschließlich im Hotelzimmer mit ein paar Büchern zu verbringen, sondern zu laufen und Rad zu fahren. Der ungewöhnlich milde Herbst machte dies möglich, und er hatte sich für heute Abend eine interessante Tour vorgenommen. Nun saß er noch im Büro und tüftelte an einer automatischen Abfrage der Warenwirtschaftsdatenbank direkt über die Tabellenkalkulation des PCs. Damit würde es möglich, die steinzeitliche Benutzerschnittstelle von SAP zu umgehen.

»Herr Steinberg, könnten Sie kurz bei Herrn Raabe reinschauen? Er bräuchte Sie mal«, rief Frau Hoffmann aus dem Vorzimmer in sein Büro. Sie hatten sich in den letzten Wochen diese lockere Umgangsweise angewöhnt, wenngleich Valentin durchaus darauf achtete, dass es beim Sie blieb.

»Bin schon unterwegs«, sagte er und überlegte, was denn sein Chef von ihm wolle. Bislang traf man sich lediglich zu den üblichen Sitzungen und dem wöchentlichem Jour fixe. Er rekapitulierte seine letzten Aktionen, ob es angebracht wäre, ein schlechtes Gewissen zu haben, war sich aber keiner Verfehlung bewusst. Vorsichtshalber kramte er noch einige Auswertungen zum aktuellen Finanzstatus zusammen, packte sie in seine Ledermappe und verließ das Büro.

»Sie wissen ja, wo ich bin«, meldete er sich pflichtgemäß bei Frau Hoffmann ab und ging eilig in Richtung Lift. Valentin fuhr bis ins oberste Stockwerk des Gebäudes und war nach wenigen Schritten vor dem Büro von Maria Müller-Berg, der Sekretärin des Chefs. Er klopfte an die Tür und trat ein, nachdem er ein kurzes Ja gehört hatte. Sie saß hinter ihrem Schreibtisch, der schräg in dem großen Büro stand. Frau Müller-Berg trug ein graues Kostüm, das hervorragend mit ihren schulterlangen ebenfalls grauen Haaren harmonierte. Valentin wusste, dass sie schon über 30 Jahre auf dieser Etage bei verschiedenen Geschäftsführern arbeitete und in Zwiesel zur bürgerlichen Oberschicht gehörte. Das eigentlich Besondere an Frau Müller-Berg war jedoch ihre Stimme. Sie hatte eine verhältnismäßig tiefe Tonlage, klang sehr melodisch und war in der Aussprache ganz klar. Dies wurde durch ihr perfektes Hochdeutsch verstärkt. Valentin freute sich jedes Mal aufs Neue, sie sprechen zu hören, obwohl er ansonsten keinen Draht zu ihr hatte. Sie war nicht etwa unfreundlich oder arrogant, sondern einfach irgendwie unnahbar.

»Herr Raabe wollte mich sprechen.«

»Gehen Sie einfach durch, er ist frei«, bekam er zur Antwort.

Valentin überlegte sich wieder einmal, ob er beim nächsten Besuch nicht heimlich die Sprachaufzeichnung seines Telefons aktivieren sollte, um ein paar Sätze von ihr einzufangen. Er öffnete die beiden massiven Doppeltüren und befand sich im Büro von Jürgen Raabe, des kaufmännischen Geschäftsführers, von manchen Mitarbeitern auch nur CFO genannt.

Die Einrichtung des Büros war recht konventionell, wenn sie auch deutlich den Status des hier arbeitenden Menschen zeigte. Ein dunkler Schreibtisch mit Ledersessel stand in der einen Ecke des Raums und dem schräg gegenüber war eine großzügige Couchgarnitur um einen niedrigen Tisch gruppiert. Einige moderne Glasobjekte befanden sich auf einem Beistelltisch. Valentin konnte jedoch kein Exponat erkennen, das auf die Glasschmiede hindeutete. Dazu waren diese Arbeiten viel zu fein gearbeitet. Nach kurzer Begrüßung wurde Valentin mit einem flüchtigen Wink ein Stuhl vor dem Tisch des Chefs zugewiesen. Dieser blätterte noch in der Unterschriftenmappe und machte mit einem schwarzen Kolbenfüller immer wieder Anmerkungen.

Das war schon ziemlich plump, wollte er ihm zeigen, wie viel Arbeit er hatte?, dachte Valentin. Das wäre schlichtweg kleinkariert. Allerdings kam in ihm etwas Beklemmung auf, ob er jetzt nicht gleich einen Rüffel bekäme, weil er irgendwas verpatzt hatte.

Raabe blickte von seiner Mappe auf und sah Valentin direkt in die Augen. »Was gibt es Neues bei Ihnen?«

Das nächste Psychospielchen, begriff dieser. Gut, dass er sich vorbereitet hatte und nicht nackt gekommen war. »Ich kann Ihnen die neue Statistik der Produktionsdaten zeigen. Die können wir jetzt quasi auf Knopfdruck erstellen, da ich nunmehr von Excel aus direkt auf unsere Datenbank zugreifen kann. Früher musste sich dafür jemand stundenlang hinsetzen und die Daten händisch übernehmen.«

»Brauchen wir diese Daten denn überhaupt?«, konterte Raabe überraschend. »Ich bin der Meinung wir haben mittlerweile ohnehin zu viele Abfragen und Auswertungen laufen. Wir müssen uns auf das vor uns liegende Geschäft konzentrieren und uns nicht in Vergangenheitsbewältigung üben.«

Für Valentin kam die Antwort seines Chefs überraschend. Bis vor Kurzem war die klare Ansage gewesen, dass eine Hauptaufgabe darin bestand, das Datengrab im SAP-System aufzuarbeiten, um daraus Strategien und Kennzahlen für die Zukunft abzuleiten. Offensichtlich hatte er seine Meinung gerade grundlegend geändert.

So ganz wollte sich Valentin nun nicht geschlagen geben, wenn er es auch vermeiden wollte, seinen Chef direkt mit dessen Aussagen aus der Vergangenheit zu konfrontieren. »Mit diesem Ansatz sparen wir erheblich an Aufwand und es sind sogar die Zahlen betroffen, die wir jeweils für die monatliche Lagebesprechung aus dem System fischen müssen.«

»Sofern es dazu nutzt, mag der Ansatz tragbar sein.«

»Gut, dann baue ich die Abfrage so weit aus, dass wir das monatliche Business Case Review ohne zusätzlichen Aufwand bestreiten können.«

»Was haben sie da noch alles dabei?«, fragte Raabe interessiert und spähte in Richtung von Valentins Ausdrucken.

Dieser wollte allerdings jetzt auf den Punkt kommen, immerhin hatte Raabe ihn sprechen wollen und nicht er war mit einem Anliegen zu ihm gekommen. »Was hatten Sie eigentlich für ein Thema?«

»Ach so. Ich habe morgen Abend eine Ad-hoc-Sitzung mit meinem Geschäftsführer-Kollegen. Wir müssen uns da über eine recht kritische Sache einigen«, kündigte Raabe an. Valentin überlegte, ob Raabe ihm nun eröffnete, dass er bei dieser offensichtlich wichtigen Sitzung dabei sein sollte. Doch Raabes Erklärung ging in eine andere Richtung. »Leider kann ich aus diesem Grund nicht zu einer Einladung nach Schloss Buchenau. Ich möchte Sie bitten, mich dort zu vertreten.«

»Das kann ich gerne übernehmen. Wann muss ich

dort sein?« Valentin war etwas enttäuscht, nicht an der Sitzung teilnehmen zu dürfen, war aber von einer Einladung auf das Schloss Buchenau angetan.

»Um 19 Uhr. Warten Sie, ich gebe Ihnen die Einladung«, antwortete Raabe und reichte ihm eine in schwungvoller Schrift bedruckte Karte über den Tisch. »Noch etwas, bevor ich es vergesse. Sie vertreten dort offiziell unser Unternehmen. Also bitte schön mit dunklem Anzug und dezenter Krawatte.«

»Das habe ich mir fast gedacht. Trotzdem danke für den Tipp«, entgegnete Valentin verstimmt. Er achtete grundsätzlich auf gute Kleidung, in solchen Dingen musste ihn sein Chef nicht belehren. Er verabschiedete sich mit wenigen Worten und strebte eilig seinem Büro entgegen.

Nach der langen Fahrt in aller Frühe von München nach Zwiesel machte er montags gerne früher Schluss. Für heute Abend hatte er sich schon seit einigen Tagen fest vorgenommen, eine seiner bisherigen Laufstrecken mit dem neuen Rad abzufahren. Er beabsichtigte noch bei Tageslicht in Zwiesel zu starten und da durfte er jetzt nicht mehr allzu viel Zeit verlieren.

Jennifer schaute prüfend auf die große Wanduhr in ihrem Büro, als er zur Tür hereinstürmte. »Das schaffen Sie. Es ist noch mindestens eine Stunde hell«, beruhigte sie ihn.

»Kein Problem. Das Licht am Bike leuchtet fast so stark wie das am Auto. Hauptsache es regnet nicht.«

»Was wollte denn der Herr Raabe?«, fragte sie neugierig.

»Ach, nichts Wichtiges. Ich soll ihn morgen Abend bei einer Einladung vertreten. In Buchenau.«

»Etwa im Schloss?«

»Ja, genau. Waren Sie schon mal dort?«

»Letzten Sommer bei einer Theateraufführung im Garten. Ich glaube, das Stück hieß ›Der Lügner‹. Es war ein toller Abend und wirklich etwas Besonderes.«

»Da bin ich gespannt, was mich morgen Abend erwartet. Jetzt muss ich weg.« Valentin legte noch ein paar Arbeitsunterlagen und seinen PDA in den Aktenkoffer, schloss die Tür zum Büro und verließ eilig die Firma.

Es war immer noch nicht dunkel und er fuhr recht zufrieden mit dem neuen Mountainbike in Richtung Talsperre. Laut Tacho war er die ersten acht Kilometer mit einer Durchschnittsgeschwindigkeit von 25 geradelt, was er als ganz passablen Wert ansah. Immerhin war es ein neues Rad, mit dem er nicht vertraut war, und die Schaltung hatte für ihn noch einige Tücken. Den Radweg über das Dörfl, eine weite Wiese vor der Ortschaft Frauenau, hatte er hinter sich gebracht und er bog links auf die geteerte Straße in den Wald ab. Da dieser Teil für den öffentlichen Verkehr freigegeben war, drückte er eine Taste auf dem Lenker und schaltete das Licht an. Es strahlte beeindruckend hell.

Gut, dass er sich diese Xenon-Lichtanlage geleistet hatte, sinnierte er. Wenn er sich im dunklen Herbst ein neues Rad kaufte, brauchte er auch ein gutes Fahrlicht. Diese LED- oder Halogenfunzeln kosteten nur Kraft beim Treten und man sah nachts nichts. Der Nabendynamo summte leise vor sich hin und da es leicht bergab ging, konnte er ein ziemlich hohes Tempo vorlegen. Ein bisschen grauste ihm vor dem langen Aufstieg zur Dammkrone, doch vorher ging es zur Einstimmung einige Kilometer halbwegs flach die Straße am Kleinen Regen entlang.

Als er die Brücke überquert hatte, begann der erste Teil der Steigung bis zum Fuß der Trinkwassertalsperre. Von da ab war die Straße für den Autoverkehr gesperrt. Valentin kannte die Strecke noch gut aus seiner Jugend und er war sie in den letzten Wochen ein paar Mal gelaufen. Unmittelbar am Ende der öffentlichen Straße gab es einen Parkplatz, von dem mehrere gute Laufstrecken auf ausgebauten Wegen rund um die Talsperre führten.

Valentin radelte um die Schranke herum, schaltete in einen niedrigeren Gang und fuhr die erste lang gezogene Steigung hinauf. In der Eile hatte er heute vergessen, seinen MP3-Player mitzunehmen, den er jetzt schmerzlich vermisste. Sonst hätte er die Musik laut aufdrehen können, um seinen Atem zu übertönen, und die passende Musik verpasste ihm immer einen kleinen Adrenalinschub. So quälte er sich Umdrehung für Umdrehung die breite Teerstraße hoch. Hinter sich hörte er das Klacken von Skistöcken auf Asphalt. Das Geräusch klang noch ziemlich entfernt, doch kam es langsam und stetig näher. Valentin schaltete einen Gang runter und versuchte, seine Trittfrequenz zu erhöhen. Er wusste genau, was dieses Geräusch bedeutete, und diese Schmach wollte er sich nicht bieten lassen. Doch so sehr er sich anstrengte, dem ständigen Klickklick hinter sich konnte er nicht entkommen. Seine Beine wurden langsam schwer und er schaltete zwei Gänge hoch, um nicht mehr so viel treten zu müssen. Doch das erwies sich als Fehler, denn es kostete ihn mehr Kraft voranzukommen, als er gedacht hatte. Wollte er nicht anhalten und absteigen, dann musste er aus dem Sattel und stehend fahren.

Doch da war es schon passiert. Die Aktion hatte ihm so viel Fahrt gekostet, dass er mit erheblicher Geschwindigkeit von einer Skirollerfahrerin überholt wurde. Valentins bisherige Freude am Radfahren reduzierte sich schlagartig auf null. Ihm blieb zudem nichts anderes übrig, als auf der recht breiten Straße in einem Kreis den Berg hinunterzufahren, um endlich in einen kleineren Gang schalten zu können. Als er wieder auf dem Weg nach oben war, bog seine Kontrahentin schon in die nächste Kehre ein.

Schlussendlich hatte Valentin die Krone des Naturdamms erreicht. Er lehnte das Rad an die niedrige, hölzerne Wegbegrenzung, die die Straße über den Damm vom gespeicherten Trinkwasser trennte. Mit auf den Oberschenkeln gestützten Armen stand er tief atmend neben dem Rad und lies den Blick über die weite Fläche des künstlichen Sees schweifen. Links und rechts davon stiegen die typischen Hügel des Waldgebietes an, die wie überall in dieser Gegend dicht mit Fichten bewachsen waren. Die weite Fläche des abendlichen Sees wurde nur durch den an der tiefsten Stelle gebauten

Wasserentnahmeturm aus Stahlbeton durchbrochen. Der helle Turm ragte mehr als 20 Meter aus dem Wasser und spiegelte sich auf der glatten, dunklen Oberfläche. Direkt vor Valentins Rastplatz befand sich der gewaltige Überlauftrichter, ebenfalls aus grauem Beton. Sein Fuß stand allerdings zurzeit auf dem Trockenen, ein deutliches Zeichen dafür, dass die Niederschlagsmenge in den letzten Monaten sehr gering war.

Bis zu diesem Platz war die Gegend voll erschlossen, es gab sogar Straßenbeleuchtung, die bereits angeschaltet war. Fuhr man allerdings geradeaus weiter, kam man nach weniger als hundert Metern auf eine Sandstraße, die am Wasser entlang bis zum Ende des Sees führte. Anschließend ging es am Kleinen Regen, der hier nur ein breiter Bach war, einige Kilometer steil bergan auf die Schachten. Links dagegen führte die Straße auf die andere Seite des Damms und dann rechts talaufwärts ebenfalls zu den verschiedenen Schachten oder links auf einem Waldweg nach Buchenau hinüber.

Valentin schaute sich um, wo denn die Frau mit den Skirollern abgeblieben war. Sie konnte von hier aus nur über den Damm und musste dann zurück, da es seines Wissens auf der anderen Seite nichts außer Sandstraßen gab.

Als er zur anderen Talseite blickte, sah er sie. Er bemerkte, dass sie bereits auf dem Weg zurück war. Gleichmäßig und mit sehr präzisen Bewegungen kam sie in einem erstaunlichen Tempo näher. Valentin erinnerte sich dunkel, dass er sie womöglich schon ein- oder zweimal aus der Entfernung gesehen hatte, als er hier laufen war. Hier war wohl ihre reguläre Trainingsstrecke. Es beeindruckte ihn immer wieder aufs Neue, mit welcher Leidenschaft in dieser Gegend die Einheimischen Leistungssport betrieben.

Als sie nur noch einige Meter entfernt war, lies sie die Skiroller auslaufen und wurde langsamer. Ihr Atem ging völlig ruhig. »Heute mal mit dem Bike unterwegs?«

Valentin war überrascht, als sie ihn ansprach, offensichtlich hatte auch sie ihn schon öfter bemerkt.

»Ist eine meiner ersten Touren mit dem Rad«, sagte er und versuchte krampfhaft, möglichst gleichmäßig zu atmen. »Deswegen hab ich mich vorhin in der Steigung so fürchterlich verschaltet.«

»Ich hab es gehört. Hat ja wirklich schrecklich gekracht«, erwiderte sie lachend.

»Das wird das Teil schon aushalten. Du bist wohl öfter hier?« Valentin entschied sich für das Du, obwohl ihm diese Form der Anrede bei Fremden immer schwerfiel.

»Das ist eine der wenigen Strecken, wo du ohne Autos mit den Rollern einen Berg hoch- und runterfahren kannst. Ist halt leider viel zu kurz für ein gescheites Training.«

»Sag mal, ich wollte schon immer wissen, wie kommt man eigentlich mit diesen Dingern den Berg wieder hinunter? Die haben ja keine Bremse.«

»Einfach runterfahren. Du musst nur schauen, dass du um die Kurven herum trittst. Lenken geht nämlich nicht. Wenn es wirklich einmal zu schnell werden sollte, kann man mit den Stöcken bremsen. Einfach nach hinten auf die Straße drücken und schleifen lassen.«

Valentin hatte da so seine Zweifel, ob dies wirklich einfach war. Es gab immer wieder schauderliche Geschichten von Skirollerfahrern, die sich bei der Abfahrt schwer verletzt hatten.

»Wo fährst du denn noch hin? Rauf auf den verlorenen Schachten?«, fragte sie und begutachtete neugierig sein Rad.

Das letzte Stück des Weges hatte Valentin allerdings dermaßen geschlaucht, dass er vor allem zurück in sein Hotel wollte und nicht im Traum daran dachte, sich jetzt noch weiter den Berg hinaufzuquälen. »Eigentlich wollte ich heute nach der Arbeit von Zwiesel aus nur eine kleine Runde drehen, um mein neues Rad kennenzulernen. Du hast ja gehört, dass ich da durchaus noch Bedarf habe.«

»Stimmt, aber das wird schon«, meinte sie. »Ich muss jetzt wieder los, sonst wird es mir hier zu kalt.« Sie lächelte ihn kurz an sagte noch »Tschau« und fiel nach ein paar Beschleunigungsschritten wieder in einen gleichmäßigen Schlittschuhschritt den Berg hinunter.

Valentin sah ihr nach, wie sie in vollem Tempo in Richtung Tal strebte. Einen Augenblick lang überlegte er, ob er nicht versuchen sollte, ihr mit dem Rad hinterherzufahren. Er stellte sich vor, wie es wäre, wenn er an ihr grinsend mit dem höchsten Gang bergab vorbeifahren würde. Diesen angeberischen Gedanken verwarf er rasch wieder. Erstens war er gar nicht mal sicher, ob er bergab überhaupt schneller als sie wäre, und zweitens hätte sie ihn vermutlich auf der nächsten Geraden ohnehin wieder eingeholt. Er stieg auf sein Rad und machte sich im besseren Freizeittempo zurück auf den Weg nach Zwiesel.

KAPITEL 10

Sie hieß Sandra Wagner und sah ein wenig wie die typischen Beraterinnen in Telefonläden aus. Blonde Haare mit Pagenschnitt, weiße, gestärkte Bluse mit dunkelblauem Hosenanzug und Schuhe mit einem kleinen Absatz. Valentin ließ sich vom äußeren Eindruck der vor ihm sitzenden Frau nicht täuschen. Sie war bei einer der Banken am Zwiesler Stadtplatz als Maklerin für Immobilienangelegenheiten angestellt und man konnte getrost davon ausgehen, dass man so einen Job nicht nur aufgrund ansehnlicher Kleidung bekam. Seine Sekretärin, Jennifer Hoffmann, hatte vor einigen Tagen einen Termin mit Frau Wagner vereinbart und heute zur Mittagszeit saß er in ihrem Büro. Einleitend erzählte sie ihm, dass er eine sehr gute Wahl getroffen hätte, da die Bank viele interessante Immobilien anbieten konnte. Das hatte mit der schlechten wirtschaftlichen Lage im Bayerischen Wald zu tun, die seit Jahren viele Leute dazu zwang, die Gegend zu verlassen. Er hatte ihr daraufhin seine persönliche Situation erläutert, dabei zwar nicht allzu dick aufgetragen, doch offenbar hatte es genügt, ausreichend Eindruck zu machen. Besonders die beiläufig eingestreute Bemerkung, dass er heute Abend zum Konzert in Schloss Buchenau eingeladen war, hatte ihr imponiert, wahrscheinlich deshalb, weil der Vorstandsvorsitzende der Bank ebenfalls dort war. Valentin nahm sich vor, diesen unbedingt bei der Gelegenheit kennenzulernen. Das konnte nur nützen.

»Ihre Vorstellung, eine Immobilie zu kaufen anstelle zu bauen, ist auf jeden Fall richtig. Damit haben Sie deutlich schneller Ergebnisse und vor allem wissen Sie genau, was Sie bekommen. Beim Hausbau kann man es ja nie so genau sagen, wie es dann am Schluss ausgeht.« Sie machte eine entsprechende Geste, die wohl ausdrücken sollte, dass man bei einem Neubau froh sein musste, wenn er nach 14 Tagen nicht gleich einstürzt. Valentin ging nicht darauf ein.

»Wichtig für mich ist die Lage. Sie sollte ruhig sein und natürlich sonnig. Allzu abseits gelegen darf sich die Immobilie natürlich nicht befinden. Ich könnte mir da durchaus einen alten Bauernhof vorstellen.«

»Ich muss da einfach mal in unseren Unterlagen suchen. Wir haben da sicher etwas Passendes für Sie in unserem Portfolio. Es gäbe da auch noch einige relativ neuwertige Objekte in hervorragender Lage. Preislich sind diese zudem äußerst attraktiv.«

»Warum verkaufen die denn? Haben die sich übernommen?«, fragte Valentin.

»Nein, nein«, wehrte sie ab. »Wissen Sie, es gibt immer wieder Städter, meistens kurz vor dem Rentenalter, die glauben, sie müssten unbedingt aufs Land ziehen. Die bauen sich ein schönes Haus und nach wenigen Jahren stellen sie fest, dass die Realität nicht mit ihren Vorstellungen vom Landleben übereinstimmt. Dann verkaufen sie wieder. Das sind stets Objekte mit allen möglichen Extras zu einem verhältnismäßig günstigen Preis.«

Valentin überlegte einen Augenblick, allerdings in eine andere Richtung, als es sich die Maklerin dachte. Er klopfte innerlich dreimal auf Holz, dass er nicht zu denjenigen gehören würde, die sich mit viel Aufwand hier eine Heimstatt aufbauten und nach drei Jahren frustriert wieder von dannen zogen.

»Das Beste wird sein, Sie machen mir einige passende Vorschläge und ich besichtige die Offerten. Das mit dem Bauernhof sollten wir nicht aus den Augen verlieren. Meine Frau und die Töchter reiten sehr gerne und vielleicht gibt es sogar die Möglichkeit, in einem Nebengebäude ein oder zwei Pferde unterzustellen.«

»Das werde ich natürlich in meine Recherchen einbeziehen. Ich muss Ihnen da ganz offen sagen, dass es in diesen Fällen durchaus notwendig sein kann, noch gewisse Modernisierungen vorzunehmen.«

Nun musste Valentin innerlich lächeln. Sie versuchte ihm wohl auf diese Weise klarzumachen, dass diese alten Höfe vielfach nicht einmal eine Zentralheizung besaßen und er einiges an Geld hineinstecken musste. Das war ihm schon klar und er scheute sich nicht davor. So ein Bauernhof in guter Lage, der auf dem neuesten technischen Stand gebracht worden war, würde ihm eigentlich am besten gefallen. Ein altes Haus hatte oftmals deutlich mehr Charakter als ein Neubau. Er hütete sich allerdings, ihr dies zu sagen, denn notwendige Renovierungen ließen sich gut als nicht von der Hand zu weisendes Argument für die Preisverhandlung nutzen.

»Danke für den Hinweis. Ich bin jetzt einfach mal neugierig, was Sie mir zusammenstellen. Sie haben ja meine Karte. Wir vereinbaren dann einen Besichtigungstermin. Sollte ich nicht erreichbar sein, können Sie das über mein Sekretariat organisieren.« Diese Bemerkung hatte er sich bis zum Schluss aufgehoben. Er hoffte, damit nochmals klarzumachen, dass er nicht irgendein Kunde war und eine gewisse Vorzugsbehandlung erwartete. Dann verabschiedete er sich von ihr und verließ die Bank. Draußen strebte er mit schnellen Schritten in Richtung Büro, das nur einige Minuten Fußweg entfernt war. Er war schon neugierig auf die Angebote. Zuerst würde er sich die Häuser allein ansehen, eine Vorauswahl treffen und danach Luisa und die Kinder übers Wochenende einladen. Dann könnten sie die schönsten Häuser gemeinsam begutachten und beratschlagen, welches sie kaufen sollten. Vielleicht war ja wirklich ein schöner alter Bauernhof dabei.

KAPITEL 11

Die Entfernung von Zwiesel nach Buchenau war nicht groß, lediglich acht Kilometer. Die schmale Straße beanspruchte jedoch die gesamte Aufmerksamkeit des Fahrers, da sie in vielen engen Kurven durch den Fichtenwald führte. Fahrfehler wurden hier nicht verziehen. Einen kurzen Augenblick nicht aufgepasst und man endete unweigerlich an einem der Bäume. Valentin lenkte seinen breiten Geländewagen mit mäßigem Tempo und hoffte, dass ihm weder ein Kurven schneidender Einheimischer noch ein größeres Fahrzeug entgegenkam.

Buchenau lag inmitten einer Rodungsinsel am Ende eines flachen Tals und war wie beinahe alle Orte in der Gegend von Hüttenleuten gegründet worden. Diese siedelten stets in einer holzreichen Gegend und bauten eine einfache Glashütte auf. Die Bäume der Umgebung verarbeiteten sie in Köhlereien zu Holzkohle, welche als Brennmaterial für die Glasschmelze diente. Sobald alle Bäume in der Umgebung der Glashütte abgeholzt waren, zogen die Glasmacher zum nächsten Ort und der Zyklus begann von Neuem.

Freilich war die Lage von Buchenau so attraktiv, dass man, selbst als alles Holz für die Glashütte geschlagen war, den Ort nicht aufgab. Einer der lokalen Adeligen baute um 1840 ein kleines Schloss, das über mehrere Eigentümer hinweg vor einigen Jahren in den Besitz eines Vereins zur Erhaltung desselbigen kam. Die kleine Gruppe war recht engagiert und nutzte das Schloss für vielerlei Veranstaltungen immer unter der Devise, Gelder für die teuren Renovierungsmaßnahmen einzunehmen. Dies alles stand auf dem Zettel, der Valentins Eintrittskarte beigelegt war.

Als er nach kurzer Fahrt den Wald durchquert hatte und einen Blick auf die freie Fläche warf, erwartete ihn eine wunderbare Szenerie im Abendlicht. Der starke Kontrast zwischen den Wiesen mit der Ansiedlung und dem herbstlichen Wald zeigte deutlich, warum dieser Ort noch immer existierte.

Valentin fuhr die Straße weiter entlang der wenigen Häuser und einer kleinen Kirche bis zu ihrem Ende. Auf der linken Seite stand in einem übersichtlichen Park das kleine Schloss und mit Abstand auf der rechten Seite einige ältere Wohngebäude und Stallungen. In der typischen Manier eines Städters steuerte er auf der Suche nach einem Parkplatz bis zur Schlossauffahrt, wo er allerdings feststellte, dass die Straße links und rechts bereits vollgeparkt war. Darunter einige Oberklasselimousinen und SUVs, wie man sie sonst in dieser Gegend eher selten vorfand. Valentin wendete sein Auto auf der engen Straße und fand doch noch recht nahe am Schloss einen Parkplatz, der allerdings nur für Geländewagen mit Allradantrieb geeignet war. Dann schlenderte er zum schmiedeeisernen Tor des Parks, wo ein korpulenter, kleiner Mann recht leger die Eintrittskarten kontrollierte.

Schloss Buchenau war eine im Stile des Historismus gestaltete Villa inmitten eines kleinen Parks. Es war weiß gestrichen, zweistöckig mit einem kleinen Türmchen und besaß einen klassischen Treppenaufgang, der die Besucher durch eine Flügeltür ins Innere führte. Die weiße Farbe der alten doppelten Fensterrahmen blätterte an vielen Stellen ab, was den verträumten Eindruck steigerte. Der Park um das Schloss wies viele Anzeichen des Verfalls auf, was ihm dennoch einen romantischen Charakter verlieh. Dazu trugen die mit Moos besetzte Einfriedungsmauer und einige stark mit Efeu überwucherten Bäume bei. Rechter Hand des Weges befand sich ein alter Springbrunnen, der trotz der fortgeschrittenen Jahreszeit noch in Betrieb war. Die sicherlich fünf Meter hohe Wasserfontäne glitzerte in den letzten Strahlen der Abendsonne. Schade, dass Luisa nicht dabei war, dachte Valentin, der Abend würde ihr gut gefallen. Das Konzert würde bestimmt zu diesem Ambiente passen. In der Einladung stand, dass es bei Kerzenlicht stattfinden soll.

Er wollte sich noch den hinter dem Schloss liegenden Teil des Parks ansehen und spazierte den geschotterten Weg entlang. Die Eingangstreppe zum Schloss hielt ein Mann mittleren Alters besetzt und fotografierte viele der Ankommenden. Das Blitzlicht der Kamera zerriss immer wieder die Idylle des alten Gartens. Valentin schaute finster zum Störenfried.

»Tut mir leid wegen des Blitzes, aber für available light ist es schon zu duster«, erwiderte der Fotograf Valentins Miene. Er spähte mit zusammengekniffenen Augen zu Valentin. »Valentin Steinberg. Habe ich recht?«

»Stimmt«, antwortete Valentin und durchforstete krampfhaft sein Gedächtnis, wer ihn da gerade angesprochen hatte.

Währenddessen kam der Fotograf schmunzelnd die Treppe zu ihm herunter. »Erkennst mich nicht mehr? Denk mal an die Zeit auf dem Zwiesler Gymnasium!«

»Tut mit leid, es fällt mir beim besten Willen im Augenblick nicht ein.«

»Tja, dann muss ich ein klein wenig nachhelfen. Ich bin es, der Jo Saxinger. Jetzt erinnerst du dich hoffentlich!«

So langsam dämmerte es Valentin. Josef Saxinger war damals in der Parallelklasse gewesen und in der Kollegstufe der unbestrittene Star der Schülerzeitung. Nichts und niemand war ihm heilig und er setzte sich vehement für Abrüstung, gegen Atomkraft und gegen alle möglichen Beschränkungen der Schule, wie etwa das Rauchverbot, ein. Mehr als ein Mal war es äußerst knapp gewesen und er wäre aufgrund seines ungestümen Engagements vom Gymnasium geflogen.

»Tut mir leid, dass ich dich nicht sofort erkannt habe«, entschuldigte sich Valentin und besah ihn sich näher. »Sieht so aus, als ob du immer noch Zeitung machst.«

»Ja klar, doch. Allerdings habe ich mich mittlerweile dem Kommerz verschrieben«, sagte er und deutete auf das Logo der Lokalzeitung auf seiner Fototasche.

Valentin zuckte die Schultern und antwortete: »Ist doch nicht schlimm, von irgendwas muss man schließlich leben. Erzähl, wie ist es dir seit der Schule so ergangen.«

»Bin die nächste Viertelstunde noch im Stress. Muss ein paar der Wichtigen ablichten. Zeig mir mal deine Eintrittskarte.« Er blickte kurz auf die Karte. »Reihe zwei. Das ist nobel! Nimm bitte meine Tasche mit und stelle sie auf den Stuhl neben deinem Platz. So als eine Art Handtuchersatz. Ich komme nach, sobald ich hier fertig bin. Dauert nicht mehr lange.« Er grinste Valentin an, hievte die schwere Fototasche hoch und hielt sie ihm auffordernd hin. Dieser packte sie am Schulterriemen, sagte »na dann, bis gleich« und ging die Granitstufen zum Eingang des Schlosses hoch.

Die hohe Eingangshalle des zweistöckigen Gebäudes zierten links und rechts zwei dunkle Ölgemälde, die dem Raum einen düsteren Anblick verliehen. Dieser erste Eindruck trog jedoch, da die angrenzenden Zimmer hell und einladend gestaltet waren. Der größte der Räume war bis auf viele Stühle und einer Bühnenfläche mit schwarz glänzendem Klavier leer geräumt. Ein imposanter Kristalllüster und viele weiße Kerzen auf den Tischen am Rande des Raums verbreiteten warmes Licht.

Valentin blieb am Türrahmen stehen und sah sich beeindruckt um. Das musste man den Leuten hier schon zugestehen, sie hatten mit wenigen Mitteln eine zauberhafte Stimmung geschaffen, die einen perfekten Rahmen für ein Konzert abgab. Er setzte sich in die

Mitte der zweiten Reihe, die große Fototasche von Jo auf dem Stuhl neben sich platziert. Einige Zuhörer waren bereits da, sie standen allerdings mehrheitlich in kleine Gesprächsgrüppchen versammelt an den Seiten des Raums. Valentin ärgerte sich ein wenig, da er einen taktischen Fehler begangen hatte. Er musste jetzt wie ein Wachhund auf die Fototasche aufpassen und konnte nicht umhergehen und Kontakte mit den Anwesenden knüpfen. Genau dies war ja ein Grund, warum er sich so auf dieses Ereignis gefreut hatte. Hoffentlich kam Jo bald, damit er endlich von diesem Platz loskam. So lange beobachtete er die Anwesenden. Vor allem einige der älteren Personen kamen ihm irgendwie bekannt vor, doch konnte er den meisten keinen Namen zuordnen. Generell beschlich ihn das Gefühl, dass diejenigen, die er zu kennen glaubte, alt geworden waren. Interessant war für ihn die Dreiteilung der Besucher. Es gab die Kulturinteressierten, die eine bessere Freizeitkleidung trugen, bei den Männern oft mit einem Sakko aufgewertet. Dann war da die wirtschaftliche und politische Oberschicht. Eine Gruppe zu der sich auch Valentin zählte. Da trug der Mann einen dunklen Anzug mit passender Krawatte, oftmals mit einer wärmenden Weste. Die dritte Gruppe waren die ortsansässigen Künstler. Die Kleidung hatte eine deutliche Tendenz zur bayerischen Tracht, jedoch dezent und typischerweise in grau und grün gehalten. Das wesentliche Erkennungszeichen dieser Fraktion waren längere Haare und Vollbärte, beides jedoch gepflegt und sorgfältig geschnitten. Die drei Gruppen konnte man sogar im Raum klar unterschieden. Vorn die Künstler, dann erst Wirtschaft und Politik und dahinter die zahlenden Besucher. Sein zentraler Platz verschaffte Valentin einen grandiosen Blick auf die gesellschaftlichen Schichten.

»Geschafft! Alle wichtigen Leute im Kasten. Jetzt kommt der angenehme Teil der Veranstaltung.« Jo Saxinger stellte die Fototasche achtlos auf den Boden und plumpste erschöpft in den Stuhl neben Valentin. »So, jetzt erzähl mal. Seit wann bist du wieder in der Gegend? Was hast du nach dem Gymnasium gemacht? Hast du Frau und Kinder?«

»Alles der Reihe nach«, bremste Valentin den Redeschwall von Jo. »Außerdem bin ich kein Politiker, den du so mir nichts dir nichts ausfragen kannst.«

»Die muss man ja nicht fragen, die labern ja von selbst, und zwar meist ununterbrochen. Ich hole uns jetzt ein Getränk und du überlegst dir inzwischen die Zusammenfassung der letzten 20 Jahre«, sagte Jo und zwinkerte ihm zu. Er erhob sich und schlenderte in eines der benachbarten Zimmer, in dem ein Buffet mit Getränken und kleinen Häppchen aufgebaut war. Nach wenigen Augenblicken kehrte er mit zwei langstieligen Gläsern zurück, gefüllt mit einer Mischung aus Sekt und Holundersaft, und blickte Valentin auffordernd an. Bis zum Beginn des Konzerts dauerte es zwar noch eine Weile, und so ergab sich Valentin seinem Schicksal und berichtete dem Schulfreund, was sich seit der gemeinsamen Gymnasialzeit alles zugetragen hatte. Dieser hörte aufmerksam zu und fragte in typischer Journalistenmanier immer wieder nach. Gerade als Valentin seinerseits mit seinen Fragen beginnen wollte, wurde das Licht gedimmt. Der Raum war nun nur noch von den Kerzen beleuchtet. Ein Lichtspot ging an und erhellte einen älteren Herrn, der vor den Zuhörern im Bühnenraum stand. Er eröffnete seine Rede mit der Begrüßung der lokalen Prominenz aus Politik und Wirtschaft, fokussierte sich aber schnell auf die anwesenden Künstler und Glasleute.

»Ganz besonders freut es mich, dass wir heute Abend die Geigensolistin Frau Ariane Lindermeier bei uns willkommen heißen dürfen, die uns einige wunderbare Passagen aus ihrem aktuellen Programm von Giuseppe Torelli präsentiert. Dies erbaut mich umso mehr, da dieses Haus schon immer im Zeichen der Kunst und Kultur gestanden hat. Wie Sie, verehrte Gäste, sicherlich wissen, hat bereits im Jahre 1890 Engelbert Humperdinck hier seine berühmte Oper ›Hänsel und Gretel‹ komponiert. Vorher jedoch wird uns die ebenfalls hier in der Gegend aufgewachsene Frau Rebekka Hain zusammen mit Herrn Joachim Löffelmann einige Auszüge von Gioachino Rossinis ›Il barbiere di Siviglia‹ vortragen. Lassen Sie uns nun gemeinsam die Künstlerin und ihren Pianisten begrüßen.« Er trat aus dem Spot in den Halbschatten zurück und eine hochgewachsene Frau in einem schlichten, roten Kleid betrat den Lichtkegel Das Kleid kontrastierte fabelhaft die schwarzen, schulterlangen Haare. Die Sopranistin verbeugte sich und das Publikum begrüßte sie mit langem Applaus. Kurz darauf begann der Pianist zu spielen und nach wenigen Takten ertönte die klare Stimme von Rebekka Hain.

Valentin lehnte sich entspannt in seinem Stuhl zurück und genoss die Darbietung. Nun gehörte er dazu. Er saß in der zweiten Reihe inmitten der einflussreichen Oberschicht dieser Gegend und lauschte in einem alten Schloss mitten im Wald italienischer Musik. Was wollte er mehr? Er freute sich schon, wenn er heute Abend nach dem Konzert mit Luisa telefonieren und ihr von diesem Ereignis berichten konnte. Sie würde davon sicher beeindruckt sein und vor allem konnte er ihr damit demonstrieren, dass Kultur nicht nur auf München beschränkt war.

Der Gesangsvortrag dauerte etwa eine halbe Stunde. Anschließend war eine Pause geplant und danach kam der Höhepunkt des Abends. Der Auftritt der aus Bodenmais stammenden Geigensolistin Ariane Lindermeier, die seit vielen Jahren auf internationalem Parkett tätig war. Die Pause wollte Valentin unbedingt nutzen, um Kontakte zu knüpfen. Er war fest entschlossen, seinen gerade wieder entdeckten Schulkameraden einzusetzen, da dieser sicherlich viele der Anwesenden kannte. Um seine Hauskaufaktion zu vereinfachen, musste er auf jeden Fall den besagten Vorstand der Zwiesler Bank kennenlernen.

»Der Zwiesler Winkel muss an Attraktivität für den Tourismus gewinnen. Bodenmais hat es uns vorgemacht.«

»Bodenmais ist doch längst kein Vorbild mehr. Es

hat die Identität verloren. Völlig austauschbar und ohne eigenen Charakter, das darf nicht unser Ziel sein. Wir brauchen einen ans ökologische Gleichgewicht angepassten und vor allem nachhaltigen Fremdenverkehr. Das passt zudem hervorragend zum Wesen des Nationalparks.«

Auf der kleinen Terrasse des Schlosses erzeugten mehrere Heizstrahler angenehme Wärme. Sie machten so den Aufenthalt im Freien ohne Jacken und Mäntel während der Pause überhaupt erst möglich. Mit einem Glas Prosecco in der Hand näherten sich Jo und Valentin einer Gruppe Männer, die recht angeregt über den richtigen Tourismus für die Zwiesler Gegend diskutieren. Jo hatte Valentin einige der Namen und ihre Positionen ins Ohr geflüstert, sodass dieser vorab die Personen bereits einschätzen konnte.

»Ah, der Saxinger ist auch da« wurden sie von einem Mann in braunen Anzug und Krawatte begrüßt. »Das passt ja hervorragend. Da können wir ja gleich einmal den Standpunkt der Presse einholen. Was ist denn Ihre Meinung? Bio-Tourismus für eine kleine elitäre Gruppe oder Fremdenverkehr für alle?«

»Herr Bürgermeister, solche Suggestivfragen durchschaut selbst der hiesige Lokalreporter«, entgegnete Jo und drohte lächelnd mit dem Zeigefinger. »Ich möchte Ihnen einen ehemaligen Zwiesler vorstellen, der wieder zurück in die Heimat gefunden hat. Er ist allerdings kein Künstler, sondern ein handfester Betriebswirtschaftler und der neue Chefcontroller der BGI in Zwiesel.«

Die hochtrabende Einführung fand Valentin beinahe peinlich, aber es erfreute ihn, als er von den Anwesenden einzeln mit Handschlag begrüßt wurde. Das musste man Jo anerkennen, das hatte er gut eingefädelt. So lernte Valentin auf einen Schlag den Landrat, zwei Bürgermeister, einen Glashüttenbesitzer und sogar den bewussten Bankvorstand kennen. Offensichtlich hatte sich hier die Gruppe der politisch und wirtschaftlich Tätigen zusammengefunden.

Jo, immer noch ganz der alte Provokateur aus der Schulzeit, piesackte Alois Lomitzky, den Leiter der Nationalparkwacht und Vorstand des Glasmuseums, indem er ein in den letzten Monaten in der Gegend immer wieder heiß diskutiertes Thema anschnitt. »Alois, so unter uns kannst du es doch zugeben, dass ihr im letzten Winter bei den drei Wölfen etwas nachgeholfen habt.«

»Ach, hör doch auf damit! Der Gutachter hat ganz klar die Ursache festgestellt. Der nasse Schnee hat einen Baum umgedrückt und dieser dann wiederum die Umzäunung beschädigt, sodass die drei Tiere das Gehege verlassen konnten.«

Die drei entflohenen Wölfe wären gegen Ende des letzten Winters beinahe das totale touristische Desaster geworden, weil sich plötzlich in engagierten Leserbriefen Befürworter und Gegner von frei lebenden Wölfen eine regelrechte Feldschlacht geliefert hatten. Sie gipfelte darin, dass man den Befürwortern vorwarf, die Wölfe freigelassen zu haben und wissentlich das Leben von Waldspaziergängern aufs Spiel zu setzen.

Das Thema war dabei selbst von der überregionalen Presse begierig ausgeschlachtet worden. Die lokalen Touristikmanager agierten zudem ziemlich konfus, da sie nicht so recht wussten, ob nun ein Wald mit oder ohne freilaufende Wölfe attraktiver für die Feriengäste war.

»Da habe ich in Ludwigsthal etwas anderes gehört«, entgegnete Jo.

»Das ist dummes Geschwätz. Überdies sind die Tiere extrem scheu und meiden die Menschen. Da bestand zu keinem Zeitpunkt irgendeine Gefahr.«

Noch bevor Jo zum Amüsement der Umstehenden weiter Öl ins Feuer gießen konnte, ertönte ein lauter Gong aus dem Inneren des Schlosses, der das Ende der Pause anzeigte. Die Umstehenden nickten sich zu und strebten zurück. Valentin, der unmittelbar hinter Jo ins Schloss hineinging, hatte noch eine Frage. »Was ist denn mit den Wölfen passiert? Laufen die immer noch frei herum?«

»Man versuchte damals, sie ins Gehege zurückzulocken. Das hat natürlich nicht geklappt. Nach einigen Wochen verlor sich dann ihre Spur. Offiziell sind sie nach Tschechien zu ihren Artgenossen ausgewandert.«

»Und inoffiziell?«

»Na ja, es könnte schon sein, dass sich jetzt ein paar Jäger über einen neuen Bettvorleger freuen«, antwortete Jo trocken.

Sie nahmen wieder Platz und es folgte der zweite Teil des Konzerts, der mit einer nicht ganz so ausschweifenden Ankündigung wie am Anfang begann. Als eine elegante Frau in einem langen schwarzen Abendkleid in den Fokus des Scheinwerfers trat, war Valentin beeindruckt. Sie strahlte die überaus eigene Selbstsicherheit einer erfolgreichen Künstlerin aus. Das Violinkonzert begann und Valentin, den bislang klassische Musik eher langweilte, beobachtete gebannt ihre Darbietung. Er war tief beeindruckt. Als ihr Auftritt zu Ende war, herrschte einige Augenblicke eine andachtsvolle Stille, bevor ein langer Applaus einsetzte.

Valentin überlegte, ob es angebracht war, bei so einem Konzert Zugabe zu rufen, doch offensichtlich war so etwas nicht passend. So klatschte er nur verzückt und war ein wenig traurig, dass die Veranstaltung zu Ende war. Er sah zu Jo hinüber, der den Gurt seiner Tasche bereits auf die Schulter gelegt hatte und gerade im Aufstehen begriffen war. »Trinken wir in Zwiesel noch ein Bierchen?«

»Ein andermal gern, jetzt habe ich noch ein Interview mit der Künstlerin und dann muss ich für die morgige Ausgabe alles in den Computer bekommen. Ich melde mich in den nächsten Tagen bei dir.« Sprach's und war auch schon zwischen den Menschen verschwunden. Wenn er bei diesem Interview hätte dabei sein können, hätte er sogar die Fototasche geschleppt, sinnierte Valentin. Auch er erhob sich und schloss sich den ins Freie strömenden Besuchern an.

KAPITEL 12

Diese Woche musste er schon zum zweiten Mal ins Büro seines Chefs, stellte Valentin fest, als er an dessen Tür klopfte. Zuvor hatte er sich überlegt, wie er sich für die Konzertkarte bedanken sollte. Am besten wäre es wohl, wenn er ihm einfach geradeheraus erzählte, wie gut es mir gefallen hatte.

Er betrat das Büro und nahm auf einen zerstreut wirkenden Wink von Raabe Platz. Dieser kritzelte mit seinem Füller auf einem Ausdruck herum und wandte sich ihm zu. Valentin erwartete eigentlich die Frage nach dem gestrigen Abend, doch sein Chef hatte heute offensichtlich ein anderes Thema gewählt.

»Sie kennen ja die Dokumente zu unserer langfristigen Strategie. Unser Deckungsbeitrag 3 ist in den vergangenen Jahren viel zu weit gesunken. Deshalb habe ich mich gestern mit meinem Geschäftsführerkollegen getroffen. Wir haben beschlossen, dass wir unser Strategieprogramm intensiver umsetzen.«

Bereits in den ersten Wochen seiner neuen Tätigkeit arbeitete sich Valentin durch den Wust an Strategieunterlagen. Diese waren ursprünglich mithilfe einer Beratungsfirma aus Nürnberg erstellt worden und mittlerweile von der Geschäftsführung als Masterplan für die nächsten fünf Jahre fixiert. Der Schwerpunkt lag dabei vor allem in der Steigerung des Gewinns. Genau da führte Jürgen Raabe seinen Monolog fort.

»Wir werden in den nächsten Wochen und Monaten das Thema Handelsware als Schwerpunkt setzen. Es gibt da eine Reihe von potenziellen Partnern, deren Erzeugnisse hervorragend zu unserem Produktportfolio passen würden.«

»Ich kann Sie da gerne unterstützen. Schließlich war das Lieferantenmanagement ein nicht unerheblicher Teil meiner früheren Tätigkeit.«

»Für Sie habe ich eine andere Aufgabe vorgesehen. Klar ist, dass wir uns von jetzt an nicht mehr so stark auf die eigene Produktion fokussieren, sondern verstärkt auf Zukaufteile setzen.«

»Das machen doch alle in der Industrie«, stimmte ihm Valentin zu. »Man verbreitert das Sortiment um die Produkte von externen Zulieferern. Damit kann man sich mit wenig Aufwand deutlich breiter aufstellen, ohne sich zusätzliche Kosten ans Bein zu binden.«

»Ich sehe schon, Sie haben unseren Ansatz verstanden. Die einzige Herausforderung ist dann noch, dass wir unsere Kapazitäten anpassen müssen. Und genau das sehe ich als Ihre primäre Aufgabe.« Raabe unterbrach kurz und fing an, in den Unterlagen auf seinem Schreibtisch nach etwas zu suchen. Nach einigen Augenblicken hatte er mehrere zusammengeheftete Seiten gefunden, die er Valentin über den Tisch reichte. »Das ist die Berechnung, die ich auf der Grundlage unserer aktuellen Last erstellt habe. Wenn wir kurzfristig eine Adaption von 300 FTEs vornehmen, dann können wir unsere Strategieplanung bereits im zweiten Quartal des nächsten Jahres erfüllen.«

Jetzt erst wurde Valentin klar, was sein Chef meinte. Er hatte sich schon die ganze Zeit gewundert, warum dieser heute so weit ausholte, wo er doch sonst immer recht kurz angebunden war. Seine neue Aufgabe war die Entlassung von 300 full time equivalents, konkret von 300 Arbeitern aus der Produktion der Hütte. Ihm war plötzlich schlecht.

»Mir ist durchaus bewusst, dass die Aufgabe nicht ganz easy ist, aber wir sind hier ja nicht auf einem Ponyhof. Zudem bietet diese Maßnahme einen durchaus interessanten monetären Anreiz für Sie. Wenn wir uns in diesem Jahr noch von mindestens 90 Prozent der FTEs trennen können, dann wird sich dies sehr positiv auf Ihren Bonus auswirken. Ich denke da durchaus in der Größenordnung eines Schwimmbades im Keller Ihres neuen Domizils.« Er nickte ihm zu. Offensichtlich hatte es sich schon bis zu ihm herumgesprochen, dass Valentin auf der Suche nach einem Haus war. »Wissen Sie, auch diese Sachen gehören zu unserem Job. Damals in den 90ern, als die DDR den Bach runterging, habe ich solche Aktionen laufend gemacht. Man gewöhnt sich daran. Und ich sage Ihnen, vielen Unternehmen hat es sehr geholfen. Die bekamen damit ihre Kosten in den Griff und der EBIT stimmte wieder.«

Valentin konnte nach dieser Botschaft trotzdem nur noch nicken und hörte sich schweigend an, welche Vollmachten er bei diesem Projekt bekam. Er hatte weitgehend freie Hand und ein akzeptables Budget, um vielen der betroffenen Arbeitern die Kündigung schmackhaft zu machen. Ihm war allerdings klar, dass dieses Geld nur ein Tropfen auf dem heißen Stein war, da es hier keinen nennenswerten größeren Arbeitgeber gab. Einmal pro Woche musste er in Zukunft der Gesamtgeschäftsführung über den aktuellen Status des Projekts Bericht erstatten. Bereits am nächsten Montag war der erste Termin angesetzt.

Als er das Zimmer von Raabe verließ und auf dem Weg zurück in sein Büro war, zwang er sich seine volle Konzentration auf das Projekt zu legen. Er überlegte, was er in den nächsten Stunden alles initiieren musste. Einen Projektplan mit den wichtigsten Aktivitäten und Meilensteinen erstellen, einen Termin mit dem Personalchef organisieren, die Sozialauswahl der betroffenen Leute vorbereiten und vor allem jede Menge Folien anfertigen. Jennifer musste jetzt kurzfristig die ganzen Termine vereinbaren, dazu war es aber nicht notwendig, alle Details zu wissen. Je weniger Leute in die Sache eingeweiht waren, desto besser.

KAPITEL 13

»Sie sind heute aber schon früh hier«, stellte seine Sekretärin fest, als sie um halb neun ihr Büro betrat. Valentin hatte viele Ausdrucke vor sich ausgebreitet und bearbeite diese mit Filzstiften.

»Ich war heute bereits zeitig wach und bis nächste Woche muss ich das ganze Zeug hier fertig haben«, erwiderte Valentin und deutete auf die Unterlagen.

»Ihre Termine mit Personal, Produktion und Betriebsrat habe ich gestern noch fix gemacht. Heute Vormittag habe ich für eine Abteilungsrunde eingeladen. Das ist bereits alles in Ihrem elektronischen Kalender eingepflegt.«

»Danke, das passt so. Sie müssten mir nur heute Vormittag zwischen zehn und elf noch eine Stunde freischaufeln. Da habe ich ad hoc noch einen externen Termin bekommen.«

»Wird erledigt.« Sie wollte gerade Valentins Büro verlassen, als sie sich erneut umdrehte und fragte: »Haben Sie eigentlich schon von dem gestrigen Unfall in Ludwigsthal gehört? Da ist einer von den Wölfen gefressen worden.«

»Ich weiß, war ja selber dabei.«

»Was? Wirklich?«, staunte sie und schaute ihn abwartend an. »Das müssen Sie mir genauer erzählen. In der Stadt hört man wahre Horrorgeschichten. Richtig zerfleischt sollen die Wölfe den Mann haben.«

»Na ja, das ist etwas übertrieben. Wahrscheinlich war er bereits vorher tot.« Valentin hatte eigentlich vor, die ruhige morgendliche Zeit für seine anstehenden Arbeiten zu nutzen, doch er musste wohl Jennifer sein gestriges Erlebnis erzählen. Valentin deutete auf einen der Stühle an seinem Besprechungstisch. »Ich dachte mir, ein wenig Sport nach der Arbeit würde mir den Kopf frei machen. Ich bin dann so gegen sieben zum Schleicher gefahren und wollte ein paar Runden auf dem Nationalparkgelände drehen.« Valentin versuchte die Geschichte so zu schildern, wie sie sich zutrug, sie war auch schon so gruselig genug. Er beendete sie damit, dass einige Zeit nach seinem Anruf die Polizei eintraf und mit ein paar Schüssen in die Luft das Wolfsrudel auf die andere Seite des Geheges trieb.

»Was war dann? Wie haben sie den Toten aus dem Gehege gebracht?«, fragte Jennifer.

»Recht bald waren ein paar Leute vom Nationalpark da und die haben einfach vom Haus zur Wildnis Leitern geholt. So konnten die Polizisten über den Zaun klettern. Den Abtransport des Toten habe ich nicht mehr mitbekommen, da die erst den ganzen Bereich nach Spuren absuchen wollten. Das hat sicher noch einige Stunden gedauert.«

»Sind Sie dann einfach heimgefahren?«

»Einer der Polizisten hat mir noch ziemlich viele Fragen gestellt und dann haben sie mich zu meinem Auto geleitet. Ich hatte da wirklich keine Lust mehr, allein runter zum Parkplatz zu gehen.« Valentin konnte sich gut vorstellen, dass sie spätestens heute Abend ihren Freundinnen ausführlich Bericht erstatten würde. »Sagen Sie eigentlich, kennen Sie den Toten? Felix Falkersdorfer hieß er.«

»Felix Falkersdorfer?«, murmelte sie und zog ihre Stirn in Falten. »Es gab hier vor einigen Jahren mal einen Falkersdorfer, der hatte irgendetwas mit dem Wald zu tun. Ich glaube, der war im Forstamt beschäftigt. Wenn mich nicht alles täuscht, kam der aus Rabenstein, mehr weiß ich aber nicht. Wenn Sie wollen, kann ich mich mal erkundigen.«

»Das ist unnötig. Ist ja nicht wichtig. So, jetzt muss ich meine Aufstellungen fertigmachen. Ich will bei so einem Thema nicht mit leeren Händen zu den Personalern kommen.« Valentin wollte unbedingt vermeiden, dass Jennifer mit ihm noch weiter diskutierte. Er hatte ihr das Wichtigste erzählt und das sollte reichen. »Und denken Sie bitte an den 10-Uhr-Timeslot, da muss ich nämlich zur Polizei.«

»Mach ich«, antwortete sie und verließ sein Büro. Kurze Zeit später hörte er sie leise telefonieren. Offenbar konnte sie die gerade ergatterten Informationen nicht bis heute Abend für sich behalten.

Die Polizeiinspektion in Zwiesel war in einem ehemaligen Mietshaus aus den 70er-Jahren in der Böhmerwaldstraße untergebracht. Die fleckig gewordene, graubraune Farbe verstärkte den heruntergekommenen Eindruck zusätzlich.

Valentin erschien pünktlich um zehn zu seinem Termin. Der Dienststellenleiter Max Schmidt erklärte, dass man noch eine genaue Aussage benötige und führte ihn in ein kleines Büro, wo er warten sollte, bis ein Kollege zur Niederschrift seiner Aussage kam. Nun saß er auf einem unbequemen, billigen Stuhl. Er hatte zuvor einen Abstecher zum Hotel gemacht, um das am Fuße des Turms gefundene Handy zu holen. Vielleicht hatte es mit dem Toten zu tun.

Nachdem er gestern Abend zurückgekommen war, hatte er als erstes eine heiße Dusche genommen und danach Luisa angerufen. Bis weit nach Mitternacht hatte er wach gelegen. Als plötzlich das Hoteltelefon geklingelt hatte, war Valentin verwundert gewesen, da seine Anrufe üblicherweise übers Handy hereinkamen. Er hatte den Hörer abgenommen und war von einem aufgeregten Jo Saxinger begrüßt worden, der von einer nicht genannten Quelle von dem Toten im Wolfsgehege erfahren hatte und nun alle möglichen Details wissen wollte. Nachdem dieser sich kurz entschuldigt und gejammert hatte, dass extra für die Story der Druck der Zeitung angehalten wurde, hatten sie am Telefon den Artikel für die erste Seite miteinander getextet. Valentin hatte sich eingestehen müssen, dass ihm dies richtiggehend Spaß gemacht und ihn sowohl von seiner unschönen Aufgabe bei der Arbeit als auch von dem Erlebnis am Turm abgelenkt hatte. Als Überschrift hatten sie sich zum Schluss noch den Titel ›Tod im Wolfsgehege – Unfall oder Selbstmord?‹ ausgedacht. Nachdem Jo zum Abschied etwas wie »endlich mal was anderes als Berichte über Schafkopfturniere in Oberzwieselau«

gemurmelt hatte, hatte sich Valentin wieder ins Bett gelegt und war bald darauf eingeschlafen.

Die Tür ging auf und herein kam eine junge Polizistin mit Pferdeschwanz und einem Laptop unterm Arm. Sie begrüßte ihn routiniert und hielt abrupt inne. »Ups, das ist doch der Biker von der Talsperre.«

Valentin benötigte einige Augenblicke länger, bis er die Skirollerfahrerin von montagabends in der grünen Uniform erkannte. »Das ist jetzt ein Zufall. Ich hätte ja auf vieles getippt, aber dass Sie Polizistin sind, darauf wäre ich nicht gekommen.«

Sie lachte ihn offen an und setzte sich ihm gegenüber an den Tisch. »Ist ja nur ein besseres Praktikum. Und das mit dem Sie lassen wir am besten. Sara reicht völlig aus.«

»Interessantes Praktikum, bei dem man gleich eine Pistole bekommt.« Valentin grinste und deutete auf die Heckler & Koch an ihrer Hüfte. »Mein Name ist übrigens Valentin Steinberg.«

»Deine sportlichen Aktivitäten gestern endeten ja ein wenig unerwartet. Radfahren ist da schon deutlich unspektakulärer als Joggen«, meinte sie ironisch.

»Ich sag dir, das habe ich mir auch schon gedacht. Wäre ich bloß mit dem Rad in die Talsperre gefahren, dann hätte ich mir einiges erspart. Der Anblick gestern Abend war alles andere als schön.«

Sie klappte das Notebook auf und tippte einige Sätze, danach sah sie ihn über den Bildschirm hinweg an. »Dann fangen wir mal an. Das ist ab jetzt eine offizielle Vernehmung. Am besten du erzählst mir in der zeitlichen Reihenfolge, wie sich alles zugetragen hat. Ich schreibe mit und am Schluss kannst du es dir noch einmal in Ruhe durchlesen und unterschreiben.«

Valentin versuchte, sich an alle Details zu erinnern und ihr so objektiv wie möglich den Hergang zu beschreiben. Als sie auf den Turm zu sprechen kamen, wo er das Handy fand, fasste er sich an den Kopf und griff in die Tasche seines Jacketts. »Das hätte ich jetzt beinahe schon wieder vergessen. Ich habe das da am Fuß des Turms gefunden. Sieht mir aus wie ein arg zerbeultes Mobiltelefon.« Er reichte ihr das Gerät über den Tisch und sie nahm es interessiert in die Hand.

»Sieht für ein Handy komisch aus. Ich gebe es an unseren Experten weiter, der soll sich das Ding mal genauer anschauen. Könnte ganz gut sein, dass es mit dem Fall zu tun hat. Jetzt erzähl, was ist dann weiter passiert?«

Er schilderte die Geschehnisse bis er den Notruf abgesetzt hatte. Erleichtert war er erst gewesen, als die Polizei nach gut 20 Minuten vor Ort eingetroffen war.

»Habt ihr eigentlich schon eine Ahnung wie das passieren konnte? Man fällt doch nicht so einfach über das Turmgeländer, selbst wenn man auf dem feuchten Boden der Plattform ausrutscht.«

»Zum jetzigen Zeitpunkt ist es schwierig, eine endgültige Aussage zu treffen, aber ich gebe dir recht, wie ein Unfall sieht es nach Lage der Dinge nicht gerade aus«, antwortete Sara.

»Also ist er absichtlich gesprungen? Aber warum dann in das Gehege?«

»Denkbar wäre es schon. Im Nürnberger Zoo hat sich vor einigen Jahren mal jemand von den Löwen auffressen lassen. Solche Sachen gibt es durchaus.«

»Was glaubst du denn?«

»Na ja, die Indizien deuten auf Selbstmord. Und vermutlich war es purer Zufall, dass er auf der falschen Seite des Zauns heruntergekommen ist. Das kann man bei der Dunkelheit gar nicht so genau bestimmen. Eigentlich darf ich das alles nicht erzählen. Die Ermittlungen sind längst noch nicht abgeschlossen.«

»Ich erzähle nichts weiter«, versicherte Valentin ihr und dachte mit schlechtem Gewissen an das nächtliche Interview durch Jo Saxinger. Der hatte ihm Stein und Bein geschworen, dass er niemanden verraten würde, von wem er die ganzen Detailinformationen für seinen Artikel hatte.

»Ist schon gut, das glaube ich dir. Ich druck noch das Protokoll aus, damit du es unterschreiben kannst.«

Er blickte auf die Armbanduhr. Aus der geplanten Stunde waren in der Zwischenzeit zwei geworden und so langsam verspürte er Hunger. »Was hält du davon? Wir könnten jetzt gemeinsam Mittag essen und währenddessen gibst du mir ein paar Tipps, wo ich noch mit dem Rad hinfahren könnte.«

»Im Prinzip ist dies eine gute Idee, aber in diesem Outfit mag ich mich in keine Wirtschaft setzen«, erwiderte sie. »Tut mir leid. Wir können das gerne ein anderes Mal nachholen.«

Schade, dachte sich Valentin, dass es nicht klappt. Das Gespräch eben hatte ihm gutgetan und ihn etwas von dem Entlassungsjob in der Glashütte abgelenkt, was ihn sehr beschäftigte. Vielleicht würde er heute Abend spontan bei Richi und Axel, den Glasschmieden, vorbeischauen und mit denen ein wenig ratschen.

KAPITEL 14

Diesmal brauchte er kein Navi, um den Weg zur alten Schmiede zu finden. Richtung Frauenau, kurz vor dem Dörfl rechts auf den Feldweg in den Wald und dann ganz langsam über Stock und Stein den Hügel hinab bis zur Lichtung. Valentin parkte auf der Wiese und blickte in die rötlich leuchtende Abendsonne. Der Winter war immer noch nicht angekommen und man konnte sich ohne dicken Pulli an dem fast lauen Abend im Freien aufhalten. Dies hatten die Glasschmiede erkannt und einen Tisch sowie ein paar Stühle ins Freie getragen. Auf dem Tisch befand sich die dicke hölzerne Platte des Go-Spiels mit einer enormen Anzahl von weißen und schwarzen Steinen. Daneben standen drei geöffnete, dickbauchige Bierflaschen.

Als Axel Valentin erblickte, grinste er und rief ihm laut zu: »Da ist ja unser Wolfsmann. Komm, setzt dich zu uns und trink einen Sundowner.«

Valentin ging hinüber zum Tisch und nahm Platz. Axel und Richard waren diesmal nicht allein. Eine junge Frau mit roten Rastalocken, die ihr bis über die Schultern reichten, saß Richard gegenüber. Sie trug ein verwaschenes T-Shirt mit einer Bundeswehrhose und blickte konzentriert auf das Spielbrett.

Axel sah Valentin fragend an. »Ein Helles oder ein Weizen?«

»Egal, ich schließ mich euch an. Was spielt ihr da?«

»Ach, unsere Japan-Fans sind schon den ganzen Nachmittag an dieser Partie. Stör sie bloß nicht, sonst hast du zwei ziemlich saure Menschen hier am Tisch. Ich hole schnell das Bier aus dem Keller.« Er stand auf und ging zum Haus, während Valentin interessiert auf das Spielbrett starrte.

»Jetzt erzähl doch mal von deinen Erlebnissen bei den Wölfen.« Axel war zurückgekommen und platzierte die Flasche vor Valentin. Der trank einen großen Schluck und stellte überrascht fest, dass ihn nun auch Richard und das Mädchen aufmerksam ansahen. Offensichtlich war die Wolfgeschichte doch interessanter als das Go-Spiel. Richard fiel ein, dass Valentin sein Gegenüber noch nicht kannte, und stellte sie kurz als Ann aus Zwiesel vor. Wohl oder übel musste Valentin sein Abenteuer erzählen. Mittlerweile war er darin geübt und bekam einen passablen Spannungsbogen hin, sodass seine drei Zuhörer ohne Unterbrechung der Erzählung lauschten.

»Mensch Valentin, das ist ja eine richtige Gruselstory für lange Novemberabende«, stellte Richard fest.

»Sag mal, die Viecher haben den Falkersdorfer richtig zerfleischt«, sagte Axel.

So sensationell wollte es Valentin nun wieder nicht haben und wiegelte ab. »Es war nicht so schlimm. Der Sturz vom Turm war tödlich. Da hat er von den Wölfen nichts mehr mitbekommen. Sagt mal, kennt ihr eigentlich den Toten?«

Axel und Richard sahen sich an und zuckten mit den Schultern. »Eigentlich nicht so recht. Das war halt so ein Typ vom Landratsamt. Was der dort genau machte, wissen wir auch nicht«, antwortete Axel.

Die bislang schweigsame Ann konnte allerdings mehr dazu sagen. »Einige Male war er bei uns in der Apotheke. Mein Vater hat danach mal gesagt, er sei ein armes Schwein, weil man ihn bös abgesägt hat.«

»War der gar nicht mehr am Landratsamt?«, fragte Valentin nach.

»Das am Landratsamt war nur so eine Art Friedhofsstelle. Seinen vorherigen Job ist er irgendwie auf üble Weise losgeworden. Das hatte mit Politik zu tun.« Ann betonte dabei das Wort ›Politik‹ als wäre es ein Synonym für die Mafia.

»So langsam wird es mir hier heraußen zu kalt. Lasst uns reingehen und einen Happen essen.« Axel erhob sich und miteinander trugen sie Tisch und Stühle wieder in die Essküche. Ann kümmerte sich um das Go-

Brett. Richard hatte sich währenddessen in die Kochecke gesellt und rührte in einer großen Schüssel einen Teig aus Mehl und vielen Eiern an.

»Was machst du denn da?«, erkundigte sich Valentin.

»Hoiwawacka – ist schnell gemacht und schmeckt erstklassig. Wir haben vom Sommer noch eine Riesenmenge Heidelbeeren eingefroren und die sollten nicht zu lange im Gefrierschrank bleiben.«

»Ich glaube, das letzte Mal hatte ich Hoiwawacka als Kind. Da freue ich mich jetzt.«

Richard lächelte vor sich hin und rührte weiter in der Schüssel. »Du kannst ja in der Zwischenzeit schon mal den Tisch decken. Teller und Besteck sind dort im Schrank. Pass bloß auf, dass du nicht an das Spielbrett stößt.« Valentin holte das Geschirr hervor und versuchte es auf dem vollen Tisch, der immer noch so unordentlich war wie beim letzten Besuch, unterzubringen.

In der Zwischenzeit hatte Axel neues Bier geholt. »Was gibt es denn Neues bei euch in der Firma?«

»So viel eigentlich nicht«, antwortete Valentin schnell, besann sich jedoch eines Besseren. »Eigentlich gib es schon Neuigkeiten, die sind noch absolut vertraulich.«

Axel blickte ihn von der Seite her neugierig an. »Und! Sag schon!«

»Ihr müsst mir wirklich versprechen, dass ihr es nicht weitererzählt. Da muss ich mich darauf verlassen können.«

»Jetzt komm schon, wir sind doch keine Tratschweiber. Natürlich sagen wir niemanden was.« Er sah Valentin erwartungsvoll an. Auch Richard und Ann hatten sich in der Kochecke umgedreht.

Valentin entschied sich, die Sache sachter anzugehen und nicht gleich mit der Tür ins Haus zu fallen. »Wir werden ein großes Optimierungsprogramm einleiten, um die Hütte fit für zukünftige Anforderungen zu machen. Dazu müssen wir in einigen Bereichen die Wertschöpfungskette reduzieren.«

Für einen Augenblick waren die drei verdutzt, Axel fing sich als erster wieder. »Wie viele?«

»Was – wie viele? Das verstehe ich jetzt nicht«, antwortete Valentin.

»Na, wie viele Leute schmeißt ihr raus? Um das geht es doch, oder habe ich dein BWL-Kauderwelsch etwa falsch interpretiert?«

»Du liegst schon richtig. Nur rausschmeißen ist das eigentlich nicht. Wir fahren ein Anpassungsprogramm mit ziemlich guten Angeboten und man kann da freiwillig mitmachen.«

»Jetzt komm schon, Valentin. Das ist doch hier nicht das erste Mal, dass so etwas passiert. Wir wissen, wie das läuft. Wer nicht freiwillig geht, bekommt am Schluss gar nichts und wird betriebsbedingt gekündigt. Das war's dann.«

Eigentlich wollte er nur etwas Interessantes erzählen und nun fand sich Valentin unversehens in einer ungewollten Verteidigungsposition wieder. Er fühlte sich überhaupt nicht mehr wohl, konnte aber auch nicht zurück. »Uns bleibt überhaupt nichts anderes übrig. Die Leute wollen vor allem billiges Glas, natürlich soll es schön sein, doch der Preis ist ausschlaggebend. Selbst bei dem niedrigen Lohnniveau hier im Wald haben wir da mittlerweile ein massives Kostenproblem.«

»Wir kennen die ganzen Argumente und wir wissen, dass auf der anderen Seite der Grenze die Löhne und die ganzen Auflagen der Bürokraten viel niedriger sind. Du hast immer noch nicht die Zahl genannt!«

»Wenn ihr es unbedingt wissen wollt. Aber es bleibt unter uns! Zumindest solange bis die Betriebsversammlung nächste Woche vorbei ist. Ja? Es sind etwa 300 Leute, die gehen müssen.«

Axel pfiff durch die Zähne und sagte: »Das sind mehr, als ich mir gedacht habe.«

»Wir werden uns in Zukunft mehr auf Handelsware konzentrieren und nicht mehr alles selbst herstellen. Bei der Ertragssituation bleibt überhaupt nichts anderes übrig.«

»Weißt du, das kann man so oder so handhaben. Nur weil bei euch in den oberen Etagen einige den Hals nicht vollbekommen, muss man unten beim Fußvolk nicht den Kahlschlag veranstalten. Und eines darfst du mir glauben, euch geht es nicht so schlecht, wie du mir erzählst.«

Ehe Valentin nachfragen konnte, stellten Richard und Ann vier Teller mit Hoiwawacka auf den Tisch und Ann forderte ziemlich nachdrücklich ein anderes Gesprächsthema. »Jungs, jetzt gibt es Essen und da möchte ich nicht, dass ihr über Probleme redet, sondern über positive Sachen. Habt ihr beiden eigentlich euren Freund schon gefragt, ob er am Samstag bei unserer Tour dabei ist?« Sie schaute Axel und Richard ernst an und beide schüttelten den Kopf.

Richard ergriff das Wort. »Das hätten wir beinahe vergessen. Hast du am Samstagabend Zeit? Wir wollten eine Wanderung machen.«

Valentin überlegte kurz und antwortete. »Eigentlich bin ich ja immer noch ein Wochenendheimfahrer. Nur dieses Wochenende muss ich im Zuge dieser Maßnahme so viel vorbereiten, dass ich höchstwahrscheinlich hier bleibe.«

»Das passt dann ja ganz gut. Es wäre schön, wenn du Zeit hättest. Wir starten erst abends und die Tour dauert ein paar Stunden. Das sollte für dich kein Hindernis sein. Du brauchst vor allem gute Schuhe, den Rest können wir dir leihen.«

»Meine Bergschuhe sind schon seit jeher immer im Auto verstaut. Wohin gehen wir denn?« Valentin war neugierig, denn Wanderungen in die Nacht hinein boten eigentlich keinerlei Anreize für ihn. Es war dunkel, man sah demzufolge wenig bis nichts und somit war es meist langweilig.

»Lass dich überraschen«, sagte Axel und grinste verschmitzt. »Es wird auf jeden Fall interessant und spannend.«

KAPITEL 15

Das hatte ihm sein Vater gesagt: Feste Schuhe und eine Regenjacke muss man immer im Auto haben. Man weiß nie, ob man nicht irgendwann in einer abgelegenen Gegend liegen bleibt und einige Kilometer bis zum nächsten Stützpunkt der Zivilisation zurücklegen muss. Valentin amüsierte sich über diese Sicht auf die Welt, jedoch hatte er es in seiner Jugend so verinnerlicht, dass er dies sogar als Erwachsener stets beherzigte.

Es war acht Uhr abends und er fuhr bei Nieselregen in Richtung Frauenau, zu den Glasschmieden. Selbst heute, am Samstag, war er bis halb acht in der Firma und hatte an der Abbauplanung gearbeitet. Am Freitag hatte er überlegt, die Arbeit mit nach München zu nehmen, da hätte er zumindest seine Familie um sich. Leider ließ es die IT-Infrastruktur nicht zu, dass er von zu Hause aus auf die Firmendaten Zugriff bekam. So hatte er zähneknirschend am Freitagmittag Luisa und die Kinder angerufen und ihnen schonend beigebracht, dass er dieses Wochenende leider im Wald bleiben musste. Obwohl er sich einerseits auf die Wanderung freute, war er dennoch etwas traurig, seine Töchter nicht sehen zu können. Zu Hause bekäme er auch mal wieder den Kopf frei. In den letzten Nächten war er des Öfteren schweißgebadet aufgeschreckt, weil er geträumt hatte, dass er im Wald am Boden liegend von Wölfen herumgezerrt wurde.

In der Mittagspause war er kurz ins Hotel gefahren, hatte die schmutzige Wäsche der ganzen Woche zusammengekramt, sie in einen großen Stoffsack gesteckt und sich auf die Suche nach einer günstigen Reinigung gemacht. Auch so eine Aktion, die es nicht gebraucht hätte, wenn er nach München gefahren wäre, hatte er in sich hinein gegrummelt. Am Anger, einer der Einkaufsstraßen von Zwiesel, war er schließlich fündig geworden. Er hatte die um 50 Prozent teuere Expressreinigung gewählt, um nicht am Montag mit T-Shirt anstelle eines weißen Hemdes in die Arbeit gehen zu müssen. Die nicht allzu freundliche Frau hatte ihm hoch und heilig versprochen, dass das Wäschepaket spätestens um halb neun am Montag für ihn bereit liegen würde und die Hemden ordentlich gestärkt wären.

Valentin hatte daraufhin noch schnell einen Dürüm Döner bei Volkan gegessen, der wieder einmal den bald bevorstehenden Wintereinbruch mit Schneemassen angekündigt hatte. Während seines Imbisses hatte er nebenbei mit der Maklerin telefoniert, die ihm für nächste Woche einen ersten Besichtigungstermin zusagte. So wie sie ihm am Telefon vorgeschwärmt hatte, musste es sich um ein außergewöhnliches Objekt in Frauenau handeln, praktisch neuwertig, erstklassig gebaut und vom Bauherrn nur wenige Monate bewohnt. Er freute sich auf die Besichtigung.

Valentin war neugierig, was die Glasschmiede geplant hatten. Hoffentlich dauerte es nicht zu lange, da er mittags nur recht gedankenlos einen Export vom Frühstück und zwei Schokoriegel verdrückt hatte. Vielleicht bleiben wir in der Schmiede, überlegte er, bei diesem Wetter und bei der Dunkelheit kann man eigentlich nichts Vernünftiges außerhalb der schützenden vier Wände unternehmen. Er stellte sich vor, dass Richard bereits einen großen Braten in den Ofen geschoben hatte, den sie mit Bier und dem einen oder anderen Schnaps genießen würden. Anschließend würde er auf dem mittlerweile bekannten Schleichweg wieder zurück ins Hotel fahren und ausschlafen. Am Sonntag musste er zwar einige Unterlagen fertigstellen, doch mit etwas Anstrengung würde er es in wenigen Stunden hinter sich bringen.

Mittlerweile war er schon recht geübt, den steinigen Waldweg entlangzufahren. Schwungvoll rollte er auf die Wiese. Im Scheinwerferlicht standen drei Personen um einen weißen Kombi herum. Es sah so aus, als würde es heute Abend nichts mehr mit dem duftenden Braten werden. Richard und Axel wollten tatsächlich die Wanderung machen. Er kam nicht drum herum. Er hätte doch anrufen sollen, dachte Valentin, und ihnen sagen, dass sie wegen ihm bei so einem scheußlichen Wetter keinen Ausflug machen mussten. Jetzt war es zu spät, sie hatten alles gerichtet.

Axel, Richard und Ann. Letztere war auch diesmal wieder in Bundeswehrhosen gekleidet und über dem T-Shirt trug sie eine dünne Windjacke. Valentin fror bereits, als er sie nur ansah. Gut, dass er seine Profi-Jacke für Bergtouren anhatte. Mit zwei Lagen modernstem Membrangewebe versehen, da konnte wirklich kommen, was wollte, er war auf alles vorbereitet.

»Da bist du ja«, sagte Axel, »wir haben schon auf dich gewartet.«

»Sorry, vor lauter Folienpinseln habe ich beinahe die Zeit vergessen. Wollen wir wirklich bei dem Sauwetter losziehen?«

»Das Wetter ist perfekt, dann ist nicht so viel los.«

Wenn man nicht gerade Essen oder ins Kino ging, war an einem Samstagabend hier eigentlich nie etwas los, dachte Valentin.

»Du Val, eine Anmerkung hätte ich da noch«, sagte Axel und deutete auf dessen Hightech-Jacke. »Dein Anorak ist für die Wanderung zu bunt.«

Valentin betrachtete sich verwundert. Seine Jacke hatte eine rote Farbe, wie es bei solchen Jacken üblich war, doch bunt war sie wirklich nicht.

»Ich hole eine von den unseren, die sind nicht ganz so auffällig«, sagte Richard und ging in Richtung Hauseingang.

»Leg noch einen Mettenkropfa in den Ofen, damit das Feuer nicht ausgeht«, rief Axel hinterher. Zu Valentin gewandt grinste er verschmitzt. »Eine dunkle Jacke ist wirklich besser, sonst verjagst du uns noch die ganzen Wolpertinger.«

Langsam wurde Valentin neugierig. Was hatten sie heute Abend nur vor? Vielleicht gingen sie ja tatsächlich auf die Jagd, da musste man gedeckte Farben tragen, um das Wild nicht zu verschrecken. Hauptsache Richard hatte eine Brotzeit für unterwegs eingepackt, sein Hunger wurde langsam lästig.

Sie kletterten in den uralten Kombi von Axel und Richard und nach langem und mehrmaligem Vorglühen sprang der Motor an. Im Kombi verhielt es sich ähnlich wie auf dem Küchentisch der beiden und nach einigem Umräumen fand sich für Valentin und Ann ein Platz auf der Rückbank.

Bei Dauerniesel kutschierten sie im mondlosen Dunkel nach Buchenau. Da war er vor ein paar Tagen, dachte Valentin, und damals war die Welt noch in Ordnung. Er hegte mittlerweile den Verdacht, dass er die Konzerteinladung nur bekommen hatte, damit ihm Raabe die unangenehme Aufgabe am nächsten Tag einfacher präsentieren konnte.

Sie fuhren allein auf der Straße und in Buchenau konnte man den Eindruck gewinnen, dass es von allen Menschen verlassen war. Am Ortsende parkten sie, und Richard überreichte Valentin die Jacke. Diese war sogar recht hochwertig und durchaus kein billiges Gummiding vom Discounter wie er befürchtet hatte. Axel steckte noch ein professionell aussehendes GPS in die Schultertasche seines Rucksacks. Als er Valentins irritierten Blick bemerkte, erklärte er: »Keine Angst, das ist nur für den Notfall, wir kennen den Weg.«

Alle außer Valentin nahmen sich einen Rucksack aus dem Auto. Sie sahen ziemlich leer aus. Dann begann der mäßige Anstieg auf einem schmalen Trampelpfad zwischen den Bäumen. Für Valentin war es in der Dunkelheit schwierig, nicht den Anschluss an die Vorangehenden, Axel und Richard, zu verlieren. Er beruhigte sich damit, dass er nicht der Letzte in der Gruppe war. Falls er den Anschluss verlöre, stand er wenigstens nicht ganz allein im Wald, und die Rastalocken tragende Ann machte ganz den Eindruck, dass sie so schnell nichts aus der Ruhe bringen konnte.

»Komm, jetzt erzählt doch endlich, wo wir hingehen.«

»Pscht! Sei still und lass dich überraschen.«

Nachts im Wald auf schmalen Wegen zu gehen, führte unweigerlich dazu, dass Valentin nach wenigen Minuten jegliche Orientierung verlor. Die vorausgehenden Glasschmiede wussten offensichtlich sehr genau, wo es entlangging. Zumindest erkannte Valentin zu keinem Zeitpunkt irgendeine Unsicherheit, dass die beiden den richtigen Pfad nicht finden würden. Einige Male überquerten sie die im Bayerischen Wald häufig vorhandenen Forststraßen, doch offensichtlich war, dass Axel und Richard diese gezielt vermieden.

So ging es zwei Stunden schweigend bergan durch den endlosen Fichtenwald, bis der Steig aus dem Wald auf eine Lichtung führte. Deren Größe abzuschätzen, war unmöglich, da sie größtenteils von Nebelschwaden verdeckt war und die dichten Wolken weder Mond- noch Sternenlicht hindurchließen.

Axel und Richard traten auf die Wiese und blieben stehen.

»Tata! Da sind wir«, sagte Axel.

»Fragt sich bloß, wo wir sind«, antwortete Valentin missmutig. Irgendwie erschloss sich ihm nicht der Sinn einer Wanderung bei schlechtem Wetter zu einer Wiese mitten im Wald.

»Auf jeden Fall noch diesseits der Grenze. Wäre freilich nicht mehr weit.«

»Und was machen wir jetzt?«, fragte Valentin, »vielleicht hat ja jemand einen Happen zu essen dabei.« Er blickte hoffnungsvoll zu Richard, der vor sich hin grinsend im niedrigen Gras stand und von einem Bein aufs andere trat.

»Natürlich, Richard hat da schon etwas eingepackt. Doch vorher müssen wir drei noch eine Kleinigkeit erledigen. Das dauert nicht lange und du könntest uns einen Gefallen tun.«

»Jetzt sag bloß nicht, dass wir noch weiter gehen. Mich friert jetzt schon«, maulte Valentin. Er war frustriert, weil sich der Abend so ganz anders entwickelte, als er es sich vorgestellt hatte.

»Keine Angst, du musst nur ein bisschen schauen und ansonsten überhaupt nichts tun. Komm mit, ich zeig dir, wo du dich am besten hinstellst.« Er entfernte sich mit schnellen Schritten vom Waldrand in Richtung Mitte der Wiese. Valentin stapfte mürrisch hinterher, wobei er beim Gehen sehr darauf achtete, dass er nicht über die herumliegenden Äste stolperte. Sie waren nicht auf irgendeiner Waldwiese angekommen, sondern auf einem der Schachten, ehemalige Weiden, die seit langer Zeit sich selbst überlassen waren. Als Axel plötzlich stoppte, prallte Valentin in der Dunkelheit beinahe auf ihn. Vor ihnen stand ein uralter Baum, der in der kargen Weide nicht allzu hoch gewachsen war. Viele der teilweise oberschenkeldicken Äste waren abgestorben, gleichwohl klammerte er sich verzweifelt ans Leben.

»Am besten du kletterst auf diesen Ast, da hast du selbst bei wenig Licht einen recht guten Überblick.«

»Und was soll ich da oben?«

»Du musst nur ein bisschen schauen, ob noch andere Leute herumlaufen. Solltest du jemanden sehen, dann blas hier hinein.« Axel reichte ihm eine hölzerne Lockrufpfeife, die ziemlich eigenartig geformt war.

So langsam beschlich Valentin das Gefühl, dass hier etwas ganz und gar nicht stimmte, und er gerade in eine Sache verwickelt wurde, die überhaupt nicht zu ihm passte. Nur konnte er jetzt nicht mehr zurück. »Was macht ihr denn da? Schmuggelt ihr etwa Sachen über die Grenze?«

»Keine Angst, das machen wir nicht. Jetzt warte hier, wir suchen ein paar Dinge und sind bald wieder da.« Er hob noch kurz die Hand zur Verabschiedung und ging dann mit schnellen Schritten zurück zu den beiden anderen.

Valentin kletterte auf den Ast, der sich nicht sehr hoch über dem Boden befand, und spähte in die Nacht hinein. Die zwei Stunden Fußmarsch durch den Wald hatten die Empfindlichkeit seiner Augen enorm erhöht, sodass er zwischen den Nebelschwaden zumindest schemenhaft die Weite des Schachtens überblickte. Neben seinem Baum gab es noch zwei oder drei andere, die in dem rauen Klima ganz langsam über Jahrhunderte gewachsen waren. Sie hatten eine geringe Höhe, einen enormen Stammdurchmesser und beachtliche Wurzeln, mit denen sie sich in dem kargen Boden fest verankerten.

Die Nebelfetzen wurden vom Wind über die Hochebene getrieben, sodass immer wieder große Bereiche im unheimlichen Grau des Gewölks verschwanden. Seine drei Weggefährten hatten Stirnlampen aufgesetzt, deren Lichtstrahlen sich langsam umhertasteten. Immer wieder verharrten die Lichter, leuchteten einige Augenblicke zu Boden und bewegten sich dann weiter über die Wiese. Hatte er anfangs, wie von Axel aufgetragen, noch aufmerksam nach weiteren Menschen Ausschau gehalten, so wurde es Valentin mit der Zeit langweilig. Er konnte seinen Bauch laut vor Hunger knurren hören, zudem fror er mittlerweile ziemlich stark.

Hoffentlich fanden die drei endlich was sie suchten. Freilich konnte er sich überhaupt nicht vorstellen, was es sein sollte. Wenn Axel ihn nicht angeschwindelt hatte und dies hier wirklich keine Schmugglertour war, dann handelte es sich seiner Meinung nach um die Jagd auf irgendein besonderes Tier. Axel hatte ja unten vor der Schmiede Wolpertinger erwähnt, vielleicht besaß dieser Scherz doch einen wahren Kern.

Nach einer schier endlosen Zeit kamen die drei nach und nach zu Valentins Baum. Sie schalteten ihre Stirnlampen aus und er kletterte bibbernd vor Kälte von seinem Aussichtsast.

»Habt ihr denn wenigstens gefunden, was ihr gesucht habt?«

»In rauen Mengen. Irgendwie siehst du aus, als würdest du frieren.«

»Wundert es dich? Zuerst nehmt ihr mir meine Wanderjacke ab und dann treibt ihr mich bei diesem Wetter auf einen Schachten. Und ich weiß nicht mal warum.«

Richard nahm einen silberfarbenen Flachmann aus seinem Rucksack, schraubte den Verschluss auf und reichte ihn Valentin. »Da trink, das wärmt dich wieder auf. Ich habe noch eine kleine Brotzeit dabei, die essen wir am besten drüben am Waldrand. Da ist man besser vor fremden Blicken geschützt.« Valentin trank einen großen Schluck aus der Flasche. Der hochprozentige Alkohol rann wie Feuer durch Mund und Kehle und tat ihm tatsächlich gut. Richard, der vor ihm in Richtung der Fichten ging, drehte sich um und fragte: »Na, weißt du jetzt endlich, was wir hier gesucht haben?«

»Nein, woher denn. Ihr seid ja nur mit eurem Rotlicht die ganze Zeit sinnlos auf der Wiese hin und her gelaufen.«

»Dann trink noch mal. Das hilft sicher beim Denken.«

Gerade wollte Valentin etwas entgegnen, als ihm klar wurde, dass Richard nicht so falsch lag. Er nahm einen großen Schluck und gab Richard die Flasche zurück. »Ihr habt Wurzeln gesucht?«

»Das hat jetzt ganz schön lange gedauert«, bemerkte Richard spöttisch. »So wie es aussieht, ist die Ausbeute gar nicht mal so schlecht. Das reicht locker den ganzen Winter über.«

Sie erreichten die Büsche am Rand des Waldes, Richard nahm den Rucksack ab und kramte die vorbereitete Brotzeit hervor. Verpackt in Alufolie gab es Schnitzelsemmeln und als Nachtisch Apfelspalten. Dazu Wasser und Schnaps aus der Flasche.

»Jetzt sagt bloß, wir sind hier nur heraufgegangen, weil ihr Bärwurz sammeln wolltet? Ich glaube es einfach nicht.«

»Die Wurzeln haben im Spätherbst ein besonders intensives Aroma, das bekommst du nie mit den Pflanzen unten aus'm Tal. Und da es immer noch keinen Schnee hat, ist dies heuer die letzte Gelegenheit.«

»Wie viel habt ihr denn gesammelt?«

»Och, so ein paar Beutel haben wir schon voll bekommen.« Richard zog eine Plastiktüte aus seinem Rucksack und hielt sie Valentin vors Gesicht. Darin befanden sich, fein säuberlich ausgegrabene, braune Wurzeln, die etwa 15 Zentimeter lang waren. Mit einiger Erfahrung konnte man aus ihnen einen hervorragenden Schnaps herstellen.

Auf einmal wurde Valentin die Problematik der nächtlichen Wurzelsammlung bewusst. Sie befanden sich inmitten des Kerngebietes des Nationalparks, in dem man sich nicht frei bewegen durfte und der Bärwurz zudem unter strengem Naturschutz stand. »Hey Leute, wenn mich jetzt nicht alles täuscht, dann ist es absolut illegal, was ihr hier macht.«

Die drei lächelten ihn an und Axel erwiderte: »Wir!

Du meinst, was *wir* hier machen. Du bist ja auch dabei! Hast ja sogar Schmiere gestanden, falls einer der Ranger herumläuft.«

Aus dieser Warte hatte Valentin die Situation nicht betrachtet. Sofort flammte vor seinen Augen die Schlagzeile in der örtlichen Zeitung auf: ›Chefcontroller der BGI in Zwiesel beim Raub geschützter Pflanzen im Nationalpark ertappt‹. Das hätte ihm gerade noch gefehlt! »Ihr drei spinnt doch! Schleppt mich hier herauf, um Wurzelzeug zu klauen.«

»Ist doch nicht so schlimm. Wir haben die Wurzeln vorsichtig ausgegraben und genügend dagelassen, damit der Bestand nicht gefährdet ist. Wir ernten und sind keine Plünderer. Das musst du differenziert sehen.«

»Na, dann erkläre mir bitteschön, wie ich es sehen muss?«

»Wir sind Einheimische, deren Vorfahren seit ewigen Zeiten hier ansässig sind und der Wald gehört zu uns. Deshalb dürfen wir auch ab und zu einige Dinge im Wald sammeln. Das verhält sich wie bei den Eskimos, die dürfen für den Eigenbedarf auch ab und zu einen Wal fangen.«

»Aha und ihr seid sozusagen die Eskimos!«

»Genau und diese seit Jahrhunderten gültigen Rechte kann man uns nicht so einfach wegnehmen. Wir gehören zum Wald und der Wald gehört zu uns.«

»Hoffentlich sehen das diejenigen, die uns dann anklagen, ebenso.«

»Man erwischt uns nicht. Aus diesem Grund sind wir auf den Wildwechseln hier heraufgegangen und die

Ranger sitzen bei dem Wetter am Samstagabend mit Frau und Kindern ohnehin vor der Glotze.«

»Na, das will ich mal ganz stark hoffen. Und was macht ihr nun mit den ganzen Wurzeln? So viel Bärwurz wie ihr damit herstellen könnt, braucht doch kein Mensch! Oder verkauft ihr etwa die Wurzeln weiter?«

»Was wir damit machen, zeigen wir dir, wenn wir zurück in der Schmiede sind. So, und beeile dich mit dem Essen, damit wir wieder hinab ins Tal kommen. So langsam friert es sogar mich von der Herumsteherei.«

KAPITEL 16

Der Mettenkropfa, ein großes verwachsenes Stück Holz eines alten Obstbaums, hatte vor sich hin glimmend das Feuer im Ofen erhalten. Als sie die Stube der Schmiede betraten, spürten sie immer noch wohltuende Wärme und Richards erste Aktion war, sich um die Glut zu kümmern. Schon nach wenigen Augenblicken loderte das Feuer wieder hell und sie hängten ihre nassen Jacken zum Trocknen auf den Wäschegeier über dem Holzofen. Erschöpft setzten sie sich auf die Stühle und Axel brachte drei Bierflaschen mit Bügelverschluss, die sie nacheinander aufploppen ließen. Ann hingegen trank Wasser aus der Leitung.

»Geschafft! Mit der Menge kommen wir über den Winter, egal wie lang er dauert.« Axel lehnte sich entspannt zurück und trank noch einen Schluck.

»Was tut ihr jetzt mit den Wurzeln? Friert ihr sie ein?«, fragte Valentin und hatte damit offenbar einen Fauxpas begangen, denn sofort meldete sich Richard.

»Das darfst du bloß nicht machen, der gesamte Geschmack würde dabei abhanden kommen. Da wären wir keinen Deut besser als die Typen mit ihrer Chemiebrühe, die du hier überall als sogenannten Bärwurz zu kaufen kriegst. Unser Rezept entspricht der Art, wie man im Wald seit Jahrhunderten die Wurzeln ansetzt. Das braucht dann halt auch seine Zeit.«

»Wie schaut denn nun euer Rezept aus, oder ist das geheim?«

»Das ist nicht besonders und kann dir jede Oma in der Gegend erzählen. Jetzt kümmert ihr euch mal um unsere heutige Ernte und ich koche hier ein Mitternachtessen.«

Als sich Valentin von seinem Platz erhob, spürte er in seinen Gelenken und Muskeln, wie anstrengend die Tour gewesen war. Axel und Ann nahmen die gefüllten Rücksäcke und gingen in Richtung Flur, von wo aus eine enge Treppe in den Keller führte. Der Keller war aus Backsteinen gemauert mit einer als Tonnengewölbe ausgeführten Decke. Trotz einiger Lampen war es düster und es roch nach Moder. An einer Wand standen in mehreren Reihen große Ballonflaschen aus transparentem Glas. Jede war mit einem Zettel versehen, auf dem fein säuberlich geschrieben eine Ortsangabe und ein Datum vermerkt waren. Als er genauer darauf blickte, las Valentin Namen wie Hochschachten, Rindelschachten, verlorener Schachten, Mittagsplatzl oder Ruckowitz. Offensichtlich waren dies die Orte, an denen Axel und Richard die Wurzeln ausgegraben hatten.

»Ihr seid wahnsinnig! Ihr habt ja hier Bärwurz von den verschiedensten Schachten. Und dann diese Mengen!«

»Mittlerweile dürften wir tatsächlich von allen Schachten Wurzeln haben. Das macht Sinn, denn ob du es glaubst oder nicht, die Wurzeln haben tatsächlich immer einen anderen Geschmack. Zudem hängt das sogar noch vom Erntejahr ab, beispielsweise ob es eher ein warmes oder ein kaltes Jahr war.« Völlig überrascht schüttelte Valentin den Kopf und starrte auf die Flaschensammlung. Axel hingegen fuhr mit seinen Ausführungen fort. »Richard ist da richtig gut. Dem gibst du von einer beliebigen Flasche ein viertel Stamperl und der sagt dir Jahr und Lage. Ich habe es bisher noch nie erlebt, dass er danebenlag.«

»Was macht ihr dann mit dem ganzen Schnaps? So viel könnt ihr doch selbst nie trinken.«

Axel stieß die Luft laut durch die Nase und sagte: »Mensch Valentin, jetzt bekommst du gleich den großen Naivling in Gold zum Anstecken. Wir verkaufen den Bärwurz natürlich. Nicht einfach so in den simplen tönernen Flaschen, sondern in unseren mundgeblasenen Glasgefäßen, die du kürzlich bewundert hast.«

»Dann ist eure Glaskunst nur ein Tarngeschäft?«, fragte Valentin verdutzt.

»Das ganz sicher nicht, doch mit Kunst allein musst du im Bayerischen Wald verhungern. Dies hier«, er deutete auf das Regal, »ermöglicht es uns, dass wir von der Kunst leben können.«

Aus dem Hintergrund des Raumes ertönte unversehens die Stimme von Ann. »Jetzt labert da nicht ewig herum, sondern kommt her und helft mit. Sonst werden wir heute Nacht nicht mehr fertig.«

Auf der anderen Seite des Raums stand ein großer Holztisch, auf dem sie bereits die Wurzeln aus den Rucksäcken ausgebreitet hatte. Sorgfältig säuberte sie jede einzelne davon mit einer kleinen Bürste und sortierte sie anschließend der Größe nach. Bayerischer Reggae klang aus einem kleinen Lautsprecher und als Valentin seine Hände aneinanderrieb, reichte ihm Axel feixend eine alte Fließjacke und murmelte etwas von verweichlichten Städtern. Zusammen standen sie am Tisch und reinigten die Ernte der heutigen Nacht. Anschließend wogen sie die Wurzeln auf einer Digitalwaage und gaben jeweils eine genau bemessene Menge davon in mit 95 prozentigem Weingeist gefüllte Glasballone.

»Du, Ann, kannst du bitte in den nächsten Tagen 50 Liter Weingeist für uns bestellen?«, fragte Axel. »Der vorherige Ansatz ist fertig und ich möchte die Wurzeln in den nächsten Tagen in die zweite Extraktion geben.«

Ann nickte und räumte unterdessen den Tisch auf. Axel wandte sich an Valentin. »Anns Eltern sind nämlich Apotheker in Zwiesel. Da kommen wir verhältnismäßig günstig und unauffällig an den nötigen hochreinen Alkohol. Wir revanchieren uns natürlich immer mit ein paar besonderen Kostbarkeiten.«

Sie hörten ein Klopfen von der Decke, und Valentin schaute verwundert zu den beiden. »Was ist denn das?«

»Richard wird wohl mit dem Essen fertig sein. Das ist sein Lockruf«, antwortete Ann. »Kommt Jungs, gehen wir hoch, ich muss dann so langsam nach Hause. Sonst bekomme ich Stress mit den Eltern und es wird nichts mit eurem Alk.«

Valentin merkte, wie hungrig er war. Die Schnitzelsemmel während der Wanderung schmeckte zwar gut, aber sie war viel zu wenig für die Anstrengung gewesen. Obwohl ihm im Augenblick vor allem wichtig war, dass es eine große Menge zu essen gab, war er neugierig, was Richard vorbereitet hatte.

Sein Wunsch wurde tatsächlich ganz und gar erhört. Es gab eine riesige Portion breiter Bandnudeln mit einer wunderbaren Soße aus Steinpilzen, Schinken und Sahne. Darüber rieb sich Valentin noch etwas Parmesan und genoss, statt dem in der Schmiede üblichen Bier, einen schweren Rotwein aus Südtirol. Als Richard zum Abschluss einen selbst gemachten Schokoladenkuchen mit Vogelbeeren auf den Tisch stellte, war Valentin mit sich und der Welt wieder zufrieden. Leicht alkoholisiert fing er an, darüber zu sinnieren, ob er irgendwann in der Vergangenheit nicht den falschen Weg eingeschlagen hatte.

»Wisst ihr eigentlich, wie gut ihr es habt. Seid eure eigenen Herren, könnt euch selbst verwirklichen und lebt noch gut davon!«

»Hättest etwas Gescheites gelernt, dann hättest du es genauso schön«, sagte Axel.

»Ich wollte damals einfach nur weg, das hier war mir alles viel zu eng. Das echte Leben in der Stadt mitbekommen.«

»So schlecht hast du es ja nicht getroffen«, erwiderte Richard. »Immerhin bist du jetzt wieder zurück im Wald und hast einen tollen Job in der Hütte.«

»Langsam bekomme ich meine Zweifel, ob der Job wirklich so toll ist.«

»Das kriegst du schon hin. Jemand, der hier aufgewachsen ist, verträgt ziemlich viel«, sagte Richard. »Was haltet ihr eigentlich davon, jetzt nach getaner Arbeit eine Bärwurz-Degustation zu machen?«

Doch für Valentin war die gute Stimmung weg und er wollte nun vor allem zurück ins Hotel und in sein Bett. Ähnlich dachte wohl auch Ann, die sich erhob. »Leute, für mich ist jetzt Schluss. Ihr könnt ja gerne noch weitermachen, doch ich will jetzt heim.«

»Da schließe ich mich an«, meinte Valentin. »Kann ich dich nach Zwiesel mitnehmen?«

»Ich fahre mit meinem Rad zurück, ist ja nicht weit.«

»Willst du wirklich allein mitten in der Nacht mit dem Rad nach Zwiesel fahren?«

Sie zuckte nur mit den Achseln und ging zur Tür. Auf den fragenden Blick von Valentin in Richtung Axel winkte dieser nur ab und murmelte: »Der tut keiner was.«

Als sie dann alle vier vor der Haustüre standen und bemerkten, dass es wie aus Kübeln schüttete, wiederholte Valentin sein Angebot und brummend stimmte Ann doch noch zu. Sie packten ihr Mountainbike in seinen Kofferraum und fuhren langsam den Schleichweg durch den Wald in Richtung Zwiesel. Valentin, der sich schon auf 20 Minuten gegenseitiges Anschweigen eingestellt hatte, war überrascht, als Ann ihn nach kurzer Fahrt ansprach.

»Gibt es eigentlich Neuigkeiten von dem Falkersdorfer? Du weißt schon – von dem Toten in Ludwigsthal?«

»Seit der Vernehmung habe ich nichts mehr von der Sache gehört. Bei mir in der Arbeit ist mit dieser Optimierungsaktion so viel los, dass ich nicht nachgefragt habe.« Er erinnerte sich, dass er mit der Polizistin irgendwann mal Essen gehen wollte. Er musste sie unbedingt in den nächsten Tagen anrufen, dachte Valentin. Anns Bemerkung war als Anlass dafür ganz gut zu gebrauchen.

»Ich hoffe, die Polizei findet mehr zu den Hintergründen seines Todes heraus. Meine Eltern kannten ihn recht gut und sein Tod hat sie ziemlich getroffen. Sie haben seine Ansichten immer unterstützt. Sie spendeten sogar das eine oder andere Mal.«

»Welche Ansichten hatte er denn?«

»Er wollte einen demokratischen Nationalpark, einen Park, in dem die Leute aus dem Wald mitreden dürfen, und nicht die Diktatur einiger Umweltbeamter. Aus diesem Grund hat er eine Bürgerinitiative gegen die Nationalparkerweiterung gegründet und den Bonzen damals ziemlich zugesetzt.«

»Das mit der Diktatur ist jetzt schon übertrieben.« Ann hatte sich ziemlich hineingesteigert und schaute Valentin mit zusammengekniffenen Augen von der Beifahrerseite aus an. Dieser wiederum war vollauf damit beschäftigt, sich auf den schlechten Weg zu konzentrieren.

»In anderen Nationalparks darf man sich frei bewegen. Hier bei uns gibt es Aufpasser, die den ganzen Tag nur den Leuten nachstellen und ihnen einen Strafzettel in die Hand drücken, wenn jemand mal drei Schritte neben dem Weg geht. Das ist nichts anderes als Tyrannei! Irgendwann dürfen wir Einheimische den Wald überhaupt nicht mehr betreten und uns nur noch innerhalb der Ortschaften aufhalten.«

Soweit er es mitbekommen hatte, hatte Ann nichts getrunken, deshalb wunderte sich Valentin über ihren Eifer. Vermutlich war das einfach der Idealismus der Jugend. »Und was hat das jetzt mit dem Tod von Falkersdorfer zu tun?«, versuchte er ihren Ausbruch abzukühlen.

»Ich glaube nicht, dass sein Tod ein Unfall war. Er hat sich umgebracht, weil man ihn über Jahre hinweg mit allen Mitteln schikaniert hat.«

»Moment mal, Ann, das ist jetzt schon übersteigert«, entgegnete Valentin. »Falkersdorfer war Beamter am Landratsamt. So jemanden kann man per se nicht drangsalieren. Solange er dort nicht die goldenen Löffel klaut, kann dem kein Mensch irgendetwas anhaben. Normalerweise bereitet man sich dort ab 40 auf den gepflegten Vorruhestand vor.« Seine Ausführung hinsichtlich des Beamtenlebens war sicherlich überzeichnet, das war Valentin klar, allerdings wollte er gegenüber Ann nicht nur einlenken.

»Den Job hatte er doch nur am Schluss. Vorher war er der Leiter des Forstamts in Zwiesel und als er seine Meinung vehement vertreten hat, gab es plötzlich kein Forstamt mehr und er hatte die Friedhofsstelle am Landratsamt.«

»Die haben doch nicht wegen ihm das Forstamt aufgelöst!«

»Nein, das nicht. Es gab eine große Reform zur Kostenreduktion des Forstwesens in Bayern und das kam denen gerade recht. Ein teures Forstamt eingespart und den Kopf der Kritiker dabei gleich mit ins Nirwana geschickt.«

Wenn er sich nicht so auf den Waldweg konzentrieren müsste, hätte er sicherlich ein paar stichhaltige Argumente gegen ihre Darlegungen gehabt. So fiel ihm nur eine weitere Frage ein: »Woher weißt du das eigentlich? Das ist doch alles schon ein paar Jahre her.«

»Meine Eltern kannten Falkersdorfer seit der gemeinsamen Schulzeit. Seine Argumente für einen demokratischen Nationalpark und freies Gehrecht fanden sie fair und überaus nachvollziehbar. Ich glaube, deshalb bemerken sie es wohl offiziell nicht, wenn wir in der Apotheke ziemlich viel Weingeist verkaufen. Immerhin kennen sie ja Axel und Richard und ihr kleines Zubrot. Das ist halt ihr Weg des Widerstands.«

»Wenn ich es recht verstanden habe, dann sind die beiden Glasschmiede ziemlich stark für den Park in seiner heutigen Art.«

»Ich habe mir da schon den Mund fusselig geredet, doch Axel und Richard kapieren es einfach nicht. Es wird hier unheimlich viel Staatsknete in die ganzen Glasmuseen, Glasparks und in den Fremdenverkehr gepumpt. Die beiden glauben immer noch an die Touries und dass die ihre Glasobjekte kaufen. Diese Rechnung wird nicht aufgehen, es gibt hier viel zu viele, die auf dieser Welle reiten.«

Valentin brummte vor sich hin, da er ihr nicht unbedingt recht geben wollte, aber in diesem Fall trafen ihre Ansichten seiner Meinung nach ins Schwarze. Glaskunst ist ein schönes Hobby, leben kann man davon nicht.

»Für mich hat sich das arme Schwein vom Turm gestürzt, um damit ein Zeichen zu setzen. Nicht einmal das haben sie ihm gelassen, nun wird es zum Unfall deklariert und niemand interessiert es mehr. Wenn er wenigstens einen Abschiedsbrief geschrieben hätte.«

Valentin war dies deutlich zu viel Verschwörungstheorie. Falkersdorfer hatte sich vermutlich über das Geländer gelehnt, weil er unten bei den Wölfen etwas beobachtet hatte. Immerhin war er ja studierter Förster gewesen und hatte somit sicherlich Interesse an den Tieren gehabt. Als er zu neugierig nach unten spähte, hatte er das Gleichgewicht verloren und war hinuntergestürzt. Dies war seine persönliche Version der Geschehnisse und er glaubte sich sicher, dass er damit ziemlich richtig lag.

Sie hatten nun den geschotterten Forstweg hinter sich gelassen und fuhren langsam mit Abblendlicht auf den Wirtschaftsweg einer Wiese. Bald würden sie die kleine Teerstraße bei Bärnzell erreicht haben.

»Wo soll ich dich denn nun genau absetzen?«

»Ich muss eigentlich zum Stadtplatz, dort wohnen wir. Da solltest du nicht unbedingt mit dem Auto hin. Bei deinem Atem brauchen die Bullen nicht mal ein Messgerät, um dir den Lappen zu nehmen. Fahr hintenrum auf den kleinen Wegen Zur alten Mühle und setz mich da ab. Den Rest der Strecke radle ich, auch wenn es nass wird.«

Unbemerkt von der Polizei fuhren sie bis zum Hotel und nachdem er Anns Rad aus seinem Kofferraum geholt hatte, verabschiedeten sie sich. Hundemüde wie er war, wollte er so schnell wie möglich in sein Bett.

KAPITEL 17

Am Sonntag schlief Valentin lange in den Vormittag hinein. Das Frühstück genoss er mittlerweile ausgedehnt, diesmal beschränkte er sich jedoch auf eine Tasse schwarzen Filterkaffee und ein karges Butterbrot. Dann ging er ins Büro, setzte sich vor den Rechner und fing an, die Vortragsfolien für die Betriebsversammlung am Dienstag zu erstellen. Von Zeit zu Zeit recherchierte er dazu Umsatz- und Ertragsdaten aus der Firmendatenbank. Gefühlt war die Benutzerschnittstelle noch aus den Zeiten von Konrad Zuse und er ärgerte sich jedes Mal über die kryptischen Kommandozeilenbefehle. Den Vortrag würde zwar Jürgen Raabe halten, trotzdem musste er unbedingt mit vielen nachprüfbaren Fakten unterfüttert sein. Man konnte getrost davon ausgehen, dass ihnen jede Schwachstelle um die Ohren fliegen würde.

Am frühen Nachmittag erreichte er einen Stand, der ihn zufriedenstellte. Der Vortrag hatte genau die richtige Länge und im Anhang befanden sich viele Folien, die auf mögliche Fragen prägnante Antworten lieferten. Diese konnte er sogar direkt aus dem eigentlichen Dokument mit einem Mausklick aufrufen. Anschließend fertigte er noch Notizen als Anleitung für seinen Chef an, damit dieser genau wusste, was er erzählen sollte, um das unerfreuliche Thema so gut wie möglich an den Mann zu bringen. Am Montag musste seine Sekretärin als Testpublikum herhalten. Da sie über die Abbaupläne nicht im Detail informiert war, konnte er gut ihre Reaktion beobachten und gegebenenfalls noch einige Anpassungen vornehmen. Vielleicht fielen ihr Fragen ein, an die er bisher nicht gedacht hatte. Kurz nach Mittag hatte er dann einen Termin, um Raabe alles vorzustellen. Die absehbaren Änderungen konnte er hinterher durchführen und am Dienstag würde er das offizielle Briefing machen. Am Nachmittag war die Betriebsversammlung mit anschließendem Dienstschluss angesetzt. Zu diesem Zeitpunkt dürfte ohnehin vielen die Lust auf die Arbeit vergangen sein.

Valentin hatte sich am Sonntagnachmittag vorgenommen zu joggen, stattdessen setzte er sich nach der Arbeit in sein Auto und fuhr durch die Landschaft, um sich nach guten Wohngegenden umzuschauen, doch in Gedanken war er nach wie vor bei dem Vortrag. Irgendwann fuhr er wieder zurück ins Büro und ergänzte die Präsentation mit einigen weiteren Diagrammen. Abends telefoniert er noch kurz mit Luisa und den Mädels und legte sich geistig ziemlich ausgelaugt ins Bett.

KAPITEL 18

»Haben Sie das Zettelchen dabei?«, fragte die Frau in der Reinigung.

Am Montag früh war ihm siedend heiß eingefallen, dass er keine frischen Hemden mehr hatte. Er musste als Erstes zur Reinigung und die hoffentlich fertige Wäsche abholen.

Er kramte in seiner Geldbörse und fand den rosaroten Schein. »Hier ist er. Hoffentlich ist alles fertig, sonst muss ich heute mit nacktem Oberkörper zur Arbeit«, scherzte er. Die korpulente ältere Frau war freilich immun gegen Humor und verschwand schweigend mit dem Schein im hinteren Raum, um mit einem großen in Papier eingeschlagenen Packet zurückzukommen. »Das da hatten Sie in einer der Taschen gehabt«, sagte sie und legte ein kleines Kärtchen aus schwarzem Plastik auf den Tresen. »Das haben wir erst nach der Reinigung gefunden. Unsere Geschäftsbedingungen sagen eindeutig aus, dass wir keine Haftung für in den Taschen vergessene Sachen übernehmen.«

Valentin war sich ziemlich sicher, dass er die Taschen geleert hatte. Er schaute überrascht auf das schwarze Teil und nahm es in die Hand, um es genauer zu betrachten. Es sah aus, wie eine Speicherkarte für Digitalkameras. Na hoffentlich waren da keine wichtigen Fotos drauf. »Wird schon nichts damit passiert sein«, sagte er und nahm das große Paket in die Hände. »Auf jeden Fall danke, dass Sie es bemerkt haben.«

»Passen Sie das nächste Mal besser auf, wir übernehmen keine Verantwortung dafür.«

Offensichtlich sorgte sich die Frau vor allem darum, dass er von ihr Schadenersatz wollte. Auf den Gedanken wäre er gar nicht gekommen, dachte Valentin, schließlich war er ja selbst schuld, wenn er etwas in der Tasche stecken ließ. Er verabschiedete sich und fuhr zurück zum Hotel, um seine dunkelblaue Arbeitskleidung anzuziehen.

»Guten Morgen, Herr Steinberg«, wurde er von Jennifer begrüßt. Der Umweg über die Wäscherei hatte länger gedauert als geplant und zum ersten Mal war sie vor ihm im Büro. »Ich habe mich schon gewundert, wo Sie bleiben.«

»Musste nur noch ein paar Besorgungen machen«, antwortete er. »Hätten Sie so in einer Viertelstunde Zeit? Ich brauche jemanden, dem ich testweise einen Vortrag halten kann.«

»Kann ich gerne machen. Vorher muss Ihnen noch erzählen, was ich am Wochenende von einer Freundin gehört habe. Das wird Sie ganz sicher interessieren.«

»Was denn?«

»Am Samstagabend hatten wir unseren monatlichen Frauenabend und ich war mit einer Freundin in Regen beim Tanzen. Meine Freundin hat von einer Bekannten erfahren, dass bei uns in der Hütte viele Leute entlassen werden sollen. Angeblich mehr als 300! Darum gibt es morgen die Betriebsversammlung.«

Verdammt, dachte Valentin, hier ließ sich nichts geheim halten. Das war wirklich schädlich, wenn schon alle darüber diskutieren. Die Betriebsversammlung würde sicher ziemlich turbulent werden. Aber Raabe war redegewandt, der bekäme das ohne größere Unsicherheiten über die Bühne.

»Ich weiß davon schon seit einigen Tagen. Deshalb musste ich am Wochenende hier in Zwiesel bleiben und für Raabe die Folien erstellen. Leider durfte ich Ihnen davon nichts erzählen, weil alles noch streng vertraulich ist.«

»Warum müssen wir denn jetzt schon wieder Leute entlassen? Vor zwei Jahren hat man dies doch schon einmal gemacht und angeblich geht es uns ganz gut.«

»Das stimmt im Prinzip. Allerdings haben wir immer noch zu hohe Kosten. Aus diesem Grund ist der Gewinn viel niedriger als man ihn gerne hätte, und die Geschäftsführung möchte deutlich mehr Handelsware in unser Portfolio aufnehmen. Das heißt, nicht mehr alles selber machen.«

»Ich finde dies echt blöd. Nur weil hier ein paar den Hals nicht voll kriegen, schmeißt man einfach 300 Leute raus.« Jennifer regte sich ziemlich über die Situation auf und Valentin kam sich allmählich schon so vor, als ob er die Aktion initiiert hatte. Dabei war er nur derjenige, der sich um die Zahlen kümmerte und die Folien erstellen musste.

»Vielleicht kann man ja noch etwas unternehmen

und das Abbauprogramm muss nicht in voller Konsequenz durchgezogen werden. Ich kann das Thema bei der Geschäftsführung noch mal diskutieren.« Kaum hatte er dies ausgesprochen, hätte er sich am liebsten auf die Zunge gebissen. Er wusste ganz genau, dass die Entlassung beschlossene Sache war und dass diese Aktion ohne Pardon durchgezogen werden würde. Nur weil er gegenüber seiner Sekretärin keine Härte zeigte, brachte er Kompromisse aufs Tapet, die es nicht gab.

»Das wäre wirklich toll von Ihnen, Herr Steinberg«, schwärmte sie. »Ich versuch Sie so gut wie möglich zu unterstützen.«

Jetzt wollte sie ihn auch noch unterstützen, dachte er. Ja was würde sie denn Großes tun wollen? Das Thema war durch. Aus und vorbei. Da gab es nichts mehr zu deuteln. Am besten würde es wohl sein, dass er das Spiel jetzt einfach mitmachte und irgendwann zu ihr sagte, dass man nichts mehr machen konnte. Das müsste sie dann wohl oder übel akzeptieren. »Vielen Dank. Jetzt sollten wir uns doch noch gemeinsam den Vortrag durchschauen.«

Die Vorstellung bei Jürgen Raabe fiel deutlich unkomplizierter aus, als Valentin erwartet hatte. Raabe hatte bis auf zwei nach seiner Ansicht falsch gesetzten Kommas und einigen versehentlich vorhandenen doppelten Leerzeichen keine Änderungswünsche. Die auf eine Stunde angesetzte Besprechung war nach 25 Minuten zu Ende. Er hatte während seiner Vorbereitungen schon befürchtet, dass er heute noch eine Nachtschicht einlegen müsste, da er um fünf einen harten Anschlag hatte. Da war der erste Besichtigungstermin.

Das Haus lag in einer ruhigen Seitenstraße in dem Neubaugebiet Dörflwiesen in Frauenau. Ein Münchner Paar hatte es kurz vor seinem Ruhestand in der Hoffnung auf ein angenehmes Landleben gebaut. Zwei Jahre nach dem Einzug merkte es jedoch, dass sich das Leben im Wald grundsätzlich von dem in der Stadt unterschied und es schwierig war, hier Menschen mit den Interessen eines langjährigen Städters zu finden. Frustriert verkaufte es das Haus wieder und zog zurück in die Großstadt. Seitdem stand das großzügig gestaltete Haus zum Verkauf.

Valentin lächelte, als er die Fußmatte auf der Terrasse anhob und darunter den Schlüssel fand. Die Maklerin hatte kurzfristig absagen müssen, doch Valentin wollte den vereinbarten Termin unbedingt wahrnehmen. So hatte sie ihm verdrossen das Schlüsselversteck genannt und ihm avisiert, dass sie eventuell nachkommen würde.

Ein Manko hatte er bereits von außen feststellen können. Anstelle einer Garage hatte das Haus nur einen Carport. Valentin stellte sich vor, wie er im Winter jeden Tag die Scheiben freikratzen musste und in einem eiskalten Auto zur Arbeit fuhr. Sollte es in dieser Gegend ähnlich viele Marder wie zu Hause in Daglfing geben, würde er zudem ein besonders guter Kunde der Autowerkstatt werden. Eine richtige Garage ließe sich allerdings mit überschaubarem finanziellen Aufwand errichten.

Er ging langsam durch das Haus und besah sich einen Raum nach dem anderen. Auf den ersten Blick sah alles recht ansprechend aus, selbst die nagelneue Einbauküche. Doch bei genauer Begutachtung gewann er immer mehr den Eindruck, dass das gesamte Haus den Charme einer Kulisse hatte. Ein Teil der Innenwände bestand aus Gipskartonplatten und viele Details hinterließen einen dürftigen Eindruck. Der verstärkte sich, als er von außen gegen die Fassade klopfte und es sich herausstellte, dass diese nicht aus einer massiven Wand bestand, sondern aus einem Sandwich wärmeisolierender Schaumstoffschichten.

Das war wirklich nicht das, was er wollte, dachte er verärgert. Er hatte der Maklerin deutlich gesagt, dass für ihn nur ein Haus mit massiven Wänden und entsprechender Qualität infrage kam und keine aufgeschäumte Plastikhütte. Ihr Glück, dass sie heute nicht dabei war, sonst hätte er ihr etwas erzählt. Morgen früh würde er sie anrufen und ihr noch mal klarmachen, was er mochte. Er würde umdisponieren und ab sofort nach einem Bauernhof Ausschau halten lassen. Die hatten früher nicht so einen Schrott gebaut – sondern für Jahrhunderte.

KAPITEL 19

»Das übliche Frühstück, Herr Steinberg?«

»Ja gerne, wenn dies um diese Zeit schon möglich ist«, antwortete Valentin der in ein Dirndl gewandeten Bedienung von seinem Stammplatz in der Gaststube aus.

Die Nacht hatte er schlecht geschlafen und war viel zu früh aufgewacht. Wieder einmal hatte ihn die Szene am Wolfsturm in seinen Träumen verfolgt. Kurzerhand hatte er beschlossen aufzustehen und sich mit dem Laptop in die Gaststube zu setzen. Er wollte nicht allein auf dem Zimmer sein und hoffte, dass es zumindest schon Kaffee gab, während er im Internet stöberte und seine E-Mails las.

Valentin dachte an die Speicherkarte, die mitgewaschen worden war. Er kramte in seinen Hosentaschen und fand sie. Er nahm sie heraus und betrachtete sie genauer. ›4 GB Ultra‹ stand da in weißer Schrift auf schwarzem Grund. Beim besten Willen konnte er sich nicht erinnern, die Karte in letzter Zeit aus der Digitalkamera genommen zu haben. Normalerweise verband er die Kamera per Kabel mit dem Laptop und verschob die Fotos in ein Verzeichnis auf der Festplatte. Es konnte aber schon sein, dass er bei der Hektik, die er zurzeit am Hals hatte, die Karte irgendwann mal aus der Kamera gezogen hatte, überlegte er. Er steckte sie schnell in den Rechner, um nachzuprüfen, ob die Fotos die Reinigung überlebt hatten.

Der Laptop der Firma war mit so ziemlich allen Schnittstellen ausgerüstet, die zurzeit aktuell waren und so fand Valentin nach kurzem Suchen tatsächlich einen kleinen Schlitz, in den die Karte passte. Kaum steckte sie im Laptop, erschien ein Fenster und er wurde informiert, dass ein Speicher gefunden wurde. Das sah ja ganz gut aus, dachte er erleichtert, offensichtlich hatte die Karte die Wäsche ohne Blessuren überstanden. Ein weiterer Klick und er sah auf dem Monitor eine lange Liste von Dateien. Als er jedoch die erste Datei öffnen wollte, war dies nicht möglich. Anscheinend hatte die Karte die Reinigung doch nicht überlebt. Das wäre ein ziemliches Malheur, wenn irgendwelche Fotos drauf wären. Valentin nahm sich vor, einen der IT-Leute aus der Firma zu fragen, da diese sicher Möglichkeiten hatten, wieder an die Bilder ranzukommen.

Der Tag ging so weiter, wie er begonnen hatte. Er wurde zu einem einzigen Fiasko. Sein Chef teilte ihm am Telefon mit, dass er die Vorstellung der Personalanpassung in der Betriebsversammlung übernehmen musste. Ihm blieb nichts anderes übrig, als um drei Uhr nachmittags der Überbringer der schlechten Nachrichten zu sein. Die Reaktion der Belegschaft war entsprechend und sein Vortrag wurde ständig mit lauten Zwischenrufen gestört. Der Geschäftsführer stärkte ihm zwar in der anschließenden Diskussion den Rücken, doch es war ziemlich eindeutig, was die betroffenen Arbeiter von Valentin hielten.

Unmittelbar nach der Betriebsversammlung ging er ins Hotel zurück, warf seine Arbeitskleidung in die Ecke und joggte in der hereinbrechenden Dämmerung in Richtung Rabenstein zum Hennenkobel. Auf dem Rückweg waren einige der negativen Eindrücke des Tages verflogen.

Frisch geduscht und in bequemer Freizeitkleidung saß er wieder im Hotel an seinem Stammplatz vor einem Salat und dem üblichen Pils. Gut, dass der Winter noch immer nicht begonnen hatte, dachte er, sonst müsste er auf dem Laufband im Fitnessraum trainieren. Neben dem Teller lag der kleine PDA und er tippte nebenbei eine SMS an Luisa und rief seine privaten E-Mails ab.

»Das ist eine riesengroße Sauerei, was da läuft. Die Großkopferten stopfen sich die Taschen voll und wir können sehen, wo wir bleiben.«

An einem der Tische in der anderen Ecke saßen vier Männer um die 50. Sie führten lautstark eine ziemlich derbe Diskussion. Valentin hatte noch nicht mitbekommen, was das Thema des verbalen Aufstands war, es musste die vier jedoch ziemlich berühren, so laut wie sie darüber wetterten.

»Das musst du dir mal vorstellen. Uns speist man mit ein paar Euro Abfindung ab, obwohl die genau wissen, dass wir in dieser Gegend nie und nimmer wieder Arbeit finden. Und selber diskutieren sie, ob es denn ein Acht- oder Zwölfzylinder sein darf.«

Jetzt hatte Valentin begriffen, was das Thema des

Gesprächs war. Die heute angekündigte Entlassungsaktion! Offenbar saßen da ein paar Betroffene am Tisch, die sich gleich nach der Versammlung hier getroffen hatten, um ihren Frust mit Alkohol zu betäuben.

»Dann haben die noch diesen Schnösel aus München eingekauft. Der kommt ja angeblich von hier, hören tust du das nimmer. Der Herr kann ja nur noch hochdeutsch. Ich möchte wirklich mal wissen, wie viel Kohle der für diesen Scheißjob bekommt?«

Valentin beschäftigte sich intensiv mit seinem PDA und versuchte, bloß nicht in Richtung der vier zu blicken. Gut, dass er Freizeitkleidung trug und seine Haare noch nass nach hinten gekämmt waren. So alkoholisiert wie die waren, würden sie ihn vielleicht nicht erkennen. Er aß lustlos den Salat und las gleichzeitig die erhaltenen Mails. Thaddäus hatte sich wieder mal gemeldet. Er hatte ebenfalls die Firma gewechselt und blühte nun regelrecht auf. Bei dem kleinen Start-up konnte er seine privaten Interessen und die bezahlte Arbeit beinahe perfekt miteinander verbinden, selbst wenn die Arbeitszeiten mehr als unchristlich waren.

Im Hintergrund tönten immer noch die lauten Stimmen, die nunmehr über die deutsche Wiedervereinigung und die EU herzogen, welche zum Wegfall der Grenzlandförderung und zur anschließenden Grenzöffnung geführt hatte.

Die armen Kerle verstanden die großen Zusammenhänge zwar nicht, ihre Kritikpunkte hatten durchaus Substanz, sinnierte Valentin. Früher hatte man mit massiven Zuschüssen die Industrie in der Gegend gepäppelt. Nach der Wiedervereinigung fiel die Förderung ziemlich schnell weg, um in den fünf neuen Ländern blühende Landschaften entstehen zu lassen. Die Grenzöffnung und der ungehinderte Warenverkehr im Zuge der EU-Osterweiterung sorgten dann für den Rest. Die hiesigen Glashütten konnten mit den niedrigen Produktionskosten nicht konkurrieren. Valentins Gedanken wurden von dem Ton einer eintreffenden SMS unterbrochen. Luisa teilte ihm kurz mit, dass sie noch in einer Sitzung feststeckte und sich später bei ihm melden würde.

Die Debatte am Nachbartisch war plötzlich verstummt und Valentin blickte langsam auf. Vier Augenpaare starrten ihn feindselig über die Wirtsstube hinweg an. Das hatte ihm heute gerade noch gefehlt. Jetzt konnte er nur hoffen, dass die Typen nicht auf eine Schlägerei aus waren und falls doch, dass der Wirt dazwischen gehen würde. Sie flüsterten halblaut und dann winkte der lautstärkste der Truppe in Richtung Schanktresen. »Wir wollen bezahlen und zwar schnell. In einer Wirtschaft, die solche Leute aufnimmt, trinken wir kein Bier mehr.« Die löwenmähnige Bedienung eilte zu dem Tisch und kassierte, während diese weiterhin lästerten. Sie standen auf und verließen düstere Blicke auf Valentin werfend hintereinander die Gaststube. Allein in der Dunkelheit wollte er ihnen nicht begegnen. Er würde wohl in Zukunft aufpassen müssen, wo er sein Auto abstellte.

Er stocherte in seinem Salat herum. Das flaue Gefühl in der Magengegend ließ nicht nach und Herzstechen kam dazu. Dieser Abend war verdorben, dachte er, so wie schon der ganze Tag. Er würde runter ins Hallenbad des Hotels gehen und eine Stunde schwimmen. Hier wollte er nicht mehr sitzen bleiben. Er stand auf, ging ins Zimmer und holte seine Badesachen.

Das Schwimmen in der Gegenstromanlage machte ihm allerdings keine Freude und eine halbe Stunde später war er wieder auf seinem Zimmer. Lustlos stand er da und spekulierte, was er unternehmen könnte. Ein spannendes Buch zum Lesen hatte er nicht und Fernsehen war für ihn schon seit Jahren unter der Überschrift ›Zeitverschwendung‹ einsortiert. Was konnte er noch tun, um diesem Tag wenigstens eine positive Sache abzugewinnen? Er beschloss, Thaddäus zu fragen, ob er ihm bei der Speicherkarte helfen könne, obwohl er nicht wirklich daran glaubte. Vielleicht war er online und sie könnten ein bisschen chatten. Er fuhr den Laptop hoch. Tatsächlich war Thaddäus im Netz und meldete sich sofort.

›Wenn du die Dateien siehst und anklicken kannst, dann versuch mir ein oder zwei per Mail zuzusenden. Das sollte funktionieren. Ich sehe sie mir dann mit dem Hexeditor an.‹

›Welche Dateien soll ich denn nehmen? Der Rechner mosert bei allem, was ich anklicke.‹

›Warte mal, Kommando zurück. Das machen wir anders. Ich sende dir einen Link auf ein Netzverzeichnis und dann kopierst du das ganze Zeug dorthin. Das geht direkt im Browserfenster. Per Mail kannst du mir ohnehin nur knapp über 10 Megabyte senden. Das wären nur zwei Fotos. Meinst du, dass du das hinbekommst?‹

›Ich denke schon, wenn du mir genau sagst, was ich tun soll.‹

Der Upload in das Webverzeichnis dauerte lange. Währenddessen schrieb Thaddäus im Chat, wie es mit der neuen Firma lief. Er war in einem Unternehmen mit sechs Leuten gelandet, dessen Angestellte sich von einer größeren Firma losgesagt hatten und nun spezielle Sicherheitssoftware für eingebettete Geräte entwickelten. Valentin begriff zwar nicht so recht, was man darunter verstand, allerdings war die Gewinnspanne wohl ziemlich hoch. Zumindest schloss er das aus Thaddäus Aussagen hinsichtlich Ausstattung und Arbeitsweise. Schließlich war der Transfer fertig und Valentin merkte an den Antwortzeiten, dass sein Gegenüber bereits damit begonnen hatte, sich die Dateien anzusehen. Nach einiger Zeit fragte er neugierig nach. ›Hast du schon etwas herausgefunden?‹

›Nee. Komisches Zeugs hast du mir da geschickt. Da sind ein Haufen ASCII-Dateien dabei, munter vermischt mit irgendwelchem Binär-Zeugs. Bist du sicher, dass das von deiner Speicherkarte aus der Digitalkamera stammt?‹

›Ja, ganz sicher. Ich habe es genauso gemacht, wie du gesagt hast. Direkt von der Karte ins Internet kopiert.‹

›Na gut. Die komplette Analyse erfordert jetzt ein wenig Zeit. Vielleicht hat der Waschvorgang so richtig in das Dateisystem der Karte eingeschlagen und die

Files wurden in einzelne Teile auseinandergerissen. Das kann ich jetzt auf die Schnelle nicht diagnostizieren.‹

Sie verabredeten, dass Thaddäus sich melden würde, sobald er Ergebnisse hatte. Kurz darauf fiel Valentin müde ins Bett, doch die Ereignisse des Tages ließen ihn nicht ruhig schlafen.

KAPITEL 20

»So ein Projekt mache ich ganz sicher nicht gern. Andererseits bekomme ich jeden Monat Geld dafür, dass ich für dieses Unternehmen arbeite, und das schließt auch unangenehme Arbeiten ein.«

Valentin versuchte, Jennifer seine Sicht der Welt nahezubringen. Ihm war klar, dass er zum Teil zu sich selbst sprach und Gründe dafür suchte, warum er den Auftrag nicht hinterfragte, sondern eins zu eins umsetzte.

Sie machten gerade Mittagspause und da er nach der Begegnung gestern Abend nicht in der Betriebskantine essen wollte, hatte er Jennifer zum Essen in eine Zwiesler Pizzeria eingeladen. Die Pizzeria war nur von Oktober bis Mai geöffnet, da der Besitzer während der restlichen Zeit des Jahres eine Eisdiele am Stadtplatz betrieb.

»Herr Steinberg, Sie haben doch eine wichtige Position und sind nicht irgend so eine Randfigur. Da können Sie doch durchaus andere Lösungen durchsetzen und nicht nur den allereinfachsten Weg nehmen: Wenn der Gewinn zu niedrig ist, dann schmeißen wir halt einen Haufen Leute raus.« Jennifer sah ihn ernst an und ihm gingen langsam die Argumente aus. In was für eine Situation hatte er sich da bloß manövriert? Er wohnte in einem Hotelzimmer, die Familie sah er nur am Wochenende und jetzt musste er noch den miesesten aller Jobs machen. Da half das ganze Geld nichts, das man ihm dafür gab. Von der blöden Prämie für einen erfolgreichen Abbau ganz zu schweigen.

»Wenn es nur so leicht wäre. In der jetzigen Situation braucht man schon ganz gute Argumente, um diesen Plan noch zu stoppen. Und ganz ehrlich gesagt, die habe ich nicht. Es ist halt mal so, dass wir zu hohe Kosten haben und der Gewinn dadurch zu niedrig ausfällt.«

»Jetzt kommen Sie, man strengt sich ja nicht mal an, die Ausgabensituation zu ändern. Es wird der primitivste Weg eingeschlagen und fertig. Ich sage Ihnen, es gäbe ganz gewiss genügend Möglichkeiten zu sparen.«

Das gemeinsame Mittagessen hatte Valentin sich anders vorgestellt. Eigentlich wollte er mit Jennifer nur plaudern und nicht die Probleme der Arbeit beim Essen erörtern. »Da haben Sie ja im Prinzip recht, doch ist die Hebelwirkung von solchen Sparaktionen meist nicht ausreichend. Lassen Sie uns doch beim Essen nicht nur von unangenehmen Dingen reden, sondern auch von schönen oder interessanten Sachen.« Valentin versuchte mit Gewalt, das Thema in eine andere Richtung zu drehen. Vielleicht ging sie ja darauf ein. »Ihr Freund ist doch so sportlich. Können Sie mir da nicht ein paar gute Radtouren empfehlen, um die Zeit bis zum Schnee noch zu nutzen.«

Sie sah ihn finster an und verzog den Mund, als sie seine Absicht bemerkte. »Na gut, ich werde Ihnen jedoch in den nächsten Tagen ein paar Dinge aufzeigen, bei denen wir wirklich sparen können. Und Sie haben mir es versprochen, dass Sie sich darum kümmern.«

Vermutlich würde sie ihm einen Vorschlag machen, wie sie irgendwo im Sekretariatsbereich ein paar hundert Euro abzwacken könnten, dachte er. Das würde das Kraut auch nicht mehr fett machen. Das Beste wäre, dass er sich ihre Idee anhörte und dann ein paar stichhaltige Argumente dagegen fände. Allerdings hatte sie sein Schweigen als Zustimmung gedeutet und fing an, über ihren Freund zu erzählen.

»Der Xav jammert schon seit Wochen, weil er unbedingt mit dem Langlauftraining anfangen will. Momentan kann man ja nur mit den Skirollern trainieren. Das will er nicht mehr, seit er in der Aurer Talsperre auf regennasser Straße den Abflug gemacht hat.«

»Hat er sich verletzt?«

»Ziemlich starke Abschürfungen! Das blöde war, dass seine tollen Funktionsklamotten aus Kunstfaser beim Sturz auf dem Teer fest mit der Haut verschmolzen sind. Die hat dann der Doktor mit Pinzette und

Skalpell Stück für Stück wieder ablösen müssen. War eine ziemlich ekelhafte Sache.«

»Nun sitzt er also zu Hause und nervt«, stellte Valentin mit einem Lächeln fest.

»Diese Phase dauerte nur ein paar Tage. Jetzt rennt er viermal die Woche zum TSV und macht Training in der Halle. Sonst würde er das ja gar nicht aushalten«, erwiderte sie. »Bei den Radtouren tue ich mich schwer, eine Empfehlung auszusprechen. Wie anspruchsvoll darf es denn sein?«

»Na ja, es sollte halt nicht wirklich extrem sein. Für die richtig schweren Touren habe ich noch nicht genügend Kondition.«

»Solange es noch keinen Schnee hat, würde ich über die Spiegelhütte und Buchenau zur Trinkwassertalsperre nach Frauenau radeln. Man kommt dann ganz gemütlich über den geteerten Radweg nach Zwiesel zurück. Kürzlich hat der Xav eine andere gute Tour gemacht. Er ist über die Forststraßen auf den Arber gebiked und dann die Skiabfahrtstrecke runter. Das muss richtig gut gewesen sein.«

»Letzteres hebe ich mir auf, frühestens für nächstes Jahr«, lachte Valentin. »Die Buchenau-Tour könnte gut passen. Heute Abend wollte ich zu ein paar Schulfreunden ohnehin nach Frauenau, da kann ich diese Strecke ausprobieren.«

»Da bin ich jetzt mal neugierig. Wer sind denn Ihre Schulfreunde in der Au?«, fragte sie nach. »Ich kenne da ziemlich viele Leute.« Also erzählte ihr Valentin, dass er Axel und Richard im Kino begegnet war und sie sich seitdem ab und zu in der Glasschmiede trafen. Jennifer erinnerte sich an die beiden flüchtig und hatte sie wohl unter der Rubrik erfolglose Künstler einsortiert. Sie sprachen noch eine Weile über die Schwierigkeiten mit Kunst seinen Lebensunterhalt zu verdienen und fuhren dann mit Valentins Auto zurück in die Arbeit.

Mit seiner Zeitplanung hatte er sich gründlich verkalkuliert. Jetzt war es bereits stockdunkel und es waren immer noch einige Kilometer bis zur Glasschmiede. Kurz entschlossen entschied er sich vor einer viertel Stunde zwar für die Abkürzung über einen Waldweg, doch war dieser Weg in einem so schlechten Zustand, dass er damit keine Zeit gewann. Immerhin leistete das teure Xenon-Licht gute Dienste, sodass er zumindest die größeren Wurzeln auf dem Weg frühzeitig bemerkte. Nur noch einige hundert Meter und dann würde er in den Waldweg einbiegen, an dessen Ende die Lichtung mit der Schmiede lag.

Der Nachmittag verging mit einigen Besprechungen, die sich jedoch nicht um den Personalabbau als vielmehr um aktuelle Betriebskennzahlen drehten. Offenbar war seitens des oberen Managements die Entlassungsaktion bereits kein Thema mehr und man konzentrierte sich schon auf neue Dinge. Für Valentin sah dies allerdings ganz anders aus, denn am Freitag würde die Personalabteilung die Briefe mit den Aufhebungsangeboten versenden. Der einzige Lichtblick an diesem Tag war eine kurze SMS von Thaddäus: ›Konnte Daten teilweise rekonstruieren, sind jedoch anders als erwartet, Details folgen später per Mail, muss nun arbeiten, Gruß T.‹

So recht vermochte Valentin allerdings nichts mit dem Inhalt dieser Nachricht anzufangen. Doch die Aussage, dass Thaddäus etwas retten konnte, stimmte ihn schon mal grundsätzlich positiv. Vielleicht hatte er ja bei dieser Aktion noch ein paar Fotos gefunden, die als Datenleichen im Speicher herumlagen. Heute Abend würde er sicher mehr dazu erfahren.

Er bog mit Schwung in das letzte Stück des Weges ein und merkte plötzlich, dass er langsamer wurde, obwohl er weiterhin mit gleicher Kraft in die Pedale trat. Valentin äugte zwischen den Beinen hindurch auf Schaltung und Hinterreifen, konnte aber nichts erkennen. Er hielt an, stieg ab und begutachtete kritisch das hintere Rad. »Verdammt«, entfuhr es ihm, als er den grob profilierten Reifen genauer ansah. Ein sicherlich acht Zentimeter langer Nagel hatte sich quer durch den Mantel gebohrt. Da halfen auch die selbstabdichtenden Schläuche nichts. Er hatte sich darauf verlassen und natürlich keinen Ersatz dabei. Immerhin ist es nicht mehr allzu weit bis zur Schmiede, versuchte er sich zu beruhigen. Er brauchte ziemlich viel Kraft, um den Nagel herauszuziehen, und warf ihn in hohem Bogen ins Gebüsch.

Dann würde er halt das Rad schieben, entschied er und machte sich auf den Weg. Nachts durch einen Wald zu gehen, war ein ganz anderes Gefühl, als schnell mit dem Rad durch ihn zu fahren. Dies wurde ihm nach kurzer Zeit deutlich, als er die Stille um ihn herum wahrnahm. Gut, dass er wenigstes Licht hatte, sonst hätte er wahrscheinlich nach wenigen hundert Metern völlig die Orientierung verloren. Er erinnerte sich an die gruselige Geschichte, die in seiner Kindheit für ziemlich viel Aufsehen in der Gegend gesorgt hatte. Eines Winters feierte eine kleine Gruppe Jugendlicher in einer Waldhütte zwischen Frauenau und Rinchnach. Spät abends kam es zu einem Streit zwischen den jungen Leuten und ein Mädchen verlies verärgert die Hütte, vermutlich um zurück ins Dorf zu gehen. Dort kam sie nie an. Ein Bekannter von Valentins Vater fand sie erfroren an einen Baum gelehnt, als er mit den Langlaufskiern durch den Wald unterwegs war. Seit diesem Vorfall hatte Valentin ziemlich viel Respekt, wenn es um die Orientierung in einem Waldgebiet ging.

Ihm schoss ein Gedanke durch den Kopf. Er blieb stehen und horchte angestrengt nach verdächtigen Geräuschen. Doch er hörte keinen Laut, der darauf schließen ließ, dass sich andere Menschen in der Umgebung aufhielten. Mit schnellen Schritten schob er sein Rad den Waldweg entlang. Könnte es sein, dass er nicht allein hier war und man ihm eine Falle gestellt hatte? Nach dem Erlebnis in der Gaststube war ihm bewusst geworden, dass es nicht um anonyme Wesen ging, sondern um Menschen, die sich durchaus zur Wehr setzen konnten. Gestern hatte sich die Situation nur deshalb nicht zugespitzt, weil außer ihm und den Arbeitern noch andere im Gasthof waren.

Von seiner heutigen Tour wusste eigentlich niemand, versuchte er sich zu beruhigen, also konnte man nicht an einer bestimmten Stelle Nägel ausstreuen. Obwohl, er hatte mittags mit Jennifer darüber gesprochen, dass er heute mit dem Rad unterwegs sein würde. Und diese war überhaupt nicht mit den Entlassungen einverstanden, was sie stets wiederholte. Im Gegenteil, Jennifer wollte beharrlich, dass er etwas dagegen unternahm, und er hatte dem nie direkt zugestimmt. Vielleicht war ihr mittags klar geworden, dass er sich nicht für die Betroffenen einsetzen wollte und hatte daher jemandem in der Firma einen Wink gegeben. Er ging immer schneller und rannte nunmehr fast. Wenn ihn jemand abpassen wollte, dann war dies hier genau die richtige Stelle. Egal wie der genaue Tourverlauf aussah, wenn er zu den Glasschmieden wollte, dann musste er diesen Weg nehmen. Valentin überlegte krampfhaft, was er als Waffe verwenden konnte. Früher hatte man an den Rädern immer eine große Luftpumpe gehabt, die hätte sich ganz gut dafür geeignet, doch an seinem modernen Rad gab es keinerlei Werkzeug mehr. Jetzt anzuhalten und im Wald einen Prügel zu suchen, kostete zu viel Zeit. Ihm blieb nichts anderes übrig, als neben seinem Rad in Richtung Schmiede zu laufen und zu hoffen, dass niemand nachkam.

Er musste höllisch aufpassen, nicht über eine Wurzel oder über die glatten Steine zu stolpern, die überall auf dem Weg lagen. Da leistete ihm freilich das Rad trotz des defekten Reifens gute Dienste. Rutschte er wieder einmal ab, konnte er sich zumindest abstützen. Nach einigen Minuten sah er zwischen den Bäumen das Licht hinter den Fenstern der Glasschmiede.

Er traute sich nicht anzuhalten und in die Dunkelheit hineinzuhorchen, sondern lief so schnell er konnte durch die Ausläufer des Waldes auf die Wiese vor dem Haus. Genau hier wäre die richtige Stelle, um ihm aufzulauern. Man konnte sich optimal in den Büschen am Waldrand verstecken und warten, bis er vorbeikam. Er setzte all seine Kraftreserven ein und spurtete über die Wiese, die ihm diesmal riesengroß erschien. Kurz vor dem Haus ließ er das Rad los. Es rollte noch einige Meter, bevor es zur Seite fiel. Er rannte auf die Tür zu, riss die schwere Holztür mit einem Ruck auf und stürmte den Flur entlang zur Stube. Als er in diese hineinpolterte und die Tür hinter sich zuknallte, drehten sich Axel und Richard erschreckt um und starrten ihn perplex an. Tief schnaufend lehnte er sich gegen die Tür. Hier war er in Sicherheit. Und falls sich wirklich jemand ins Haus trauen sollte, dann war er nicht mehr allein. Valentin war sich absolut sicher, dass sie zu dritt mit allem fertig werden würden, was hinter ihm her war.

»Was ist denn mit dir los?«, fragte Axel verwundert und betrachtete den um Atem ringenden Valentin. »Hat dich etwa ein Wolf verfolgt?«

»Fast«, japste er als Antwort, immer noch außer Atem.

»Setz dich zuerst einmal und dann erzähl uns, was los ist«, sagte Richard bedächtig.

Valentin wurde langsam klar, dass er eigentlich überhaupt nichts Konkretes zu erzählen hatte. Er hatte auf dem Waldweg lediglich den Eindruck gehabt, dass da jemand war. Und ob es ein einzelner Nagel oder viele waren, würde sich nur feststellen lassen, wenn er zurückging und sich die Stelle genau ansah. Das wollte er ganz sicher nicht. Der Überfall hatte nur in seinem Kopf stattgefunden, einen konkreten Beweis dafür konnte er nicht antreten. »Eigentlich ist gar nichts los«, antwortete Valentin, »ich wollte nur mal sehen, wie lange ich sozusagen von Tür zu Tür brauche.«

KAPITEL 21

Der Abend in der Glasschmiede war doch noch schön geworden. Richard hatte einen wunderbaren französischen Rinderschmorbraten mit bayerischen Semmelknödel in kleinen Tassen vorbereitet. Es war das perfekte Essen zum Abschluss eines anstrengenden Tages. Nach dem Essen holten Axel und Valentin das Rad und flickten mitten in der Stube den Schlauch. Alle drei hatten sie keine Lust auf Alkohol und so tranken sie Wasser aus der Quelle der Schmiede. Axel packte kurz nach zehn das Fahrrad in den Kombi und fuhr Valentin auf der Landstraße zurück nach Zwiesel ins Hotel.

Valentin schlief trotz des merkwürdigen Erlebnisses tief und fest und startete den folgenden Tag an seinem gewohnten Platz in der Gaststube mit dem Frühstück. Neben ihm lag wie gewohnt der Laptop sowie der PDA, auf dessen Display er die Termine des heutigen Tages studierte. Abends hatte er eine Hausbesichtigung in Rinchnach geplant und am folgenden Tag würden die bewussten Briefe verschickt werden. So wie er es einschätzte, würde es heute nicht stressig werden. Er freute sich schon auf morgen Nachmittag, wenn er zu Luisa und den Kindern fahren konnte. Immerhin hatte er sie seit 14 Tagen nicht gesehen. Am Wochenende wollte er unbedingt mit den Mädchen Mathe lernen. Seit er in Zwiesel war, hatten sich ihre Noten spürbar verschlechtert, und gerade in seinem Lieblingsfach musste das nun wirklich nicht sein.

Er bestellte sich einen Cappuccino und öffnete seine Mails. Thaddäus hatte sich gemeldet. Valentin schüttelte leicht den Kopf, als er sah, dass der Sendezeitpunkt um zwei Uhr früh war.

›Hi, Valentin, ich verstehe jetzt, warum du die Dateien nicht öffnen konntest. Es handelt sich dabei um einen Haufen Datensätze im NMEA-Format, mit denen eine Bildbetrachtungssoftware ganz gewiss nichts anfangen kann. Aus diesem Grund bekommst du immer eine Fehlermeldung. Bilder habe ich in den Daten, die du mir geschickt hast, bisher keine gefunden. Wegen Details kannst du mich ja am Morgen mal anpingen. Gruß vom Mittelpunkt der Welt, T.‹

Valentin lächelte über die Abschiedsformel. Thaddäus war mit Leib und Seele Münchner und konnte sich gar nicht vorstellen, dass es außerhalb der Stadt noch nennenswertes Leben gab. Komisch war das schon, dachte Valentin, immerhin war er ziemlich fest der Meinung, dass auf dem Speicher noch Fotos waren und nun befanden sich irgendwelche Informationen darauf. Er nahm den PDA zur Hand und sendete an Thaddäus eine Nachricht: ›Guten Morgen! Zuerst einmal vielen Dank für die Analyse der Daten. Allerdings werde ich aus deinen Angaben nicht so recht schlau. Könnte es sein, dass die Fotos im falschen Format gespeichert wurden, also in diesen NMEA-Dateien?‹ Er nahm sich ein Croissant aus dem Brotkorb und fing an, es dick mit Aprikosenmarmelade zu bestreichen. Bevor er jedoch reinbiss, traf eine neue Nachricht ein. Sie kam von Thaddäus: ›Morgen! Sitze in der Tram auf dem Weg zur Arbeit. NMEA hat absolut nichts mit Fotos zu tun. Das ist ein Datenformat mit dem Koordinaten beschrieben werden. Typischerweise schreiben Navigationsgeräte die von den GPS-Satelliten empfangenen Signale in solche Dateien. Das ist zwar ein ASCII-Format, doch nicht ganz so simpel, wie man meinen möchte. Was hast du denn da für eine Kamera, die sogar die Ortskoordinaten aufzeichnet? Muss ein ziemlich cooles Teil sein.‹

Valentin starrte eine Weile auf die Nachricht und überlegte. Er konnte sich beim besten Willen nicht vorstellen, dass sein doch recht einfacher Fotoapparat die Positionsdaten speicherte. Das wäre ihm sicher beim Lesen der Bedienungsanleitung aufgefallen. ›Ich glaube nicht, dass meine Kamera dies kann. Hast du eine Idee, wie solche Daten auf den Speicher kommen können?‹

Kaum hatte er die Nachricht verschickt, war schon die Antwort da: ›Ein paar Dateien sind verstümmelt. Die müsste ich mir dann mal genauer anschauen, aber ansonsten bin ich ziemlich fest davon überzeugt, dass die Koordinaten ganz normal auf dem Speicher abgelegt wurden. Fotos habe ich im Übrigen nicht mal ansatzweise gefunden.‹

Valentin trank Cappuccino und grübelte. Könnte es sein, dass die Speicherkarte gar nicht seine war? Vielleicht hatte die Frau aus der Reinigung nur angenommen, sie gehöre ihm. Er müsste eigentlich nur kurz bei Luisa anfragen, ob in der Kamera eine Karte steckte. Allerdings würde das unter Umständen eine größere Aktion werden, da seine Frau nicht mit technischem Verständnis gesegnet war. Er hatte jedoch eine Idee. ›Wenn es sich um Koordinaten handelt, dann könntest du doch mal schauen, welche Orte diese beschreiben.‹

›Das habe ich bereits heute Nacht erledigt. Es handelt sich durchgehend um Orte bei euch unten, also im Bayerischen Wald. Ich sende dir die Liste, dann kannst du ja kontrollieren, wo du schon überall mit deiner Kamera gewesen bist.‹

›Sehe ich vielleicht aus wie ein japanischer Tourist auf Europareise! Bitte sende mir diese Ortsliste, dann schaue ich sie mir heute Abend an. Vielleicht entdecke ich an meiner Kamera ja völlig neue Funktionen.‹

›Zur genauen Positionsbestimmung nimmst du am besten eine topografische Karte im Maßstab 1:25.000. Eine der üblichen Internetseiten zu nutzen, wäre zwar eine Möglichkeit, die sind allerdings längst nicht so genau, wie man gemeinhin glaubt. Wenn du willst, dann kannst du mir den Speicherchip physisch per Post senden. Da lässt sich dann normalerweise mehr aufspüren, als mit dem bloßen Dateidump, den ich von dir bekommen habe.‹

Valentin nahm sich vor, noch heute die Karte an Thaddäus zu senden. Er packte seine Computersachen am Frühstückstisch zusammen und ging hoch in sein Zimmer. Kurz danach machte er sich zu Fuß auf den Weg in die Arbeit.

Der Arbeitstag verlief verhältnismäßig eintönig. Die Daten für den Monatsbericht an die Geschäftsführung waren im Warenwirtschaftssystem verfügbar. Valentin saugte sich diese mit ein paar Makros in seine Tabellenkalkulation auf den PC. Dann baute er daraus den üblichen 20-seitigen Vortrag zusammen. Mittlerweile war dies schon Routine für ihn geworden.

Der Höhepunkt des Tages stand ihm noch bevor und er wartete bereits begierig darauf. Um fünf hatte er in der Nähe von Rinchnach einen Termin mit der Maklerin vereinbart. Dort gab es einen alten Bauernhof, der zum Verkauf stand und angeblich seinen Anforderungen entsprach.

Mithilfe des Navis fand er den Hof ohne Probleme und diesmal wartete die Maklerin bereits auf ihn. Es handelte sich um einen für den Bayerischen Wald typischen Bauernhof. Das Haus war mit Ziegeln auf einem Sockel aus grob behauenen Granitsteinen gemauert. Kleine Fenster lugten aus den dicken Mauern und ein schmaler Balkon zog sich im ersten Stock über die Frontseite. Geschützt vor Regen und Schnee wurde er von einem breiten Dachvorsprung. Der hintere Gebäudeteil bestand aus ehemals dunkel gestrichenem Holz, das im Laufe der Zeit stark verblichen war, und hatte den Charakter einer besseren Scheune. Früher wurde dort das Heu für den Winter und die notwendigen Gerätschaften des Bauernhofs gelagert. In dem Bereich zwischen Holzbau und dem eigentlichen Wohngebäude befand sich die Stallung, die einstmals Kühe und Schweine beherbergt hatte. Sandra Wagner, ganz die professionelle Maklerin, zeigte Valentin jedes Detail des Hofes, bevor sie ihn durch die massive Haustür an der Stirnseite in das Gebäude führte.

Valentin dachte anfangs, dass das Gebäude leer stand, doch kaum befand er sich im Haus, bemerkte er die angenehme Wärme, die nur ein großer Holzofen zustande brachte. Wie sich gleich darauf herausstellte, bewohnte eine rüstige alte Frau mit Namen Maria Schafhauser den Hof. Sie hatte bereits für den Besuch Kaffee gekocht und bot ihnen sogar Christstollen an. Valentin und Sandra Wagner blieb nichts anderes übrig, als sich auf die Eckbank an den großen Tisch zu setzen und zumindest ein Stück zu probieren.

»Wissen Sie, das Rezept stammt von meiner Schwester aus Dresden. Sie hat es mir damals aus der DDR geschickt und über die Jahre habe ich es immer weiter verbessert. Seit mein Mann gestorben ist, habe ich allerdings nicht mehr viel daran geändert. Es ist niemand mehr da, der den Stollen so richtig zu schätzen weiß.«

»Er ist wirklich wunderbar«, sagte Valentin begeistert über den feinen Geschmack.

»Wichtig ist, dass der Stollen mindestens 14 Tage in der Speisekammer ruht. Ich wickle ihn immer in Stanniolpapier ein, damit er nicht trocken wird. Anschließend kommt ein Packerl geschmolzene Butter drauf und dann noch ein paar Tütchen Vanillezucker.«

Der Stollen war ein Traum, doch war er so gehaltvoll, dass er die nächsten Tage wohl nichts mehr essen musste, fand Valentin. Er überlegte, wie er das Gespräch auf den Hauskauf lenken konnte. Die Frau war so nett zu ihm und es war ihm unangenehm, als potenzieller Käufer ihres Hofes aufzutreten. Doch Sandra Wagner hatte da deutlich weniger Bedenken.

»Wir haben bereits von außen alles begutachtet und ich denke, das Objekt wäre für Herrn Steinberg durchaus von Interesse. Würden Sie uns vielleicht erzählen, warum Sie es verkaufen möchten?«

»Ach, das ist ganz einfach«, antwortete Maria Schafhauser und sah Valentin in die Augen. »Die Kinder sind alle weggezogen und seit mein Mann tot ist, lebe ich hier ganz allein. Mit dem Geld für den Hof werde ich mir eine ebenerdige Wohnung mitten im Dorf kaufen und habe dann nicht mehr die ganze Hofarbeit am Hals. Das Geld, das dann noch übrig ist, lege ich auf die Bank und mit den Zinsen kann ich mir gegebenenfalls ein paar Mal pro Woche eine Haushaltshilfe kommen lassen.«

»Es ist doch schön hier«, argumentierte Valentin ganz gegen seine Absicht, einen günstigen Hof zu erwerben.

»Freilich ist es schön«, sagte sie und lächelte, »aber auch mühselig. Ich habe den Holzofen hier in der Küche und dann noch zwei Ölofen. Das Wasser kommt zwar aus unserer eigenen Quelle den Hang hoch, es ist allerdings eiskalt. Warmwasser gibt es nicht. Noch schaffe ich das alles, doch irgendwann wird es mir zu viel. Da will ich nicht darauf warten.«

Das Gebäude gefiel Valentin recht gut. Es wäre die Grundlage für einen dieser wunderbar restaurierten Bauernhöfe aus den Zeitschriften, die er und seine Frau so gerne anschauten. Allerdings würde der Aufwand erheblich sein, allein die viel zu niedrigen Decken auf eine vernünftige Höhe zu erweitern, könnte richtig teuer werden. Sie sprachen noch eine Weile über den Hof, das dazugehörige Grundstück und verabschiedeten sich herzlich von der alten Frau. Valentin schüttelte mit nachdenklicher Miene den Kopf, als ihn Sandra Wagner auf den Weg nach draußen anblickte.

›49° 00' 40.07''N 13° 19' 54.81''E‹ mag zwar für einen Computer klar verständlich sein, sann Valentin, aber nicht für einen Menschen, und blickte ratlos auf die vor ihm ausgebreitete Karte. Neben sich hatte er den Laptop aufgeklappt und bei Wikipedia den Artikel über das Gauß-Krüger-Koordinatensystem geöffnet. Ganz allmählich verstand er zwar das System, einfach war es allerdings nicht. Da er nicht allein auf seinem Zimmer sein wollte, hatte er sich mit den ganzen Utensilien in die Gaststube begeben und hockte an seinem gewohnten Platz in der Ecke. Er hoffte, dass es nicht wieder Ärger mit irgendwelchen Hüttenarbeitern gäbe, doch hatten sich diese wohl seit dem Vorfall ein anderes Wirtshaus gesucht.

Thaddäus hatte ihm am frühen Abend eine recht umfangreiche Liste mit Koordinaten geschickt, die nun im Mailprogramm seines Laptops angezeigt wurden. Die Bedienung mit den Löwenhaaren organisierte für ihn eine topografische Karte der Umgebung, nahm ihm aber das Versprechen ab, die Karte ja wieder zurückzugeben. Offenbar wurde sie im Gasthof wie ein Schatz gehütet.

Das passte zum Teil überhaupt nicht zusammen, überlegte er. Er war zwar öfter mal am Zwiesler Stadtplatz, in Rabenstein und einmal am Arbersee gewesen, dagegen noch nie in Neuschönau oder an der Burgruine in Weißenstein. Wenn das nicht immer solche Zahlenkolonnen wären, dann ließen sich die Orte viel einfacher finden. Entweder brauchte er jetzt zwei Lineale oder einen Stift. Die Karte konnte ja nicht wirklich teuer sein. Das war ihm im Moment egal. Er markierte die Positionen und würde dann morgen fürs Hotel eine neue kaufen. Er nahm seinen Kugelschreiber und fing an, auf der Karte die entsprechenden Koordinaten einzutragen. Auf einmal klappte es besser. Die blaue, lang gestreckte Fläche war die Trinkwassertalsperre bei Frauenau, an der er schon oft gewesen war. Da hatte er einmal den Fotoapparat dabei gehabt. Moment, dachte er verwirrt, das konnte nicht mehr stimmen. Da gab es noch ähnliche

Koordinaten, die einen Punkt weiter östlich angaben. Wenn er sich nicht täuschte, war das die nicht mehr bewohnte Siedlung hinter der Talsperre. Er glaubte, die hieße Schachtenbach. Da wollte er zwar immer mal hin, hatte es aber bislang nicht geschafft. Somit konnte die Speicherkarte nicht von mir sein.

»Hallo«, tönte eine weibliche Stimme und er sah erschrocken auf. Jetzt würde er die Strafpredigt der Bedienung über sich ergehen lassen müssen, weil er in der wertvollen Karte herumgezeichnet hatte. Doch er irrte sich, denn als er aufsah, stand Sara Lillem in zivil vor ihm. Sie blickte neugierig auf die Landkarte.

»Das sieht mir doch glatt danach aus, als wenn sich jemand neue Trainingsstrecken austüftelt. Ganz schön systematisch«, nickte sie ihm anerkennend zu.

Valentin wurde heiß, als ob sie ihm bei etwas Verbotenem erwischt hätte. Er hoffte, dass es ihr nicht auffiel. »Na ja, ich möchte halt nicht immer die gleichen Strecken fahren, sondern ein paar neue abwechslungsreiche Touren«, bestätigte er und hatte dabei ein schlechtes Gewissen.

Sie deutete auf den lang gezogenen blauen Fleck der Talsperre. »Das ist doch schon ein ganz guter Ansatz. Ich würde hier hoch zum Kiesruck und dann über die Spiegelhütte zurück nach Zwiesel. Die Strecke lässt sich ganz gut verlängern, indem man noch über den Falkenstein fährt.« Sie fuhr mit dem Finger auf dem Plan den Weg nach.

Valentin klappte unauffällig seinen Laptop zu, damit sie die Mail nicht sah. »Dich habe ich in der alten Mühle noch nie gesehen. Bist du zum Abendessen hier?« Vielleicht würde sie sich ja zu ihm setzen und er hätte ein wenig Unterhaltung.

»Nein, ich bin mit ein paar Kollegen zu einem Bier verabredet«, erwiderte sie und deutete mit dem Kopf nach hinten. Dort saßen drei Männer, zwei davon mit Oberlippenbart, und schauten neugierig in ihre Richtung.

»Oh schade, ich dachte, wir könnten miteinander ratschen.«

»Ein andermal gern. Die Geschichten, die ich mir die ganze Zeit anhören darf, sind zwar nicht gerade amüsant, doch als Praktikantin kann ich mich nicht völlig abkapseln.«

Valentin schaute irritiert. »Bist du etwa schon länger da?«

»Och«, sagte sie mit Unschuldsstimme, »wir sitzen schon eine ganz Weile dahinten. War ganz interessant dir zuzusehen, wie du am Anfang mit der Karte kämpftest.«

»Das tut mir jetzt aber leid, ich hatte dich gar nicht bemerkt.«

»Das verstehe ich, wenn man so interessante Mails mit Tourenvorschlägen bekommt, dann achtet man nicht so auf die Umgebung.« Sie grinste ihn unverschämt an und Valentin war ziemlich perplex. Bevor er jedoch etwas erwidern konnte, hob sie die Hand zum Gruß und verabschiedete sich von ihm mit dem Satz, dass man sich ja vielleicht wieder einmal beim Sport treffen würde. Valentin schaute ihr noch hinterher und überlegte, ob sie erraten hatte, dass er sie anschummelte.

»Herr Steinberg, jetzt haben Sie unsere schöne Landkarte verkritzelt.« Die löwenmähnige Bedienung hatte offenbar gewartet, bis Sara weg war. Nun stand sie vor ihm und sah ihn so streng an, als ob er das halbe Lokal zertrümmert hätte.

KAPITEL 22

Valentin hatte das Wochenende in München verbracht. Am Samstagvormittag war er mit den Mädchen im Cosimawellenbad. Es war nicht viel los gewesen und es hatte ihnen Spaß gemacht, in den meterhohen, warmen Wellen zu toben. Abends hatten sie eine Einladung von Luisas Kollegen angenommen. Es waren jede Menge Medienleute aus Ismaning in der Waldtruderinger Villa anwesend gewesen. Luisa hatte sich auf der Party sichtlich wohl gefühlt, Valentin hingegen hatte die teilweise recht gekünstelten Gespräche ziemlich anstrengend empfunden.

Er war erst am Montag früh nach Zwiesel gefahren. Bis zur Rusel gab es nahezu undurchdringlichen Nebel, der in diesem Jahr in München schon seit Oktober anhielt. Auf halber Höhe der Rusel hatte der Nebel schlagartig dem strahlend blauen Himmel gewichen, der sich über den gesamten Bayerischen Wald erstreckte. Dies war nach dem trüben Nebelwochenende in München eine echte Wohltat.

Diesen Montag war er spät dran und erreichte das Hotel Zur alten Mühle erst kurz vor neun. Wenigstens trug er bereits seinen Anzug, sodass er seine Sachen nur ins Zimmer stellen musste und sich dann zu Fuß die paar hundert Meter in die Arbeit aufmachte. Der kurze Weg tat ihm bei dem märchenhaften Herbstwetter und der zwei Stunden langen Fahrt richtig gut. Valentin nahm sich fest vor, heute früher Schluss zu machen, um noch eine kurze Tour mit dem Rad in Richtung Talsperre zu unternehmen. Vielleicht traf er ja Sara.

So langsam wäre es Zeit, dass er Nachricht von Thaddäus bekam, überlegte er. Immerhin hatte er ihm am Donnerstag den Speicher per Post geschickt. Er hätte ihm das Teil am Wochenende vorbeibringen können, doch Valentin hatte seine kostbare Zeit in München mit der Familie voll auskosten wollen. Zudem hatte er das Gefühl, dass Thaddäus sich aus realen Kontakten recht wenig machte. Er lebte lieber in seiner eigenen Welt und kommunizierte am liebsten in elektronischer Form.

Mit Elan betrat er das Vorzimmer zu seinem Büro und grüßte überschwänglich Jennifer, die hinter ihrem Schreibtisch saß. Vor sich hatte sie eine Zeitung ausgebreitet, in der sie aufmerksam las. »Schauen Sie mal,

Herr Steinberg, was am Samstag in der Zeitung stand«, sagte sie statt einer Begrüßung und drehte die Zeitung zu ihm herum. Die Abbauaktion der Hütte hatte es zwar nicht auf die erste Seite geschafft, aber immerhin auf die Titelseite des Zwiesler Lokalteils. Dort allerdings ganzseitig sowie einer zusätzlichen, separaten Seite mit Interviews und Leserbriefen. Der Tenor war dabei eindeutig: Das kurzfristige Gewinnstreben eines maßlosen Managements vernichte gedankenlos Arbeitsplätze in einer ohnehin ziemlich gebeutelten Region.

Als Valentin nach dem Überfliegen der Seite wieder aufblickte, war er weiß im Gesicht. Hinsichtlich einer strategischen Firmenkommunikation war das eine totale Katastrophe. Warum hatte ihm Jo Saxinger nicht letzte Woche einen Tipp gegeben? Ein klärendes Gespräch hätte sicher genügt, um eine etwas differenziertere Darstellung zu erreichen. Immerhin schalteten sie doch einiges an Werbung in dieser Zeitung und er hatte ihm auch bei der Wolfsache geholfen.

»Jetzt muss ich mich an jemandem abreagieren. Suchen Sie mir sofort die Nummer von diesem Saxinger in der Zwiesler Redaktion heraus. Dem werde ich jetzt gehörig die Meinung sagen. So geht das nicht. Immerhin sind wir der größte Arbeitgeber in der Stadt und wir machen diese Aktion ja nicht aus Jux und Tollerei!« Noch ehe Jennifer darauf antworten konnte, stürmte Valentin in sein Büro, pfefferte seinen Aktenkoffer auf den Schreibtisch und warf sich in den Bürostuhl. »Blödmann«, murmelte er. »Was hat der sich dabei nur gedacht? Vermutlich gar nichts, das war ja damals schon das Problem bei der Schülerzeitung. Auf ein Thema voll draufhauen, das kann er. Über die Konsequenzen war er sich dabei selten im Klaren, und eine vernünftige Lösung des Problems kann er natürlich nicht anbieten. Das ist doch die reine Lust am schriftlichen Krawall.«

Das Telefon klingelte und Jennifer war am Apparat. »Herr Steinberg, in der Redaktion hat man mir gesagt, dass Herr Saxinger heute Vormittag einen Auswärtstermin hat. Er hat wohl ein Interview und wäre ab Mittag dann wieder zu sprechen.«

»Das war ja fast zu erwarten«, grunzte Valentin ins Telefon. »Mittags schnapp ich mir den Kerl. Das lass ich mir so nicht gefallen.«

»Ich ruf noch mal an und vereinbare einen Telefontermin um die Mittagszeit.«

»Machen Sie das. Sein Bericht hat mir gerade noch gefehlt«, antwortete er. »Zuerst 300 Leute rausschmeißen müssen und dann dafür in der Zeitung durch den Dreck gezogen werden.«

»Vielleicht kann ich Ihnen ja irgendwie helfen«, sagte Jennifer.

»Das glaube ich nicht«, antwortete er und verdrehte gedanklich die Augen. »Mir wäre es recht, wenn Sie jetzt diesen Telefontermin vereinbaren würden.«

Am Mittag hatte er Jo am Telefon und ihm gehörig die Meinung gesagt. Der hatte dies allerdings ziemlich lässig an sich abprallen lassen. Ein Teil von Valentins ursprünglichem Ärger war bereits verraucht. So unterhielten sie sich dann zumindest zum Ende des Gesprächs hin wieder vergleichsweise gesittet. Früher als sonst war Valentin dann ins Hotel zurückgegangen, hatte sich sein Rad geschnappt und war Richtung Spiegelhütte und Schachten aufgebrochen.

Die ziemlich gut ausgebauten Forststraßen waren für sein Mountainbike keine Herausforderung und den ersten Teil der Strecke legte er beinahe im Spurt zurück. Dann reduzierte er sein Tempo auf ein Maß, das längere Strecken zuließ. Einige Kilometer hatte er noch bis zum Damm der Talsperre, als er hinter sich ein immer lauter werdendes Geräusch hörte. Es dröhnte stärker in seinen Ohren, hörte sich allerdings nicht so mechanisch an wie ein Auto oder Traktor. Valentin drehte sich um und wäre vor Überraschung beinahe vom Rad gefallen. Er riss es zur Seite, damit er von dem seltsamen Gefährt, das in einem Affentempo herandonnerte, nicht einfach umgefahren wurde.

An einem Hundeschlitten auf Rädern waren zehn Huskys angeschirrt. Sie bellten immer wieder aufgeregt und hatten eine Riesenfreude mit dem Radschlitten über den Forstweg zu brettern. Auf dem Schlitten stand ein etwa 30-jähriger Mann mit Vollbart und brüllte dauernd Befehle in Richtung der Hunde. Das Gefährt sah selbst gebaut aus und machte bereits ohne Hunde und Fahrer einen Heidenlärm. Als der Schlitten seine Höhe erreicht hatte, nickte ihm der Bärtige zu und nach wenigen Augenblicken war die wilde Jagd um die nächste Kurve verschwunden. Den Lärm der Hunde und des Radschlittens hörte man allerdings noch ziemlich lang. Valentin stand am Wegesrand, atmete ein paar Mal tief durch und fing laut an zu lachen. Es gab hier im Wald schon wilde Typen. Aber genau deshalb fühlte er sich so wohl. Wenn ihm nur die Arbeit mehr Spaß machen würde.

Es war beinahe so, als ob sie auf ihn gewartet hätte. Vom Schachten kommend erreichte er die kleine Kreuzung an der Dammkrone. Da stand Sara Lillem tief atmend auf ihre Skistöcke gestützt. Sie grinste ihn an und sagte: »Ist das alles, was bei dem Kartenstudium in der Wirtschaft herausgekommen ist?«

»Na ja, so monoton war die Tour nicht. Das letzte Stück ist freilich nur die Standardstrecke auf dem Radweg zurück nach Zwiesel. Das bin ich mittlerweile schon so gewohnt.«

»Bei dem Aufwand am Donnerstagabend mit topografischer Karte und Notebook hatte ich schon eine Tour abseits der bekannten Pfade erwartet.«

»Heute brauche ich vor allem Entspannung nach der Arbeit und da war mir die Strecke fast schon egal«, verteidigte sich Valentin. »Sag mal, weißt du, was die dort oben im Wald machen?«

»Meinst du die Harvester in Richtung Kleiner Regen?«, fragte sie und deutete in Richtung des Waldes am hinteren Ende des Staudamms. »Ich denke, die machen dort Holz.«

»Selbst mit meinem Fully hatte ich Schwierigkeiten auf dem Forstweg zu fahren, weil die mit ihren schweren Fahrzeugen die Straße praktisch umgegraben haben. Ich dachte, dies ist alles Naturschutzgebiet.«

»Ein Teil des Waldes hier ist tatsächlich Privatbesitz und wenn der lokale Großgrundbesitzer wieder Geld braucht, dann müssen halt ein paar Bäume dran glauben. Ist im Prinzip auch egal, sonst würde es ohnehin der Borkenkäfer fressen.«

Valentin wollte heute nach dem unangenehmen Arbeitstag keine Diskussion für und wider des Nationalparks führen. Sara hatte dazu offenbar eine ziemlich klare Meinung. »Wir wollten doch mal zusammen essen gehen. Wann hättest du denn mal Zeit?«

Sie blickte ihm fragend in die Augen. »Wenn ich meinen Dienstplan korrekt im Kopf habe, dann sollte es bei mir am Mittwoch so ab sieben klappen«, antwortete sie und Valentin rutschte ein kleiner Stein vom Herzen. Eine Abfuhr war das letzte, was er heute für seine bereits angeknackste Psyche gebrauchen konnte.

»Hast du einen Vorschlag wo wir hingehen könnten? Bei mir im Hotel bin ich sowieso jeden Abend.«

»Direkt am Regen in Regen gibt es so eine Art Uferpromenade mit einigen kleinen Restaurants und da kann man ganz prima essen.«

Valentin sparte sich den billigen Witz, dass es hoffentlich nicht regnen würde, und stimmte zu. Er war froh, abends mal rauszukommen und sich mit jemandem außerhalb der Arbeit zu unterhalten. Schließlich konnte er sich nicht immer bei den Glasschmieden einwanzen und wenn er irgendwann ganz mit Familie hier leben wollte, musste er sich einen Freundeskreis aufbauen. Wenngleich Sara vermutlich nicht zu dem Personenkreis gehörte, an dem Luisa Interesse haben würde.

KAPITEL 23

»Herr Steinberg, ich habe doch vor ein paar Tagen versprochen, dass ich Ihnen helfe!« Es war früh am Morgen und Jennifer stand im Türrahmen zu seinem Büro. Sie trug heute ein schickes dunkelgraues Kostüm mit weißer Bluse und schwenkte einen kleinen Zettel in der Hand.

»Tut mir leid, ich weiß jetzt nicht genau, was Sie da meinen.« Valentin saß an seinem Computer und pinselte mal wieder an einer Präsentation über Umsatzzahlen.

»Sie sammeln doch Argumente, dass wir viel mehr Geld verdienen könnten, wenn man es nur richtig anstellen würde. Das wäre doch genau das Argument, um das Abbauprogramm zu stoppen.«

»Ja genau, und Sie haben da etwas gefunden?« Er bemühte sich, nicht genervt zu klingen. Sie meinte es sicherlich gut, aber es war gewiss nur eine Kleinigkeit, an die man keine Gedanken verschwenden musste. Sie legte ihm mit ernster Miene den Zettel auf den Tisch. Er enthielt in exakt geschriebenen Druckbuchstaben mehrere Reihen von Buchstaben und Zahlen sowie dahinter jeweils eine Datumsangabe.

»Was ist das?«, fragte Valentin, als er das Stück Papier neugierig betrachtet hatte und nichts daraus ableiten konnte.

Jennifer lächelte ihn verschmitzt an und blickte

den Mund spitzbübisch verziehend an ihm vorbei in ein Eck seines Büros. »Das habe ich zufällig auf dem Schreibtisch von jemandem aus dem Vertriebsinnendienst gefunden. Es handelt sich um Kontonummern des Warenwirtschaftssystems. Dahinter steht jeweils das Datum, an dem die Bestandsdaten händisch geändert wurden. Das könnte doch eigentlich ganz interessant sein.«

»Solche Korrekturen sind doch üblich. Das kommt doch immer wieder vor, wenn beispielsweise Restbestände verschrottet werden oder etwas beim Verpacken zu Bruch geht.«

»Das schon, doch in diesen Fällen betrifft es immer die neuesten Serien. Bisher habe ich noch nie Elefanten im Lager herumtrampeln sehen.«

»Heißt das etwa, dass jemand Waren zur Seite schafft und anschließend die Zahlen im Warenwirtschaftssystem anpasst?«

»Das weiß ich nicht. Man könnte sich doch die Korrekturen genauer anschauen.« Sie drehte sich um und Valentin hörte sie aus ihrem Büro auf den Flur hinausgehen. Er war ziemlich überrascht. So viel Raffinesse hatte er ihr überhaupt nicht zugetraut. Sie legte ihm einen Köder auf den Tisch und verschwand anschließend. Er glaubte zwar noch immer nicht, dass sich daraus große Erkenntnisse gewinnen ließen, aber er würde zumindest mal ein paar Datenbankabfragen durchführen.

Das größte Außenlager der Hütte befand sich in dem Industriegebiet Regenwiese an der nördlichen Stadtgrenze von Zwiesel. Die mit Straßen und Bahngleisen erschlossenen Grundstücksflächen waren das Zeugnis einer Zeit, als man in diesem Winkel Bayerns noch an grenzenloses Wachstum glaubte und durch die Zonenrandförderung sogar einen bescheidenen Standortvorteil gegenüber anderen wenig industrialisierten Gebieten bekommen hatte. Nach der Wiedervereinigung wurden jedoch die Fördergelder in die fünf neuen Länder umgeleitet, was einige Betriebe in den Ruin trieb. Übrig blieben oft nur die mit großspurigen Ansprachen und viel Pomp eingeweihten Industrieflächen, die nur mäßig besiedelt worden waren.

Heute waren die örtlichen Fahrschulen diejenigen, die am meisten von diesen Gebieten profitierten, da auf den breiten Straßen mit beidseitigen Gehwegen selbst der untalentierteste Anfänger genügend Platz für seine ersten Fahrversuche hatte.

Darüber dachte Valentin nach, als er mit seinem Auto in Richtung Regenwiese abbog und über das angerostete Gleis des Bahnübergangs fuhr. Es wäre wirklich ein derber Spaß, die teilweise heute immer noch im Amt befindlichen Politiker mit ihren Versprechungen von damals zu konfrontieren und aufzuaddieren, wie viele Millionen an Steuergeldern hier sinnlos in der Erde vergraben wurden. Klüger eingesetzt hätte man mit dem Geld nachhaltig arbeitende Betriebe mit hochwertigen Arbeitsplätzen schaffen können. Das hätte freilich damals vermutlich nicht so viel Publicity gebracht.

Er bog in den großen Parkplatz vor den silberfarbenen Hallen der Hütte ein. Diese boten eine beeindruckend große Lagerfläche, doch war dies in den heutigen Zeiten der Just-in-time-Produktion eigentlich nicht mehr erforderlich. Trotzdem leistete man sich diesen Luxus. Er stellte seinen Geländewagen ab und suchte den Eingang. Die Tür dazu wirkte an der großen Fassade winzig. Er ging hinein und blickte sich um. Große Halogenlampen an der hohen Decke lieferten ausreichend Licht, um sich zurechtzufinden. In mächtigen Stahlregalen waren bis zur Decke Holzpaletten gestapelt. Sie trugen mit dünner, transparenter Kunststofffolie umwickelte Kartons mit zwei, vier oder sechs Gläsern. Gleich links neben dem Eingang war der Arbeits- und Aufenthaltsraum der hier beschäftigten Lagerarbeiter. Nur einer von ihnen befand sich in der Kabine und schaute konzentriert auf einen älteren Computermonitor. Valentin klopfte an die Tür und trat unaufgefordert ein.

»Grüß Gott«, sagte er und bemühte sich, möglichst fehlerfrei Dialekt zu sprechen.

Der Lagerist im grauen Arbeitsmantel mit blau aufgesticktem Namen ›Stadler‹ wandte sich von seinem grünlich flackernden Monitor ab und sah ihn fragend an. »Was gibt es denn?« Er betrachtete Valentin skeptisch.

Offenbar sprach er gerade mit dem Fürsten des Lagers, dachte Valentin. Da geziemte es sich defensiv aufzutreten. »Mein Name ist Steinberg vom Controlling. Ich hätte da ein paar Fragen zu bestimmten Artikeln im Lager.«

»Wieso denn das? Das habt ihr doch alles in eurem

Computer drüben. Da muss man doch nicht extra zu uns herüberkommen.«

Eigentlich mochte es Valentin nicht, wenn er jemanden in der Hierarchie unter ihm Erklärungen für sein Tun geben musste. Wenn er jetzt und hier Antworten bekommen wollte, überlegte er, dann musste er das Spiel mitmachen, sonst wäre er umsonst hierher gekommen. »Wir haben gerade testweise eine Stichprobeninventur gemacht und einige Ungereimtheiten im Warenwirtschaftssystem festgestellt. Daher wollte ich mit einem Sachkundigen vor Ort sprechen.« Hoffentlich übertrieb er es nicht, dachte Valentin, ein wenig Honig ums Maul schmieren sollte in diesem Fall nicht schaden.

Die Angaben auf dem Blatt Papier waren alle korrekt und tatsächlich wurden bei neuen Produkten im Sortiment regelmäßig manuelle Eingriffe bei den Lagermengen vorgenommen. Leider ließ es das Warenwirtschaftssystem nicht zu, die ursprünglichen Daten zu rekonstruieren oder denjenigen herauszufinden, der die Änderungen durchgeführt hat.

»Wir im Lager bekommen über die elektronischen Workflows die Aufträge zum Auslagern und dann holen die Kollegen die betreffenden Paletten aus den Regalen und bringen sie zu den Lastwägen. Das bestätigen wir dann hier unten in der Eingabemaske.«

»Kann es vorkommen, dass man die Lagermengen händisch korrigieren muss?«

Stadler überlegte einen Augenblick, dann schüttelte er den Kopf. »Fehler bei der Eingabe der Ursprungswerte kommen zwar ab und zu vor, doch eigentlich ist das ziemlich selten. Dass eine Palette vom Stapler fällt, ist zwar schon mal passiert, aber da haben wir öfter Weihnachten.«

»Kann man denn die Korrekturen nur anhand der Änderungsmarkierungen der zentralen Warendatenbank nachvollziehen?«

»Von wegen nachvollziehen! Früher hatten wir Laufzettel aus Papier. Da wurden alle Korrekturen gegengezeichnet und dann die Zettel in dem dazugehörigen Ordner abgeheftet. Man konnte jede Änderung sofort sehen. Das ist ja bei der Einführung der elektronischen Workflows alles unter den Tisch gefallen. Es gibt eine Anweisung, dass keine Aufzeichnungen auf Papier mehr gemacht werden dürfen, weil das angeblich zu viel Arbeit ist und nicht mehr in die heutige Zeit passt.«

Auf diesem Wege kam er nicht so recht weiter, dachte Valentin. Und in einem mehrere tausend Quadratmeter großen Hochregallager brauchte er nicht anfangen, Paletten zu zählen. Wenn bloß die Hoffmann zusätzliche Informationen rausgelassen hätte. Die wusste sicher mehr, vermutlich wollte sie ihre Quelle schützen. Na ja, bevor sie heute in die Mittagspause verschwand, hatte sie nur angemerkt, dass man ja mal nachzählen könnte. Das half ihm nicht so recht. Valentin bedankte sich noch höflich bei Stadler und ging nachdenklich zu seinem Auto. Hier kam er nicht weiter. Er musste sich im Büro noch mal die Ausdrucke ansehen. Vielleicht war ihm etwas entgangen.

Als er wieder zurück war, konnte er Jennifer nirgends finden. Vermutlich hatte sie heute früher Schluss gemacht, obwohl sie ihm dazu normalerweise trotz Gleitzeit um Erlaubnis bat. Er konnte sich schon vorstellen, dass sie kein Verlangen hatte, seine Fragen zu beantworten, dachte Valentin. Morgen würde sie ihm nicht so leicht davonkommen. Sein PDA, den er auf dem Schreibtisch vergessen hatte, blinkte hektisch rot, das Signallicht für neue Mails. Er nahm das kleine Gerät in die Hand und klickte durch die eingegangenen Nachrichten. Auch von Thaddäus war eine dabei.

›Hi Valentin, habe das Päckchen mit dem Speicherchip erhalten und bereits einen ersten Blick darauf geworfen. Wundert mich nun nicht mehr, warum du deine Fotos nicht darauf gefunden hast. Werde mich heute nach der Arbeit damit intensiver beschäftigen und gebe dir Bescheid, sobald ich die Informationen beisammen habe.‹

Waren also doch Fotos auf dem Speicher? Er hatte schon alle Hoffnung aufgegeben, aber wenn einer da noch was herausholen konnte, dann war es Thaddäus. Der lebte ja schließlich von solchen Sachen.

Valentin und Sara hatten sich Punkt sieben vor dem Restaurant getroffen. Sara trug enge blaue Jeans und einen figurbetonten schwarzen Rollkragenpulli. Ihre blonden Haare waren wie üblich zu einem Pferdeschwanz zusammengebunden. Sie saßen sich an einem Zweiertisch gegenüber. Valentin bestellte sich wieder einmal ein Pils und Sara verlangte ein Weißbier der lokalen Brauerei. Nach kurzem Studium der recht einfachen

Speisekarte entschieden sich beide für eine Quattro Stagioni.

»Schön, dass wir uns zum Essen treffen konnten. Ich befürchtete schon, dass die Absichtserklärung auf der Polizeistation nicht ganz aufrichtig war«, sagte Valentin.

»Es hat ja eine Zeit lang gedauert, bis wir uns wiedergesehen haben.«

»Was ist denn eigentlich bei euren Ermittlungen herausgekommen? Oder darf man dazu nichts sagen?«, fragte Valentin neugierig.

»Eigentlich ist das noch ein schwebendes Verfahren und vertraulich. Da du sozusagen ein Beteiligter bist, könnte man zumindest ein paar Bemerkungen dazu machen.«

Valentin blickte sie interessiert an. »Und?«

»Nun ja, wir konnten keinerlei Indizien entdecken, dass jemand bei dem Sturz vom Turm nachgeholfen hat. Es ist demnach also ziemlich sicher, dass er sich selbst getötet hat. Ungewöhnlich war natürlich der Ort und vor allem, dass er blöderweise in das Gehege mit den Wölfen fiel.«

»Für mich war es schon ein ziemlicher Schock, einen Toten zu finden. Seitdem bin ich tatsächlich mehr ein Freund des Radfahrens geworden.«

»Das verstehe ich. Die Wölfe haben ihn ziemlich zugerichtet. Ich war bei der Obduktion dabei und da fehlten tatsächlich einige Körperteile.«

»Gruselig! Wisst ihr eigentlich, warum er sich umgebracht hat? Und vor allem so spektakulär?«

»Das mit dem Fall direkt ins Gehege kann purer Zufall gewesen sein. Einen Meter weiter links und er wäre auf den Felsen außerhalb der Umzäunung aufgeschlagen.«

»Ist euch denn der Grund für den Selbstmord bekannt?«

»Wir haben in dieser Richtung nur Vermutungen. Abschiedsbrief gibt es ja keinen. Er hat sich vor einigen Jahren ziemlich stark gegen die Nationalparkerweiterung engagiert und dann irgendwann frustriert das Handtuch geschmissen. Das könnte eine Ursache gewesen sein.«

»Ich habe gehört, dass ihm damals ziemlich übel mitgespielt wurde. Man hat ihn zwar als Beamten nicht rausschmeißen können, aber er wurde auf eine völlig unbedeutende Stelle im Landratsamt versetzt.«

»Ich kenne die Geschichte. Die Frage ist halt, ob es da wirklich einen Zusammenhang gibt. Es könnte ja sein, dass seine Position beim Forstamt tatsächlich überflüssig geworden war. Das wird sich vermutlich nie ermitteln lassen. Solche Dinge werden in der Regel ganz dezent auf politischer Ebene im Hintergrund geregelt.«

»Bei Firmen ist das nicht anders. Die Frage wäre halt, warum er sich erst jetzt umgebracht hat und nicht bereits damals, als man ihn so abservierte?«

»Tja, das ist tatsächlich das Rätsel«, sagte Sara. »Wenn wir dies wüssten, dann könnten wir die Akte schließen. Falls wir in den nächsten Wochen nichts wirklich Neues erfahren, werden wir dies sowieso tun.«

Die Bedienung brachte die zwei Pizzen. Sie kamen frisch aus dem Holzofen und dufteten wunderbar. Beide machten sich sofort hungrig ans Essen.

»In Sachen Leute abservieren, hast du ja angeblich eine gewisse Erfahrung«, brachte Sara ein für Valentin recht unangenehmes Thema zur Sprache.

»Erinnere mich heute Abend bloß nicht an diese Sache«, erwiderte Valentin. »Die Aufgabe habe ich jetzt schon einige Wochen am Hals und dafür von allen Beteiligten ziemlich Prügel eingesteckt.«

»Es ist nicht gerade eine Kleinigkeit, ein paar hundert Arbeiter zu entlassen. Zumal man ja hört, dass es der Hütte recht gut geht.«

»Das stimmt, man möchte den Gewinn aus der Geschäftstätigkeit erhöhen und dazu muss man natürlich unter anderem die Kosten senken.« Jetzt waren sie mitten in dem Gesprächsthema, das Valentin inzwischen völlig nervte. Es reichte ihm, dass seine Sekretärin ihn dauernd belagerte, die Aktion sei überflüssig, nun musste er auch noch mit Sara beim Abendessen darüber diskutieren. Er versuchte seine Argumente eher sachte vorzubringen, denn ein Streitgespräch bei so einem schönen Essen wollte er vermeiden. Sara jedoch konterte ziemlich heftig mit Argumenten wie soziale Verantwortung und Nachhaltigkeit, denen Valentin, wenn er ehrlich war, nur die üblichen Plattitüden entgegensetzen konnte. So hakelten sie während des ganzen Essens miteinander. Valentin war allerdings froh, dass sie nicht ernsthaft aneinandergerieten, sondern es nur eine sachliche Diskussion war. Ansonsten war er von Sara ziemlich imponiert, da sie mit Appetit die ganze Pizza verspeiste und nicht nur eine Schüssel Salat wie sonst seine Frau. Als sie anschließend Tiramisu bestellte, war er endgültig von ihr fasziniert.

»Was hat dich eigentlich in den Wald verschlagen?«, fragte Valentin, während sie ihre Nachspeise aßen.

»Ich bin eine Einheimische, das solltest du eigentlich hören«, sagte sie vorwurfsvoll. »Allerdings lebe ich schon einige Jahre in Oberbayern.«

»Und jetzt machst du hier bei der Polizei ein Praktikum?«

»Sozusagen«, antwortete sie zögerlich. »Eigentlich bin ich bei der Sportgruppe der Bundespolizei in Bad Endorf bei Rosenheim und mache Biathlon.«

»So richtig profimäßig?«, fragte Valentin erstaunt.

»Exakt. Sieben Tage die Woche Vollzeit mit allem, was dazugehört. Also jede Menge Training im Sommer und dann im Winter natürlich die ganzen Wettkämpfe.«

»Was ist denn dann mit deinem Praktikum? Das fällt doch voll in die laufende Saison. Kann man denn das nicht verschieben oder ist das für die Bürokraten bei der Polizei zu kompliziert.«

Sara runzelte die Stirn und ließ sich Zeit mit der Antwort, die ihr offensichtlich nicht ganz leicht fiel. »Das Praktikum wäre gar nicht notwendig gewesen. Das mache ich auf eigenen Wunsch. Weißt du, im letzten Winter war ich eigentlich ganz gut, immer auf den vorderen Plätzen. Der dauernde Druck hat mich ziemlich mitgenommen. Wenn du nur noch trainierst und keine einzige freie Minute mehr hast, dann wird es dir irgendwann zu viel. Dann gibt es natürlich noch die Konkurrenzsituation mit den anderen Mädels. Das ist nicht immer einfach. Vor einigen Monaten habe ich beschlossen, diese Saison auszusetzen. Und da ich ja offiziell Polizeibeamtin bin, lag die Idee mit dem Praktikum nicht so weit weg.«

Valentin beeindruckte ihre offene und ehrliche Art. Er konnte sich durchaus lebhaft vorstellen, wie es im Training bei so vielen ehrgeizigen jungen Frauen zuging. »Ist das nicht ein Problem, wenn du einen Winter lang kein Biathlon machst?«

»Deswegen trainiere ich hier intensiv und als Biathletin bin ich recht jung. Eine Saison aussetzen ist durchaus mal drin. Und ganz ehrlich, mir geht es hier ohne diesen andauernden Leistungsdruck ziemlich gut.«

»Das verstehe ich. Vermutlich ist so ein Praktikum bei der Landpolizei recht interessant.«

Sara lachte laut auf. »Und wie! Wenn du wüsstest, um was man sich da alles kümmern muss. Teilweise richtig spannend, wie bei deinem Toten, aber dann auch wieder total abstrus.«

»Erzähl, was gibt es denn da alles?«, fragte Valentin.

»Heuer im Herbst, kurz vor der Ernte, kamen plötzlich immer wieder wütende Bauern zu uns. Du kannst dir ja vorstellen, wie sich die so aufführen, wenn denen etwas gegen den Strich geht. Und weißt du, was das Problem war? Irgendein Irrer macht mit einer Sense oder einem langem Messer Kreise in Maisfelder. Ich habe mir das mal angesehen. Der geht mitten in das Feld und schneidet dann bis auf etwa Oberschenkelhöhe alles kreisrund ab. Total bizarr. Die Bauern haben dann von uns verlangt, dass wir die Felder bewachen. Das haben wir natürlich abgelehnt und dann ging die Debatte erst richtig los.«

»Vielleicht wurden die Maiskreise ja von Außerirdischen gemacht«, scherzte Valentin. »Die würdet ihr sowieso nicht erwischen.«

»Ja genau, die haben da ihre fliegenden Untertassen geparkt«, gab Sara zurück und sie beide lachten lauthals los.

Sie bestellten sich noch ein Pils und ein Weißbier, und Valentin fragte: »Ihr habt aber sicherlich nicht nur solche Probleme zu lösen?«

»Es gibt ernsthaftere Fälle. Vor zwei Wochen ist bei Rinchnach ein Motorradfahrer ziemlich bös aus der Kurve geflogen und hat sich glücklicherweise nur den Oberarm gebrochen. Als wir uns die Unfallstelle genauer anschauten, sahen wir, dass er aufgrund eines großen Ölflecks den Abflug gemacht hat. Es war eine regelrechte Ölspur. Der bin ich dann gefolgt und sie führte bis nach Oberasberg. Die Spur hat sich dann leider Gottes in dem kleinen Bauerndorf verloren. Dort lag einfach zu viel Dreck auf der Straße.«

»Da würde ich jetzt mal stark vermuten, dass einer der Bauern mit seinem alten Traktor Öl verloren hat. Oder?«, versuchte Valentin die Geschichte zu ergänzen.

»Genau. Meine lieben Kollegen meinten, ich könnte

doch von allen Traktoren im Dorf eine Ölprobe nehmen. Da ich von früher her natürlich einige Leute im Labor der Bundespolizei in Rosenheim kenne, könnte man dort dann den Verursacher durch einen Vergleich ermitteln.«

»Und, hast du das getan?«

»Ja, bin ich denn wahnsinnig! Weißt du, was passiert, wenn ich versuche, in so einem kleinen Ort bei allen Bauern Ölproben zu nehmen? Wenn ich ganz großes Glück habe, dann hetzen die nur die Hunde auf mich.«

»Da hast du recht. Die Probennahme wird trotz Uniform gewiss nicht funktionieren. Da müsstest du schon mit zehn Mann anrücken und dich dann bis zum letzten Bulldog durchkämpfen«, sagte Valentin. »Was hast du dann unternommen?«

»Bis auf die Ölprobe von der Unfallstelle habe ich noch gar nichts getan, zumal die ortsansässigen Kollegen diesbezüglich keine sonderlichen Aktivitäten zeigen. Die machen den Job hier zum Teil seit 20 Jahren und haben natürlich kein Verlangen es sich mit einem ganzen Dorf zu verderben.«

»Ich denke, da musst du ziemlich aufpassen, dass sich die keinen Scherz erlauben und dich da ins Feuer schicken.«

»Das kommt ja noch dazu. Ich bin halt neu hier und zudem Sportlerin. Das dauert seine Zeit, bis man da von den alten Hasen akzeptiert wird. Deshalb arbeite ich aktuell vor allem im Innendienst und bin zu den unbeliebten Schreibarbeiten abkommandiert.«

»Da haben wir uns ja auf der Polizeistation getroffen.«

»Jetzt habe ich dir ziemlich viel über mich erzählt. Da möchte ich nun von dir auch einiges wissen. Warum bis du denn nach Zwiesel zurückgegangen und wie machst du denn das mit deiner Familie in München?«

Die Frage war Valentin unangenehm. Er hatte irgendwie bewusst das Thema Frau und Kinder ausgelassen. Vermutlich war das die natürliche Reaktion eines Mannes, der bei einer ungebundenen jungen Frau Eindruck erwecken mochte. Er beschloss, über das Thema Familie nicht mehr zu schweigen, und fing an, ihr von dem tollen Angebot zu erzählen, das ihn zurück nach Zwiesel gelockt hatte. Sie ratschten noch über zwei Stunden über alles Mögliche und fuhren getrennt in Richtung Zwiesel – Valentin zurück ins Hotel und Sara zur Ferienwohnung ihrer Mutter.

Valentin war hundemüde, als er sein Hotelzimmer betrat. Er pfefferte die Klamotten auf den Schreibtischstuhl und ging ins Bad zum Zähneputzen. Während er die elektrische Zahnbürste brummend im Mund hielt, schlenderte er im Zimmer herum und räumte auf. Auf dem Schreibtisch lag der rot blinkende PDA und er versuchte ungelenk mit der linken Hand die neu eingetroffene Mail auf dem winzigen Bildschirm zu bringen. Thaddäus war nicht untätig gewesen und hatte sich die Speicherkarte nunmehr genauer angesehen. Dabei konnte er einige Dinge ans Tageslicht bringen, die ihm vorher noch nicht aufgefallen waren.

›Hi, Valentin, heute Abend habe ich die Speicherkarte auf der Ebene direkt über der Hardware noch mal ausgelesen. Auf dieser Schicht gibt es noch keine Dateien, sondern nur Bytestrings, die über Zeiger miteinander verknüpft sind. Aus den Strings habe ich dann die eigentlichen Dateien zusammengebaut. Damit kann ich auf Daten zugreifen, die über die normale Dateiverwaltung längst nicht mehr zugänglich sind. So was macht man typischerweise nur, wenn man die Daten einer kaputten Festplatte retten möchte. Alles hat geklappt und ich konnte die auf diesem Wege erhaltenen NMEA-Daten sogar in eine KML-Datei umwandeln. Mit dieser habe ich dann ein Programm zur Luftbilddarstellung gefüttert. Sieht ganz interessant aus. Du findest also im Anhang einige Screenshots mit Luftbildaufnahmen und eingezeichneten Wegpunkten. Ich habe noch eine ziemlich umfangreiche Liste beigelegt, auf der die einzelnen Koordinatenpunkte beschrieben sind, also Uhrzeit, Höhe und Geschwindigkeit.‹

Es folgte eine Reihe von Anhängen, alle einige Megabyte groß. Valentin versuchte, immer noch linkshändig und mit Bürste im Mund, einen der Anhänge zu öffnen. Allerdings brachte es der PDA nicht fertig, die großen Bilder auf den kleinen Schirm darzustellen. Als Valentin in der E-Mail weiter nach unten scrollte, folgte der zweite Teil der Nachricht.

›Allerdings muss ich dich wegen einer Sache enttäuschen. Selbst auf der untersten Speicherebene konnte ich nicht einmal Reste von Fotos entdecken. Mittlerweile bin ich ziemlich sicher, dass diese Karte nicht in einer Digitalkamera verwendet wurde. Falls ich noch eine Entdeckung mache, melde ich mich wieder. Jetzt lege ich mich aber erst mal ins Bett und schlafe. Gruß aus München, Thaddäus.‹

Valentin betrachtete lange die Nachricht auf dem PDA-Display. So langsam wurde ihm klar, woher die Speicherkarte vermutlich stammte und dass sie überhaupt nichts mit seiner Digitalkamera zu tun hatte. Da hatte er sich wohl in den letzten Tagen einen ziemlichen Lapsus geleistet. Ihm war überhaupt nicht wohl dabei, als er überlegte, wie er dies wiedergutmachen konnte.

KAPITEL 24

»Könnte ich bitte mit Frau Lillem sprechen. Es ist wichtig«, verlangte Valentin von seinem Gesprächspartner, nachdem er mit der Polizeistation Zwiesel verbunden worden war. Heute regnete es wieder einmal und er hatte in aller Herrgottsfrühe bei dem Wetter keine Lust, zu Fuß in die Arbeit zu gehen. Also fuhr er die kurze Strecke mit dem Auto und versuchte währenddessen, Sara ans Telefon zu bekommen.

»Lillem«, tönte es blechern aus dem Lautsprecher der Freisprechanlage.

»Guten Morgen, hier Valentin. Hast du einen Augenblick Zeit für mich? Ich habe da ein kleines Problem.«

»Was gibt es denn? Brauchst du einen Ratschlag für eine Biketour?«

»So klein ist das Problem nun auch wieder nicht. Ich denke, ich habe etwas, was eigentlich euch gehört.«

»Aha«, kam es von der anderen Seite verständnislos. Er fuhr auf den für ihn reservierten Parkplatz des Hüttengeländes und eröffnete Sara die Geschichte mit der Speicherkarte. Sie hörte aufmerksam zu und unterbrach ihn kein einziges Mal. »Du bist dir wirklich sicher, dass es nicht die Karte von deinem Fotoapparat ist, sondern dass sie aus dem zerstörten Handy vom Wolfsturm stammt?«

»Ich habe es damals in meine Hosentasche gesteckt. Inzwischen bin ich überzeugt, dass dieses kleine Teil abgefallen und in der Tasche geblieben ist. Die Frau in der Wäscherei hat es dann in den Sportklamotten gefunden und mir zurückgegeben.«

»Denkbar wäre das schon«, sagte Sara. »Am besten du bringst mir das Ding heute vorbei und wir probieren mal, ob sie in das Handy passt. Das liegt in einer Tüte verpackt bei den anderen Beweisstücken.«

»Ähm, das geht leider nicht«, antwortete Valentin.

»Warum denn nicht? Ich hoffe jetzt bloß, du hast die Karte nicht weggeschmissen!«

»Das nicht. Ein ehemaliger Arbeitskollege von mir hat sich den Speicher genauer angeschaut. Der wohnt allerdings in München. Ich dachte ursprünglich, dass der Chip aus meiner Kamera stammt«, entschuldigte sich Valentin.

»Dann gib mir das Teil halt am Montag zurück. Das spielt jetzt auch keine Rolle mehr. Du fährst doch am Wochenende nach München?«

»Klar doch, dann bekommst du am Montag früh von mir die Karte«, sagte Valentin erleichtert, da Sara dies nicht so kritisch sah. »Wenn du willst, kann ich dir zeigen, was alles auf der Karte drauf ist.«

»Ja, wie denn das?«

»Mein Exkollege hat die Karte komplett ausgelesen und mir alle Daten per Mail geschickt«, antwortete Valentin stolz auf seine Vorarbeiten. »Ich könnte dir diese Resultate geben.«

»Das wäre immerhin schon ein Anfang. Ganz ehrlich, ich glaube nicht, dass wir große Erkenntnisse daraus ziehen können. Trotzdem müssen wir dieses Beweisstück bewerten.«

Valentin überlegte einen Augenblick, während er immer noch in seinem Auto mit laufendem Motor saß. »Ich hätte da noch eine Idee«, überlegte Valentin laut. »In der Arbeit könnte ich die Daten der Speicherkarte auf A3 oder sogar A2 in Farbe ausdrucken und wir schauen sie uns heute Abend zusammen an. Wäre das was?«

»Das würde sicherlich helfen. Hier haben wir nur einen alten A4-Laserdrucker, der kurz vor dem Exitus steht.«

»Dann machen wir es so. Ich kümmere mich im Laufe des Tages um die Farbdrucke und wir treffen uns zum Abendessen in der alten Mühle.«

»Eigentlich wollte ich heute noch laufen«, erwiderte Sara zögernd. »Bei dem Wetter macht das allerdings nicht so wirklich Spaß. Gut, ich bin dann um sieben in der Wirtschaft.«

Valentin freute sich. Er hatte gerade ein Abendessen mit Sara gewonnen. Das war ja dann doch ganz anders geworden, als er gestern befürchtet hatte. Sie hätte ihm durchaus die Unterschlagung von Beweismitteln vorhalten können, doch so wie es aussah, nahm sie es recht locker. Hoffentlich blieb das so, wenn sie die Daten sah. Er schaltete den Motor aus und machte sich auf den Weg in sein Büro.

Valentin fühlte sich in seiner Entscheidung, vor einigen Wochen einen großen Farblaserdrucker angeschafft zu haben, bestätigt. Das teure Teil sollte für die Luftaufnahmen von Thaddäus geeignet sein.

Jennifer, in deren Büro der große Drucker stand, beobachtete neugierig, wie er die Blätter aus dem Auffangbehälter nahm. »Sieht toll aus«, sagte sie. »Was ist denn das?«

»Das sind Luftbilder für die Polizei. Deren Ausstattung ist reichlich antiquiert und ich habe versprochen zu helfen«, antwortete Valentin und versuchte gleich von Anfang an, den Eindruck zu vermeiden, dass die teuren Drucke für private Zwecke waren.

»Etwa immer noch von der Sache am Wolfsturm?«, fragte sie.

»Exakt. Obwohl ich das bestimmt nicht erzählen sollte, aber laut aktuellem Stand der Dinge war es wohl tatsächlich Selbstmord. Dies hier ist sozusagen für den Abschluss der Ermittlungen gedacht.« Er rollte die Ausdrucke sorgfältig zusammen und steckte sie in eine Papprolle, die er oben und unten mit einem Plastikdeckel verschloss.

»Hat sich eigentlich bei Ihrem Besuch im Lager etwas ergeben?«, erkundigte sich Jennifer.

»Das wollte ich Ihnen noch erzählen. Das Lager hängt am zentralen Warenwirtschaftssystem so wie alle anderen. Es gibt da keinerlei Daten, auf die man von hier nicht auch zugreifen könnte.«

»Das heißt, Sie haben nichts herausgefunden?«, fragte Jennifer und man hörte in ihrer Stimme deutlich die Enttäuschung.

»Nichts, was ich nicht ohnehin schon gewusst hätte. Es stimmt, da sind einige Eintragungen nachträglich verändert worden und der Lagerleiter meinte, dies komme immer wieder mal vor. Da hat sich halt jemand vertippt. Ich finde das klingt ganz plausibel.«

»Mit wem haben sie denn gesprochen?«

»Stadler hat er geheißen. Trug einen grauen Arbeitsmantel und ist wohl dort der Chef.«

»Den kenne ich nicht. Schon seltsam, dass Sie nichts weiter erfahren haben.«

»Was hätte man mir denn sagen sollen?« Eigentlich hätte er jetzt Jennifer kurz und schmerzlos abfertigen sollen, da ihre Verschwörungstheorien ihn bisher nur unnötig Zeit gekostet hatten. Herausgekommen war rein gar nichts. Allerdings brachte er es nicht übers Herz, sie mit ihrer Theorie einfach abzuweisen, als er bemerkte, wie sie ihn mit treuem Blick anschaute.

»Da gibt es schon ein paar ganz aufschlussreiche Korrekturen. Sie haben ganz sicher mit dem Falschen gesprochen. Ich muss mich zuerst noch einmal erkundigen, wer der Richtige ist.«

Valentin nickte und ging mit der Rolle in sein Büro zurück. Höchstens ein weiteres Mal würde er das sinnlose Spiel mitmachen. Dann musste er Jennifer beibringen, was er von der Sache hielt. Der Abbau war nun einmal beschlossen. Ob es nun wirklich der beste Weg war, glaubte er mittlerweile ebenfalls nicht mehr, doch es war seine Aufgabe, diese Strategie in die Tat umzusetzen.

Er saß wieder einmal an seinem Stammtisch mit der Ahornplatte neben dem großen Kachelofen, der an diesem kalten Tag eine angenehme Wärme verbreitete. Nur einige wenige Grade weniger und Volkan müsste über Neuschnee fluchen. So war es nur ein trister Regentag gewesen. Die Wärme in der Gaststube, das frisch gezapfte Pils und die Aussicht heute Abend noch Sara zu treffen, ließen Valentin das üble Wetter draußen vergessen. Die Tische waren mit kleinen Nikoläusen geschmückt, die dicke rote Kerzen in weiß behandschuhten Händen trugen. An der Rezeption des Hotels hatte die Maklerin einen Umschlag mit mehreren Exposés für ihn hinterlegt, die er nun in Ruhe durchblätterte. Inzwischen hatte sie verstanden, was er mochte, dachte Valentin, denn die Unterlagen enthielten die Bilder einiger alter Bauernhäuser und sogar einer Villa, die seinem Idealbild eines Hauses auf dem Lande ziemlich nahe kamen.

»Guten Abend«, tönte Saras Stimme neben seinem Tisch und er blickte überrascht auf. Sie trug Jeans und ein rot-schwarz kariertes Holzfällerhemd aus dickem Flanell. Mit der ärmellosen Steppjacke und ihrem obligatorischen Pferdeschwanz sah sie beinahe aus, als ob sie kurz zuvor beim Reiten gewesen war. Noch im Stehen bestellte sie bei der Bedienung ein Weißbier und setzte sich Valentin gegenüber.

»Hast du immer noch nicht das passende Haus gefunden?«, fragte sie, als sie den Papierstapel mit den Exposés bemerkte.

»Ich sehe jedoch bereits Licht am Ende des Tunnels. Die Maklerin hat nunmehr begriffen, was ich mir vorstelle, und diesmal sind ein paar interessante Häuser dabei. Am Sonntagnachmittag habe ich den nächsten Termin.«

Die löwenmähnige Bedienung brachte Sara ihr Bier und legte zwei Speisekarten auf den Tisch. Valentin hatte den Eindruck, dass sie Sara ziemlich finster ansah, obwohl sie zu ihm bislang immer recht nett gewesen war. Er wandte sich wieder Sara zu. »Ich bin ja seit drei Monaten hier Stammkunde und kenne mittlerweile jedes Gericht, das der Koch in dieser Zeit zubereitet hat. Brauchst du eine Empfehlung?«

»Was rät mir denn der Herr Restaurantkritiker?«, fragte sie.

Die Karte war nicht sehr umfangreich, was Valentin grundsätzlich immer als gutes Zeichen wertete. Er gab zu jedem Gericht seine Geschmackserfahrung wieder und hoffte inständig, dass der Koch nicht gerade heute etwas Neues ausprobierte. Schließlich entschied sich Sara für ein Lammkarree und Valentin wählte einen Rehbraten. Er bestellte für sie beide und die Bedienung unterdrückte mühsam ihren Grant.

»Jetzt muss ich dir wohl oder übel die Story mit der Speicherkarte beichten, oder?«

»Das solltest du. Und erzähl bitte die Geschichte diesmal zusammenhängend und nicht nur irgendwelche Schnipsel. Wer dieser Thaddäus ist, würde ich ebenfalls gerne wissen.« Sie blickte ihn ermunternd an und er begann mit der Aufforderung seines Chefs, die Entlassung der 300 zu organisieren. An der Stelle, als er die Wölfe mit Steinwürfen vertrieb und dabei das zerschmetterte Handy fand, unterbrach ihn Sara.

»Nach dem Telefonat mit dir habe ich das Protokoll der eingesammelten Gegenstände herausgesucht. Wir haben zwar auch sein Handy gefunden, aber das Gerät, das du vorbeigebracht hat, ist kein Telefon, sondern ein professionelles GPS für Vermesser. Also so etwas Ähnliches wie ein Navi für Leute, die in der Natur herumlaufen. Das Gerät hat einen Einschub für Speicherkarten. Wir haben jedoch keine gefunden. Sie sollte in etwa folgende Abmessungen haben.« Sie zeigte mit Daumen und Zeigefinger eine Größe von etwa ein mal zwei Zentimeter und blickte ihn auffordernd an.

»Das passt gut zu meiner Karte«, antwortete Valentin. »Mein ehemaliger Arbeitskollege, also Thaddäus, hat sich die Daten und seit einigen Tagen auch die Karte genauer angesehen. Es war eigentlich recht schnell klar, dass diese nicht aus einer Digitalkamera stammen konnte.«

»Wenn du schon die Karte weggegeben hast, dann würde mich zumindest interessieren, was denn nun dieser Thaddäus ausgelesen hat?«, fragte Sara, während sie das letzte Stück Lamm sorgfältig mit der Gabel aufspießte.

»Thaddäus ist richtig gut ist solchen Sachen. Das ist ja sein Beruf. Was er technisch genau damit angestellt hat, verstehe ich nicht, doch als Ergebnis hat er mir Luftaufnahmen gemailt, die alle gefundenen Positionsangaben mit Datum und Uhrzeit enthalten.«

»Man muss sich nicht allzu stark geistig anstrengen, um daraus zu schlussfolgern, dass dies die Aufenthaltsorte von Falkersdorfer waren.«

»Davon gehe ich aus«, sagte Valentin und konnte sich eine Anspielung auf die heute ziemlich leidlich arbeitende Bedienung nicht verkneifen. »Sobald der Bedienungslöwe die Teller abgeräumt hat, können wir uns die Karten anschauen.«

Kurze Zeit später breitete er die Drucke vor ihnen aus. Sara blickte interessiert auf die Ausdrucke, die in die Luftaufnahmen integriert noch viele mit roten Linien verbundenen blaue Kreuze enthielten. Daneben befand sich jeweils ein weißes Kästchen, in dem in kleiner Schrift Datum, Uhrzeit, Meereshöhe und noch weitere Daten aufgeführt waren.

»Unglaublich«, staunte Sara, als sie die erste Karte mit all ihren Informationen eine Zeit lang betrachtet hatte. »Der Falkersdorfer muss das GPS die ganze Zeit eingeschaltet haben. Das ist ein lückenloses Bewegungsprofil der letzten Tage seines Lebens.«

»Ich habe mir die Karte heute Mittag bereits angeschaut. Es existieren schon einige weiße Stellen hinsichtlich der Zeiten, aber im Grunde genommen hast du recht.«

»Das ist schon irgendwie gespenstisch«, sagte Sara leise und verstummte kurz. »Trotzdem – jetzt lass uns mal auf der Karte verfolgen, wo er überall war.«

Valentin legte einen Schnellhefter auf den Tisch, der sauber einsortiert einen dicken Stapel Papier enthielt. »Hier habe ich noch den Ausdruck aller Rohdaten, falls wir zu einem bestimmten Ort oder zu irgendeinem Zeitpunkt mehr Details wissen wollen.«

»Das ist ja ein ganz schöner Packen«, staunte Sara. »Als erstes markieren wir die Orte vor seinem Tod in chronologischer Reihenfolge. Darf ich in die Karte malen?«

»So viel du willst, ich kann sie jederzeit noch mal ausdrucken.«

Sie nahm einen der Buntstifte, mit denen Valentin Anmerkungen in die Exposés geschrieben hatte, und beugte sich über die Karte. Es war wie ein Puzzle, an dem sie zu zweit arbeiteten. Valentin nannte Datum und Uhrzeit und Sara nummerierte die Angaben in der korrekten Reihefolge. Nach einigen Korrekturen, da sie immer wieder Orte übersahen, hatten sie es endlich geschafft, die richtige Reihenfolge der besuchten Orte herzustellen.

»Du hattest recht«, sagte Sara, »das GPS ist nicht die ganze Zeit gelaufen. Da gibt es noch jede Menge Lücken bei den Zeiten und Orten. Doch haben wir jetzt einen ganz guten Überblick, wo sich der Falkersdorfer die letzten Tage vor seinem Tod aufgehalten hat. Jetzt müssen wir noch herausfinden, was er an den jeweiligen Orten gemacht hat.«

»Meinst du nicht, es wäre einfacher, wenn wir die Karte und die Rohdaten deinen Kollegen geben und die klappern dann die Orte systematisch ab?«

»Beim jetzigen Stand der Dinge möchte ich die ersten Recherchen gerne allein machen«, sagte Sara und grinste spitzbübisch. »Als Sportpolizistin sollte man den alten Hasen keine halb garen Sachen servieren, da müssen wir schon überzeugende Ergebnisse auf den Tisch legen.«

»Na gut«, stöhnte Valentin, »dann bestellen wir jetzt noch zwei Bierchen und versuchen herauszubekommen, was er wo getan haben könnte.«

Die Gaststube hatte sich mittlerweile ziemlich geleert und die löwenhaarige Bedienung stand gelangweilt ins Leere starrend vor dem Tresen. Valentin signalisierte ihr, dass sie Nachschub benötigten, während Sara sich einen anderen Farbstift nahm und um die ersten Koordinatenpunkte Kreise malte.

»Diese hier sind einfach«, meinte sie. »Seine Wohnung befand sich in der Nähe der Rabensteiner Kirche und das Büro im Regener Landratsamt. Da sollte er sich den Großteil des Tages aufgehalten haben. Das kann man ganz klar an den Zeiten ablesen. Wenn ich mir die Karte so ansehe, dann könnte der nächste Ort die Burgruine Weißenstein bei Regen sein.«

»Das passt doch ganz zu seiner Arbeit, als behördlicher Gutachter für denkmalgeschützte Bauten.«

»Was du alles weißt«, staunte Sara. »Das überrascht mich jetzt schon. Dann ist dir sicher bekannt, dass er sich ebenfalls um Objekte gekümmert hat, die unter Naturschutz stehen. Das läuft hier in der Gegend immer in Zusammenarbeit mit den Leuten vom Nationalpark. Deshalb war er vermutlich öfter mal in Neuschönau bei der Nationalparkverwaltung.« Sie deutete auf die Markierung ziemlich weit rechts unten auf der Karte und machte einen Haken daneben.

»Stimmt, und damit lässt sich erklären, was er im Haus zur Wildnis in Ludwigsthal getan hat. Das gehört ja ebenfalls zum Nationalpark. So wie der Wolfsturm, wo das GPS den letzten Eintrag ins Protokoll machte.«

Systematisch begutachteten sie die Vermerke auf der Karte. Heraus kam eine Liste der unterschiedlichsten Orte Zwiesels und Umgebung.

»Der hatte das GPS wirklich immer dabei«, stellte Sara erneut verwundert fest. »Da gibt es sogar einen Eintrag mitten in der Nacht am Zwiesler Stadtplatz. Schau mal.« Sie deutete auf eine Reihe von Kreuzen am unteren Teil des Stadtplatzes. In winziger Schrift befand sich gleich daneben eine Zeitangabe. Falkersdorfer war kurz nach zwei dort unterwegs gewesen.

»Der hat sich wohl in einer Kneipe noch ein Bier genehmigt«, meinte Valentin. »Was machen wir jetzt mit der Liste?«

»Auf der Dienststelle ist momentan nicht so viel los. Ich habe in den nächsten Tagen durchaus Zeit, mir einige dieser Orte anzuschauen und mit den Leuten vor Ort zu sprechen.«

»Meinst du, das führt zu etwas?«, fragte Valentin.

»Einen Versuch ist es allemal wert«, entgegnete Sara. »Und bevor ich in Oberasberg mit Begleitschutz Ölproben aus Traktoren nehme oder UFOs in Maisfeldern verfolge, fahre ich lieber einige dieser Orte ab.«

»Eine Stelle kann ich übernehmen. Am Montagabend besichtige ich ein Haus in der Spiegelhütte. Gleich in der Nähe hat er sich ebenfalls einige Zeit aufgehalten. Da kann ich mich so nebenbei ein wenig umhören.«

»Dann können wir uns ja anschließend treffen und die Ergebnisse austauschen. Ich versuche, bis dahin so viele Orte wie möglich abzuklappern.«

»Gute Idee.« Valentin freute sich. »So um acht hier im Gasthaus?«

»Wenn du ohnehin in der Spiegelhütte bist, dann treffen wir uns dort. Da gibt es ein kleines Wirtshaus, in dem man sehr gut isst und man als Frau nicht laufend so finster angeschaut wird.« Valentin lachte laut auf und blickte zur Bedienung, die just in diesem Augenblick wieder einmal muffig in Richtung Sara blickte.

KAPITEL 25

Das Haus hatte eine klassische quadratische Form, zwei Stockwerke hoch sowie ein Zeltdach. Die Lage des Gartens ging nach Süden und wenig mehr als 30 Meter von der Nordseite des Gebäudes entfernt, begann der zum Nationalpark gehörende Mischwald.

Frau Wagner war in einen langen schwarzen Mantel gekleidet und wartete vor der überdachten Haustüre. Wieder einmal fiel Regen und Valentin spurtete zum schützenden Eingang. Sandra Wagner begrüßte ihn, öffnete die Tür und sie gingen hinein.

»Der Stil des Hauses ist für die Gegend eher ungewöhnlich. Dieser Grundriss bietet jedoch viel Platz und vor allem das Erdgeschoss mit seinem großzügigen Eingangsbereich ist sehr repräsentativ«, begann Valentins Maklerin die Führung.

Valentin folgte ihr durch die Räume und war beeindruckt. Sie besaßen durchwegs eine ansehnliche Größe und auch die Deckenhöhe lag deutlich über den üblichen Maßen. Verwundert fragte er: »Wer hat denn diese Villa gebaut?«

»Es ist schon über hundert Jahre her, dass einer der hiesigen Adeligen für den Werksleiter seiner Glashütte das Haus errichten lies.«

»Das war eine noble Geste«, staunte Valentin.

»Na ja, man munkelt bis heute, dass die Frau des Werksleiters die Geliebte des Adeligen war.« Sie gingen die massive Eichenholztreppe in den ersten Stock hinauf, um die dortigen Zimmer zu besichtigen.

»Seit wann ist denn das Gebäude zu verkaufen?«

»Die Glashütte ist schon vor vielen Jahren pleitegegangen und die letzten Besitzer sind danach weggezogen. Deshalb steht das Haus schon eine Weile leer. Im Dorf ist allerdings jemand beauftragt, sich um alles zu kümmern.« Sie sahen sich die Zimmer an und gingen dann eine schmale Treppe ins zweite Obergeschoss. Hier war zwar alles schlichter gehalten, doch zeigte es sich deutlich, dass dieses Gebäude sehr hochwertig war. Natürlich müsste man noch einiges investieren, um die heutigen Standards zu erreichen, aber sowohl die Lage als auch die Gebäudeform gefielen Valentin sehr.

»Das Objekt liegt deutlich näher an meinen Vorstellungen als die bisherigen. Allerdings ist dies definitiv die falsche Tageszeit, um einen ausreichenden Eindruck zu gewinnen. Ich möchte mir das Gebäude in den nächsten Tagen zur Mittagszeit noch mal ansehen.«

»Gerne. Sollen wir gleich einen neuen Termin vereinbaren?«

»Meine Sekretärin wird sich morgen bei Ihnen melden und dann können wir uns am besten diese Woche tagsüber mal treffen. Grundsätzlich gefällt mir das Objekt.« Sandra Wagner lächelte und begann, ihm über die Vorbesitzer zu erzählen. Sie wusste sogar einige Fakten zur Bausubstanz zu berichten, da die Bank offenbar ein Gutachten zu dem Gebäude in Auftrag gegeben hatte. Dies würde gewiss die Preisverhandlungen mühseliger machen, überlegte Valentin.

Nachdem sie sich verabschiedet hatten und die Maklerin in ihrem Cabrio in Richtung Zwiesel davongefahren war, holte sich Valentin einen Regenschirm aus dem Auto und spazierte durch den Weiler. Das von Sara empfohlene Wirtshaus hatte er schnell gefunden, doch war es noch weit vor der vereinbarten Zeit und der rote Japaner war noch nicht zu sehen. So bummelte er weiter durch den Ort und hatte bald die Grenze der Lichtung erreicht, in deren Mitte sich die Siedlung befand. An einem kleinen Hof stand ein Traktor mit laufendem Motor und ein älterer Landwirt hantierte daran herum. Offenbar funktionierte die Hydraulik nicht, da er immer wieder den Frontlader mit kritischem Blick musterte.

»Grüß Gott«, sprach Valentin ihn an und bemühte sich, Mundart zu sprechen, was ihm zunehmend leichter fiel. »Kann ich Sie mal was fragen?«

»Freilich. Was gibt es denn?«

»Ich habe mir dort oben gerade das leer stehende Haus angesehen, das zum Verkauf steht. Jetzt wollte ich mich mal in der Umgebung erkundigen, ob darüber etwas bekannt ist. Sie wissen ja, die Makler versprechen einem gerne das Blaue vom Himmel.«

»Aha. Schon wieder einer«, antwortete der Einheimische grinsend. »Die schleppt bald jede Woche einen Interessenten an. Bislang hat noch keiner angebissen. Weiß aber nicht warum, vielleicht ist die Hütte zu teuer.«

»Bis zum Preis sind wir noch gar nicht gekommen. Ist allerdings schon ein schönes Haus.«

»Na ja, ich finde es ganz schön unpraktisch. Da könnte ich doch nirgends meine Maschinen unterbringen. Und Schnee hat es hier hinten im Winter so viel, dass man ohne Vierradantrieb überhaupt nicht mehr wegkommt.«

In dieser Hinsicht wäre er gut ausgerüstet, dachte Valentin. Wenn er schon mit jemandem sprach, dann würde er doch gleich mal nachfragen, ob vielleicht der Falkersdorfer gesehen wurde. Laut der GPS-Auswertung musste er hier einige Tage vor seinem Tod herumgelaufen sein.

»Ich weiß nicht, ob das Haus unter Denkmalschutz steht. Ist Ihnen in letzter Zeit jemand aufgefallen, der es sich genauer angesehen hat.«

»Mhm«, gab der Einheimische von sich. »Nein, nur die Maklertussi kommt mit ihrem Cabrio immer wieder mal mit Kundschaft vorbei. Sonst wüsste ich nichts.«

»Kein Problem. War nur so eine Frage. Ich möchte mir halt kein Haus ans Bein binden, bei dem dann fünf Mann von der Stadt und vom Landratsamt mitreden, was ich damit machen darf.«

»Warten Sie mal. Vor einigen Wochen war dort hinten am Waldrand so ein Gschaftlhuber vom Landratsamt. Der hat seinen Wagen dermaßen blöd am Straßenrand geparkt, dass ich beinahe nicht mehr vorbeifahren konnte.«

»Das ist interessant. Wie erkennt man denn eigentlich, ob jemand vom Landratsamt ist?«

»An der Tür seines Geländewagens pappte ein großer Aufkleber, da stand es drauf. Außerdem trug er blitzsaubere Klamotten und Gummistiefel.«

»Wissen Sie, was er hier gemacht hat?«, fragte Valentin nach. Vielleicht hatte er wirklich Falkersdorfer gesehen. Dass ihm dessen Kleidung und Schuhwerk aufgefallen waren, konnte er nachvollziehen, da es genau dem Gegenteil der Aufmachung seines Gegenübers entsprach.

»Der ist dort auf dem Pfad in den Wald hineingegangen. Ich würde mal sagen, so in Richtung Totenkopfschachten. Ihr Haus hat er auf jeden Fall nicht angeschaut.«

»Ist dieser Schachten eigentlich weit weg?«

»Iwo, das ist nur knapp mehr als ein Kilometer. Ist eine bessere Waldlichtung, fast schon wieder zugewachsen. Gewundert hat es mich nur, als er zurückkam. Sah aus wie die Sau. Über und über verdreckt, sogar seine Jacke.«

»Vielleicht ist er ja hingefallen.«

»Glaub ich nicht, ich würde eher meinen, der ist irgendwo durchgekrochen. Ist mir aber egal, die sollen ruhig mal spüren, wie es ist, sich sein Geld mit Arbeit zu verdienen und nicht nur mit gscheid daherreden.«

»Da haben Sie recht«, stimmte Valentin zu. »Ist er dann wieder weggefahren oder gab es da sonst noch eine Aktion? Ich möchte halt schon genau wissen, ob er etwas an dem Haus zu tun hatte.«

»Da brauchen Sie sich keine Sorgen machen, an dem Haus hatte der kein Interesse. Der wollte irgendwas im Wald. Ich hoffe jetzt bloß, dass die hier keine Flurbereinigung anfangen. Das hätte uns gerade noch gefehlt. Zuzutrauen ist denen ja alles.«

»Vielleicht hat er im Wald nur eine Kontrolle durchgeführt.«

»Das kann schon sein. Hat mich jedenfalls gefreut, wie der am Schluss ausgesehen hat.« Ein Grinsen zeigte sich auf den Lippen des Landwirts. »So und jetzt muss ich den Hydraulikschlauch wechseln. Ich krieg sonst das Holz nicht aus dem Wald.«

Valentin verabschiedete sich und schlenderte in Richtung Gastwirtschaft. Offenbar hatte er einen Volltreffer gelandet. Falkersdorfer war hier gewesen und hatte irgendwas im Wald gemacht. Es fragt sich bloß, was das gewesen sein könnte. Er war schon neugierig, was Sara dazu sagen würde. Vielleicht war sie ja schon da.

Der Gastraum war mit hellen Holzstühlen und -bänken recht unansehnlich eingerichtet und nicht allzu groß. Auf einer Eckbank saß Sara, vor sich ein Schnitzel mit Pommes und ein Weißbier. Sie aß bereits und nickte mit vollem Mund zur Begrüßung Valentin zu, als er sich zu ihr setzte.

»Tut mir leid, dass ich schon bestellt habe. Ich habe heute nur gefrühstückt und bin vor Hunger beinahe umgekommen. Das Schnitzel kann ich dir empfehlen.«

»Ist schon in Ordnung. Ich wollte ohnehin nur etwas trinken.« Valentin bestellte sich beim älteren Wirt sein obligatorisches Pils.

»Was hast du eigentlich immer mit diesem norddeutschen Bier? Hier trinkt man üblicherweise ein Helles oder Weißbier.«

»Der herbe Geschmack ist mir lieber und es ist genauso einheimisch wie dein Weißbier. Der Name kommt ja von der Stadt Pilsen und die ist keine hundert Kilometer entfernt.« Er prostete ihr mit seinem Bier zu und fragte: »Welche Orte der Liste hast du denn am Wochenende abgeklappert?«

»Das waren einige. Viele der Koordinatenpunkte lagen freilich irgendwo in der Landschaft fernab jedes Weges. Am Samstag war ich zu Fuß auf dem Wagensonnriegel und anschließend noch bei einer uralten Eibe dort in der Nähe. Danach beim Kircherl in Rinchnach.«

»Hast du etwas entdeckt?«, fragte Valentin.

»Rein gar nichts! Das sind halt alles interessante Orte mitten in der Natur, die vermutlich auf irgendeiner Liste des Landratsamts oder der Nationalparkverwaltung stehen. Falkersdorfer hat diese aufgesucht und vielleicht Berichte dazu geschrieben oder die Koordinaten mit seinem GPS genau vermessen.«

»Das ist vermutlich alles so abgelegen, dass da nicht mal Leute waren, die man hätte fragen können«, vermutete Valentin. »Was hast du heute denn schon angeschaut?«

»Vor dem Dienst bin ich zur Fledermaushöhe nach Rotkot gefahren. Ist jedoch rein gar nichts dabei herausgekommen.« Sie sah ihn enttäuscht an und bestellte noch ein Bier.

»Vorhin habe ich hier im Ort ein Haus besichtigt

und bin dann noch eine Runde durch das Dorf spaziert. Stell dir vor, einer der Dorfbewohner hat Falkersdorfer vor einigen Wochen gesehen! Er ist dort hinten im Wald verschwunden und nach einiger Zeit Dreck verschmiert wieder aufgetaucht.«

»Das Leben ist ungerecht. Ich irre am Wochenende stundenlang durch den Wald und du schlenderst hier ein paar Meter auf der Teerstraße und bekommst den Hauptgewinn.«

»So viel Neues habe ich jetzt nicht entdeckt. Es ist jedoch zumindest ein Anfang. Ich habe übrigens noch eine interessante Sache«, sagte er.

»Mach mich jetzt bloß nicht ganz fertig.«

Valentin fasste in die Tasche seiner Jacke, die er neben sich über die Stuhllehne gehängt hatte und holte ein kleines Päckchen hervor. »Am Wochenende ist bekanntermaßen der Nikolaus gekommen. Da hat er mir ein kleines Spielzeug gebracht.« Valentin öffnete die Schachtel und zog ein nagelneues Outdoor-GPS mit Gummiarmierung und Farbdisplay heraus.

»Schönes Teil«, sagte Sara anerkennend und nahm das Gerät in die Hand. »Hast du das etwa extra für unsere Recherchen gekauft?«

»Seit ich das neue Rad habe, liebäugle ich damit. Das gehört einfach dazu. Ich war am Samstag ohnehin in der Innenstadt, um für die Mädels und Luisa etwas zu besorgen. Da machte ich noch einen Abstecher zu einem Expeditionsausrüster. Der Verkäufer dort meinte, dieses Gerät sei sehr gut und ideal zum Biken und Wandern. Wenn du in den nächsten Tagen die Orte auf der Karte genauer anschauen willst, dann kann ich es dir leihen.«

»Das wäre gut, dann kann ich ein paar der Pfade nachgehen. Wir können das doch mal gleich ausprobieren. Ich habe die Ausdrucke dabei. Lass uns seinen Weg hinter zum Totenkopfschachten folgen.«

»Es ist schon dunkel«, wandte Valentin ein. »Mit dem GPS werden wir uns zwar nicht verlaufen, aber ich glaube nicht, dass wir allzu viel finden werden.«

»Memme! Dann werde ich mir morgen vor dem Dienst die Gegend hier näher anschauen. Kommst du mit?«

»Ich hänge momentan in der Firma arbeitsmäßig ziemlich drin. Können wir uns morgen Abend so gegen halb sechs wieder treffen und noch mal einen Blick auf die Karten werfen?«

»So machen wir es. Ich versuche tagsüber mit deinem tollen GPS einige der Wege abzugehen. Eventuell fällt mir dabei ja etwas auf.«

Sie redeten noch eine Weile miteinander, doch waren sie beide ziemlich müde und brachen kurz darauf auf. Sie verabredeten sich nach Saras morgiger Schicht für den späten Abend in einer Kneipe mit dem ungewöhnlichen Namen The burning Frog am Zwiesler Stadtplatz.

KAPITEL 26

Valentin spazierte am Kino vorbei in Richtung Stadtplatz. Es war kurz vor 22 Uhr und einige wenige Besucher verließen gerade das Kino. Sich laut über den Film unterhaltend gingen sie mit Regenschirmen vor ihm her. In Valentins Jacke steckte ein dicker Packen Papier, den er mittags in der Firma ausgedruckt hatte. Thaddäus war letzte Nacht wieder einmal aktiv gewesen. Er hatte zwar keine neuen Daten gefunden, doch konnte er nunmehr die bereits bekannten Koordinatenpunkte mit der Bewegungsrichtung und der Stärke des empfangenen Satellitensignals ergänzen. Die Aufforderung von Valentin, die Karte so bald als möglich zurückzugeben, hatte ihn offenbar zu weiteren Forschungen motiviert.

Er hatte den unteren Stadtplatz erreicht und ging in Richtung Kirche hoch. In einem der Gebäude musste die Pilsbar sein, in der er sich mit Sara treffen wollte. Er war neugierig, ob sie heute früh etwas herausgefunden hatte. Mit dem neuen GPS müsste es möglich sein, exakt den Wegen von Falkersdorfer nachzugehen.

The burning Frog konnte man nicht übersehen, da einige Gäste davorstanden und rauchten. Valentin ging in die mit dunklem Holz und Messing gestaltete Kneipe und sah sich suchend nach Sara um. Da diese nirgends zu sehen war, setzte er sich an einen Platz an der Bar mit Blick zum Eingang. Es waren nur wenige Besucher anwesend und Valentin hoffte inbrünstig, dass niemand von den gekündigten Glasmachern dabei war. Kaum hatte ihm die extrem gebräunte Barfrau mit langen schwarzen Haaren ein Pils hingestellt, betrat Sara das Lokal.

»Sorry, dass ich spät dran bin. Kurz vor Dienstschluss fuhr bei Lindberg ein Auto gegen einen Baum und wir mussten die Unfallstelle absichern. Die Kollegen der nächsten Schicht übernahmen, sonst wäre ich womöglich noch später gekommen.«

»Ist den Leuten im Auto viel passiert?«

»Die Airbags haben das Schlimmste verhindert. Das Auto ist jedoch hinüber. War halt wieder einmal so ein typischer, junger Raser. Jetzt habe ich vor allem Hunger. Du solltest hier unbedingt die Currywurst mit Bratkartoffeln probieren. Schmeckt super, ist allerdings höllisch scharf.«

»Ich bleibe beim Pils vom Fass. Willst du zur Abwechslung heute mal eins?«

»Wenn du so nett fragst. Wir sind ja immerhin in einer Pilsbar.«

Valentin gab bei der Barfrau zwei weitere Pils in Auftrag. »Warst du heute früh eigentlich in der Spiegelhütte?«

»Klar doch. Das war ganz schön mühselig. In der einen Hand deinen Ausdruck und in der anderen das GPS. So bin ich dann bis zum Totenkopfschachten marschiert. Dort hinten habe ich rein gar nichts gefunden. Da stand ein Bagger herum und die Straße war in einem ziemlich desolaten Zustand. Ich denke, die haben da eine Leitung verlegt.«

»Das erklärt zwar, warum seine Stiefel schmutzig waren, aber nicht die dreckige Jacke.«

»So wie es da ausgesehen hat, würde mich selbst das nicht wundern.«

»Wie funktioniert denn das neue GPS?«

»Das Teil arbeitet hervorragend. Mir geht es schon wie dem Falkersdorfer. Ich habe es ständig bei mir und immer an. Schau mal.« Sie zog das Gerät aus der Jacke und legte es zwischen die Gläser auf den Tresen. »Sogar hier im Gebäude reicht die Empfangsleistung für eine Genauigkeit von einigen Metern immer noch aus.«

»Dann hat man mir wenigstens etwas Vernünftiges verkauft.«

Sara kramte in ihrer Umhängetasche aus schwarzem Stoff und zog den mittlerweile arg zerfledderten Ausdruck mit den Pfaden von Falkersdorfers GPS heraus. Sie schob die Gläser zur Seite, faltete die Karte auf ein kleineres Format und legte sie auf den Tresen. »Jetzt schauen wir doch mal, ob der Falkersdorfer hier im Frog gewesen ist. Wenn ich mich recht erinnere, war er irgendwann nachts am Stadtplatz.« Sie deutete mit dem Finger auf das Satellitenbild des Stadtplatzes und die winzigen Zahlen neben der Markierung.

»Du hast recht«, sagte Valentin. »Er war tatsächlich in der Nähe, aber nicht in der Pilsbar.«

»Der ist am Stadtplatz rauf- und runtergelaufen. Und das um zwei Uhr in der Nacht. Was das wohl für einen Sinn macht?«

»Habe ich dir schon gesagt, dass mir Thaddäus wieder neue Daten geschickt hat. Neue Orte sind nicht dabei, allerdings mehr Informationen zu den aufgezeichneten Koordinaten.«

»Apropos Thaddäus«, sagte Sara und schaute ihn mit hoch gezogenen Augenbrauen an. »Ich hätte gern die Speicherkarte bei den anderen Asservaten. Wann bekomme ich sie denn?«

»Nächsten Montag, ganz gewiss. Dieses Wochenende war doch Nikolaus, da bin ich nicht dazu gekommen, sie abzuholen.«

»Wie wäre es denn mit dem guten alten Postweg?«

»Jetzt, wo es ein Beweisstück ist, will ich das lieber nicht. Man hört ja, dass dabei ziemlich viel verloren geht.« Valentin lächelte sie unschuldig an und prostete ihr mit seinem bereits halb leeren Glas zu.

»Ausreden! Alles Ausreden«, nörgelte sie scherzend und stieß mit ihm an. »Am nächsten Montag habe ich das Teil in meinen Händen.«

»Wird gemacht, Frau Kommissarin«, sagte Valentin und legte den Packen Papier auf den Tresen. »Lass uns doch mal prüfen, ob es bei den neuesten Werten Unterschiede zu denen auf der Karte gibt.« Er war froh, Sara von dem Thema Rückgabe der Speicherkarte wegbekommen zu haben, da er es am Wochenende in München schlichtweg vergessen hatte.

»Wir haben jetzt sogar eine Höhenangabe. Laut Falkersdorfers GPS befinden wir uns exakt auf 551 Meter Höhe.« Sara nahm das GPS von Valentin in die Hand und lugte neugierig auf dessen Anzeige. »Hier steht dagegen 563 Meter. Das ist eine ziemliche Abweichung. Hoffentlich ist mit deinem GPS alles in Ordnung.«

»Gib mal her«, sagte Valentin und nahm ihr das Gerät aus der Hand. Es zeigte tatsächlich 563 Meter über Meereshöhe an.

»Vielleicht liegt es daran, dass hier das Satellitensignal so schwach ist«, vermutete Sara.

»Das kann nicht sein, es hat noch zusätzlich einen barometrischen Höhenmesser. Der ist unabhängig von den Satelliten.«

Sara spähte nun auf den Ausdruck mit den winzigen Zahlen und versuchte diese zu erkennen. »Falkersdorfer hatte überhaupt kein Satellitensignal. Sein GPS muss also ebenfalls die Höhe über den Luftdruck gemessen haben und es war ein Profigerät für Vermesser. Da kann man davon ausgehen, dass es tadellose Werte liefert.«

»Warte mal, ich habe hier die Referenz«, sagte Valentin und holte die topografische Karte des Hotels aus seiner Jacke. Nunmehr offiziell in seinem Besitz, da er dem Hotel eine neue gestiftet hatte. »Die ist vom Vermessungsamt herausgegeben, da stimmen die Werte.« Er faltete den Plan auseinander und besah sich die Höhenangabe. »Sag ich es doch. Mein Gerät funktioniert tadellos«, stellte er fest. »566 Meter über Normalnull. Die drei Meter Abweichung spielen keine Rolle. Also lag die Messungenauigkeit bei Falkersdorfers Gerät.«

Währenddessen blinzelte Sara in die ausgedruckte Karte. »Das passt trotzdem nicht zusammen. 15 Meter Höhenunterschied sind deutlich zu viel.«

Valentin blickte ratlos abwechselnd auf die topografische Karte und auf den Ausdruck der Satellitenaufnahme. Er schüttelte den Kopf und blickte zu Sara, die mit ihrem leeren Pilsglas spielte. »Lass uns noch ein letztes Pils bestellen. Wenn wir dann nach Hause gehen, verfolgen wir Falkersdorfers Weg auf dem Stadtplatz und vergleichen die Höhen. Vielleicht gibt es eine ganz einfache Lösung.«

Sara nickte und zeigte zwei neue Bier in Richtung Barfrau an, während Valentin die ganzen Papiere sorgfältig zusammenräumte.

»Vor lauter Diskussion über Höhenangaben und Satellitensignale haben wir jetzt vergessen, eine Currywurst zu bestellen«, sagte er zu ihr. »Willst du noch eine?«

»Gerne. Komm, wir beide veranstalten jetzt noch ein Mitternachts-Currywurst-Essen und dann gehen wir.«

»Wenn sie so gut sind, wie du sagst, bin ich dabei.«

Sara bestellte und wollte für sich die extra scharfe Variante. Sie mussten nicht allzu lange warten, dann bekamen sie das sehr appetitlich aussehende Essen. Es schmeckte ausgezeichnet und nach zwei weiteren Pils zur Linderung der Schärfe verließen sie leicht alkoholisiert den burning Frog.

KAPITEL 27

Draußen hatte es mittlerweile zu regnen aufgehört. Der Stadtplatz lag verlassen vor ihnen.

»Wir starten am besten auf der Höhe des Nepomukdenkmals«, sagte Sara und deutete auf den Ausdruck. »Er kam vom oberen Stadtplatz und ist auf der rechten Seite langsam nach unten gegangen.« Der Nepomuk befand sich auf einem kleinen Grünstreifen in der Mitte des Stadtplatzes und wurde rechts und links von den beiden Fahrbahnen eingerahmt. Sara hielt das GPS und Valentin hatte den Ausdruck in der Hand. Sie gingen eng nebeneinander den Stadtplatz hinunter und schauten abwechselnd auf GPS und Karte.

»Schau, hier ist er langsamer geworden«, sagte Sara, als sie auf der Höhe eines seit vielen Jahren leer stehenden Kaufhauses waren. »Er ist dann noch weiter gegangen und hat wieder umgedreht. Es sieht so aus, als ob er dann eine Zeit lang hier vor der Tür stand.« Sie befanden sich mittlerweile vor dem Gebäude, dessen Eingang einige Meter zurückversetzt war, um so einen zum Stadtplatz offenen Vorraum für zusätzliche Schaufenster zu schaffen. Sara zückte wieder ihre Minitaschenlampe vom Schlüsselbund und leuchtete auf das Papier. Nach kurzer, intensiver Studie sah sie auf. »Dann hat er die Tür aufgesperrt und ist hineingegangen. Nach Mitternacht! Das verstehe wer will.«

»Schade, damit hat er uns abgehängt. Da kommen wir nicht rein. Wir können ja wohl schlecht die Tür aufbrechen oder hast du vielleicht zufällig den passenden Schlüssel bei dir?«, fragte Valentin.

Sara jedoch ging nicht darauf ein und starrte suchend auf den Ausdruck. Sie murmelte vor sich hin. »Dann wird das Signal immer schwächer. Das ist nachvollziehbar, weil er sich in einem Gebäude befindet, da kommen die Funkwellen nicht mehr richtig rein. Anschließend muss er abwärts gegangen sein, das zeigen die Höhenangaben.«

»Das lässt sich erklären. Er hatte von irgendwoher einen Schlüssel, sperrte auf, ging in das Haus und stieg dann die Treppe in den Keller hinab.«

»Das muss aber schon ein komischer Keller sein, der 15 Meter unter unserem jetzigen Standpunkt liegt«, erwiderte Sara.

»Falls der barometrische Höhenmesser nicht sauber auf den aktuell herrschenden Luftdruck geeicht war, und mit ein wenig Messungenauigkeit könnte dies durchaus der normale Keller gewesen sein.«

»Ganz ehrlich, Valentin, da sind mir jetzt ein paar *falls* zu viel dabei«, entgegnete Sara. »Falkersdorfer war zwei Tage später tot und das ist unsere einzige konkrete Spur. Ich schaue mir das jetzt von innen an.«

»Ähm, du willst da wohl jetzt doch nicht einbrechen?«, fragte Valentin.

»So könnte man es nennen. Ich denke, wir sagen dazu Überprüfung eines verdächtigen Umstands.«

»Wir sind hier mitten auf dem Stadtplatz. Da kann uns jeder sehen.«

»Ist ja um diese Tageszeit nicht allzu viel los hier. Wenn wir die Tür schnell genug aufbekommen, dann merkt das kein Mensch.« Sie ging zielstrebig zu einer mit alten Werbeplakaten über und über voll beklebten Eingangstür und besah sich im Licht ihrer Lampe die Schlösser. »Das wird nicht ganz einfach. Zwei Sicherheitsschlösser, eins auf dem Boden und eines ganz oben. Ich muss kurz zu meinem Auto, dort habe ich sicher irgendwo Draht, und die große Taschenlampe brauchen wir, spätestens wenn wir drin sind.«

»Dann lass uns wenigstens zuvor mal schauen, ob wir von der Rückseite des Gebäudes reinkommen. Da sind wir nicht so auf dem Präsentierteller wie hier.« Valentin war ziemlich unwohl. Einer Spur auf öffentlichem Gelände mit dem GPS zu folgen war eine Sache, in ein Haus einzubrechen eine ganz andere, auch wenn eine angehende Polizistin dabei war.

Sie verließen den Eingangsbereich und Sara schritt gefolgt von dem zögerlichen Valentin mit flottem Schritt zum Stadtpark, wo sie ihr Auto abgestellt hatte. Valentin versuchte sie von ihrem Vorhaben mit einigen schwachen Argumenten abzubringen, doch sie lies sich nicht beirren. Er wollte vor ihr nicht als Angsthase dastehen, also beließ er es schließlich, sie weiter beeinflussen zu wollen.

Es gab tatsächlich eine Tür an der Rückseite des Kaufhauses. Diese war ziemlich breit, wohl um Anlieferungen nicht über die Vorderseite abwickeln zu müssen. Sara hatte aus dem Werkzeugkasten ihres Autos einige Utensilien geholt und werkelte an dem Schloss herum, während ihr Valentin mit der großen Taschenlampe leuchtete.

»Ein modernes Zylinderschloss bekommt man so natürlich nicht auf. Das Teil hier hat jedoch schon so viele Jahre auf dem Buckel und ist so ausgeleiert, dass es funktionieren müsste.« Mit einem dünnen Draht versuchte sie die Stifte im Schließzylinder in die richtige Lage zu bringen, während sie gleichzeitig mit dem Dosenöffner ihres Taschenmessers das Drehmoment auf den Zylinder brachte. Valentin schirmte das Licht der Taschenlampe zur Straße hin mit seinem Körper ab und sah sich immer wieder unruhig um. Sara arbeitete nunmehr schon zehn Minuten an der Schließvorrichtung und gerade als Valentin dafür plädieren wollte, die Aktion abzubrechen, richtete sich Sara auf. Sie blickte ihn triumphierend an. »Voilà. Diese Hürde haben wir geschafft«, sagte sie und öffnete die Tür.

Valentin sah sie erstaunt an. »Das hätte ich jetzt nicht erwartet.«

»Immerhin bin ich angehende Polizistin. Da gehört Schlösser knacken quasi zur Grundausbildung.«

»Tatsächlich?«

»Blödsinn«, murmelte sie und ging voran in das Kaufhaus. »Die Anleitung dazu habe ich vor einiger Zeit bei einem Videoportal gefunden und dann immer wieder mal an echten Schlössern herumprobiert.«

Valentin folgte ihr und schloss leise die Tür. Die Räume wurden von der Taschenlampe nur spärlich beleuchtet, doch reichte es aus, um zu erkennen, dass größere Umbaumaßnahmen im Gange waren. Es lag diverses Handwerkszeug und Baumaterial herum. Offenbar sollte das Kaufhaus saniert werden. Sie stiegen über die teilweise herausgerissenen Gipskartonwände und gingen durch den großen Raum in Richtung Stadtplatz. Als sie an der Innenseite der Eingangstüren angekommen waren, zog Sara das GPS und die Karte aus ihrer Jackentasche.

»Jetzt schauen wir mal, wo der gute Falkersdorfer damals gewesen ist.«

»Ich würde mal sagen, er ist einige Meter gerade in den Raum gegangen und dann nach links Richtung Außenwand abgebogen«, mutmaßte Valentin mit einem Blick auf die Karte.

»Exakt und dann ging es abwärts und das Signal wurde schwächer.«

»Schau, jetzt sind wir an einer der Außenwände. Da geht es zu den Toiletten. Die baut man wegen der Wasserleitungen immer an die unverrückbaren Wände. So hat man den Innenraum frei zur Gestaltung.«

»Da geht es weiter«, sagte Sara und deutete auf eine graue Stahltür neben dem Eingang zu den Toiletten. Sie öffnete die schwere Tür. Eine Stahltreppe führte steil nach unten.

»Alles klar, da geht es in den Keller. Ich denke, damit haben wir die Lösung des Rätsels. Es geht abwärts und das Satellitensignal ist dort unten ganz schwach. Wie ich es mir schon gedacht habe. Jetzt können wir wieder zum Auto zurück.«

»Herr Steinberg«, sagte Sara und blickte ihn ernst an. »Ich zumindest kenne keinen Keller der 15 Meter unter der Erdoberfläche ist und in dem es sich lohnt, mehr als eine Stunde lang herumzustöbern.«

»Warum mehr als eine Stunde?«, fragte Valentin verwirrt.

»Das steht so zumindest auf deinem Ausdruck. Falkersdorfer war mehr als eine Stunde dort unten. Jetzt komm schon, das sehen wir uns noch an. Falls da unten ein ganz normaler Keller ist, dann haben wir das in wenigen Augenblicken herausgefunden.«

Während Valentin murmelte »Was soll dort unten denn schon anderes sein«, stiegen sie vorsichtig die Treppe in die Dunkelheit hinab. Ein prüfender Blick Saras auf das GPS zeigte, dass das Satellitensignal mittlerweile äußerst schwach war. Der Keller befand sich etwa drei Meter unter dem Fußboden des Kaufhauses. Sara blickte Valentin im Schein der Taschenlampe skeptisch an. »Dann lass uns mal durch die Kellerräume gehen, uns fehlen noch zwölf Meter.«

Der Keller war im Gegensatz zum Erdgeschoss des Kaufhauses, in viele einzelne Räume unterteilt. Man hatte dazu einfach die Decke tragenden Betonsäulen als Ecken benutzt und die Zwischenräume mit Ziegeln ausgemauert. Einige der Mauern waren eingerissen. Hier unten hatten demzufolge auch die Umbaumaßnahmen begonnen.

»Wir suchen also eine weitere Treppe?«, fragte Valentin, während er beobachtete, wie Sara systematisch die Wände ableuchtete.

»Irgendwo muss es schließlich weiter nach unten gehen.«

»Schau doch mal auf der ausgedruckten Karte nach.«

»Das habe ich gerade gemacht, es gibt nur noch die Angaben vom barometrischen Höhenmesser. Die GPS-Signale sind hier zu schwach.«

»Wegen dieser eingerissenen Wände ist es ziemlich unübersichtlich. Falls es eine Klappe im Boden gibt, dann finden wir diese nie.«

»Lass uns mal da hinten schauen, die haben sogar eine der Außenmauern durchbrochen.« Sara leuchtete mit ihrer Lampe auf eine alte Backsteinmauer, in der sich ein provisorisch aussehender Durchbruch befand. Das Loch in der Mauer sah so aus, als müsste es bei der geringsten Beanspruchung zusammenfallen. Sie gingen näher heran und spähten vorsichtig hinein. Ein in den umgebenen Stein gemeißelter Gang führte schräg nach unten. Er war sorgfältig gearbeitet und wies auf den ersten Blick keinerlei Verfallsspuren auf. Das Ende verlor sich in der Dunkelheit.

»Da haben wir die fehlenden zwölf Meter«, sagte Sara und warf Valentin einen auffordernden Blick zu. »Lass uns mal nachschauen, was da unten alles ist.«

»Willst du wirklich den engen Gang hinab? Das können wir auch noch morgen machen und uns vorher eine bessere Ausrüstung besorgen.«

»Nichts da«, sagte Sara entschlossen. »Jetzt sind wir so weit gekommen, da bringen wir die Sache zu Ende. Der Stollen hinter der Wand macht einen recht stabilen Eindruck.« Sie stieg als Erste durch das Loch und ging vorsichtig den Gang hinunter. Er war so schmal, dass man laufend Kontakt mit den beiden Wandseiten hatte und sie hörten beständig die Kratzgeräusche ihrer Jacken. Nach 20 Schritten gab es einen Knick und sie mussten sich mit Mühe um die Ecke herumschlängeln.

»Sag mal, Valentin, hast du Platzangst? Weil du so ruhig geworden bist.«

»Eigentlich nicht, doch hier unten ist mir schon etwas mulmig. Wenn es nur nicht so eng wäre.«

»Mir geht es genauso. Ich komme nicht mal an das GPS in meiner Jackentasche ran«, sagte Sara. »Gefühlsmäßig sollten wir schon einige Höhenmeter zurückgelegt haben.«

»Also eines sage ich dir: Wenn es jetzt noch niedriger wird, dann mag ich nicht mehr. Das ist hier etwas für Zwerge und wir müssen auch wieder zurück.«

»Schauen wir mal, wie es weitergeht. Da vorn kommt noch eine Biegung.«

Der in den Stein gemeißelte Tunnel war völlig trocken. Während auf den ersten Metern die Luft noch einigermaßen frisch war, wurde sie nun langsam immer stickiger. Sara zwängte sich um die Ecke und blieb wenige Schritte danach stehen. Valentin war unmittelbar hinter ihr.

»Was ist bei dir los? Ist der Gang zu Ende?«, fragte Valentin, insgeheim hoffend, dass sie nun endlich umkehren konnten.

»Geh ein paar Schritte zurück, dass ich mich bücken

kann. Der eigentliche Stollen hört hier auf. Am Boden ist so eine Art Durchschlupf, allerdings ziemlich niedrig.«

»Ab hier streike ich. Jetzt kehren wir um«, sagte Valentin. »Wenn oben am Eingang die Mauer zusammenfällt, dann stecken wir fest und kein Mensch weiß überhaupt, dass wir hier sind.«

»Jetzt lass mich zumindest noch durch das Loch schauen, vielleicht ist es nur eine kleine Aushöhlung, die nicht weiterführt.« Die Wände links und rechts von ihnen waren so nah, dass sich Sara nur mit Mühe auf den Boden knien konnte. Sie versuchte, mit der Taschenlampe in die Öffnung zu leuchten und gleichzeitig zu erspähen, was sich darin verbarg. Valentin stand nunmehr völlig im Dunkeln und vernahm nur noch die Geräusche, wenn Sara sich vorwärtsbewegte.

»Was machst du da?« Valentin bekam Panik und verharrte im Dunkeln, nicht um alles in der Welt wollte er in das Loch. Plötzlich vernahm er ein lautes Geräusch und hörte Sara aufschreien.

»Sara, was ist los?«, rief er und tastete sich ebenfalls auf den Boden hinunter. »Ist alles in Ordnung? So sag doch etwas!«

»Nichts passiert, ich bin nur einen Absatz hinuntergefallen. Das musst du dir ansehen.«

»Ich robbe da nicht hinein. Jetzt komm zurück und leuchte mir endlich mal, wir müssen hier raus«, rief Valentin in den schwarzen Schlund.

»Hier ist richtig viel Platz. Du musst keine Angst haben.«

Valentin bückte sich und versuchte, durch das Loch zu

lugen. Er bemerkte zwar den Schein der Taschenlampe, konnte jedoch nichts Genaues erkennen. Nach einigem Zögern steckte er Arme und Kopf durch das Loch. Sara fasste seine Hände und zerrte daran. Ob er nun wollte oder nicht, er wurde in das Loch gezogen und rutschte auf der anderen Seite wieder hinaus.

Sara lachte laut auf. »Tut mir leid, sonst hätte ich dich nie hier hereinbekommen. Komm, schau dich um.« Sie schwenkte die Taschenlampe und beide besahen sich die Umgebung. Sie war definitiv von Menschen geschaffen, das zeigten die sorgfältig in den Stein gemeißelten Wände. Die Kaverne hatte beinahe das Ausmaß einer U-Bahn-Station. Beide standen sprachlos da und staunten.

Sara fing sich als Erste. »Dies hier war also Falkersdorfer Entdeckung. Eine Höhle unter dem Stadtplatz.«

»Das ist keine Höhle, sondern eine Halle. Fantastisch. Glaubst du, dies hier ist unbekannt?«

»Davon bin ich überzeugt. Lass uns einmal alles genau anschauen. Vielleicht finden wir einen Hinweis auf Falkersdorfer.« Sie gingen langsam die Höhle entlang und Sara schwenkte ihre Lampe hin und her, um alles auszuleuchten. Die Decke war mehr als drei Meter hoch und links und rechts an der Seite gab es einen kleinen Absatz, so als ob die unbekannten Bauarbeiter eine Art steinerne Sitzbank schaffen wollten. Plötzlich blieb Sara stehen und leuchtete auf den Boden. »Schau, da sind Schuhabdrücke.«

Valentin kniete sich hin und betrachtete die Entdeckung genauer. »Das ist ein ziemlich grobes Profil, so wie an meinen Trekking-Stiefeln.«

»Wenn wir etwas zum Abmessen hätten, dann könnte ich mich später nach der Schuhgröße von Falkersdorfer erkundigen. Das wäre ein ziemlich gutes Indiz, dass er wirklich hier war.«

»Das kriegen wir ungefähr auch so raus. Ich habe Größe 43 und verglichen mit meinen Schuhen ist der Abdruck nur ein wenig größer.«

Sara zog das GPS aus ihrer Jackentasche und blickte interessiert auf die Anzeige. »Die gemessenen Werte passen ganz gut zu denen auf der Speicherkarte. Kein Satellitensignal und eine Höhe von 551 Meter über dem Meeresspiegel. Falkersdorfer war definitiv hier und zwar nur zwei Tage bevor er sich vom Turm stürzte.«

»Lass uns noch bis zum anderen Ende gehen, vielleicht finden wir noch etwas.« Mittlerweile war Valentins Vorsicht komplett seiner Neugierde gewichen. Langsam schritten sie die Höhle entlang und blickten aufmerksam umher. Doch bis auf mehrere kleine Nischen in den Wänden, vermutlich dazu gedacht, um dort Kerzen abzustellen, bemerkten sie nichts Besonderes. »Mehr werden wir wohl nicht mehr finden«, stellte Valentin fest. »Lass uns jetzt wieder hoch ins Freie kriechen. Recht viel schmutziger als beim Herweg können wir ja nicht mehr werden.«

»Okay, ich bin auch dafür umzukehren«, meinte Sara. »Wir können ja zum Abschluss im Frog noch ein Bier trinken. Im Übrigen glaube ich jetzt zu wissen, warum der Falkersdorfer so dreckig vom Totenkopfschachten zurückgekommen ist.«

KAPITEL 28

The burning Frog war eine der wenigen Gaststätten in Zwiesel, die bis fünf Uhr früh öffnen durfte. Entsprechend viel war um halb drei los. Sara und Valentin hatten ihre Kleidung vom gröbsten Schutz befreit und ergatterten nur noch mit Mühe einen Zweierplatz in einem Eck der Kneipe. Das Rauchverbot war wohl in der Zwischenzeit auf unerfindliche Weise aufgehoben worden, Van-Morrison-Musik tönte aus den Lautsprechern und die Barfrau brachte zwei frisch gezapfte Pils. Valentin fühlte sich in seine Zeit als Heranwachsender zurückversetzt, in der er oft in dieser Art von Lokalen war.

»Weißt du, Valentin, eines verstehe ich nicht. Falkersdorfer hat eine beinahe schon sensationelle Entdeckung gemacht. Warum bringt er sich zwei Tage später um? Das ist für mich als Frau total unverständlich.«

»Das ist definitiv geschlechtsunabhängig. Das macht kein normaler Mensch. Eines ist an der Sache allerdings auch noch verwunderlich: Warum sucht Falkersdorfer mitten in der Nacht in einem leer stehenden Kaufhaus nach dem Eingang zu einer Höhle?«

Sara schaute abwesend auf ihr halb leeres Pilsglas und drehte es langsam. Sie sah Valentin an und legte den Kopf schief. »Ich glaube, das kann ich dir schon erklären.«

»Dann sag es mir bitte, oder soll ich jetzt anfangen zu raten?«

»Das wäre durchaus eine Möglichkeit«, lächelte sie. »Nein jetzt im Ernst. Denk an das, was dir der Mann bei der Spiegelhütte erzählt hat. Falkersdorfer kam ziemlich verdreckt aus dem Wald und fuhr dann mit dem Auto weg.«

»Ja, und?«

»Sein Job war doch auch, sich um Denkmäler zu kümmern. Ich werde bei seinen Kollegen auf jeden Fall nachfragen, bin mir aber ziemlich sicher, dass er die erste Anlaufstelle für alle möglichen Funde aus vergangenen Zeiten war.«

»Du meinst, er hat das gar nicht selbst entdeckt, sondern man hat ihn gerufen?«

»Das ist ziemlich wahrscheinlich. Am Totenkopfschachten waren Bauarbeiten im Gange genauso wie im Kaufhaus. Möglicherweise haben die Bauleute am Landratsamt angefragt, was sie tun sollen, weil sie auf ein Artefakt aus einer früheren Zeit gestoßen sind.«

»Dann ist der Falkersdorfer gekommen und hat es begutachtet. Das wäre vorstellbar. So einen Fund wie die unterirdischen Gänge hätte er doch nicht geheim gehalten.«

»So ungewöhnlich ist dies gar nicht. In Zwiesel hat man immer wieder mal bei Bauarbeiten Gänge zwischen den Häusern entdeckt.«

»Meinst du nicht, dass die Arbeiter das herumerzählt hätten?«

»Die haben sich vermutlich nur geärgert, dass sie an der Stelle nicht weiterarbeiten konnten. Ich glaube kaum, dass die bis zur Halle eingestiegen sind. Die sind doch nicht lebensmüde da ungesichert hineinzukriechen.«

»Deine Offenheit finde ich immer wieder wohltuend«, sagte Valentin sarkastisch. »Sie kommt in diesem Fall nur reichlich spät.«

»Was willst du denn? Es ist doch nichts passiert.«

»Gott sei Dank. Eines finde ich trotzdem seltsam. Warum ist der Falkersdorfer um zwei Uhr nachts in den Gang eingestiegen? Arbeiter waren da sicher keine mehr da.«

»Das verstehe ich auch nicht. Er wurde sicher tagsüber gerufen und selbst wenn er nicht sofort Zeit gehabt hätte zum Kaufhaus zu kommen, dann wäre er nicht mitten in der Nacht hingefahren. Außerdem hätte er um diese Zeit ja gar nicht hineingekonnt.«

»Wir sind freilich auch hineingekommen«, sagte Valentin.

»Erstens kann nicht jeder ein Schloss aufbrechen und zweitens ist er vorn über den Stadtplatz ins Haus gekommen. Das zeigen die GPS-Daten recht deutlich. Er muss also einen Schlüssel gehabt haben.«

»Wie wäre es mit einem zusätzlichen Pils, das aktiviert die Gehirnzellen«, sagte Valentin und versuchte die Barfrau in dem Trubel zu erspähen.

»Lass mal, meine Gehirnzellen sind mit dem ganzen Alkohol fast schon narkotisiert. Da ist nichts mehr mit Aktivieren. Für heute reicht es. Ich brauche jetzt ein Bett.«

Valentin murrte noch ein wenig, doch auch er war mittlerweile ziemlich müde. Sara bestellte sich ein Taxi, da heute Nacht eine Kontrolle angesagt war, und sie verabschiedeten sich beide ziemlich erledigt vor der Tür des burning Frog.

KAPITEL 29

Als Valentin um neun Uhr vormittags verschlafen in seinem Büro eintraf, werkelte Jennifer bereits an ihrem Rechner und hatte Kaffee gekocht. Er legte seinen Aktenkoffer auf den Schreibtisch und nahm sich eine Tasse Kaffee ohne Milch und Zucker. Jennifer sah ihn aus den Augenwinkeln mitleidig an. »Sieht so aus, als ob Sie gestern das Nachtleben genossen hätten.«

»Nicht nur gestern, auch noch heute«, antwortete Valentin mit müder Stimme. »Es war ziemlich interessant, das hätte ich mir so gar nicht gedacht.«

»Dann waren Sie sicher im Frog, ab Mitternacht ist da richtig was los.«

»Gut geraten. Es gibt hier allerdings nicht allzu viel Auswahl.«

»Früher war das anders, doch mittlerweile ist nur noch der Frog übrig. Haben Sie eigentlich für heute um halb drei schon etwas geplant?«

»Ich werde abends früh zu Bett gehen, noch so eine Barrunde wird mir zu viel.«

Jennifer lachte laut auf. »Oh nein, so habe ich das nicht gemeint. Ich rede von halb drei nachmittags, da könnte ich ein Treffen organisieren.«

»Was denn für ein Treffen?«, fragte Valentin.

»Ein Treffen mit dem Vater eines Schulfreundes von Ihnen.«

»Das ist ja schön. Wofür soll das gut sein?«

»Der Vater arbeitet in einem gewissen Lager und es könnte sein, dass er Ihnen gegenüber ein wenig auskunftsfreudiger ist als der Stadler.«

»Ich weiß nicht, ob das etwas bringt. Ich war doch bereits im Lager draußen und mittlerweile habe ich ziemlich viel Zeit damit verbracht, in den SAP-Daten herumzuwühlen. Bis auf einige Unstimmigkeiten, die es sicherlich in jedem System gibt, ist mir nichts aufgefallen. Zwischenzeitlich glaube ich beinahe schon, dass es reine Zeitverschwendung ist.«

»Jetzt warten Sie doch mal ab, was Sie heute Nachmittag erfahren. Kein intelligenter Mensch macht solche Sachen auffallend.«

»Bisher ist halt nichts dabei herausgekommen.«

»Ein letztes Mal«, bat Jennifer. »Sie werden es nicht bereuen.«

»Na gut. Mehr als eine Stunde investiere ich jedoch dafür nicht.«

»Danke«, sagte sie sichtlich erleichtert. »Wenn Sie wollen, können Sie dabei sogar noch essen. Das Treffen ist nämlich bei Volkan am Dönerstand. Das ist etwas unauffälliger als im Lager oder hier.«

»Gut, ich bin dann um halb drei dort«, kapitulierte Valentin. »Ich habe da noch eine ganz andere Frage.« Sie blickte ihn interessiert mit hochgezogenen Augenbrauen an. »Gestern Abend, na ja eigentlich heute Nacht, hatten wir eine ganz interessante Diskussion über unterirdische Gänge in Zwiesel. Gibt es da wirklich welche oder ist das nur so eine Legende?«

»Die Schrazelgänge meinen sie?«, fragte Jennifer. »Vor einigen Jahren war es hier sogar richtig in Mode, nach solchen Höhlen zu suchen.«

»Wurde man denn fündig?«

»Davon existieren einige, sogar direkt unter dem Zwiesler Stadtplatz. Hinter dem Rathaus gibt es einen Zugang und wenn mich nicht alles täuscht auch regelmäßige Führungen. Soll ich mich mal für Sie erkundigen, wann wieder eine stattfindet?«

»Das wäre nett«, antwortete Valentin. »Ich möchte schließlich bei der nächsten Gelegenheit mitreden können. Als ich hier zur Schule ging, hat sich kein Mensch um diese Gänge gekümmert.«

»So genau kenne ich mich da nicht aus, aber ich habe irgendwann mal mitbekommen, dass man die bereits im Mittelalter gegraben hat. Auf jeden Fall bekomme ich heraus, wann die nächste Besichtigung ist.« Sie wandte sich ihrem Computer zu und fing an, nach der Telefonnummer für die Führung zu suchen. Offenbar war sie froh darüber, dass sie Valentin einen Gefallen außerhalb der eigentlichen Arbeit tun konnte.

Die Bibliothek hieß in Zwiesel Bücherei und war hinter dem Rathaus in einem großen Raum mit beinahe deckenhohen Regalen untergebracht. Sara hatte ihre Mittagspause vorgezogen, da die Bücherei von elf bis zwei geschlossen war. Entgegen des bescheidenen Namens waren die aktuellen Buchbestseller und viele verschiedene CDs und DVDs vorhanden. Was sie jedoch besonders interessierte, war das Regal mit Literatur über den Zwiesler Winkel. Den Rat hatte ihr heute früh ein Kollege gegeben, nachdem sie im Internet vergeblich versucht hatte, genaueres über Höhlen im Zwiesler Raum zu erfahren. Speziell zum Thema unterirdische Gänge gab es erstaunlich viel Literatur, meist von engagierten Hobbyforschern geschrieben. Sie nahm die interessantesten Bücher zu dem Thema mit an einen Lesetisch und versuchte, schnell das Wesentliche zu erfassen. Nach einem spähenden Blick in Richtung der Bibliothekarin kramte sie ihr Handy aus der Tasche und wählte die Nummer von Valentin.

»Ich sitze gerade in der Bücherei vor einem Berg Fachliteratur über Schrazelgänge. Weißt du überhaupt, was das ist?«, überfiel sie Valentin, dem man selbst am Telefon die Müdigkeit anmerkte.

»Den Begriff kenne ich mittlerweile, das ist allerdings auch schon alles.«

»Dann kann ich dir weiterhelfen. Diese Gänge sind im mitteleuropäischen Raum ziemlich weit verbreitet, man kennt über 700 davon. Gegraben wurden sie ungefähr in der Zeitspanne von 900 bis 1200. Danach hört der Brauch auf und keiner weiß so recht, warum.«

»Das heißt unser Gang ist überhaupt nichts Sensationelles?«

»Im Prinzip nicht, allerdings hat er eine Größe, die ziemlich ungewöhnlich ist«, erkläre Sara. »In den Büchern ist keine Höhle in diesen Abmessungen erwähnt. Allerdings gab es wohl immer wieder Gerüchte, dass irgendwo in Zwiesel ein großer Schrazelgang existiert.«

»Dann haben wir«, fing Valentin an und verbesserte sich nach einem Augenblick, »dann hat Falkersdorfer also eine echte Entdeckung gemacht.«

»Da hast du recht«, antwortete Sara.

»Wissen deine schlauen Bücher, warum diese Höhlen überhaupt Schrazelgänge heißen?«

»Na klar doch. Früher nannte man Zwerge auch Schrazeln und es herrschte mancherorts der Glaube, dass diese Gänge von Zwergen gegraben wurden. Eng genug sind sie ja.« Es trat eine kurze Pause ein und Sara bekam mit, wie jemand leise mit Valentin sprach. Kurz darauf meldete der sich wieder.

»Heute Abend mache ich übrigens eine Führung durch einen dieser Gänge. In Zwiesel gibt es zwei, die öffentlich zugänglich sind, und das schaue ich mir mal an. Willst du mitkommen?«

»Das werde ich nicht schaffen. Ich habe heute länger

Dienst. Wir könnten später noch einen kleinen Happen essen. Was hältst du von einer Currywurst mit Pils im Frog?«

»Das frische Pils vom Fass würde mich schon reizen, aber so ein gutes Schnitzel in der Spiegelhütte hat auch etwas.«

»Ich habe da keine Präferenzen. Dann treffen wir uns heute Abend auf ein Schnitzel.« Nachdem sie sich verabschiedet hatten, legte Sara auf und blätterte noch einige Minuten die Bücher durch. Falkersdorfer hatte mit der Kaverne unter dem Stadtplatz wirklich eine große Entdeckung gemacht. Es musste schon ziemlich tragisch zugegangen sein, dass er sich wenige Tage später in den Tod stürzte.

Das Treffen bei Volkans Dönerstand hatte etwas Konspiratives an sich. Valentin war bereits um viertel nach zwei an einem der Stehtische und bestellte sich einen Dürüm Döner mit kalorienfreier Cola. Volkan prognostizierte aufgrund der aktuellen Kälte wieder einmal baldigen Schnee und hatte alle seine Heizpilze in Betrieb. Ohne diese wäre es mittlerweile zu kalt gewesen, längere Zeit im Freien zu stehen.

Pünktlich um halb drei ratterte ein leicht angerostetes, dunkelrotes Moped heran und ein älterer Mann mit einer dicken Winterjacke stieg ab. Er ging zuerst zum Dönerstand, kaufte sich eine Fleischpflanzerlsemmel mit Senf sowie ein Bier und schlenderte dann gemächlich zum Tisch unter den Heizpilz von Valentin.

»Dich habe ich lange nicht mehr gesehen«, sagte er

und schüttelte ihm die Hand. »Kannst dich nicht mehr an mich erinnern, oder?«

»Wenn ich ganz ehrlich bin – nein«, sagte Valentin. »Obwohl, irgendwie kommen Sie mir schon bekannt vor.«

»Kübelböck Josef aus Langdorf, der Vater vom Xaver.«

»Genau, jetzt weiß ich es wieder. Wir haben doch damals in den Ferien bei Ihnen im Wald öfter mal gezeltet. Das war jedes Mal ein Erlebnis. Was ist denn aus dem Xaver geworden, ich habe nach dem Abi leider den Kontakt zu ihm verloren?«

»Der hat in Regensburg Bauingenieur studiert und arbeitet jetzt bei einer Hochbaufirma. Er ist viel in ganz Deutschland unterwegs und wenn er Zeit hat, besucht er uns immer.«

»Wohnen Sie immer noch auf dem Bauernhof?«

»Natürlich, die Landwirtschaft ist aber mittlerweile nur noch ein Nebenerwerb.«

Eine Pause entstand, in der Valentin seinen Döner und Kübelböck seine Semmel aß. Er wusste nicht so recht, wie er das bewusste Thema ansprechen sollte und eigentlich war ihm die Situation peinlich. Sein Gegenüber unterbrach jedoch ziemlich geradeheraus das gegenseitige Anschweigen.

»Wir haben uns ja nicht getroffen, um über vergangene Zeiten zu reden. Ich habe mitbekommen, dass du ein paar Informationen über das Lager der Hütte brauchst.«

»Das wäre gut. Da gab es nämlich so einen Hinweis, dass da nicht alles mit rechten Dingen zugeht.«

»Seit alles auf Computer umgestellt wurde, bekommen wir im Lager ja überhaupt nichts mehr mit. Wir führen nur noch das aus, was auf den Bildschirmmasken steht. Mitdenken ist da nicht gefragt. Früher war das ganz anders, da hatten wir unsere Laufzettel und wir konnten alles zurückverfolgen. Mit dem Computer ist das ja alles nicht mehr notwendig.«

»Das ist genau das Problem. Ein großer Datenhaufen und viel zu viele Leute können Änderungen vornehmen.«

»Es gibt sogar eine offizielle Anweisung, dass nichts mehr aufgeschrieben werden darf. Allerdings hat es anfangs mit den Computern nicht so recht geklappt, sie sind öfter abgestürzt und wir mussten alles immer wieder eingeben. Wir haben dann unsere alten Listen weitergeführt. So war es nach einem Absturz ganz einfach, alles nachzutragen, ohne dass wir eigens dazu eine Inventur machen mussten. Das hat uns oft eine Menge Zeit erspart.«

»Heißt das etwa, dass diese Listen immer noch existieren?«, fragte Valentin verwundert.

»Abstürze sind zwar schon lange nicht mehr vorgekommen, allerdings macht es nicht sonderlich viel Arbeit die Lagerbewegungen mitzuschreiben.«

»Mit wem müsste ich denn reden oder was müsste ich denn tun, um so eine Liste zu sehen?«

»Eigentlich gibt es diese ja gar nicht, wir müssen uns ja an die Anweisung halten. Sonst gibt es eine Abmahnung. Allerdings habe ich heute zufällig ein paar Seiten im Altpapier gefunden. Vielleicht kann man damit etwas Sinnvolles anfangen.« Kübelböck zwinkerte Valentin zu und zog aus seiner Jacke ein zusammengerolltes Bündel Papier. Er reichte es ihm unter dem Stehtisch und Valentin ließ es so unauffällig wie möglich in seiner Jacke verschwinden.

»Jetzt bin ich schon überrascht. Ich weiß gar nicht so recht, wie ich mich dafür bedanken soll«, sagte Valentin.

»Schau dir die Aufzeichnungen an und tu etwas für uns. Wir sind zu klein dafür.« Er trank sein Bier in einem Zug leer, verabschiedete sich mit einem »Servus« und ging zum Moped, auf dem er in Richtung Anger davontuckerte.

Das Landratsamt Regen wurde von manchen Einheimischen gerne als Dauerbaustelle bezeichnet. Dies lag nicht etwa daran, dass es lange Zeit nicht fertig geworden war, sondern an dem Vorbau des Gebäudes, der einem Baugerüst ähnelte.

Sara betrat das moderne Bürohaus und hatte sich schnell bis zum ehemaligen Raum von Falkersdorfer im zweiten Stock durchgefragt. Es war kein Einzelbüro, sondern er teilte es sich mit zwei anderen Kollegen, ein Umstand, der Sara sehr entgegenkam. Nachdem sie sich und den Grund ihres Besuchs kurz vorgestellt hatte, versuchte sie, mehr zu den Aufgaben von Falkersdorfer herauszufinden.

»Der Felix hat es im Büro nie lange ausgehalten, er war immer viel unterwegs. Bei jeder Gelegenheit ist er in sein Auto gestiegen und hat Außentermine wahrgenommen, egal bei welchem Wetter. Das lag ihm richtig im Blut. Kann ich gut verstehen, so als ehemaliger Förster.«

»Was waren denn seine Aufgaben hier in der Abteilung?«

»Eine Hauptaufgabe war natürlich der Denkmalschutz. Falls die Eigentümer Veränderungen an solchen Gebäuden vornehmen wollten, dann hat er sich die Angelegenheit angesehen und gegebenenfalls ein Gutachten erstellt. Das hat ihm öfter mal ziemlich viel Ärger eingebracht.«

»Warum denn das?«

»Aus steuerlichen Gründen ist ein denkmalgeschütztes Gebäude ziemlich attraktiv und wird von Investoren gerne gekauft. Diese sind dann allerdings angesäuert, wenn sie mit dem Haus nicht alles tun dürfen, was sie wollen. Da gab es dann immer wieder Scherereien, wenn ein Gutachten so manche Umbauabsichten beendete.«

»Hätten Sie da ein paar Namen für mich?«

»So aus dem Stegreif fällt mir jetzt kein aktueller Fall ein. Da müsste ich zuerst in den entsprechenden Akten nachschauen.«

»Das wäre gut, wenn Sie mir das bis morgen per Fax zukommen lassen würden. Ich brauche eine Liste der Personen, die Widersprüche eingelegt haben oder mit denen es Ärger gab, wenn möglich mit Anschrift. Hatte er noch weitere Aufgaben?«

»Es gab noch eine weitere Tätigkeit«, meinte einer der Beamten zögerlich. »Er sollte sich um die Abstimmung zwischen Landkreis und der Nationalparkverwaltung kümmern. Das war für ihn jedoch ein recht ungeliebtes Kind.«

»Das passte doch zu seiner früheren Arbeit auf dem Forstamt.«

»Ja eben. Da musste er plötzlich mit genau den Leuten zusammenarbeiten, die er früher als Chef der Bürgerbewegung angegriffen hat.«

»Was hatte er da genau zu tun?«

»Das war nicht so exakt geregelt. Es ging halt darum, dass die Interessen des Nationalparks bei allen Aktionen des Landratsamtes berücksichtigt werden. Das sind dann solche Sachen wie die Einstufung und Kartografierung von Naturdenkmälern und die Absprache von größeren Bauvorhaben des Kreises mit der Nationalparkverwaltung.«

»Das bedeutet doch, dass er hinzugezogen wurde, wenn man im Landkreis irgendwelche Dinge aus früheren Zeiten entdeckt hat.«

»Exakt. Das kam immer wieder mal vor. Heuer im Sommer fand ein Bauer alte Silbermünzen auf seinem Feld und einige Zeit später entdeckte eine Baufirma beim Umbau eines alten Bauernhauses ein gut erhaltenes Schwert aus dem Mittelalter. Er ist hingefahren, hat sich alles angesehen und dann mit den jeweiligen Behörden abgeklärt, wie weiter zu verfahren ist. Das war die obere Denkmalschutzbehörde oder eben die Nationalparkverwaltung.«

»Wissen Sie zufällig, mit wem er da immer Kontakt gehabt hat?«

»Beim Denkmalschutz müsste ich nachsehen, aber

bei der Nationalparkverwaltung weiß ich es. Der Alois Lomitzky ist dafür zuständig. Der ist auch der Chef der Ranger und hat sogar noch einige andere Pöstchen. Er war damals einer derjenigen, mit denen Falkersdorfer bei der Bürgerbewegung ziemlich aneinandergeraten ist.«

Allmählich verstand Sara das Problem von Falkersdorfer. Als Forstamtsleiter hatte er weitgehend frei schalten und walten können. Dann wurde sein Amt aufgelöst und er fand sich als einfacher Sachbearbeiter auf dem Landratsamt wieder. Dort musste er mit den Leuten zusammenarbeiten, die vorher seine Gegner waren. Es war ziemlich klar, was man mit Falkersdorfer angestellt hätte, falls es dabei ernsthaften Streit gab. Er wäre seinen Job und seinen Beamtenstatus los gewesen.

»Ich denke, es wäre gut, wenn ich mich mit diesem Lomitzky mal unterhalten würde. Wo ist denn sein Büro?«

»Der sitzt nicht hier am Landratsamt, sondern in der Nationalparkverwaltung in Neuschönau.«

»Ach so, das hätte ich mir denken können. Na gut, dann werde ich mich in den nächsten Tagen dort einmal melden.« Sie bedankte sich für die Auskünfte und erinnerte die beiden an die zugesagten Dokumente. Danach ging Sara langsam zu ihrem Auto, das sie auf dem Parkplatz vor dem Landratsamt abgestellt hatte. Sie beschloss nicht nur in den nächsten Tagen in der Nationalparkverwaltung vorbeizuschauen, sondern in Kürze Falkendorfers Mutter zu befragen. Morgen würde sie die Beweise, die Valentins Freund gesichert hatte, an den Aufklärungsdienst der Bundespolizei Rosenheim schicken.

Eigentlich wollte Sara nach ihrem Dienst in der Spiegelhütte mit Valentin Schnitzel essen. Sicherheitshalber hatte sie bei der Rückfahrt von Regen in der Wirtschaft angerufen und leider feststellen müssen, dass heute Ruhetag war. Das Glück war ihr allerdings hold und sie erreichte gleich darauf Valentin am Telefon. Kurzerhand schlug sie als Alternative ihre Wohnung vor und Valentin versprach, ein vernünftiges Essen zu organisieren.

Zur vereinbarten Zeit klingelte er an der Haustür am Ferienhaus von Saras Eltern. Es war ein einfaches kleines Siedlungshaus mit Garten am Ortsrand von Zwiesel in der Rachelstraße.

»Präzise auf die Sekunde, wie man es von einem Controller erwartet«, kommentierte Sara sein Erscheinen.

»Was hast du denn gedacht?«, entgegnete Valentin und schleppte einen großen geflochtenen Korb durch den Eingang. Er schaute sich interessiert um. Das Erdgeschoss bestand aus einem einzigen großen Raum, der als gemütliche Essküche ausgelegt war. In einem Eisenofen mit Sichtfenster flackerte ein Feuer. Sara hatte auf dem Tisch bereits Gläser und Besteck bereitgelegt.

»Was hast du denn alles mitgebracht? Wir wollen hier doch kein Fest feiern.«

»Lass dich überraschen. Ich habe nach deinem

Anruf im Hotel Bescheid gegeben, dass ich für heute Abend einen schönen Picknickkorb benötige. Hier ist das Ergebnis.« Valentin stellte mit Schwung den geflochtenen Weidenkorb auf den Tisch und klappte den Deckel hoch. Er pfiff leise durch die Zähne, als er den Inhalt sah, und begann ihn auszubreiten. Es war alles für ein Picknick im französischen Stil vorhanden, kaltes Brathähnchen, Gänseleberpastete, Taboulé-Salat, Baguette, mehrere unterschiedliche Weichkäse und natürlich Rotwein. Sara stand mit großen Augen daneben und staunte.

»Das passt zu einem erfolgreichen Tag«, verkündete Valentin überschwänglich. »Wenn du Wasser hättest, dann können wir loslegen. Meine Führung durch den Zwiesler Untergrund war übrigens sehr lehrreich. Diese Gänge sind in Zwiesel gar nicht mal so selten. Man findet sie immer wieder, oftmals zum Teil eingebrochen oder von den Hausbesitzern zugeschüttet. Sie heißen übrigens im Volksmund Erdställe. Der Begriff kommt von einer Stelle in der Erde.«

»Hast du das in der Führung erfahren?«

»Genau. Der Führer war ganz begeistert von diesen Erdställen und ich hatte den Eindruck, er war sehr kompetent. Zum Schluss habe ich einfach so ins Blaue hinein gefragt, ob es denn in Zwiesel noch weitere, größere Gänge gibt, ihm war da nichts bekannt.«

»So eine Halle, wie wir sie gesehen haben, müsste in der Szene eigentlich jeder kennen. Das sieht mir nach einer echten Neuentdeckung aus.« Sara brach sich ein Stück vom Baguette ab und lugte nach einem Hühnerbein, während Valentin bereits beim Käse angelangt war. »Was sagt der Führer zum Sinn und Zweck dieser Gänge?«, fragte sie.

»Da gehen die Meinungen ziemlich auseinander. Die einen glauben, es sind Verstecke gewesen, und die anderen sind der Meinung, es handelt sich um Kultstätten. Eine Ansicht ist wohl, dass dort die Seelen der Toten wohnen. Ich finde das, ehrlich gesagt, ziemlich plausibel. Als Versteck wären die Schrazelgänge nur für schlanke und kleinere Leute geeignet, alle anderen kommen da nicht rein. Zur Theorie mit den Leergräbern passt, dass bisher niemals etwas in diesen Gängen gefunden wurde.«

»Das stand auch in einem der Bücher. Leider kriege ich das nicht in unser Puzzle.«

»Warum denn nicht?«

»Es muss doch einen Grund haben, warum Falkersdorfer mitten in der Nacht in den Erdstall gegangen ist, zumal er tagsüber bereits in offizieller Mission dort war. Da hätte ihn niemand gehindert, so oft rein- und rauszugehen wie er wollte.«

Valentin war in Gedanken und blickte Sara an, die gerade ihre Finger sorgfältig an einer Serviette säuberte. »Du denkst, dass er beim ersten Mal etwas gefunden hat, das er in der Nacht heimlich herausgeholt hat?«

»Ich kenne keinen anderen Grund, warum er sonst nachts in den Schrazelgang hätte gehen sollen.«

»Wir haben doch erfahren, dass die Gänge immer leer waren.«

Sara nahm die Rotweinflasche, schenkte sich ihr Glas halb voll und füllte den Rest mit Wasser auf. Dafür erntete sie einen anklagenden Blick von Valentin. »Jetzt schau mich nicht so streng an«, entgegnete sie, »ich brauch heute noch meinen Verstand. Wer sagt denn eigentlich, dass Falkersdorfer wirklich der Erste war, der den Gang seit den Erbauern entdeckte?«

»Du meinst, dass bestimmte Leute von der Höhle gewusst haben?«

»Das muss sogar so gewesen sein. Die Maurer, die die Backsteinwand hochgezogen hatten, wussten es auf jeden Fall. Und diese Wand ist ganz sicher nicht Hunderte von Jahre alt, ich tippe eher auf deutlich unter hundert.«

»Da könntest du recht haben. Ich verstehe nur immer noch nicht, worauf du hinauswillst.«

»Mensch Valentin, denk doch mal nach. Zwiesel liegt ziemlich nah an der Grenze und wurde seit dem Mittelalter immer wieder durch Überfälle und Kriege heimgesucht. So ein Gang ist das ideale Versteck für alle möglichen Wertgegenstände. Wenn man dann das Eingangsloch auch noch zumauert, findet das doch kein Mensch mehr.«

»Sorry, ich bin heute wirklich nicht der schnellste Denker«, entschuldigte sich Valentin. »Vielleicht hätte ich den Wein auch verdünnen sollen.«

»Gerade zum Ende des Zweiten Weltkriegs war lange Zeit nicht klar, ob die ganze Gegend bis zur Donau nicht an die Kommunisten fällt. Da haben viele Leute ihre Schätze versteckt.«

»Du vermutest also, dass Falkersdorfer im Schrazelgang irgendwelche Wertsachen aufgespürt hat.«

»Das ist die einzig plausible Erklärung, warum er nachts noch mal in den Gang gestiegen ist.«

»Bloß können wir das alles nicht beweisen. Wir haben rein gar nichts entdeckt«, sagte Valentin. »Selbst wenn wir ihn ein weiteres Mal absuchen, glaube ich nicht, dass wir irgendetwas finden. Falkersdorfer hat alles mitgenommen.«

»Wir müssen das gar nicht beweisen«, entgegnete Sara voller Eifer. »Der springende Punkt ist doch, dass kein normaler Mensch Selbstmord begeht, wenn er zuvor so eine Entdeckung gemacht hat und dabei noch einen Schatz findet. Der Falkersdorfer wurde umgebracht, das ist meine Schlussfolgerung.«

Valentin sah sie skeptisch an und trank von seinem unverschnittenen Wein. »Ich war ganz sicher allein dort oben im Wald beim Wolfsturm. Da war niemand anderes, das hätte ich bemerkt.«

»In stockdunkler Nacht?«, fragte Sara. »Nie und nimmer hättest du da jemanden bemerkt. Wenn man in dieser Situation nicht gesehen werden will, dann stellt man sich hinter einen der großen Bäume.«

»Ein Mörder wäre auf dem Turm gewesen und da hätte er wieder heruntergemusst. Da oben gibt es keine Möglichkeit, sich zu verstecken. Ich wäre ihm begegnet.«

»Das wärst du eben nicht«, entgegnete sie. »Laut Autopsiebericht ist der Falkersdorfer bereits eine halbe Stunde vor deinem Eintreffen tot im Gehege gelegen.

Das war der Grund, warum ihn die Wölfe so zugerichtet haben. Sei du lieber mal froh, den Mörder nicht getroffen zu haben.«

»Wenn man es unter diesem Aspekt betrachtet, hast du recht. Sonst hätte es tatsächlich sein können, dass das Abendessen für die Wölfe noch opulenter ausgefallen wäre.« Beide schwiegen eine Weile und brüteten vor sich hin. Valentin unterbrach als erster die Stille. »Jetzt schmeckt mir der Wein nicht mehr.«

»Sollte er«, entgegnete Sara lachend. »Du kannst doch froh sein, dir ist nichts passiert. Und obwohl ich kein großer Weinkenner bin, er ist wirklich ausgezeichnet.«

»Danke für das Lob. Was machen wir jetzt? Eigentlich sollten wir zur Polizei gehen.«

»Wie du vorhin sagtest, das sind alles nur Vermutungen, und wir können bisher rein gar nichts beweisen. Im Übrigen, ich bin die Polizei«, ergänzte sie und lächelte. Sie überlegten, was sie in den nächsten Tagen unternehmen konnten, um mehr Klarheit in die Situation zu bringen. Sara hatte dazu einige Ideen, die sie gleich morgen anpacken wollte.

KAPITEL 30

Heute war Valentin bereits um sieben Uhr früh im Büro, weil er in Ruhe die von Kübelböck erhaltenen Papiere mit den Daten aus dem Warenwirtschaftssystem vergleichen wollte. Die mittlerweile schon arg zerfledderten Seiten lagen neben der Tastatur und er verglich Zeile für Zeile mit den Angaben aus dem SAP. Je weiter er stöberte, desto unwohler wurde ihm. Er fand immer wieder Positionen auf den handschriftlichen Notizen mit erheblichen Abweichungen zum elektronischen Lagerbestand.

»Hat das Treffen gestern geklappt?«

Valentin schreckte auf, als ihn Jennifer ansprach. Sie hatte den Kopf durch die halb geöffnete Tür gesteckt und blickte interessiert auf die Papiere. Gestern Nachmittag war sie bereits weg gewesen, als er von Volkan zurückgekommen war. »Ich bin gerade dabei, mir die Unterlagen genauer anzusehen.«

»Und? Ist Ihnen etwas aufgefallen?«

»Ziemlich viel sogar«, sagte Valentin. »Ich weiß nur nicht so recht, wie ich es deuten soll. Die manuellen Listen weisen bei bestimmten Positionen deutlich höhere Stückzahlen auf, als wir laut Produktionsdatenbank überhaupt hergestellt haben.«

»Welche Produkte sind denn betroffen?«

»Durchwegs gerade eingeführte Designs von hochwertigen Trinkgläsern. Es gibt keine Diskrepanzen bei bereits länger laufenden Artikeln und nicht bei den günstigen Produktlinien.«

»Sind es denn einfach nur Unterschiede in den Stückzahlen zwischen Papier und Datenbank?«, fragte Jennifer und lächelte.

»Eben nicht. Bei allen Unterschieden, die ich bislang gefunden habe, gab es händische Änderungen im Warenwirtschaftssystem. Wer die Änderungen durchgeführt hat, ist leider nicht nachvollziehbar.«

»Dann könnte man doch sagen, dass wir deutlich mehr produzieren, als offiziell zur Auslieferung gelangt«, fasste Jennifer die Erkenntnisse von Valentin zusammen.

»Das habe ich bisher herausgefunden, doch ich verstehe es nicht. Wir haben eine voll integrierte Softwarelösung von den Produktionsdaten bis zum Lager und zur Auslieferung. Da ist es nicht möglich, groß dran zu drehen. Jede Manipulation würde auffallen.«

»Tut es nicht«, entgegnete Jennifer. »Das haben Sie doch gerade selber bewiesen. Eine Frage habe ich noch an Sie, Herr Steinberg.«

»Was denn?«

»Wissen Sie eigentlich, was Schinderware ist?«

»Den Begriff habe ich irgendwann mal gehört, allerdings kann ich im Moment nichts damit anfangen.«

»Dann als kleiner Tipp. Finden Sie es heraus.« Sie zwinkerte ihm kurz zu und schloss leise die Tür hinter sich. Valentin blieb verdutzt vor seinem Rechner sitzen und überlegte, was er von diesem Gespräch halten sollte.

Währenddessen war Sara unterwegs. Der Weg von Zwiesel nach Neuschönau führte über Frauenau und Spiegelau. Mitten in der kleinen Stadt bog man links ab und fuhr dann auf einer gut ausgebauten Straße durch den Wald. Sara war mit ihrem kleinen Auto und nicht mit dem Streifenwagen unterwegs. Sie hatte den Kollegen mitgeteilt, dass sie zum formalen Abschluss des Falles noch einige kleine Erkundigungen einholen musste. Diese lächelten dazu nur mitleidig und ließen sie ohne weitere Erklärung ziehen. Während sie die letzten Kilometer zurücklegte, dachte sie an ihren Besuch heute Vormittag bei Falkersdorfers Mutter.

Sie hatte sich ziemlich überwinden müssen, nach Rabenstein zu fahren und an die Tür von Liselotte Falkersdorfer zu klopfen. Das Gespräch hatte sich als nicht so schlimm herausgestellt, wie sie befürchtet hatte. Falkersdorfers Mutter sah man die Trauer an, zugleich war sie gefasst und sprach mit klarer Stimme. Sie erzählte von der Zwangsversetzung ihres Sohnes und den Tätigkeiten am Landratsamt. In den letzten Monaten war seine neue Aufgabe bei Wikipedia und diversen Internetforen die politischen Positionen des Landratsamtes und der Nationalparkverwaltung zu vertreten. Dies musste ihn ziemlich bedrückt haben, da es völlig konträr zu seiner eigenen Überzeugung war.

Frau Falkersdorfer war in den letzten Tagen vor dem

Tod ihres Sohnes aufgefallen, dass er verändert gewirkt hatte. Aber nur einen Tag vor seinem Tod, hatte sie den Eindruck, er wäre zuversichtlicher und nicht mehr so pessimistisch geworden. Im Nachhinein war sie jedoch nicht sicher, ob sie sich getäuscht oder ob ihr Sohn ihr etwas vorgespielt hatte.

Als Sara das Besucherzentrum des Nationalparks erreichte, parkte sie frech auf einem Behindertenparkplatz. Vorsichtshalber legte sie ihren Dienstausweis hinter die Windschutzscheibe und machte sich auf die Suche nach dem Büro von Alois Lomitzky. Sie fand es im ersten Stock in einem der Nebengebäude. Das Büro besaß eine große Fensterfront mit direktem Blick auf den umgebenen Wald und war ansonsten verhältnismäßig groß und wertig eingerichtet. Sara wurde neidisch, als sie es mit ihrem eigenen Kämmerchen in der Zwiesler Polizeistation verglich.

Lomitzky war ein korpulenter Mittvierziger mit deutlichem Bauchansatz, der allerdings den Eindruck machte, körperlich ziemlich fit zu sein.

»Herr Lomitzky, Sie haben doch über längere Zeit recht intensiv mit Herrn Falkersdorfer zusammengearbeitet. Haben Sie in den letzten Tagen vor seinem Tod eigentlich etwas Besonderes an seinem Verhalten bemerkt?«

»So viel haben wir nicht miteinander zu tun gehabt. Er war halt unser Hauptansprechpartner auf dem Regener Landratsamt. Aufgefallen ist mir an ihm nichts, er war wie immer.«

Sara fand es interessant, dass sich Lomitzky um korrektes Hochdeutsch bemühte. Er schien darin nicht geübt. »Wie soll ich es genau sagen«, Sara zögerte in ihren Ausführungen, »ich hörte, dass Ihre Ansichten zum Nationalpark unterschiedlich waren. War es da nicht schwierig zusammenzuarbeiten?«

»Ach wissen Sie, wir waren doch beide professionell genug, um unsere Arbeit und persönliche Ansichten getrennt zu halten. Im Grunde genommen wollten wir beide immer nur das Beste für den Park und die Einwohner.«

»Es gab also keine Differenzen?«

»Selbstverständlich hatten wir ab und zu Diskussionen, wie gesagt, wir trennten da privat und beruflich ziemlich streng. Im Grunde genommen hat er damals einfach großes Pech gehabt, als man das Forstamt auflöste. Die Nationalparkverwaltung konnte damals sogar einige Mitarbeiter übernehmen. Immerhin fand sich für ihn dann ein adäquater Job am Landratsamt.«

»Ich denke, es war ein ganz schöner Abstieg, sowohl vom Status als auch finanziell«, warf Sara ein.

»Es geht halt nicht immer aufwärts. Manchmal muss man ein paar Jahre überbrücken.«

»Das Gerücht, dass das Forstamt aufgrund seiner abweichenden Meinung zum Nationalpark aufgelöst wurde, ist also aus der Luft gegriffen.«

»Das ist doch ausgesprochener Unsinn. Der Freistaat Bayern löst doch kein Forstamt auf, nur weil sich sein Leiter in einer Bürgerbewegung engagiert. Jetzt hören Sie doch mit solchen Verdächtigungen auf.« Lomitzky schaute sie unwirsch an.

Sara fiel auf, dass er immer wieder in Dialekt zurückfiel. »Das ist halt das Gemunkel, das man so hinter vorgehaltener Hand auf der Straße vernimmt.«

»Das ist vor allem die Propaganda einiger Unverbesserlicher, die keine Ahnung haben. Wir haben hier die international anerkannten Experten und diese wissen ganz genau wie man einen Nationalpark führt. Als Beamtin des Staates sollten Sie durchaus unterscheiden können, welchen Aussagen Sie vertrauen.«

Sara war überrascht über den Ausbruch. »Auf jeden Fall danke für das informative Gespräch. Ich glaube, das hilft mir, die letzten Arbeiten an der Akte durchzuführen.« Sie verabschiedete sich von Lomitzky und ging zu ihrem Auto zurück. Egal ob nun die Nationalparkverwaltung oder die Gegner recht hatten, eine Zusammenarbeit mit diesem Lomitzky war sicher nicht einfach.

KAPITEL 31

Nachdem gestern Abend das Schnitzelessen in der Spiegelhütte wegen Ruhetag ausgefallen war, holten es Valentin und Sara heute nach. Sie saßen in der Wirtschaft auf einer Eckbank, hatten diesmal zwei große Wasser vor sich und warteten auf ihr Essen. Währenddessen schilderte Sara ihre Erlebnisse bei Falkersdorfers Mutter und in der Nationalparkverwaltung. Sie wunderte sich, warum Valentin heute Abend nicht so recht bei der Sache war und sein Blick immer wieder in die Ferne schweifte. Irgendwann wurde es ihr zu viel und sie sprach ihn darauf an.

»Was ist denn heute mit dir los? Falls dich das alles nicht mehr interessiert, dann musst du es sagen.«

Es dauerte einige Augenblicke, bis er reagierte. »Doch, es interessiert mich nach wie vor. Ich bin nur zurzeit etwas abgelenkt.«

»Dies sieht man. Warum denn? Gibt es Schwierigkeiten mit deiner Familie?«

»Es hat ja durchaus seine Vorteile, unter der Woche getrennt zu sein, da man das Wochenende viel intensiver miteinander verbringt. Allerdings bekomme ich vieles nur noch am Rande mit und fühle mich manchmal ein wenig wie ein Fremder. Das ist aber zurzeit nicht mein unmittelbares Problem.«

»Was dann?«, fragte Sara nach. »Jetzt rück schon raus damit. Wir kennen uns mittlerweile so gut, da kannst du es mir ohne Scheu erzählen.«

»Na gut«, antwortete Valentin mit leiser Stimme. »Du weißt doch, dass ich heuer noch die 300 Leute abbauen muss und dass dies nicht gerade einfach ist.«

»Bekannt! Das hast du doch schon seit einigen Wochen am Hals.«

»Es gibt natürlich ziemlich viel Unruhe in der Hütte.

Vor allem weil die Begründung für den Abbau ein zu niedriger Gewinn ist. Man hat mir vor einigen Tagen unter der Hand den Tipp gegeben, dass ich die Produktionszahlen mit den Lagerzahlen vergleichen soll. Das hat zwar nicht so recht zusammengepasst, aber ich fand es nicht so dramatisch. Es kann im Lager immer mal etwas kaputtgehen und manchmal vertippen sich die Leute bei der Dateneingabe.«

»Ja und? Ist das alles, was du herausgefunden hast?«, fragte Sara.

»Eben nicht. Eigentlich wollte ich die Sache auf sich beruhen lassen. Dann hat man mir eine handgeschriebene Lagerliste zugesteckt, aus der ziemlich klar hervorgeht, dass bei uns seit einiger Zeit systematisch hochwertige Trinkgläser abgezweigt werden.«

»Schinderware«, sagte Sara wissend und grinste ihn an. »Das ist doch nichts Besonderes.«

»Genau den Begriff hat man mir genannt. Es regt sich niemand auf, wenn die Arbeiter in der Mittagspause oder nach Feierabend für sich einige Gläser oder Vasen auf dem Ofen machen. Das Rohmaterial ist ja eh da und kostet zudem fast nichts, aber das gilt für manuell hergestelltes Glas. Wir reden hier jedoch von fertig verpackten Produkten auf Paletten und es handelt sich nicht um Billigware für den Discounter. Das sind richtig teure Gläser aus dem aktuellen Programm.«

Sara stieß einen leisen Pfiff aus. »Ich meinte anfangs, du redest von dem üblichen Schwund. Das ist doch in dieser Branche allgemein akzeptiert.«

»Ich bin doch nicht auf der Brennsuppe dahergeschwommen«, erwiderte Valentin. »Die paar hundert Gläser, die auf diese Weise im Quartal verschwinden, spielen keine Rolle. Für die Fehlmenge, die ich mittlerweile herausgefunden habe, brauchst du einige große Lkws. Und ich möchte fast wetten, dass dies noch nicht alles ist.«

»Irgendjemand in eurer Organisation verkauft also im großen Stil Glas unter der Hand. Wo ist denn da das Problem? Du hast es entdeckt, das ist doch toll für dich.«

»Warum?«, sagte Valentin verwundert.

»Na, geh zu deinem Chef, leg ihm die Beweise auf den Tisch und sag: Schau, was ich hier Tolles aufgedeckt habe. Das gibt doch einen ganz dicken Pluspunkt.«

»Das ist doch genau die Schwierigkeit. Ich weiß nicht mehr, wem ich in der Firma vertrauen kann. Der Raabe hält sich öffentlich ziemlich raus aus den unangenehmen Themen. Die Drecksarbeit hat er mir angehängt. Er war sogar bei der bewussten Betriebsversammlung verhindert.«

»Gibt es jemanden in der Firma, dem du trauen kannst?«

»Ich komme doch von außen und die kennen sich alle seit zehn Jahren und mehr. Das mit der Schinderware wurde mir Tröpfchen für Tröpfchen zugespielt, so lange, bis ich selber alles herausgefunden habe. Ich bin deshalb so durcheinander, weil ich momentan nur noch ein Spielball bin. Die eine Fraktion benutzt mich, als Schwein zum Leute rausschmeißen, und die andere, um dies zu verhindern.«

»Jetzt verstehe ich«, sagte Sara und knabberte nachdenklich auf ihrer Unterlippe. »Das ist wirklich eine verfahrene Situation.«

»Wie komme ich da wieder raus? Ganz ehrlich, ich sehe momentan keinen vernünftigen Weg.«

»Dann lass uns doch gemeinsam eine Lösung suchen«, versuchte sie ihn aufzumuntern. »Ärgere dich nicht, ich habe gerade vorhin einen Anpfiff von meinem Dienststellenleiter bekommen. Mit solchen Dingen muss man manchmal einfach leben.«

»Warum denn das?«, fragte Valentin, froh wieder das Thema wechseln zu können. »Hast du etwas angestellt?«

»Ich habe meine Kompetenzen überschritten«, sagte Sara und grinste süffisant. »Der Lomitzky hat gleich nach dem Gespräch in der Inspektion angerufen und meinen Chef, den Max Schmidt, verlangt. Bei ihm hat er sich dann über meine angeblich aufdringlichen und unpassenden Fragen ausgeweint.«

»Hatte der Schmidt daraufhin nichts Besseres zu tun, als dir einen Rüffel zu verpassen? Der soll doch froh sein, dass sich jemand von seinen Leuten um den Fall kümmert. Deine Kollegen haben die Sache ja quasi schon ad acta gelegt.«

»So schlimm war es eigentlich gar nicht«, antwortete Sara. »Er hat mich zum aktuellen Ermittlungsstand befragt und ich habe ihm einen Überblick über unsere bisherigen Erkenntnisse gegeben. Dann blickte er mich eine Zeit lang ohne ein Wort zu sagen an. War ein komisches Gefühl. Anschließend sagte er, ich solle in Zukunft bitte schön unauffälliger agieren. Sobald ich handfeste Anhaltspunkte habe, erwartet er, dass ich mich bei ihm melde.«

»Das ist ja interessant. Er hat nicht etwa verlangt, dass du die Sache ruhen lässt oder die anderen Kollegen mit einbeziehst?«

»Kein Wort dazu. Vielleicht ahnt er, warum ich das gerne allein durchziehen will. Außerdem habe ich ja noch dich an meiner Seite.«

»Hast du ihm etwa von mir erzählt?«, fragte Valentin.

»Ja klar. Wir sind doch in der Zwischenzeit ein richtig gutes Team geworden. Miteinander knacken wir den Fall und dein Problem kriegen wir schon noch gelöst.« Sara lachte ihn zuversichtlich an und lugte dann hungrig durch die offene Tür in die Küche. Die Köchin war gerade dabei, die Schnitzel auf den Tellern anzurichten. Das Abendessen war reichlich und schmeckte wie beim letzten Mal hervorragend. Valentin philosophierte von hochwertigen Zutaten und einer fachkundigen Zubereitung. Als sie die Schnitzel beinahe aufgegessen hatten, beschlossen sie ihre heutige Abstinenz vorübergehend auszusetzen und Sara bestellte zwei Weißbier. Das Grummeln von Valentin tat sie mit einer saloppen Bemerkung hinsichtlich Aufgeschlossenheit gegenüber Neuigkeiten ab und prostete ihm zu.

»Du wirst es überleben«, setze sie noch nach. »Lass uns zurück zum eigentlichen Thema kommen. Die offene Frage ist doch, wo der Falkersdorfer seinen Fund versteckt hat?«

»Das hängt ja davon ab, was er überhaupt gefunden hat und ob es groß oder klein war.«

»Eher in der Mitte«, sagte Sara mit überzeugter Stimme.

»Warum in der Mitte?«

»Na ja, wenn es ganz klein gewesen wäre, dann müsste man es nicht in einem Schrazelgang verstecken. Für kleine Dinge reichen die üblichen Plätze im Haus.«

»Dann können wir ja schon mal ausschließen, dass er dort unten den Hope-Diamanten gefunden hat«, scherzte Valentin.

»Der ist meines Wissens auch nicht verloren gegangen«, konterte Sara. »Jetzt im Ernst, ganz klein war es sicher nicht. Es kann jedoch auch nicht sehr groß, sagen wir mal recht viel größer als ein mittlerer Koffer gewesen sein. Das hätte man nicht durch den engen Gang bekommen.«

»Demnach also kein Ölschinken oder ein Schreibtisch der französischen Sonnenkönige.«

Sara verdrehte die Augen und fuhr fort. »Etwas mittleres halt, wie ich schon sagte. Es darf nur so schwer sein, dass es ein Erwachsener allein durch den engen Gang tragen kann. Und wenn du jetzt von Goldbarren faselst, dann trete ich dir so richtig fest gegen dein Schienbein.«

»Ich bin ja schon ruhig«, entgegnete Valentin. »Es können natürlich mehrere Sachen gewesen sein. Hast du zufällig die ausgedruckte Karte bei dir. Man müsste doch sehen, wie oft er vom Kaufhaus zum Auto gegangen ist.«

»Ich habe jetzt blöderweise die ganzen Unterlagen zu Hause gelassen. Wenn ich mich recht erinnere, verbrachte er weit über eine Stunde im Umfeld des Kaufhauses. Das Auto stand auf jeden Fall direkt davor am Stadtplatz, und es wäre möglich, dass er dorthin mehrmals Sachen transportiert hat. Die genauen Wege lassen sich nicht mehr nachvollziehen, da die Verbindung zu den Satelliten immer wieder abriss.«

»Im Grunde könnte das GPS sogar aufgezeichnet haben, wo er anschließend war.«

Sara schnippte mit den Fingern und blickte Valentin überrascht an. »Du meinst, dass einer der Orte, an denen er sich anschließend aufgehalten hat, das neue Versteck ist?«

»Genau. Er wird seine Entdeckung sicher nicht im Auto gelassen haben.«

»Das Ganze passt zu der Aussage seiner Mutter. Diese sagte doch, dass er ihr kurz vor seinem Tod zuversichtlicher erschien. Wenn er kurz zuvor etwas Bedeutsames gefunden hat, dann sieht man ganz sicher optimistisch in die Zukunft. Idiotisch, dass wir die Karten nicht hier haben.«

Valentin überlegte einen Augenblick und kramte dann seinen PDA aus der Jacke, die neben ihm auf der Bank lag. »Ich probiere mal, ob ich Thaddäus erwische. Vielleicht kann er mir Falkersdorfers Wege aufs Handy schicken.« Er tippte auf der kleinen Tastatur einen kurzen Text und versendete die Mail. Sara bestellte währenddessen noch zwei Weißbier und ehe diese gebracht wurden, kam Thaddäus' Antwort. Valentin las laut vor.

›Hi, Valentin, deine Frage kann ich in wenigen Worten ohne Grafik beantworten. Das ist besser für deine Augen, als wenn du eine Landkarte auf deinem Winzdisplay betrachten musst. An dem von dir genannten Tag fuhr er über die Grenze nach Tschechien und kam am späten Vormittag zurück. Dann hielt er sich den restlichen Tag in Regen auf, von den Koordinaten her, vermute ich, befand er sich im Landratsamt. Am folgenden Tag war er in der Gegend von Frauenau unterwegs, gegen Abend fuhr er dann nach Ludwigsthal zum Turm. Als Anhang findest du eine Textdatei mit den dazugehörigen Koordinaten und Zeitpunkten. Falls notwendig kannst du die Punkte selbst in die topografische Karte übertragen. Gruß T.‹

»Von wegen versteckt«, maulte Sara, »verkauft hat er das ganze Zeug. Gleich am nächsten Tag. Recht viel schlimmer kann es für uns nicht mehr kommen.«

»Meinst du, weil man dann nichts mehr nachvollziehen kann?«

»Du hast es erraten. Ein Bündel Geld lässt sich leicht verbergen und dass wir in Tschechien den Hehler finden, halte ich für reichlich unwahrscheinlich. Leite mir bitte den Anhang weiter, ich trage die Daten in eine Karte ein und fahre morgen die Strecke ab. Vielleicht habe ich ja Glück und entdecke einen Anhaltspunkt.«

»Mach das bitte diskret.«

»Ja, meinst du vielleicht, ich fahre da mit dem Streifenwagen und in Uniform rüber?«, stöhne sie genervt auf. »Ich mache die Tour in Zivil und mit meinem Privatauto. Willst du mitkommen?«

»Das schaffe ich leider nicht. Ich muss morgen früh in Ruhe die bewussten Tabellen anschauen und einige Erkundigungen einholen. Es könnte ja doch noch sein, dass ich herausbekomme, wer im Hintergrund die Strippen zieht.«

»Eines rate ich dir, Valentin«, sagte Sara diesmal sehr ernst. »Sichere dich gut ab. Nach dem, was du mir vorhin erzählt hast, traue ich da einigen Leuten ziemlich viel zu. Nicht dass man dir am Schluss den Diebstahl des Glases anhängt. Sei bitte vorsichtig.«

»So allmählich bekomme ich ebenfalls ein schlechtes Gefühl«, meinte Valentin. »Die Rechnung für heute Abend geht jedoch auf mein Spesenkonto.«

KAPITEL 32

Der erste Schnee ließ zwar noch auf sich warten, doch die letzten Tage waren stetig kälter geworden. Nur noch einige Grade weniger, dann würde sich Volkans Prognose bewahrheiten. Langsam fuhr Valentin auf die Lichtung vor der Glasschmiede. Er fragte sich, wie die es wohl schafften, bei der hier üblichen Schneehöhe zur geräumten Straße hochzukommen. Selbst mit Allradantrieb dürfte dies an vielen Tagen nicht mehr möglich sein.

»Hi, Valentin«, begrüßte ihn Axel. »Was machst denn du um diese Zeit bei uns?«

»Tut mit leid, dass ich euch so überfalle, ich wollte ein paar Fragen stellen, bevor ich in die Arbeit gehe.«

»Da hast du ja Glück, dass wir schon wach sind. Möchtest du einen Apfelpfannkuchen?«

»Danke nein, ich habe schon im Hotel gefrühstückt. Zu einem Kaffee würde ich jedoch nicht Nein sagen.«

»Den kannst du gerne haben«, antwortete diesmal Richard und holte eine große Tasse aus dem Kücheneck. Der intensive Geruch signalisierte die Stärke der schwarzen Flüssigkeit.

»Was ist denn mit euch los?«, fragte Valentin. »Gab es gestern Abend etwa eine Fete?«

»Erraten«, antwortete Axel, »es war allerdings total spontan, sonst hätten wir dich selbstverständlich eingeladen.«

»Was habt ihr denn begossen?«

»Wir bekommen einen ziemlich umfangreichen Auftrag für mehrere Glasobjekte. Richtig große Teile, da sind wir jetzt den halben Winter beschäftigt.«

»Da hat dann ein Touri so richtig zugeschlagen«, sagte Valentin.

»Von wegen Tourist. Der Auftrag kommt vom Glasmuseum, und die wiederum haben vom Land Bayern ein ziemlich üppiges Budget für eine neue Dauerausstellung erhalten. Gestern Abend kam der Anruf.«

»Gratulation, ihr müsst ganz schön bekannt sein, wenn die gleich an euch denken.«

»Na ja«, sagte Axel zurückhaltend. »Wir kennen im Museum natürlich ein paar Leute relativ gut. Die haben sich dann an uns erinnert, als die Ausstellung beschlossen wurde.«

Richard schenkte Kaffee nach und ergänzte Axels Aussage. »Wir stiften allerdings ab und zu ein paar Flaschen mit unseren speziellen Getränken. Das vereinfacht manche Entscheidungsfindung. Es ist ja für einen guten Zweck.«

»Ich vergönne euch jeden Euro«, beruhigte Valentin die beiden. »Da wir gerade bei so einem Thema sind. Habt ihr eigentlich eine Ahnung, wie man die Überschussproduktion einer Hütte heutzutage üblicherweise versilbert?«

Axel blickte kurz Richard an, der eine schnelle Antwort schuldig blieb. »Da tut sich doch fast nichts mehr. Die haben überall strenge Kontrollen eingeführt. Früher war das anders. Wenn man die richtigen Leute kannte, hat man denen gesagt, was man braucht, und ein paar Tage später stand der Karton mit den Sachen vor der Haustür. Natürlich günstiger als im Werksverkauf. Doch diese Zeiten sind definitiv vorbei.«

»Komm schon, Axel, erzähl mir keine Geschichten. Das läuft heute noch genau so. Ich kann mich noch gut an den alten Spruch von den kleinen Glasmachern mit den großen Häusern erinnern. Das Zubrot über den Privatverkauf wurde doch beinahe schon als fester Bestandteil des Lohns angesehen.«

»Du solltest dir doch eigentlich die reguläre Ware leisten können. Ein bisschen was geht schon noch. Was brauchst du denn, wir können dann ja mal schauen.«

Valentin lachte laut auf. »Hey, Axel, so habe ich es doch nicht gemeint. Ich sitze doch selbst an der Quelle, ich muss nichts unter der Hand kaufen.«

Richard hielt die Kaffeetasse in den Händen und drehte sie, bevor er anfing zu sprechen. »Weißt du, wir sind heute früh noch ziemlich müde, da denken wir langsamer als sonst. Wir müssten halt wissen, was du verkaufen möchtest und vor allem in welchen Stückzahlen? Die Verpackung ist wichtig. Am besten wäre natürlich im Originalkarton. Doch eigentlich sind wir nicht die Richtigen für solche Geschäfte, das ist nicht unsere Klasse.«

»Du hast recht, Richard, es ist noch zu früh für solche Fragen. Nein, ich will nichts kaufen und noch mal nein, ich will auch nichts verkaufen. Mich würde nur interessieren, wie solche Geschäfte heutzutage laufen. Ist es einfach, größere Mengen Trinkgläser sauber verpackt auf Palette unter der Hand zu verkaufen? Das genau ist meine Frage.«

»Jetzt verstehe ich«, sagte Axel und sah Valentin erleichtert an. »Es ist mir wirklich komisch vorgekommen, dass du geklaute Ware verscherbeln willst. Ich habe dich immer als ehrlichen Kerl eingeschätzt.«

»Das bin ich. Trotzdem würde es mich interessieren, wie so ein Vorgang typischerweise abläuft.«

»Wir sind in der Kunstszene tätig. Da gibt es zwar ebenfalls ein paar Tricks, gerade mit den Museen, doch liegt da der Schwerpunkt auf Einzelstücken oder ganzen Sammlungen. Das, was du ansprichst, ist schon das ganz große Rad. Da musst du einen Einkäufer sehr gut kennen, der dann einen Teil der Ware offiziell von der Hütte kauft und einen Teil von dir. Wenn du es schaffst, deine Ware in normaler Verpackung zu liefern, dann merkt das niemand von den kleinen Geistern.«

»Die Kunst ist dann die Daten in den Computern mit den Lager- und Lieferzahlen entsprechend anzugleichen. Sowohl bei der Hütte als auch beim Empfänger muss das genau übereinstimmen.«

»Das ist doch genau das Metier, das du als Controller gut kennst, oder?«

»Das ist es ja«, klagte Valentin. »Es ist verdammt schwierig. Früher hättest du eine Unzahl von Zetteln und Listen auf Papier ändern müssen. Heute setzt du dich vor einen Rechner und modifizierst die entsprechenden Einträge in den Datenbanken.«

»Wenn du selbst angeblich nichts verscherbeln willst und uns nach solchen Details fragst, könnte es dann eventuell sein, dass jemand bei euch in der Hütte solche Geschäfte macht?« Axel musterte Valentin.

»Ich weiß es nicht, mir sind da in letzter Zeit nur ein paar Ungereimtheiten aufgefallen, die ich gerne klären möchte«, versuchte sich Valentin herauszureden.

»Jetzt sag schon, was ist los?«, fragte Axel.

»Ehrlich, ich weiß es nicht. Es könnte durchaus sein, dass jemand Sachen vertickt. Ihr müsst mir jetzt nur eines versprechen. Kein Wort zu niemandem!«, sagte

Valentin und blickte die beiden an. Sie nickten zustimmend. »Ich habe noch eine Frage an euch beide.«

»Irgendwie mag ich es nicht, wenn du so früh zu uns kommst«, stichelte Axel.

»Gibt es hier eigentlich noch Schmuggel?«

»Ich kann mir nicht helfen, so langsam gewinne ich den Eindruck, dass du uns mindestens für Kleinkriminelle hältst. Zumindest wenn ich über deine heutigen Fragen nachdenke.«

»Nein, ihr dürft mich da nicht falsch verstehen«, wiegelte Valentin ab. »Ihr gehört halt zu den wenigen Leuten, denen ich Vertrauen entgegenbringe, und mit euch kann ich offen reden. All die anderen kenne ich erst, seitdem ich wieder hier im Wald bin. Wen sollte ich denn sonst zu solchen delikaten Dingen fragen?«

»Na gut, nur weil du es bist«, antwortete Axel. »Seit der EU-Erweiterung gibt es natürlich keinen Schmuggel mehr. Macht ja keinen Sinn, man kann ja in beide Richtungen alles mitnehmen, zumindest in den erlaubten Mengen. Vorher gab es jedoch durchaus den einen oder anderen, der so manches Teil schwarz über die Grenze brachte. Natürlich erst zu der Zeit, als der Eiserne Vorhang weg war.«

»Was wurde denn so geschmuggelt?«

»Anfang der Neunziger waren es oft Kunstgegenstände. Die hat man drüben geklaut oder billigst für harte Währung gekauft und dann bei uns an Sammler verscherbelt.«

»Ging in der anderen Richtung auch was?«

»Die Phase kam danach. Da wurde dann in der

Tschechei das Zeug verkauft, das man hier geklaut hatte.«

»Das ist ja beinahe wie Ebbe und Flut, einmal in diese Richtung und dann wieder in die andere«, bemerkte Valentin verwundert. »Kennt ihr da eigentlich jemanden, von dem ich Genaueres erfahren könnte?«

»Hmm«, brummte Axel und blickte zu Richard. »Eigentlich haben wir da keinerlei Kontakte. Das, was wir dir gerade erzählen, kennen wir nur vom Hörensagen.«

»Schade, ich hätte gedacht, ihr könnt mich da mit jemandem zusammenbringen, der mir Näheres berichten kann. Falls euch doch noch eine Person einfällt, dann denkt bitte an mich.«

Axel nickte und bot Valentin noch einen Kaffee an, den dieser allerdings ablehnte und auf seine Armbanduhr blickte. »Jetzt haben wir viel länger geratscht, als ich ursprünglich vorhatte. In einer halben Stunde habe ich ein Meeting mit den Personalern. Da muss ich mich sputen. Vielen Dank für die Auskünfte. Das hat mich auf jeden Fall ein Stückchen weitergebracht.« Er verabschiedete sich von den beiden, die immer noch ziemlich müde aussahen, und eilte ins Freie zum Auto.

Im Nachhinein war sich Sara nicht mehr sicher, was sie eigentlich auf ihrer Tour nach Osten finden wollte. Vielleicht einen Laden, in dem Antiquitäten verkauft wurden und mit einem großen Schild ›Kaufe alles – egal woher‹ davor. Das wäre die Bestätigung ihrer Hypothese gewesen, dass Falkersdorfer seinen Fund zu Geld gemacht hatte.

So fuhr sie die Route ab, auf der Falkersdorfer am Tag nach dem Fund unterwegs gewesen war. Recht weit war er gar nicht gekommen. Eigentlich hatte er nur Böhmisch Eisenstein besucht, die nächste Ortschaft auf der anderen Seite der Grenze. Als erstes hatte er eine Tankstelle angesteuert, vermutlich wegen des günstigen Benzins. Das war unter den Einheimischen weit verbreitet und beileibe nichts Ungewöhnliches. Sara verglich die auf der Karte angegebenen Zeiten mit der typischen Tankdauer und fand keine Ungereimtheiten. Falkersdorfer hatte demnach ausschließlich getankt und nicht etwa die Tankstelle zu einem längeren Gespräch genutzt. Danach fuhr sie ein kurzes Stück weiter bis zu einem Friseursalon. Dort hatte sich Falkersdorfer beinahe eine dreiviertel Stunde aufgehalten. Das wäre natürlich eine passende Zeitspanne, um den Fund zu verschachern, doch war es auch die übliche Zeit für einen Haarschnitt.

Allerdings war gerade ein Friseur der perfekte Anlaufpunkt, um etwas in Erfahrung zu bringen oder Kontakte zu knüpfen. Sara überlegte, ob sie in den Salon gehen sollte, doch dann beschloss sie, Valentin vorbeizuschicken. Wenn er sich die Haare schneiden ließe, hätte er einen ganz guten Anknüpfungspunkt.

Anschließend war Falkersdorfer zurück zu seinem Arbeitsplatz nach Regen gefahren. Als sie wieder diesseits der Grenze war und Bayerisch Eisenstein hinter sich gelassen hatte, fuhr sie gemächlich Richtung Ludwigsthal. Großartige neue Erkenntnisse hatte der Ausflug leider nicht gebracht. Im Prinzip hätte sich Falkersdorfer beim Friseur mit jemandem treffen können. Doch wer würde schon Preisverhandlungen unter Zeugen machen wollen? Der Friseur konnte eigentlich nur der Mittelsmann sein, den Falkersdorfer aufgesucht hatte, um einen Kontakt mit dem eigentlichen Hehler herzustellen.

Sie bremste beim Ortsschild von Ludwigsthal auf exakt 50 herunter, weil es hier immer Geschwindigkeitskontrollen gab. Plötzlich legte sie eine Vollbremsung hin und fuhr rechts ran. Genau das war es. Der Friseur stellte den Kontakt her und anschließend hatten sie sich beim Wolfsturm in Ludwigsthal getroffen. Der lag genau in der Mitte und man war nach Einbruch der Dunkelheit völlig ungestört. Dort konnte man in aller Ruhe verhandeln und die Ware besichtigen. Auf dem Turm hatte man dazu einen hervorragenden Überblick, um sicherzustellen, dass man allein war.

Sara wendete mit quietschenden Reifen und fuhr auf den Parkplatz des Besucherzentrums. Hier stellte sie ihren Wagen ab, ging hoch zum dazugehörigen Gebäude und legte der Dame ihren Ausweis auf den Tisch. »Mein Name ist Lillem, von der Polizei Zwiesel. Sie haben hier doch gewiss einige Kameras. Ich hätte gerne die Aufzeichnungen gesehen.«

Die Frau war ziemlich verdutzt über Saras resolutes Auftreten. »Ich weiß nicht so recht«, stotterte sie. »Mit dem ganzen Elektronikzeug kenne ich mich überhaupt nicht aus. Ich könnte oben am Haus zur Wildnis jemanden fragen.«

»Lassen Sie mal«, antwortete Sara, »zeigen Sie mir einfach die Anlage, ich komme schon zurecht.« Die Frau führte Sara zu einem Kämmerchen und deutete auf einen Digitalrekorder. »Über welchen Zeitraum nimmt der denn auf?«

»Man hat mir mal gesagt, das ist eine Endlosaufzeichnung. Wenn im Speicher kein Platz mehr frei ist, dann wird die älteste Aufnahme überschrieben.«

»Verdammt«, entfuhr es Sara. Falkersdorfer war vor vier Wochen zu Tode gekommen. Es war ziemlich unwahrscheinlich, dass die Bilder noch vorhanden waren. »Danke, ich brauche Sie jetzt nicht mehr. Damit komme ich selbst zurecht.«

Eine halbe Stunde später wusste sie, dass ihr das Glück heute nicht hold war. Die Aufzeichnung lief zwar nur, wenn Bewegung im Bild zu sehen war, doch vier Wochen waren einfach eine zu lange Zeit.

»Wissen Sie, ob am Haus zur Wildnis ebenfalls Kameras installiert sind?«, fragte Sara.

»Da gibt es schon welche. Die Aufzeichnungsgeräte sind jedoch nicht hier im Gebäude«

Sara bedankte sich und machte sich mit schnellen Schritten auf den Weg. Kurze Zeit später hatte sie das Gebäude mitten im Wald erreicht. Im Eingangsbereich befand sich ein Auskunftsschalter, der in einer Art überdimensionaler Walnuss aus Holz untergebracht war. In der Nuss saßen zwei einheimische Frauen, die ihr freundlich den Weg zum Technikraum zeigten und sogar den Schlüssel dafür mitgaben.

Der besagte Raum war winzig mit einem kleinen

Fenster an der Gebäudenordseite. Auf grauen Stahlregalen hatte der Hausmeister sein Werkzeug gelagert und an einer Wand waren die Kästchen für Telefonanlage und Internetverbindung geschraubt. Ein einfacher Rechner mit Monitor stand in einem der Regale und drei Rekorder für die Videosignale der Kameras in einem Stapel daneben. Es war eine ähnliche Konfiguration wie unten am Parkplatz. Sara setzte sich davor auf den Drehstuhl und versuchte, die Aufzeichnungen auf den Bildschirm zu bekommen. Das stellte sich als nicht weiter schwierig heraus und bereits nach wenigen Augenblicken konnte sie die Bilder der letzten Tage anschauen. Auch hier war es eine Endlosschleife. Die so überwachte Zeitspanne betrug etwa zwei Wochen. Enttäuscht schaltete sie den Wiedergabemodus aus und verließ den Raum. Die Kameras waren ohnehin nur unmittelbar am Gebäude installiert und nicht etwa auf den Waldwegen. Sie gab den beiden netten Damen den Schlüssel zurück und spazierte in Gedanken versunken zu ihrem Auto. Valentin war am Freitag um diese Zeit bestimmt schon unterwegs Richtung München. Am besten wäre es, sie würde ihm eine SMS schicken und vorschlagen, sich nach seiner Rückkehr am Sonntagabend im burning Frog zu treffen. Sie musste unbedingt mit jemandem diskutieren, da sie allein nicht mehr weiterkam. Bis dahin würde sie wieder intensiver mit den Skirollern trainieren, das hatte sie in der letzten Zeit ohnehin vernachlässigt.

KAPITEL 33

»Wie war dein Wochenende?«, fragte Sara, kaum dass Valentin sich im beinahe leeren burning Frog auf den Barhocker neben sie gesetzt hatte.

»Deine SMS hat bei meiner Frau für ziemliche Verstimmung gesorgt.«

»Warum das?«

»Das Telefon lag auf dem Küchentisch und dann kommt von einer Sara eine SMS, in der sie fragt, ob wir uns am Sonntagabend in einer Bar treffen können. Was glaubst du denn, was sie vermutet hat?«

»Das tut mir leid, ich wollte wirklich keine Ehekrise verursachen. Woher sollte ich denn wissen, dass deine Frau die Nachricht liest?«

»Normalerweise macht sie das auch nicht, aber die Wochenendbeziehung, die wir zurzeit führen, belastet unsere Ehe mehr als ich mir anfangs vorgestellt habe. Da ist es halt dann auch nicht mehr weit, dass ein gewisses Misstrauen aufkommt.«

»Konntest du die Sache dann wieder geraderücken?«

»Ja, es hat jedoch eine Weile gedauert und am Samstag ein ziemlich teures Abendessen bei einem Sternekoch verursacht. Sie hat dann den Zweck des Treffens verstanden und sich wieder beruhigt. Sonst wäre ich erst morgen wieder hierher gefahren.«

»Hast du ihr alles erzählt, was wir letzte Woche

erlebt haben? Sogar das im Schrazelgang?«, fragte Sara nach.

»Das doch nicht«, antwortete Valentin, »das wäre viel zu kompliziert. Ich habe ihr von den Problemen in der Firma berichtet und dass ich von dir heute Abend noch weitere Informationen bekomme. Dann hat sie eingesehen, dass dieses Treffen rein geschäftlich ist.«

Sara blickte ihn mit hochgezogenen Augenbrauen an und tadelte mit dem ausgestreckten Zeigefinger. »Man belügt seine Frau nicht.«

»Ich habe die Geschichte simplifiziert, damit sie schlüssig ist und man sie in wenigen Minuten verstehen kann. Alles andere wäre unglaubwürdig gewesen.«

»Na ja«, meinte Sara und trank einen Schluck Bier.

»Am Samstag war Luisa mit den Mädels zu einem Kindergeburtstag auf einem Reiterhof eingeladen. Ich habe mich abseilen können und die Zeit für Recherchen im Netz genutzt.«

»Hast du Interessantes in Erfahrung bringen können?«

»Das, was dir seine Mutter berichtet hatte, stimmt. Er war in einigen Foren zum Nationalpark und Bayerischen Wald sehr aktiv gewesen. In der Online-Enzyklopädie hat er ebenfalls viel geschrieben. Ich fand im Übrigen heraus, dass man die Diskussion zu dem Inhalt des jeweiligen Artikels nachlesen kann. Das war ziemlich aufschlussreich. Er hat die Meinung seiner Vorgesetzten recht massiv vertreten. Es blieb ihm wohl nichts anderes übrig, da die alles nachlesen konnten.«

»Das arme Schwein, das grenzt ja beinahe schon an psychische Folter«, kommentierte Sara.

»Stimmt, da wundert es mich auch nicht, wenn er den Fund aus dem Schrazelgang zu Geld machen will. Von seinen Arbeitgebern konnte er nichts erwarten, die haben ihn regelrecht gepeinigt.«

»Ich hätte denen den ganzen Krempel ja vor die Füße geschmissen, bevor ich mich über Jahre so drangsalieren lasse. Irgendeine vernünftige Arbeit findet man immer. Er hatte ja keine großartigen Verpflichtungen und weder Frau noch Kinder.«

»Da war er offensichtlich nicht der Typ dazu. Er wollte das vermutlich einfach durchstehen. Vielleicht wäre es irgendwann ja wieder besser geworden.« Sie blickte ihn lange schweigend an. »Da kenne ich noch jemanden mit so einer Einstellung. Wenn es nicht mehr passt, dann hilft nur ein harter Schnitt. Alles andere sind nur Ausreden für Trägheit.«

»Was hast denn du am Freitag noch alles erreicht?«, versuchte Valentin das Thema zu wechseln.

Sara erzählte von ihrer kleinen Rundreise in Tschechien und den Videoaufzeichnungen. »Weißt du eigentlich, wo der Falkersdorfer nach dem Fund im Schrazelgang noch war?«

»Ich war der Meinung, das hast du bereits alles abgeklappert.«

»Ein Rechercheergebnis habe ich extra für dich aufgehoben. Er fuhr auch noch in die Au, und dort unter anderem zu deinen Spezies. Du weißt schon, diese Glaskünstler.«

Valentin blickte sie an. »Das kann ich mir jetzt nicht vorstellen. Ich war erst letzten Freitag früh bei ihnen und die beiden haben kein Wort darüber verloren. Sie haben mir allerdings einiges verraten, wie man wertvolle Sachen an den Mann bringt.«

»Vielleicht wollte der Falkersdorfer sie genau das fragen?«

»Komisch ist das schon«, sagte Valentin bedächtig. »Die beiden müssen zwar schauen, wie sie finanziell überleben, einen Mord traue ich ihnen beim besten Willen nicht zu.«

»Das wollte ich damit auch nicht sagen. Ich finde jedoch, du könntest sie mal darauf ansprechen. Wenn ihr euch so gut kennt, dann müssen sie so eine Frage aushalten.«

»Ich falle heute Abend bei denen ein, um mehr über diesen Besuch in Erfahrung zu bringen. Die sind mir wirklich eine Erklärung schuldig.«

»Ich hätte dann noch eine kleine Aufgabe für dich«, sagte Sara.

»Und die wäre?«

»Falkersdorfer war bei einem Friseur in Böhmisch Eisenstein. Du könntest dir da mal die Haare schneiden lassen, vielleicht erfährst du ja Interessantes.«

»Ich soll also zu einem Friseur in Tschechien gehen und quasi nebenbei mal fragen, ob er zufällig einen Schieber für alte Wertsachen kennt?«, fragte Valentin.

»Einen Versuch ist es allemal wert und so schlecht wird er schon nicht schneiden«, entgegnete Sara.

»Ich glaube nicht so recht, dass ich dabei etwas zutage

fördere, doch wenn du unbedingt meinst. Unmittelbar im Anschluss werde ich jedoch einen Friseurtermin hier in Zwiesel vereinbaren. Nur für den Fall, dass es drüben schiefläuft.«

Sara grinste still in sich hinein.

KAPITEL 34

»Chef, haben Sie kurz Zeit, ich hätte da ein paar Fragen?«

»Was gibt es denn?«

»Mich würde mal interessieren, ob hier in der Gegend vor einigen Jahren eigentlich viel geschmuggelt wurde?«

Max Schmidt, der Zwiesler Polizeichef, lachte laut auf und fuhr mit den Fingern über seinen dunklen Schnauzer. Sara hatte ihn an der Kaffeemaschine getroffen, die mitten in der Polizeistation stand.

»Sie recherchieren doch nicht etwa immer noch diesen Selbstmord in Ludwigsthal?«, fragte er und blickte sie interessiert an.

»Im Prinzip ist alles geklärt, ich wollte es nur noch sauber abschließen.«

»Wenn mich mein Gedächtnis nicht ganz im Stich lässt, dann haben Sie mir das schon vor ein paar Tagen gesagt«, schmunzelte er. »Ich glaube, wir müssen uns mal eine vernünftige Aufgabe für Sie suchen.«

»Nein, nein«, antwortete Sara schnell. »Das passt schon, ich habe genug zu tun.«

»Na ja, wenn Sie meinen. Ölproben von allen Traktoren eines Dorfes zu nehmen, war von den Kollegen wirklich eine ziemlich alberne Idee.«

Sara atmete innerlich auf, zumindest hatte sie damit Zeit gewonnen. Bald würde sich jedoch ihr Chef garantiert eine wie auch immer geartete Arbeit für sie einfallen lassen. »Was war denn nun mit dem Schmuggeln?«

»Solange es den Eisernen Vorhang gab, war das kein Thema. Die Kontrollen am Grenzübergang Eisenstein waren extrem streng. Da hat niemand Sachen über die Grenze gebracht. Anders war es nach dem Fall des Ostblocks. Da lief dann einiges.«

»Was wurde denn geschmuggelt?«

»Das übliche halt, meist Zigaretten, Alkohol und Lebensmittel. Wir haben mal einen Wirt erwischt, der hatte mehr als hundert Kilo Schweinefleisch in seinem Auto.«

»Das hat sich rentiert?«, fragte Sara.

»Bei den Zigaretten gab es einen erheblichen Preisunterschied, das lohnte sich. Bei den anderen Dingen war es den Aufwand und das Risiko definitiv nicht wert.«

»Am Grenzübergang in Eisenstein kam man ja nicht

vorbei, da musste man sich nur hinstellen und einen nach dem anderen kontrollieren.«

»Das haben zumindest die Profis recht schnell herausbekommen und sich darauf eingestellt. Als der Zaun und die Selbstschussanlagen weg waren, haben die flugs die Forststraßen benutzt. Die gibt es auf beiden Seiten und an einigen Stellen fehlen oft nur einige hundert Meter zwischen den Wegen im Westen und denen im Osten. Weil es schon damals einen grenzübergreifenden Nationalpark gab, war es auch hinreichend einsam. Auf unserer Seite hat man dann die Ware in ein bereitstehendes Auto geladen und ab ging es Richtung Deggendorf.«

»Das stelle ich mir schon ziemlich schwierig vor, mit einem Rucksack voller Zigaretten durch den Wald zu schleichen.«

»Nein, nein«, widersprach Schmidt. »Dafür wäre die Gewinnspanne viel zu klein gewesen. Das waren zudem keine Leute, die etwas vom großen Kuchen wollten, sondern das war organisierte Kriminalität. Da ging es um Menschenhandel und um teure Kunstwerke, die man drüben systematisch aus Kirchen und Museen stahl. Zum Teil sogar im Auftrag.«

»Was hat man dagegen gemacht?«

»Die damalige Grenzpolizei ging dann tatsächlich Streife im Wald und wir führten bis raus nach Deggendorf stichprobenartig Fahrzeugkontrollen durch. Damit waren wir ziemlich erfolgreich.«

»Heute ist dies nicht mehr der Fall«, sagte Sara, »zumindest habe ich bisher nichts mitbekommen.«

»Tschechien ist Teil der EU und die wilden Zeiten sind definitiv vorbei, zumal der Lebensstandard der beiden Länder nicht mehr so extrem unterschiedlich ist. Das ganze spielt sich jetzt 900 Kilometer weiter östlich an der EU-Außengrenze ab. Aber was hat das Ganze nun mit dem Toten zu tun?«

»Eigentlich nichts«, druckste Sara herum. »Ich wollte nur mal aus erster Hand einige Hintergrundinformationen bekommen.«

»Aha«, sagte Schmidt und blickte sie interessiert an. »Ab übermorgen habe ich eine sinnvolle Aufgabe für Sie, dann ist die Akte Falkersdorfer geschlossen und zwar endgültig.«

»In Ordnung«, sagte Sara kleinlaut und wusste die Äußerung durchaus zu deuten.

»Noch etwas, Frau Lillem«, ergänzte Schmidt seine Aussage. »Ich will keine Beschwerden mehr von irgendwelchen Lokalgrößen. Verstanden?«

»Ich pass schon auf, Chef«, erwiderte Sara, nahm die Kaffeetasse in die Hand und steuerte ihr Büro an.

Der Kollege, mit dem sie ihr Büro teilte, feierte Überstunden ab und so war Sara ganz allein in dem kleinen Zimmer. Sie rief Arthur Weinberger an. Damals begannen sie gemeinsam bei der Bundespolizei. Arthur als zukünftiger Forensiker bei den Aufklärungsdiensten in Rosenheim und Sara als Leistungssportlerin in Bad Endorf. Die beiden Standorte waren nicht weit voneinander entfernt und so blieb der Kontakt die ganze Zeit über bestehen. Ihm hatte sie die Plastiktüten mit den Fundstücken vom Tatort geschickt und gebeten, er möge sie sich einmal anschauen. Von Valentin hatte sie die Speicherkarte zwar noch immer nicht bekommen, doch sein Freund Thaddäus war beachtlich kompetent bei seinen Analysen vorgegangen. Sie erwartete von Arthur in dieser Hinsicht keine Überraschungen.

»Hallo, Arthur«, begrüßte sie ihn am Telefon, »wie sieht es aus? Bist du dazugekommen, dir den Inhalt der Tüten anzusehen?«

»Immer die Amtshilfegesuche von untergeordneten Polizeidienststellen im Outback«, maulte dieser. »Eigentlich muss ich mich hier um die großen und wichtigen Dinge kümmern.«

»Jetzt komm schon Arthur, du hast doch wohl meine Sendung nicht liegen gelassen?«

»Nur weil du es bist. Sonst würde das auf den Stapel kommen, ich habe genug Arbeit am Hals.«

»Dafür verspreche ich dir eine Skitour rauf zum Funtensee. Das ist eine gute Entschädigung für die Arbeit«, sagte Sara.

»Dann willst du jetzt von mir wissen, was ich in deinen Tütchen gefunden habe.«

»Jetzt pack schon aus und mach es nicht so spannend.«

»Na gut, dann lass mich mal auf meiner Liste nachschauen«, sagte Arthur. »Das meiste ist wie immer das übliche Zeug, das mit hoher Wahrscheinlichkeit schon vorher dort herumgelegen hat. Als Erstes habe ich mir ohnehin das Handy angesehen. Er muss beim Sturz wohl direkt darauf gefallen sein, denn es sind nur noch

Brösel übrig. Sogar der Chip der SIM-Karte ist zerbrochen.«

»Das bedeutet dann wohl, du kommst nicht mehr an die letzten gewählten Nummern ran«, sagte Sara.

»Ich kann die Daten nicht mehr von der Karte lesen. Jetzt muss ich den Flash-Speicher aus dem Telefon auslöten und den Speicherinhalt nach Telefonnummern durchsuchen. Das ist aufwendig und dauert.«

»Hast du sonst noch etwas für mich?«

»Das GPS-Gerät habe ich mir ebenfalls angesehen. Da fehlt jedoch die Speicherkarte. Ansonsten ist es wie mit dem Handy. Speicherchip auslöten und dann so lange in den Megabytes herumwühlen, bis ich sinnvolle Daten gefunden habe.«

»Ich denke, du solltest dich zuerst auf das Telefon stürzen, bezüglich des GPS habe ich schon jede Menge Daten von der Speicherkarte bekommen.«

»Aha, du hast also noch einen zweiten Techniker beauftragt.«

»Aber nein, der Freund eines Freundes hat die die Karte analysiert. Der ist ziemlich firm in solchen Sachen.«

»Na vielen Dank, der darf den lockeren Job machen und ich habe die Lötarbeiten am Hals.«

»Jetzt jammere nicht, immerhin habe ich dir dafür eine Skitour versprochen. Gab es sonst noch Auffälliges?«

»Es war noch ein Schweizer Taschenmesser mit dem eingeätzten Namen Falkersdorfers dabei und ein paar gravierte Glasperlen aus Vaselinglas. Den Rest würde ich als üblichen Müll einstufen, den man überall findet, wo sich Menschen aufhalten.«

»Also wirklich nichts Besonderes?«

»Diverse Kaugummis, eine Murmel, ein Paar Schraubverschlüsse, diverse kleine Schnapsfläschchen aus Glas – ganz und zerbrochen, einige Schrauben mit Torxkopf und zwei Nägel. Das ist alles und die Teile weisen keinerlei Eigentümlichkeiten auf.«

»Schade«, antwortete Sara. »Mir ist ja bei der Durchsicht auch nichts aufgefallen, ich dachte, dass du möglicherweise einen besseren Blick hast.«

»Leider nicht, was hattest du denn erwartet?«

»Das weiß ich nicht so genau. Das Einzige, was wir jetzt in der Hand haben, sind die Daten vom Handy und vom GPS-Gerät. Es tut mir leid, doch ich denke, du musst jetzt wohl oder übel den Lötkolben anheizen.«

»Ist dir eigentlich klar, was das für eine Arbeit ist?«, jammerte Arthur. »Allein diese winzigen Beinchen von der Leiterplatte abzulöten ist schon eine Wahnsinnsfummelei. Das ist eine regelrechte Strafarbeit, anschließend aus dem Wust an Daten irgendetwas Sinnvolles herauszudestillieren. Gib mir wenigstens einen kleinen Wink, wonach ich suchen soll.«

»Du stellst Fragen«, stöhnte Sara. »Wenn ich die beantworten könnte, hätten wir den Fall bereits aufgeklärt. Versuch doch mal herauszufinden, mit wem er die letzten beiden Tage telefoniert hat. Das wäre zumindest ein Ansatz. Beim GPS würde mich interessieren, ob neben den Daten auf der Speicherkarte noch weitere Informationen abgelegt sind. Die Auswertung der Karte aus dem GPS sende ich dir gleich.«

»Na dann leg ich jetzt mal los. Auf welchen internen Auftrag soll ich meine Untersuchungen denn buchen?«

»Nimm einfach Skitour zum Funtensee, das sollte dann schon so passen«, erwiderte Sara und legte mit einem Grinsen auf den Lippen auf.

Kaum hatte Valentin die Nummer von Saras Mobiltelefon gewählt, nahm diese schon ab. Allerdings klang sie bereits sehr müde.

»Ich hoffe, ich habe dich nicht geweckt«, begann Valentin.

»Fünf Minuten später und ich hätte geschlafen. Ich sitze im Ohrensessel vor dem Ofen und genieße die Wärme. Ein Glas deines Rotweins habe ich noch in der Nähe. Was gibt es denn?«

»Ich war vorhin bei meinen Kumpels in der Au und habe sie ausgefragt, was denn der Falkersdorfer bei ihnen am Tage seines Todes wollte.«

»Was haben sie denn geantwortet?«

»Zuerst einmal waren die beiden ziemlich baff, dass ich das wusste. Ich habe ihnen ins Gewissen geredet, dass sie dies vor mir nicht verheimlichen müssen. Bin mir allerdings nicht sicher, ob es geholfen hat.«

»Ehrlich gesagt, habe ich das seltsam gefunden. Ihr kennt euch doch schon ein Leben lang und die haben ja mitbekommen, dass du ihn im Wolfsgehege gefunden hast.«

»Was immer die Gründe gewesen waren, heute Abend haben sie mir mehr erzählt. Falkersdorfer ist an dem bewussten Mittwoch überraschend bei ihnen aufgetaucht und wollte sich das Gebäude ansehen.«

»Warum denn das?«

»Es ging da wohl um eine Sache des Denkmalschutzes. Er machte Fotos und hat Axel und Richard zur Geschichte der Schmiede befragt. Er hatte sogar ein Diktiergerät dabei und damit alles festgehalten. Die beiden waren anschließend ziemlich beunruhigt, weil sie beinahe umsonst dort wohnen und auch einiges umgebaut haben. Natürlich ohne Genehmigung. Vor allem weil sich im hinteren Teil des Hauses, der hauptsächlich aus Holz besteht, der Glasofen befindet. Das ist hinsichtlich Brandschutz relativ suboptimal.«

»Das ist ein hübscher Ausdruck für eine glimmende Lunte am Pulverfass«, sagte Sara. »Und dann haben die beiden Angst bekommen, als sie erfuhren, dass Falkersdorfer tot war.«

»So haben sie es mir zumindest gesagt.«

»Das ist irgendwie unlogisch, da Falkersdorfers Tod ganz klar als Unfall deklariert wird.«

»Das ist auch meine Meinung. Ihre Antwort war, dass sie ohne die Schmiede pleite wären und sie niemanden auf falsche Gedanken bringen wollten.«

»Das finde ich jetzt schon ziemlich dünn.«

»So ganz wohl ist mir dabei nicht, obgleich sie den Eindruck machen, ehrlich zu sein.«

»Ich traue ihnen nicht so recht. Sie haben dich nämlich schon vorher belogen, als sie behaupteten, dass sie den Falkersdorfer nicht kennen.« Saras Skepsis war sogar durch das Telefon deutlich zu hören.

»Bei kleineren halb legalen Geschäften sind sie sicher schnell dabei, doch alles andere würden sie nicht machen. Da bin ich mir sicher.«

»Ich hoffe bloß, du irrst dich da nicht. Lass mich jetzt noch bei Wärme und Rotwein darüber nachdenken. Irgendwas ist da noch, ich komm bloß nicht drauf.«

KAPITEL 35

Saras abschließende Bemerkung hatte Valentin einige Zeit zu denken gegeben. In ihrer Schlussfolgerung gab es noch einen Haken, er wusste bloß nicht an welcher Stelle. Allerdings war er mittlerweile zu müde, die Karte und die Tabellen nochmals hervorzukramen und sie konzentriert zu studieren.

Er hatte unruhig geschlafen und war früh wach gewesen. Bereits vor 7 Uhr saß er beim Frühstück, vor sich einen Cappuccino und einen kleinen Korb voll duftender Semmeln. Neben ihm waren die Papiere ausgebreitet und er besah sich Zeile für Zeile die ellenlangen Koordinateneinträge. Er wollte die Aussage der

Glasschmiede anhand der GPS-Daten überprüfen. Falkersdorfer musste in der Nacht mehrmals in der Höhle gewesen sein, das zeigte das Höhenprofil in Verbindung mit der Zeit. Auf die vermerkten GPS-Koordinaten konnte man sich allerdings nicht verlassen. Die Verbindung zu den Satelliten war immer wieder abgerissen und es dauerte offensichtlich eine Weile bis erneut stabile Werte aufgezeichnet wurden. Er überprüfte jeden Koordinateneintrag anhand der topografischen Karte und den ausgedruckten Luftaufnahmen.

»Verdammt«, entfuhr es ihm, als er die Einträge in der Tabelle weiter unten kontrollierte. Jetzt wusste er, was sie übersehen hatten. Es wäre so einfach gewesen und sie hätten sich viele Irrwege erspart, wenn sie sich damals in der Spiegelhütte nicht so dämlich angestellt hätten. Ein voller Schnitzelbauch mit diversen Bierchen ist halt kein probates Mittel, die Gedanken anzuregen. Ich muss sofort Sara anrufen und ihr von meiner Erkenntnis berichten. Das wird jetzt einiges auf den Kopf stellen. Valentin wählte Saras Festnetznummer, doch niemand nahm ab. Er versuchte es mit der Handynummer, aber vergebens, weshalb er eine SMS schrieb: ›Habe interessante Neuigkeiten für dich. Bitte melde dich so bald als möglich. Du kannst mich über Frau Hoffmann aus jeder Besprechung holen lassen. Gruß Val‹.

Sara war an diesem Morgen die erste Besucherin im Haus zur Wildnis. Sie wusste nicht genau, was sie suchte, doch sie wollte sich in aller Ruhe noch einmal umschauen. Vorher war sie bereits auf dem Turm gewesen und hatte eine Zeit lang die Wölfe beobachtet. Sie schüttelte die Regentropfen von ihrer dicken Outdoorjacke, als sie ins Trockene kam, und öffnete erleichtert den Reißverschluss. Der walnussförmige Informationsstand war bereits mit zwei Frauen besetzt, die gerade dabei waren, die diversen ausgelegten Prospekte zu ordnen.

»Guten Morgen, Sara Lillem von der Bundespolizei«, begrüßte sie die beiden und hielt ihnen den Dienstausweis hin. Sie wurde überrascht angeschaut und die Ältere fragte, was man für sie tun könne. »Ich ermittle in dem Fall Falkersdorfer und habe da noch ein paar Fragen.«

»Das ist doch abends passiert. Da waren wir schon längst wieder zu Hause.«

»Das ist mir schon klar«, sagte Sara. »Mir geht es darum, ob Ihnen tagsüber Ungewöhnliches aufgefallen ist? Der Herr Falkersdorfer war möglicherweise vorher hier gewesen.«

Die beiden Frauen sahen sich nachdenklich an und schüttelten unisono den Kopf. Wieder antwortete die Ältere. »Er kam manchmal vorbei und hat dort hinten in der Wirtschaft Brotzeit gemacht. An diesem Tag haben wir ihn nicht gesehen. Das hätten wir sicher bemerkt, da wir uns immer unterhalten haben. Ich komme ebenfalls aus Rabenstein und kenne seine Mutter ganz gut. Ihre Kollegen haben das vor ein paar Wochen übrigens bereits gefragt.«

»Also geschah an diesem Tag überhaupt nichts Besonderes?«, fragte Sara nach.

»Nur das Übliche. Es war nicht viel los, nur wenige, meist ältere Touristen waren hier, weil die Ferienzeit schon vorbei war. Wir haben dann kurz vor sechs alles aufgeräumt und zugesperrt. Das Geschäft und die Wirtschaft hatten schon vorher geschlossen. Besucher waren um diese Zeit längst keine mehr da.«

»Vielleicht frage ich dort trotzdem mal nach. Könnte ja sein, dass jemandem etwas aufgefallen ist.«

»Probieren Sie es. Wir wissen jedoch nicht, wer an diesem Tag Dienst hatte. Da müssen Sie sich schon selbst durchfragen.«

Sara wähnte sich den ganzen heutigen Tag beschäftigt. Zuerst war es notwendig herauszufinden, wer überhaupt an diesem Tag gearbeitet hatte, und anschließend musste sie diese Leute erwischen, bei der Arbeit oder zu Hause.

»Es ist zwar nichts Besonderes, aber eine Kleinigkeit war da noch«, meldete sich die jüngere der beiden Informationsdamen.

Sara hatte sich schon halb in Richtung Souvenierladen umgedreht. »Was ist denn?«

»Kurz bevor wir zusperrten, kam noch der Herr Lomitzky vorbei. Er brachte einen Karton mit Broschüren.«

»Der Chef der Ranger von der Nationalparkverwaltung?«

»Genau der«, bestätigte die Frau. »Der bringt öfter mal Informationsmaterial, das wir hier auslegen. Ich weiß allerdings nicht mehr genau, was er gebracht hat. Vielleicht etwas zum Baumwipfelpfad in Neuschönau.« Sie deutete auf einen großen Stapel bunt bedruckten Papiers in Leporellofaltung, der seitlich am Tresen der Informationsnuss lag.

Sara hörte aufmerksam zu, obwohl sie keinesfalls an dem neuen Prospekt interessiert war, sondern an der Tatsache, dass Lomitzky am Todestag von Falkersdorfer hier gewesen war. Sie ärgerte sich, da anscheinend jeder etwas wusste, aber keiner von sich aus Informationen preisgab. Die Worte ihres Chefs hatte sie noch im Ohr, der ihr dringend davon abgeraten hatte, wichtige Leute unter Druck zu setzen. Es wäre wohl ziemlich ungeschickt, Lomitzky mit der bloßen Tatsache zu konfrontieren, dass er kurz vor Falkersdorfers Tod beim Haus zur Wildnis gewesen war. Er würde es vermutlich sogar bestätigen, sie unverschämt angrinsen und fragen, ob dies denn verboten wäre. Sie musste mehr dazu herausfinden. Vielleicht sollte sie Falkersdorfers Wohnung aufsuchen. Ihre Kollegen hatten offensichtlich nicht allzu engagiert gearbeitet und mit ein wenig Glück fand sie etwas, das sie übersehen hatten.

Sara hielt sich seit nahezu zwei Stunden in Falkersdorfers Wohnung auf. Nunmehr stand sie ziemlich ratlos im Wohnzimmer und blickte sich um. Die Wohnung befand sich im Haus seiner Mutter, jedoch mit eigenem Eingang. Von ihr hatte Sara, ohne zu zögern, die Haustürschlüssel bekommen. Eingerichtet waren die Räume recht geschmackvoll mit viel Holz und die Regale quollen über mit Büchern über Wald und Forst. Interessant waren die Fundstücke, die Falkersdorfer auf seinen Streifzügen durch die Gegend entdeckt und mit kleinen beschrifteten Kärtchen versehen in einem Glasschrank aufbewahrt hatte. Da gab es Federn eines Eichelhähers, eines Auerhahns und sogar eines Milans, zwei mächtige Hauer eines Ebers, den Schädel eines Marders und eine Perle aus der Rinchnacher Ohe. Er hatte ferner Interesse an Gesteinen gehabt, da sich in der Vitrine zwei faustgroße Brocken Zwieselit und Hühnerkobelit befanden. Das alles half Sara jedoch nicht weiter. Sie zog ihr Mobiltelefon aus der Tasche und schaltete es ein. Vielleicht nützte es ja, mit Valentin zu sprechen. Gerade als sie seine Nummer wählen wollte, bekam sie eine SMS und sie blickte neugierig auf das Display. Als sie erkannte, vom wem diese stammte, lachte sie laut auf und las die Nachricht. Sie runzelte die Stirn und wählte Valentins Nummer, der bereits nach dem ersten Läuten abnahm.

»Ich bin gerade in Falkersdorfers Wohnung und habe deine Nachricht bekommen. Was gibt es denn für Neuigkeiten?«

»Beim Frühstück habe ich mir in aller Ruhe noch mal die Koordinaten von Falkersdorfer nach seinem Fund angesehen. Weißt du, was ich dabei herausgefunden habe?«

»Jetzt sag schon«, antwortete Sara.

»Ich weiß jetzt, wo er nach dem Fund war.«

»Das ist doch nichts Neues. Das hat uns doch Thaddäus schon vor einigen Tagen gemailt.«

»Falsch! Er hat uns mitgeteilt, wo er am Tag nach

dem Fund war und nicht, wo er unmittelbar nach dem Fund war.«

»Das darf doch nicht wahr sein. Ist der blöd oder was«, rief Sara ins Telefon.

»Er nicht«, antwortete Valentin. »Damals haben wir ihn genau das gefragt und seine Antwort war korrekt. Wir haben dummerweise übersehen, dass wir eigentlich wissen wollten, was er in der Nacht des Fundes noch gemacht hat. Die Antwort ist aus Sicht eines Informatiker völlig korrekt, selbst wenn wir was anderes gemeint haben.«

»Trotzdem ist er etwas beschränkt«, beharrte Sara auf ihrer Meinung. »Jetzt sag schon, wo war er?«

»Zuerst ist er nach Rotkot gefahren und dort einige hundert Meter in den Wald hochgegangen. Ganz genau kann ich es nicht sagen, da nicht alle Wegpunkte korrekt aufgezeichnet wurden. Dann ist er noch irgendwo hinten am Hennenkobel gewesen. Anschließend fuhr er zu seiner Wohnung nach Rabenstein zurück. Das war es dann. Die folgenden Wege kennen wir ja bereits.«

»Wann machst du denn heute Mittag?«, fragte Sara.

»In zwei Stunden hatte ich geplant, Essen zu gehen. Falls unbedingt notwendig, könnte ich auch früher. Habe mich ohnehin grad über den Chef geärgert, weil ich bei ihm keinen Termin bekomme, obwohl es ziemlich dringend ist.«

»Dann stehe ich mit dem Auto um zwölf bei euch vor dem Pförtnerhäusel. Bitte sei pünktlich.«

»Warum denn? Willst du die Details bei einem Mittagsessen besprechen?«

»Jetzt sei doch nicht so verfressen«, antwortete sie. »Ich will Falkersdorfers Wege nachgehen und das machen wir noch heute. Wer weiß, ob ich morgen noch darf?«

Der knallrote Allradjapaner stand mit laufendem Motor mitten in der Einfahrt zur Hütte. Valentin spurtete vom Personalausgang zum Auto und sprang auf den Beifahrersitz.

»Furchtbares Wetter«, maulte er und schüttelte sich. »Eiskalt und nass.«

»So ist es halt in bayerisch Sibirien, kurz bevor der Schnee kommt«, kommentierte Sara seinen von Ekel geprägten Blick. »Jetzt zeig mir mal auf der Karte, wo der Falkersdorfer nach dem Schrazelgang überall war.«

Valentin zog seine geliebte topografische Karte aus der Jackentasche und reichte sie Sara. Er hatte gleich nach dem Telefonat mit ihr die Koordinaten von der Tabelle in die Karte übertragen, die nunmehr bereits ziemlich vollgekritzelt war.

»Da schau. Sein Auto stand vor dem Kaufhaus auf dem Stadtplatz. Von da aus ist er nach Rotkot gefahren, bis hinauf zum Waldrand, dort wo die Straße aufhört. Dann ging er zu Fuß hoch in den Wald. Das Signal bricht immer wieder ab, vermutlich gab es durch die vielen Bäume schlechten Satellitenempfang.«

»Ich kenne die Gegend aus meiner Kindheit. Von dem

Hügel hat man einen schönen Blick über ganz Zwiesel. Wenn ich mich recht erinnere, gibt es dort einen alten Stollen. Früher hat man da irgendetwas abgebaut, ich weiß aber beim besten Willen nicht mehr was. Kürzlich gab es einen Artikel in der Zeitung, dass dort mittlerweile irgendwelche besonderen Fledermäuse eingezogen sind.«

»Das wäre schlüssig«, überlegte Valentin laut. »Falkersdorfer kannte die Stelle in Rotkot sicher durch seine Aufgaben am Landratsamt. Im Schrazelgang unter dem Stadtplatz konnte er die gefundenen Sachen nicht lassen, das Risiko einer Entdeckung durch die Bauarbeiter war zu groß. Er musste seinen Fund, so bald wie möglich umlagern.«

Draußen ging der Produktionsleiter Hamberger mit aufgespanntem Regenschirm vorbei. Als er die beiden im Auto bemerkte, lächelte er süffisant. Sara bemerkte dies. »Ich glaube, wir fahren jetzt, sonst kommen hier noch Gerüchte auf«, sagte sie zu Valentin.

Die Fahrt dauerte nicht lange. Sie ging Richtung Eisenstein und danach rechts hoch zu einer kleinen Siedlung, die an einem der Sonne zugewandten Hang lang. Oberhalb der Häuser begann dichter Wald, der sich über den restlichen Hügel zog. Sara fuhr durch die Siedlung bis zum Ende der geteerten Straße und parkte unmittelbar am Waldrand auf einer Wendeplatte. Sie lästerte über die völlig daneben gegangene Übersetzung des Stadtteilnamens vom Bayerischen ins Hochdeutsche. Er hatte ganz und gar nichts mit Fäkalien zu tun, sondern bedeutete einfach nur rote Erde.

Sara war nicht in Uniform, aber wenigstens der Witterung entsprechend in Anorak, fester Wanderhose und Bergstiefeln gekleidet. Ganz im Gegensatz zu Valentin, der mit dünnen Schuhen, dunklem Anzug und einer hellbraunen Jacke hinter ihr den Wald hochstapfte. Ein Regenschirm schützte ihn vor den dicken Tropfen, die von den Bäumen fielen. Sara hatte das GPS sowie ihre Taschenlampe aus dem Auto dabei und Valentin blickte unter dem Schirm auf seine Papiere.

»Soweit ich das überblicken kann, ist der Stollen höchstens einige hundert Meter vom Auto entfernt«, bemerkte Sara.

»Ich versuche mir vorzustellen, wie der Falkersdorfer mitten in der Nacht mit seinen Fundsachen hier durch den Wald ging. Das war nicht so einfach.«

»Das mag zwar sein, aber die Wegpunkte wurden nun mal im GPS gespeichert. Er muss hier entlanggekommen sein. Vergiss nicht, er war es sein Leben lang gewohnt, im Wald herumzulaufen, und hatte sicherlich keine solchen Salonschleicher wie du an.« Sie warf einen Blick auf Valentins Schuhwerk, das mittlerweile durchnässt und vollkommen verdreckt war.

»Ja, was kann denn ich dafür, dass du mich Knall auf Fall hier in den Wald zerrst«, entgegnete Valentin und blickte an sich hinunter. »In meinem Auto hätte ich schon richtige Schuhe gehabt. Nach diesem Ausflug kannst du mich am Hotel absetzen, so kann ich auf keinen Fall zurück zur Arbeit.«

»Da vorn«, sagte Sara und deutete auf eine kleine Erhebung zwischen den Bäumen, »das sieht mir aus wie eine überwachsene Abraumhalde. Wir müssen ganz nah dran sein.«

Sie gingen bis zu der Stelle und sahen den Hügel hinauf. Tatsächlich gab es dort einen schmalen Einschnitt, der zu einem waagerechten Eingang eines Stollens führte. Der Weg war so breit, dass ein dünner Mensch knapp durchkam.

»Das sehe ich mir näher an«, sagte Sara, reichte Valentin das GPS und schlängelte sich den Einschnitt entlang. Derweil stand Valentin mit Regenschirm, GPS und einem Packen Papier davor und blickte neugierig zu Sara.

»Kannst du was erkennen?«, fragte er.

»Bisher noch nicht. Der Eingang hat höchstens einen halben Meter Durchmesser und es ist ein Gitter davor.« Sie bewegte sich den schmalen Pfad ein kurzes Stück zurück und legte sich dann flach auf den Boden, um besser in das versperrte Loch blicken zu können. Ohne Taschenlampe hätte sie überhaupt nichts gesehen, da es in der Höhle stockdunkel war. Nach einer Weile richtete sie sich wieder auf und zwängte sich den Einschnitt zurück zu Valentin, der sie fragend anblickte. Sara schüttelte den Kopf.

»Ich glaube nicht, dass er da seinen Fund versteckt hat. Ein erwachsener Mann kommt da nicht rein. Du hast ja gesehen, dass selbst ich meine liebe Mühe hatte, auch nur in den Eingang zu blicken. Dabei reden wir noch gar nicht davon, dort hineinzukriechen und etwas hineinzubefördern. Ich bin sicher, hier finden wir nichts.«

»Auch wenn du im wahrsten Sinne des Wortes gerade die Drecksarbeit machst«, Valentin blickte die über und über verschmutzte Sara grinsend an, »war ich nicht ganz untätig. Hier am Hang muss es noch einen zweiten Stollen geben und Falkersdorfer war dort.« Er zeigte ihr das GPS und fuchtelte gleichzeitig mit den Papieren herum.

»Dann auf zur nächsten Untersuchung«, sagte Sara ergeben, »recht viel schmutziger kann es ja nicht mehr werden.«

Der zweite Eingang lag knapp hundert Meter entfernt schräg den Hang hoch zwischen den Fichten. Und im Gegensatz zum ersten Stollen war er leicht zugänglich, allerdings ebenfalls mit einem massiven Metallgitter versperrt. Sara und Valentin knieten vor dem Gitter und versuchten, in der Dunkelheit etwas zu erkennen.

»Gut, dass du deine große Taschenlampe dabeihast, sonst würden wir überhaupt nichts sehen«, sagte Valentin.

»Die Bergleute haben hier einiges geleistet. Da drinnen sieht es fast wie eine hohle Kugel aus«, stellte Sara fest.

»Die Höhle hat sicher einen Durchmesser von gut zehn Metern. Da könnte man jeden Fund verstecken, wenn man den dazugehörigen Schlüssel hat.«

»Es war für Falkersdorfer gewiss kein Problem, sich vorab die Schlüssel zu besorgen, sofern er diese aufgrund seiner Arbeit nicht ohnehin schon besessen hatte.«

»Ich wollte mit meiner Bemerkung eigentlich zum Ausdruck bringen, dass wieder einmal deine Aufsperrkünste gefragt sind«, sagte Valentin und zwinkerte Sara zu.

»Ach so, das meinst du. Lass mich mal das Vorhängeschloss genauer ansehen.« Sara nahm das Schloss in die Hand und drehte und wendete es, soweit es möglich war.

»Das kriegst du doch sicher auf.«

»Das wird nicht einfach. Warte du mal hier, ich gehe schnell runter zum Auto und hole ein paar Sachen. So einfach wie beim Kaufhaus ist das nicht.« Sie stand auf, klopfte sich den gröbsten Schutz von der Hose und lief bergab in Richtung Auto. Valentin stand derweil unter dem Regenschirm vor dem Eingang und überlegte, was sie wohl noch alles in ihrem Fahrzeug gelagert hatte. »Ist das eigentlich ein Auto oder eine fahrende Werkstatt«, kommentierte Valentin die Werkzeugtasche aus dickem, rotem Stoff, die Sara kurze Zeit später vor ihm auf den Boden stellte.

»Das ist das ganze Zeug vom Biathlon, das habe ich noch immer dabei. Die Einstellungen und kleineren Reparaturen am Gewehr und an den Skiern muss ich schon selber machen.« Sie wühlte eine Weile in der Tasche, bis sie die richtigen Utensilien gefunden hatte, und drückte dann Valentin die Taschenlampe in die Hand. »Du weißt ja mittlerweile, wie das funktioniert«, sprach sie und wandte sich dem Vorhängeschloss zu.

Während Valentin für Helligkeit sorgte, arbeitete sie konzentriert an dem Schloss. Da es an der Tür nicht fixiert war, rutschte Sara mit ihren Werkzeugen immer wieder ab und es dauerte ziemlich lange, bis es mit einem Klicken aufsprang.

»Gut gemacht«, kommentierte Valentin das Geräusch und klopfte ihr anerkennend auf die Schulter.

Sie lächelte ihn an. »Wir bemühen uns ja in Übung zu bleiben.« Sie zerrte die eiserne Gittertür auf und kletterte vorsichtig in die Aushöhlung, die unbekannte Bergarbeiter vor langer Zeit in den Granit getrieben hatten. Valentin folgte ihr. Als sie nach wenigen Schritten die Mitte der künstlichen Höhle erreichten, leuchtete Sara langsam von einer Seite zur anderen. »Unglaublich«, sagte sie beeindruckt von der Kuppel der Höhle, die sich über ihren Köpfen spannte. An mehreren Stellen an der Decke hingen kopfüber und tief schlafend kleine Fledermäuse.

»Ein gutes Versteck. Man kann mit dem Auto bis auf wenige hundert Meter heranfahren, aber es haben sicher nur ein paar Leute einen Schlüssel. Konntest du an dem Schloss vorhin eigentlich feststellen, ob es vor Kurzem geöffnet wurde?«

»Schwierig zu sagen«, antwortete Sara, »zumal Falkersdorfer bereits vor einem Monat hier war. Der eigentliche Schlüsselkanal war nicht angerostet, allerdings wird er durch ein bewegliches Schutzblech vor Verschmutzung und Nässe geschützt.«

»Lass uns die Höhle genau durchsuchen. Wie du schon sagtest, Falkersdorfers Fund hat eine mittlere Größe, man sollte ihn eigentlich hier drinnen leicht finden.« Sie gingen langsam durch die Höhle und leuchteten mit der Lampe in jeden Winkel. Valentin schaute sogar unter die kleineren von der Decke herabgefallenen Steine, doch die Nachforschung brachte kein positives Ergebnis zutage.

Valentin blickte Sara ernüchtert an. »Sieht nicht gut aus. Ich glaube, hier drinnen gibt es nichts zu finden. Die Höhle ist bis auf die Fledermäuse leer.«

»Machen wir weiter?«, fragte sie zurück.

»Mein Anzug ist ohnehin schon versaut«, antwortete Valentin, »Komm, das ziehen wir jetzt durch.«

»Dann auf in Richtung Hennenkobel.«

Sara kurvte mit ihrem Auto die schmale Straße nach Rabenstein hinauf, das am Fuß des Hennenkobels lag. Es nieselte immer noch und die Wolkendecke hatte sich bis auf Kirchturmhöhe abgesenkt. Die Heizung war voll aufgedreht, was nicht verhinderte, dass ihnen kalt war und die Scheiben beschlugen. Valentin tippte konzentriert auf seinem PDA herum.

»Geschafft«, sagte er triumphierend. »Ich habe mir gerade eine Taschenlampen-App auf das Telefon geladen. Jetzt habe ich auch Licht, falls wir noch mal in den Untergrund müssen.«

»Spielkind«, kommentierte Sara seine Aktion und riskierte einen kurzen Blick auf die Beifahrerseite. »Schau lieber in die Karte und finde heraus, wie weit wir dann noch gehen müssen.«

»Wenn wir am Ortsrand von Rabenstein parken, ist es sicher noch eine Stunde zu Fuß.«

»Moment mal«, unterbrach ihn Sara. »Falkersdorfer wird doch wohl nicht mitten in der Nacht eine Stunde durch den Wald mit seinem Fund zurückgelegt haben.«

»Hat er nicht. Und wenn du mich ausreden lassen würdest, dann hätte ich dir gleich gesagt, dass wir mit dem Auto bis zu einer Stelle fahren können, an der sich Falkersdorfer ziemlich lange aufgehalten hat. Das sollten wir uns genauer ansehen.«

»Sorry, ich bin aktuell leicht grantig. Schau, wie wir aussehen, und es ist bisher rein gar nichts herausgekommen.« Beide waren nach dem Gang durch den Wald und dem Einstieg in die Höhle über und über mit Dreck verschmiert.

»Es könnte ja sein, dass wir diesmal fündig werden. Jetzt biege da vorn links in den Forstweg ab, da ist Falkersdorfer entlanggefahren.«

»Lieber Chefcontroller, hast du das komische runde Schild mit dem roten Rand gesehen?«, fragte Sara.

»Keine Angst, ich habe mich gerade umgeblickt. Es ist niemand da, der uns sehen kann, und jetzt beeil dich, damit das so bleibt. Glaub mir, ich habe mittlerweile eine gewisse Erfahrung mit dieser Art von gesperrten Straßen.«

»Das musst du mir bei Gelegenheit einmal genauer erzählen.«

Bevor Valentin antworten konnte, klingelte sein Telefon. Jennifer war am Apparat. »Herr Steinberg, gut dass ich Sie erwische. Gerade hat der Herr Josef Saxinger angerufen. Er wollte Sie dringend sprechen. Ich habe ihm Ihre Nummer nicht gegeben. Sie wissen schon, wegen dem Disput, den Sie letztlich mit ihm hatten. Ich hoffe, das war in Ordnung?«

»Passt schon. Was wollte er denn?«

»Das hat er selbst auf Nachfrage nicht gesagt. Er meinte nur, es sei akut und nuschelte dann etwas in der Richtung von Rückzahlung einer Schuld. Damit konnte ich leider nichts anfangen.«

Valentin überlegte einen Augenblick, allerdings war auch ihm nicht klar, was Jo damit ausdrücken wollte. »Senden Sie mir bitte seine Nummern per SMS, dann rufe ich ihn gleich zurück. Mal schauen, was er von mir so eilig will.«

Sara blickte ihn von der Seite aus fragend an, während sie im zweiten Gang langsam den Berg hochfuhr.

»Ein Schulfreund, der jetzt bei der Zeitung ist. Vermutlich möchte er wieder einmal irgendetwas Besonderes von mir wissen.«

»So, so«, entgegnete sie spitz, »solange es dann nicht wieder groß in der Zeitung steht, wie eine gewisse Story über einen Toten im Wolfsgehege.«

Valentin benötigte einen Augenblick, um die Aussage zu verdauen, dann wurde er rot im Gesicht. Verlegen widmete er sich seinem Handy. Jennifer hatte die Nachricht mit den Nummern sofort geschickt und er versuchte nun, Jo Saxinger zu erreichen.

»Verdammt, die SMS ist zwar noch durchgekommen, für eine Sprachverbindung reicht der Empfang nicht mehr.«

»Wir sind jetzt schon hinter dem Berg. Bis zur Landesgrenze gibt es da nur noch Bäume und keine Mobilfunkmasten. Jetzt sag mir mal lieber den Weg an, bevor du die ganze Zeit mit dem Telefon spielst. So dringend wird es schon nicht sein.«

Valentin nahm Karte und GPS wieder in die Hand und gemeinsam versuchten sie, die richtige Route durch den Wald zu finden.

KAPITEL 36

Mittlerweile waren die Wolken bis zu den Baumspitzen abgesunken. Es nieselte und trotz des frühen Nachmittags war es bereits düster. Sara hatte das Licht am Auto eingeschaltet und sie fuhren das letzte Stück zu der Stelle, an dem Falkersdorfer länger als eine Stunde gewesen war. In der Karte war der Ort mit Kiesau bezeichnet. Valentin erklärte, dass Kies eine alte einheimische Bezeichnung für Quarz war, der hier vor langer Zeit für die Glashütten abgebaut wurde.

Sie fuhren langsam von der gesandeten Forststraße auf die freie Fläche eines Hanges, an dem früher das begehrte Mineral im Tagebau gewonnen wurde. Die Einfahrt zierte ein Granitblock mit der Inschrift ›Historischer Bruch Hennenkobel‹. Der ebene Platz war durch die steilen Hänge des Hügels und eine Felswand begrenzt. In dem früheren Abbaubereich, etwa doppelt so groß wie ein Tennisplatz, standen einige Schilder und eine verwitterte Lore. Sara stellte das Auto in die Mitte der Fläche und sie blickten auf die Karte.

»Man sieht am Geschwindigkeitsprofil des GPS, dass er auch hier geparkt hat«, stelle Valentin fest. »Dann ist er weiter bis zur Felswand dort hinten rechts gegangen und anschließend war das Signal weg. Das Schema kennen wir irgendwoher, oder?«

»Dort ist wohl der Eingang zum Stollen. Eigentlich ein idealer Ort, um etwas zu verstecken. Er liegt einsam im Wald und man kann ihn mit dem Auto direkt erreichen.«

»Schauen wir uns das mal genauer an. Du kannst ja gleich deine speziellen Utensilien mitnehmen. Da gibt es sicher ein Vorhängeschloss.«

Sara lächelte milde und griff nach hinten zu ihrer Werkzeugtasche und der Taschenlampe. Sie hielt ihm die große Stablampe vor die Nase. »Wollen wir die nehmen oder sollen wir uns auf deine App verlassen?«

»Pah«, kommentierte Valentin das Angebot und stieg aus.

Der Einstieg in den Stollen befand sich ebenerdig und war mit einem massiven Gitter aus quadratischen Stahlrohren geschützt, was einen extrem stabilen Eindruck vermittelte. Sogar das Schloss war in einem der Rohre versenkt untergebracht. Sie knieten sich auf den Boden, um die Schutzmaßnahmen zu begutachten und um besser hantieren zu können. Sara mit ihren kleinen

Haken und Drahtstückchen und Valentin mit der großen Lampe.

»Das ist hier echt blöd gemacht, ich komme beinahe nicht an die Öffnung für den Schlüssel ran«, jammerte Sara nach einer Weile.

»Ich rutsche etwas zur Seite, vielleicht geht es dann besser.« Valentin quetschte sich an die bemooste Felswand. Mittlerweile war ihm der Schmutz ziemlich egal geworden, seine Kleidung war ohnehin schon total verdreckt.

»Lass jetzt bloß die Lampe nicht fallen. Da geht es gleich ein paar Meter ziemlich steil runter, an die kommen wir sonst nie wieder ran.«

»Ich hoffe doch, dass du das Schloss bald geöffnet hast.«

»Dauert noch, das ist diesmal eine echte Herausforderung.« Sara werkelte, halb auf dem Boden liegend, noch einige Minuten an dem Schloss herum und erhob sich dann entnervt.

Valentin blickte sie fragend an. »Wie schaut es aus?«

»Vergiss es. Das ist zwar ein übliches Stiftschloss aber es hat noch zusätzliche Bohrmulden und da komme ich mit diesen Werkzeugen nicht weiter.«

»Versuch es doch mal mit den anderen Sachen aus deinem Koffer.«

»Für diese Schlossart habe ich nichts Passendes. Das müsste ich mir zuerst besorgen und dann noch üben. Sonst geht da gar nichts.«

Valentin überlegte eine Weile und fragte: »Du hast

doch eine Pistole. Wir könnten das Schloss aufschießen? So einsam wie es hier ist, wird das kein Mensch bemerken.«

Sara lächelte mitleidig. »Das funktioniert nur bei ungeschützten Schlössern. Das Schloss hier ist durch die Stahlrohre richtiggehend gepanzert, da würde es bei Beschuss völlig unkalkulierbare Querschläger geben. Wenn es ganz blöd läuft, muss ich dem Notarzt erklären, warum einer von uns eine Schussverletzung hat.«

Valentin schaute sich in dem kleinen Talkessel nachdenklich um. Lustlos ging er zu den aufgestellten Schautafeln, auf denen Fotos und alte Grafiken den hiesigen Bergbau beschrieben, der bereits 1755 begonnen wurde. Vor Urzeiten hatte sich an dieser Stelle eine große Linse aus reinem Quarz gebildet, die man über die Jahrhunderte zuerst im Tagebau und später sogar im Untertagebau förderte. Mit diesem besonders hochwertigen Quarz konnte man transparentes Glas herstellen, das nicht den aus Verunreinigungen verursachten grünlichen Schimmer des typischen Waldglases hatte. Valentin betrachtete die Bilder, die recht anschaulich den Tagebau zeigten. Sogar eine Art Kran hatte man aufgebaut, wohl um damit den Aushub einfacher aus der Grube zu fördern. Er blickte auf das Bild.

Plötzlich drehte er sich um und schrie. »Ich hab's. Ich weiß jetzt, wie wir das Gitter wegbekommen.«

Sara stand einige Meter entfernt und sah erstaunt auf. »Wie denn? Sollen wir das Schloss aufsprengen?«

»Denk doch mal nach. Was ist das stärkste Teil, das wir dabeihaben?«

Sie blickte ihn verärgert an. »Mach jetzt bitte kein Suchspiel draus. Sag mir einfach die Lösung. Ich bin ohnehin schon ziemlich sauer.«

»Dein Auto«, sagte Valentin triumphierend. »Wir nehmen dein Auto und reißen das Gitter einfach aus seiner Verankerung. Mit dem Vierradantrieb bekommen wir dafür genügend Zug.«

»Das könnte tatsächlich klappen«, meinte sie. »Du solltest mich vorher noch nach einer bestimmten Sache fragen.«

»Was denn?«, erwiderte Valentin überrascht.

»Ob ich ein Abschleppseil dabeihabe.«

Valentin schlug sich mit der Hand gegen die Stirn. »Jetzt sag bloß nicht …«

»Keine Angst, natürlich habe ich eins dabei. Als aktiver Wintersportler gehört das faktisch zur Minimalausstattung.«

Sie gingen zum kleinen roten Japaner und holten das Seil aus dem Kofferraum. Es sah tatsächlich so aus, als ob es schon mehrmals in Gebrauch gewesen war. An beiden Enden waren sogar Karabiner.

Valentin befestigte das Abschleppseil in der Mitte des Gitters und Sara rangierte vorsichtig ihr Auto möglichst nah an den Stolleneingang. Sie hatten Glück, das Seil war gerade lang genug, um den Karabiner in die entsprechende Öse des Autos einzuklinken.

»Fahr los, aber bloß nicht schnell«, rief Valentin.

»Ich habe den Kriechgang drin, da geht es eh nur ganz langsam.« Sara fuhr an, und das Auto bewegte sich im Schneckentempo vorwärts. Allmählich spannte sich das Seil. Valentin trat schnell einige Schritte zur Seite. Es war abzusehen, dass gleich das gesamte Gitter aus seiner Verankerung gerissen wurde. Saras Auto mühte sich Millimeter um Millimeter vorwärts. Leises Knacksen war zu hören, als die volle Zugkraft in die Stahlrohre der Tür eingeleitet wurde. Gleich musste die Tür aus dem Schachteingang fliegen. Valentin hoffte nur, dass es dabei nicht das Auto beschädigte.

Doch auf einmal ging es nicht mehr vorwärts und die mit den mechanischen Differenzialen gleich geschalteten Räder begannen auf dem Schotter des Platzes durchzudrehen. Sara bemerkte dies und gab mehr Gas. Dies hatte jedoch nur den Effekt, dass sich die Räder immer tiefer in den Boden gruben. Nach einem letzten erfolglosen Versuch schaltete Sara den Motor ab und stieg aus. Sie blickte Valentin enttäuscht an. »Das gibt es doch nicht. Da hätte ich jetzt alles verwettet, dass das klappt. Ich habe schon Autos aus dem Schnee gezogen, die waren doppelt so groß wie meins.«

»Ich glaube, allmählich sind wir am Ende. Das Auto ist das Letzte, was wir aufbieten konnten.«

Sara wirkte nicht ganz so entmutigt wie Valentin. Sie ging im Kreis umher, stoppte, und blickte langsam vom Boden auf zu Valentin. »Wir haben etwas dabei, mit dem es klappen müsste.«

»Hä?«, entfuhr es Valentin.

»Warte einen Augenblick, ich hole es.« Sie ging zum Kofferraum und wühlte darin herum. Dann richtete sie sich auf und drehte sich zu ihm um. Sie lächelte ihn siegessicher an. »Schau mal. Damit bekommen wir die Tür auf.« Sie hielt ihm den Wagenheber vor die Nase.

»Das ist genial. Der bringt gewiss mehr als zwei Tonnen Kraft. Dem hält keine Tür stand.«

Sara klemmte den eingefahrenen Wagenheber zwischen Felswand und Gittertür und mit ein paar Fußtritten hatte sie ihn fixiert. Sie fing langsam an zu kurbeln. Als der Druck auf die Tür zunahm, vernahmen beide ähnliche Laute wie zuvor bei ihrem Versuch mit dem Abschleppseil. Doch diesmal drehten keine Räder durch. Plötzlich gab es einen lauten Knall. Die Tür sprang auf und der Wagenheber fiel zu Boden.

»Geschafft«, freute sich Sara. »Jetzt schauen wir mal nach, ob der Falkersdorfer hier wirklich etwas versteckt hat.« Sie legte den Wagenheber zurück in den Kofferraum, nahm die Taschenlampe in die Hand und ging vorsichtig voran. »Zumindest ist es hier nicht so eng wie in Rotkot.«

Die ersten Meter ging es zwar ziemlich steil abwärts, doch anschließend führte der Gang nahezu ohne Gefälle in die Dunkelheit. Valentin folgte Sara mit dem Handy in der Hand, auf dem er seine Taschenlampen-App aktiviert hatte. Entgegen ihrem Gespött erzeugte das Telefon sogar eine verhältnismäßig gute Helligkeit.

»Pass auf, da vorne links hängen ein paar Fledermäuse«, machte Sara auf die kopfüber von der Decke baumelnden Tiere aufmerksam.

»Keine Angst, wenn die mir nichts tun, dann tue ich ihnen auch nichts.«

»Witzbold. Wie weit führt der Gang wohl in den Felsen?«

»Der Stollen ist nicht allzu lang. Er führt zu einem unterirdischen See, der sich in einer Art größerer Kaverne befindet. Dort war früher die Quarzlinse. Das stand zumindest auf einer der Tafeln, die ich mir vorhin angesehen habe.«

»Halt, warte mal!«

»Was ist denn los?«

»Schau, was da ist!« Sie leuchtete mit ihrer Stablampe vor sich auf den schlammigen Boden des Ganges. Dort konnte man ziemlich deutlich einen Schuhabdruck mit grobem Profil sehen.

»Die ähneln denen aus dem Schrazelgang«, behauptete Valentin. Er verglich seinen Schuh mit dem Abdruck. »Die Größe könnte ebenfalls passen. Das GPS hat also nicht gelogen. Falkersdorfer ist wirklich hier gewesen.«

»Dann lass uns vorangehen, es kann ja nicht mehr weit bis zum See sein.«

Bereits nach wenigen Metern verbreitete sich der Gang allmählich und kurz danach standen sie am Ufer des unterirdischen Sees. Die abgebaute Quarzlinse musste ziemlich groß gewesen sein, da die Wasserfläche eine beachtliche Ausdehnung hatte. Das Ufer an der Mündung des Stollens war schmal und führte nur wenige Meter links und rechts am See entlang.

»Beeindruckend«, sagte Sara leise und ließ ihren Blick über die schwarze Wasseroberfläche schweifen. Sie leuchtete mit ihrer Lampe die Wände ab. Dort hingen Hunderte von kleinen Fledermäusen, die bereits ihren Winterschlaf begonnen hatten.

»Viel Platz, um etwas zu verstecken, ist hier ja nicht vorhanden«, kommentierte er die Enge.

Sara sah dies ganz praktisch. »Dann müssen wir ja nicht lange suchen.« Sie ging langsam wenige Schritte am rechten Ufer entlang und leuchtete hinter jeden Stein und in jede noch so kleine Spalte. Valentin war mit seiner Behelfslampe auf der anderen Seite unterwegs und besah sich genau die Umgebung. Nach einer Weile trafen sie sich wieder an der Stelle, an der der Stollen an das Seeufer grenzte.

»Das darf doch nicht wahr sein. Nun sind wir so weit gekommen und dann finden wir nichts«, sagte Valentin.

»Die Sachen sind hier sicher irgendwo versteckt. Wir müssen noch einmal alles ganz genau kontrollieren.«

»Dein Wort in Gottes Ohr. Wir haben gerade die gesamte Höhle haarklein abgesucht, ich glaube nicht, dass wir etwas übersehen haben.«

»Ich habe da noch eine Idee«, sagte Sara. »Denkbar wäre es doch, dass er seinen Fund im See versenkt hat. Selbst wenn jemand hier hereinkommt, da unten ist er sicher.«

»Da hast du recht«, meinte Valentin, »da kommt wirklich niemand ran.«

»Komm schon, der war doch nicht blöd. Falls er das getan hat, gibt es garantiert ein Seil, mit dem man die Sachen wieder aus dem Wasser ziehen kann. Ich schaue mir das mal genauer an. Sie zog die Jacke aus und krempelte ihren Pulli hoch. Dann kniete sie sich ans Ufer und begann, mit einem Arm im Wasser zu tasten. »Wenn hier irgendwo ein Seil ist, dann entdecke ich es.«

»Dein Wort in Gottes Ohr. Wenn wir hier nichts finden, dann bleibt uns wohl nichts anderes mehr übrig, als noch nach Schachtenbach hinter die Talsperre zu fahren. Dort war er nach der Entdeckung der Schrazelgänge nämlich auch noch.«

»Lass dir doch mal Zeit. Vielleicht habe ich ja Glück«, antwortete Sara, während sie weiterhin im Wasser herumtastete. Sie rutschte auf den Knien langsam am Ufer entlang und leuchtete mit der Lampe in geringem Abstand ins Wasser. In der Höhle wurde es ziemlich dunkel.

Valentin glaubte nicht mehr daran, dass sie erfolgreich sein würden. Wer wusste schon, warum Falkersdorfer damals hier gewesen war, dachte er entmutigt, versteckt hatte er jedenfalls nichts. Er blickte sich um und sah direkt in der Nähe des Ausgangs einen Steinhaufen. Valentin dachte, es wären irgendwelche Brocken, die im Laufe der Jahre von der Decke gefallen waren und die ein ordnungsliebender Höhlenbesucher zur Seite geräumt hatte. Er ging darauf zu und wollte sich setzen, um sich auszuruhen. Als er kurz davor war, blitzte etwas im Kegel des weißen Lichtes kurz grünlich auf. Er sah genauer hin und schwenkte sein Handy langsam hin und her.

Tatsächlich, da lag etwas am Boden. Er bückte sich und nahm den blitzenden Gegenstand in die Hand. Es war eine Glasscherbe. Dass die Leute auch überall ihren

Müll hinterlassen mussten. Als er sie auf den Steinhaufen werfen wollte und sie dabei aus dem direkten Licht entfernte, bemerkte er wieder das grüne Funkeln. Die Scherbe war ziemlich dünn und fein graviert. Wenn er sie in einem bestimmten Winkel ins Licht hielt, dann gewann man den Eindruck, dass sie von innen heraus leuchtete. Er drehte und wendete sie in der Hand, doch der Eindruck des Eigenleuchtens blieb. Mit der Scherbe in der Hand ging er Näher zu dem Steinhaufen. Er legte sie vorsichtig zur Seite und klemmte sich das Telefon zwischen Kinn und Brust fest. Dann begann er, mit beiden Händen die Steine vom Haufen zu klauben. Bereits nach wenigen Augenblicken stieß er auf mehrere olivgrün angestrichene Holzkisten. Er drehte sich um und rief Sara herbei.

»Was ist denn los?«

»Schau mal.« Er hielt ihr seinen Fund vors Gesicht. Als sie ihn mit ihrer Lampe anleuchtete, war es jedoch nur leicht grün gefärbtes Glas.

»Ja und?«, sagte sie abfällig. »Eine Glasscherbe. Was soll ich damit?«

»Schalte mal deine Lampe aus. Ich glaube meine ist besser.«

Sie brummte Unverständliches und knipste die Lampe aus. Die Scherbe begann wieder im Licht des Handys zu leuchten, und Sara pfiff anerkennend durch die Zähne. »Das sieht ja wunderbar aus. Lag die etwa hier.«

»Und ich möchte wetten, wir finden gleich noch mehr davon. Mein Handy besitzt offenkundig einen hohen UV-Anteil im abgestrahlten Licht, ganz im Gegensatz zu deiner Halogenlampe. Dieses spezielle Glas wandelt UV-Licht in sichtbares Licht um. Deswegen hat man den Eindruck, dass es von selbst leuchten würde.«

»Herrlich. Wie heißt denn der Effekt?«

»Das ist ganz normale Fluoreszenz. Sie entsteht, wenn man Uran in die Glasschmelze mischt.«

»Wie kommt man denn darauf?«, fragte Sara verwundert.

»Man hat über die Jahrhunderte alle möglichen Ingredienzien ausprobiert und bei Uran gibt es halt diesen ganz besonderen Effekt. Nicht weit von hier, in Böhmen wurde früher Uran gewonnen. Ähnelt im Aussehen übriges Vaseline, weshalb man es manchmal auch Vaselineglas nennt.«

»Ich Blödmann«, entfuhr es Sara. »Vaselineglas wurde auch am Wolfsturm gefunden. Ich dachte mir noch, was hat der Arthur von der Forensik eigentlich mit seiner Vaseline und dem Glas.«

Valentin blickte sie verständnislos an. Dann bückte er sich und versuchte, die oberste Kiste zu öffnen. Sie war jedoch zugenagelt und der Deckel rührte sich nicht einen Millimeter.

»Lass mal die Polizeifrau ran.« Sie zog ein großes Taschenmesser aus der Hose, mit dem sie geschickt in den feinen Spalt zwischen Deckel und Korpus fuhr. Dann drehte sie das Messer. Quietschend hob sich der Deckel. Zum Vorschein kam als erstes ein Wust an Holzwolle, den Valentin vorsichtig anhob. Beide erstarrten, als sie die darunter liegenden Gegenstände im Licht der Handylampe erblickten. Das also hatte Falkersdorfer im Schrazelgang tief unter dem Zwiesler Stadtplatz gefunden. Wundervoll gravierte Trinkbecher, Schnupftabakgläser und geschliffener Schmuck aus Uranglas. Vermutlich alles uralte Stücke.

»Dafür lohnt sich sogar ein Mord«, bemerkte Sara völlig unromantisch. Ganz im Gegensatz zu Valentin, der die funkelnde Pracht mit großen Augen anblickte. »Sei vorsichtig, da sind auch einige zerbrochene Gläser drin.«

»Sieht das nicht wunderbar aus?«, fragte er und hob behutsam eine der zierlich gearbeiteten Ketten aus der Kiste. »Ich habe vor Antritt meines Jobs ein paar Sachen über die Glasherstellung gelesen, aber dass ich freilich solche Kunstwerke irgendwann selbst in der Hand halte, habe ich nicht erwartet.«

»Die Gegenstände sehen unglaublich aus, obwohl ich ja nicht so sehr der Schmucktyp bin. Bei Tageslicht macht das allerdings vermutlich nicht so viel her. Man benötigt doch immer Licht mit hohem UV-Anteil, oder irre ich mich da?«

»Wenn die Sonne direkt darauf scheint, dann ist der Effekt zwar nicht so extrem wie jetzt, aber trotzdem noch gut sichtbar. Allerdings war die Freude für manche Frauen nicht von langer Dauer.«

»Warum denn?«

»Die Strahlung des Urans ist zwar gering, doch bei längerem direkten Hautkontakt kann der Schmuck durchaus Krebs verursachen.«

»Jetzt beginnt es gruselig zu werden. Kurz anfassen ist hoffentlich ungefährlich?«

»Da brauchst du keine Angst zu haben. Was machen wir jetzt mit dem Fund? Sollen wir ein oder zwei Teile als Beweis mitnehmen und den Rest hier lassen?«

»Lass mich mal überlegen«, erwiderte Sara. »So wie wir am Eingang herumgefuhrwerkt haben, wird das über kurz oder lang jemand bemerken und hier drinnen nachschauen. Das Risiko ist mir zu hoch, dass man die Kisten unter dem Steinhaufen findet.«

»Dann nehmen wir sie mit. Vielleicht wäre es ja eine gute Idee, die Sachen deinem Chef auf den Schreibtisch zu stellen?«

»Wir haben noch zu wenig. Ich möchte ihm den Fall fix und fertig servieren, ohne die Notwendigkeit einer weiteren Aktion.«

»Jetzt komm schon, Sara«, warf Valentin ein. »Was willst du denn noch mehr? Wir haben herausgefunden, dass Falkersdorfer eine fantastische Entdeckung gemacht hat und aufgrund dessen vermutlich vom Turm in das Wolfsgehege geworfen wurde. Das Einzige, was uns jetzt noch fehlt, ist der Täter, und da kann die hiesige Polizei durchaus mal aktiv werden.«

»Ich überlege es mir. Wir haben ja noch Zeit, bis wir wieder zurück in Zwiesel sind. Hinsichtlich des Täters habe ich so einen Verdacht, aber da muss ich noch in Ruhe hirnen.«

KAPITEL 37

Selbst die voll aufgedrehte Heizung im Auto konnte Valentin nicht aufwärmen. Mittlerweile klapperte er schon richtig mit den Zähnen. Am Hotel angekommen blickte ihn die Empfangsdame ziemlich befremdet an, als er mit seinen schmutzigen Klamotten verlegen grinsend an ihr vorbei die Treppe hochtrottete. Kaum in seinem Zimmer warf er die verdreckte Kleidung achtlos auf den Boden und eilte in Richtung Bad. Dort duschte er so heiß, wie es gerade noch auszuhalten war. Langsam verließ dabei die Kälte seinen Körper.

Er rief Jennifer an und sagte ihr, dass sich seine nachmittägliche Aktion leider länger hingezogen hatte als geplant, und er heute nicht mehr zur Arbeit kommen würde. Falls man ihn unbedingt benötigte, könnte man ihn via Mobiltelefon oder E-Mail erreichen. Sie teilte ihm dann noch mit, dass sich in der Zwischenzeit Josef Saxinger dreimal gemeldet hatte und um dringenden Rückruf bat. Valentin versprach hoch und heilig, sich sofort darum zu kümmern, und legte auf.

Er überlegte, was Jo so dringend von ihm wollte. Vermutlich bräuchte er für eine Räuberpistole irgendwelche Insider-Informationen. Kaum hatte er die Nummer von Saxinger gewählt, als sich dieser auch schon meldete.

»Was gibt es denn so Eiliges?«

»Du, sag einmal, was ist denn bei euch in der Hütte los?«

Genau das hatte Valentin befürchtet, Saxinger benötigte irgendwelche Interna von BGI. Der würde heute auf Granit beißen, schwor sich Valentin. »Da ist zurzeit nichts Besonderes. Warum fragst du denn?«

»Das bleibt jetzt unter uns. Sieh das mal als Gegenleistung für die Story am Wolfsturm an.«

»Jetzt red nicht so lange um den heißen Brei herum und sag endlich um was es geht«, sagte Valentin. Jo hatte es ganz gut verstanden, seine Neugierde zu wecken.

»Heute Vormittag hat mich die Sekretärin vom Raabe angerufen. Ihr Chef würde mich gerne sprechen. Nachdem er selber in der Leitung war, schwallte er mich mit vielen nichtssagenden Worten zu. Das Resultat des Gesprächs war nichts weiter als der Wunsch nach einem Interviewtermin am Freitag. Das ist mir irgendwie merkwürdig vorgekommen.«

»Du hast wirklich keine Ahnung, was er von dir will?«

»Überhaupt nicht. Außer dass ich mir zwei Stunden Zeit nehmen soll. Kommt mir reichlich viel vor für ein einfaches Interview. Deshalb rufe ich dich ja an, ich hätte mich gerne vorbereitet.«

»Also bei uns in der Hütte gibt es keine wirklichen Neuigkeiten. Der Abbau der 300 schreitet voran. Einige haben bereits einen Aufhebungsvertrag unterschrieben. Das ist nichts Sensationelles. Kannst du denn nicht über andere Quellen herausfinden, um was es sich handelt? Du bist doch in der Gegend gut vernetzt.«

»Speziell in der BGI habe ich wenig Kontakte«, erwiderte Saxinger. »Warte mal einen Augenblick, ich habe da noch eine Idee. Ist allerdings etwas riskant.«

»Also ich spioniere für dich da nicht herum. Nur falls du auf das hinauswillst«, wehrte Valentin prophylaktisch ab.

»Das meinte ich nicht. Ich rufe ihn noch mal an und sage, dass ich am Freitag einen anderen wichtigen Termin hereinbekommen habe. Wenn ich zu ihm kommen soll, dann muss er mir schon mehr offenbaren als den bloßen Wunsch um ein Gespräch.«

»Meinst du, dass er darauf hereinfällt?«

»So wichtig wie er das gemacht hat, könnte es klappen. Ich glaube, er will mir am Freitag unbedingt eine Information stecken, die dann in die Samstagsausgabe kommen soll. Wenn das tatsächlich so ist, bleibt ihm überhaupt nichts anderes übrig, als mir einen Köder hinzuwerfen.«

»Kannst du mich in der Sache auf dem Laufenden halten? Irgendwie habe ich das Gefühl, dass es wichtig sein könnte.«

»Ich habe ja gesagt, dass ich dir noch etwas schulde. Sobald ich Neuigkeiten habe, melde ich mich.«

Valentin legte auf und lehnte sich nachdenklich in seinen Stuhl zurück. Was führte der Raabe im Schilde? Ihm war nicht bekannt, dass in näherer Zukunft eine besondere Marketingaktion geplant war und bisher wurde er immer in alle strategischen Aktivitäten eingeweiht. Möglicherweise wäre es eine gute Idee, noch mal bei Jennifer anzurufen. Sie hatte viele Kontakte innerhalb der Hütte und könnte heute Nachmittag ein paar unauffällige Erkundigungen einholen. Es war definitiv besser, der Sache noch von einer zweiten Seite zu Leibe zu rücken, als sich nur auf den Schreiberling Jo zu verlassen.

KAPITEL 38

Nachdem sie den frierenden Valentin vor dem Hotel abgesetzt hatte, war Sara schnurstracks zur Polizei weitergefahren. Sie stellte ihrem Chef mit viel Schwung eine der entdeckten Holzkisten auf seinen ordentlich aufgeräumten Schreibtisch. Noch ehe der sich Luft machen konnte, hatte sie den Deckel angehoben und ein Glasobjekt nach dem anderen auf den Tisch gestellt.

»Dies ist der Grund, warum man Falkersdorfer getötet hat«, brachte sie hervor, als Schmidt sie fragend anblickte.

»Dann erzählen sie mir mal die Sache von Anfang an«, forderte der sie auf und deutete auf den Stuhl vor seinem Tisch.

Sara begann ihre Geschichte mit der Speicherkarte, die man Valentin in der Wäscherei in die Hand gedrückt hatte. Schmidt lies seinen Blick nicht von ihr und hörte aufmerksam zu. Als sie davon berichtete, wie sie nachts ins Kaufhaus gelangt waren, huschte ein kurzes Schmunzeln über sein Gesicht. Die Recherchen in Tschechien und die Nachforschung in Rotkot nahm er unbewegt zur Kenntnis und wartete gespannt ab, als sie die Suche im Kiesauer Stollen schilderte. Danach fing er an, zu allen möglichen Details Fragen zu stellen, die Sara versuchte, so objektiv wie möglich und ohne Vermutungen zu beantworten. Seine abschließende Bemerkung war, dass man den Herrn morgen früh herbitten werde und dass er die Befragung leiten würde.

Um neun Uhr morgens saß Sara zusammen mit Max Schmidt in dem kleinen Besprechungsraum der Polizeiinspektion Zwiesel. Ihnen gegenüber hockte ein finster dreinblickender Alois Lomitzky.

»Herr Lomitzky, ich will weder ihre noch meine Zeit vergeuden«, begann Max Schmidt mit seiner ruhigen bestimmten Art. »Daher möchte ich von Ihnen hier und jetzt wissen, was Sie mit Felix Falkersdorfer in Ludwigsthal besprochen haben, und zwar an dem Tag, an dem er starb.«

Lomitzky schaute sie beide ziemlich perplex an. Mit diesem Frontalangriff hatte er nicht gerechnet, eher mit einem langsamen, gegenseitigen Abtasten. »Da muss ich jetzt nachdenken. Was war das noch Mal für ein Wochentag?«

»Jetzt erzählen Sie uns hier bitte keine Geschichten!

Wir haben sowohl einen Zeugen als auch einen weiteren Beweis, dass Sie Falkersdorfer an dem bewussten Tag getroffen haben. Warum fand dieses Treffen statt?« Schmidt fixierte Lomitzky.

Der schaute unruhig hin und her und wusste offensichtlich nicht so recht, was er sagen sollte. Schließlich fasste er sichtbar einen Entschluss und fing an zu erzählen. »Ihnen dürfte ja bekannt sein, dass Falkersdorfer und ich nicht immer einer Meinung waren. Das betraf im Besonderen einige Belange des Nationalparks. Da ich an dem bewussten Mittwoch ohnehin in Ludwigsthal war, haben wir uns verabredet. Wir wollten uns aussprechen. Es hätte ja durchaus sein können, dass wir doch mehr Gemeinsamkeiten hatten, als es uns aufgrund unseres bisherigen Disputes erschien.«

Sara merkte richtiggehend, wie in ihr der Unmut immer höher kochte, weshalb es aus ihr herausplatzte: »Jetzt sagen Sie uns endlich, was Sie von dem Fund im Schrazelgang wissen, und erzählen uns hier nicht irgendwelche Friede-Freude-Eierkuchen-Storys.«

Lomitzky blieb trotz ihres Ausbruchs völlig ruhig und blickte sie mit einer kaum wahrnehmbaren Spur Verachtung an. Sie wusste augenblicklich, dass sie gerade einen kapitalen Bock geschossen hatte. Der Schmerz, der ihr Schienbein durchzuckte, als Max Schmidt mit seinen festen Schuhen dagegentrat, unterstrich dieses Gefühl. Ihr Chef versuchte, die Situation zu retten. »Meine Kollegin mag zwar manchmal aufbrausend sein, aber auch ich nehme es Ihnen ganz sicher nicht ab, dass Sie sich abends in Ludwigsthal auf einem Aussichtsturm zu einer Aussprache trafen.«

»Das war ja nur ein Teil der Geschichte«, entgegnete Lomitzky. »Wenn Ihre Kollegin mich ausreden lassen würde, könnte ich Ihnen alles berichten.« Schmidt machte eine auffordernde Handbewegung und lehnte sich in seinen Stuhl zurück. Lomitzky überlegte einen Augenblick und fing dann an zu erzählen. »Falkersdorfer rief mich einen Tag vor unserem Treffen an. Er erklärte, dass er interessante Sachen gefunden habe. Als ich nachfragte, berichtete er mir, dass es sich um verschiedene Gegenstände aus Uranglas handelte. Nach seiner Einschätzung waren diese ziemlich alt und er vermutete sogar, dass ihre Herstellung in die Zeit der Entdeckung des Uranglases fiel. Ich fragte ihn, was er denn von mir wolle.« Er machte eine Pause und blickte Schmidt an. Dieser sagte jedoch nur kurz angebunden »Weiter« und wartete ohne Regung, bis Lomitzky fortfuhr. »Er druckste herum und meinte, dass er die Sachen gerne verkaufen würde. Ihm war offensichtlich bekannt, dass ich im Zuge des ländergreifenden Nationalparks seit langer Zeit gute Kontakte in die Tschechei habe. Demzufolge glaubte er wohl, ich könnte einen Kontakt zu Leuten herstellen, die Interesse an solchen Glasobjekten haben. Das bestritt ich natürlich vehement. Alle meine Bekannten in Böhmen sind seriöse Menschen, die sich im Rahmen der Gesetze bewegen. Es könnte allerdings durchaus sein, dass ich bei dem Gespräch etwas ausfällig geworden bin. Von ihm kam dann nur die Äußerung, dass er sich auch anderweitig behelfen könne. Allerdings wollte er sich trotzdem an dem bewussten Mittwoch mit mir treffen und so kam es, dass wir uns am Haus zur Wildnis verabredeten. Ich muss allerdings ganz ehrlich zugeben, dass mich der Fund schon interessierte.«

»Um was ging es denn bei dem abendlichen Treffen? Und erzählen Sie jetzt bitte nicht, dass dies die große Versöhnungsparty war.«

»Man soll ja über Tote nichts Schlechtes sagen. Das war der Grund, warum ich das eingangs recht harmonisch dargestellt habe. Das müssen Sie schon verstehen. Falkersdorfer war ziemlich entspannt und sagte mir geradeheraus, dass er in der Zwischenzeit einen Abnehmer für seine Gegenstände gefunden hatte. Er würde ihn sogar bald treffen. Ich musste ihn wohl zweifelnd angeblickt haben, denn plötzlich zog er eine Kette mit Glasperlen hervor und zeigte mir diese. Die Perlen waren aus Uranglas und extrem fein geschliffen. Soweit ich es beurteilen konnte, war es eine meisterliche Arbeit. Ich fragte ihn noch, ob er diese historisch so wertvollen Gegenstände wirklich verschachern will. Er antwortete mir nur lachend, dass er mit den ganzen Sachen genügend Geld bekommen würde, um sich für den Rest seines Lebens irgendwo in der Toskana niederzulassen.«

»Was ist dann passiert?«

»Ich habe noch eine Weile versucht, ihn davon abzubringen. Leider reagierte er nicht auf meine Einsprüche. Irgendwann wurde es mir dann, ehrlich gesagt, zu blöd und ich bin in mein Auto gestiegen und zurück nach Neuschönau gefahren. Das können Sie übrigens leicht überprüfen, weil wir in der Nationalparkwacht noch eine Besprechung hatten. Ich kann Ihnen die Namen der Kollegen gerne mitteilen.«

»Ja, machen Sie das mal«, antwortete Schmidt desinteressiert. »Möchten Sie uns sonst noch etwas sagen?«

»Ich denke, das war es. Sie sehen, eigentlich wollte ich den Falkersdorfer Felix seine Idee mit dem Verkauf ausreden, das war leider um nichts in der Welt möglich. Irgendwie war er ein armer Hund. Er hatte sich damals extrem in das Nationalparkthema hineingesteigert und dabei den Bezug zur Realität verloren.«

»Na ja, dafür haben Sie ja einen umso besseren Bezug«, bemerkte Schmidt. »Wir hätten es dann und falls wir noch weitere Informationen benötigen, dann melden wir uns.«

»Muss ich denn gar nichts unterschreiben?«, fragte Lomitzky erstaunt nach.

»Das passt schon so, wir haben es hier nicht so mit der Bürokratie«, antwortete Schmidt.

KAPITEL 39

Sie saßen im burning Frog, exakt an dem Platz, an dem alles begann – damals, als sie bemerkten, dass die Angabe von Falkersdorfers GPS nicht mit der Höhe des Stadtplatzes übereinstimmte.

»Ich blöde Kuh«, schimpfte Sara und blickte auf das Bierglas. Valentin saß neben ihr an der Bar und genoss den ersten Schluck des frisch gezapften Pils.

»So schlimm ist das nicht. Du glaubst doch nicht wirklich, dass Lomitzky mehr verraten hätte, wenn dir das mit dem Schrazelgang nicht herausgerutscht wäre?«

»Genau das hat Max Schmidt nach dem Gespräch ebenfalls gesagt. Trotzdem war es dämlich, bei der Vernehmung die Nerven zu verlieren. Ich bin mir sicher, dass er sich irgendwann verplappert hätte. So war ihm klar, was wir bereits wissen, und er konnte seine Aussage entsprechend anpassen.«

»Bist du dir da wirklich sicher? Das ist nicht so leicht, aus dem Stegreif eine konsistente und schlüssige Geschichte hinzubekommen. Vielleicht war es ja sogar die Wahrheit, die er euch erzählt hat.«

»Nie und nimmer. Ich traue dem Kerl nicht über den Weg. Der hat uns nach Strich und Faden angelogen. Die abschließende Bemerkung, dass es sich Falkersdorfer in der Toskana gemütlich machen wollte, glaube ich niemals. So ein Schmarren. Jemand, der den

Wald so liebt und sein ganzes Leben hier verbracht hat, will ganz gewiss nicht in die Toskana auswandern. Völliger Blödsinn.«

Valentin versuchte Sara etwas zu beruhigen. »Was hat denn dein Chef noch dazu gesagt?«

»Der meinte nur lapidar, dass die Unschuldsvermutung so lange gilt, bis wir keine hieb- und stichfesten Beweise haben. Ihm ist freilich aufgefallen, dass Lomitzky von dem Uranglas wusste, das hatte ich bei meinem Patzer nicht erwähnt.«

»So unwahrscheinlich ist die Story von Lomitzky nun wieder nicht.«

»Mein Gefühl sagt mir, dass er weit mehr darin verstrickt ist, als er uns weismachen will. Er muss Falkersdorfer ja nicht vom Turm gestoßen haben, doch weiß er definitiv mehr, als er uns sagt.«

Valentin spielte nachdenklich mit dem mittlerweile leeren Pilsglas herum und gab der Barfrau ein Zeichen für zwei weitere Pils. »So viele Möglichkeiten gibt es doch gar nicht«, analysierte er. »Falkersdorfer hat sich mit Lomitzky getroffen, das wissen wir. Dass sie vorher miteinander telefoniert haben, hat Lomitzky sogar zugegeben.«

»Das hat mein Bekannter von der Bundespolizei übrigens bestätigt. Er konnte die Verbindungsdaten im Telefon von Falkersdorfer rekonstruieren. Vormittags hat er mit Lomitzky telefoniert.«

»Passt doch, dann ist dieser Teil der Geschichte bestätigt. Es stellt sich jetzt die Frage, ob er sich mit Lomitzky am Wolfsturm getroffen hat oder anderswo auf dem Gelände. War er am Turm, dann ist die Wahrscheinlichkeit groß, dass er beim Sturz nachgeholfen hat. Fand das Treffen an einem anderen Ort statt, gibt es noch einen unbekannten Dritten. Das könnte der Hehler sein, an dem Falkersdorfer die Sachen verkaufen wollte. Bei der Verhandlung kam es zu einer Auseinandersetzung, die mit dem Tod endete.«

»So weit waren wir eigentlich bereits vor einigen Tagen.«

»Im Gegensatz dazu wissen wir jetzt ziemlich sicher, dass es sich wirklich so zugetragen hat. Vielleicht sollten wir uns die Möglichkeit hinsichtlich eines tschechischen Hehlers noch mal genauer ansehen. Das erscheint mir recht plausibel. Vor allem weil der Wolfsturm der optimale Treffpunkt für so eine Transaktion ist.«

»Hinsichtlich Tschechien habe ich allerdings von Arthur eine schlechte Neuigkeit.«

»Was denn?«, fragte Valentin.

»Mit Falkersdorfers Mobiltelefon wurden keine Auslandsgespräche geführt. Es waren alles deutsche Nummern.«

»Ich kann mir durchaus vorstellen, dass Leute aus dem grenznahen Bereich zusätzlich deutsche SIM-Karten benutzen. Damit sparen sie sich erhebliche Roaming-Gebühren. Obendrein gibt es ja sicher Festnetzanschlüsse in seiner Arbeit und bei ihm zu Hause. Du solltest auf jeden Fall systematisch alle vorhandenen Telefonverbindungen überprüfen. Dann wollten wir noch den Friseur überprüfen. Über diesen könnte der Kontakt auch ohne Telefon zustande gekommen sein.«

»Das macht einen Haufen Arbeit«, stöhnte Sara. »Wer weiß, ob da irgendetwas Sinnvolles herauskommt. Viel lieber würde ich den Lomitzky stärker auf den Zahn fühlen. Der weiß was, sagt aber nichts.«

»Solange wir nichts Handfestes haben, solltest du dich da zurückhalten. Das gibt nur Ärger und bringt nichts. Mich wundert schon, dass er die Befragung so anstandslos über sich hat ergehen lassen. Noch einmal könnt ihr das nicht bringen. Der ist zu gut mit den wichtigen Leuten im Landkreis vernetzt.«

»Du hast ja recht«, stimmte sie zu, »dann mache ich mich ab morgen früh an die Telefonnummern.«

Valentin winkte in Richtung Bar. »Zum Abschluss des Abends genehmigen wir uns noch eine Currywurst. Ich lade dich ein.«

Nach dem Treffen mit Sara war Valentin zu Bett gegangen und ziemlich schnell eingenickt, jedoch bald wieder aufgewacht. Seine Gedanken kreisten um das Treffen mit Sara und ihre feste Überzeugung, dass Lomitzky mehr wusste, als er sagte. Ein anderes Problem war seine Arbeit. Irgendetwas war da im Gange und er hatte keine Ahnung, was es sein könnte. Auch Jennifer hatte trotz ihrer guten Beziehungen nichts in Erfahrung bringen können. Jo meldete sich nicht, obwohl er fest zugesagt hatte, dass er herausfinden würde, warum Raabe unbedingt ein Interview wollte. Das war wieder einmal typisch für ihn, völlig unzuverlässig, wenn er anderen einen Gefallen tun sollte.

Valentin öffnete die Augen und setzte sich mit

einem Schwung auf. Wo war bloß sein PDA?, überlegte er und tastete auf dem Nachtkästchen herum. Gleich neben der Nachttischlampe wurde er fündig. Als er ihn in der Hand hielt, schlüpfte er wieder unter die Decke und schrieb eine SMS an Saxinger. Sie war nicht allzu höflich. Er wollte unbedingt wissen, was Raabe plante. Valentin scrollte noch eine Weile durch die alten Mails, ehe er bemerkte, dass eine neue E-Mail von Thaddäus angekommen war. Dieser hatte ihm schon seit einigen Tagen nicht mehr geschrieben und so war er gespannt, ob es Neuigkeiten gab. Er öffnete die Nachricht.

›Hi, Valentin, tut mir leid, dass ich dir damals die Daten vom nächsten Tag geschickt habe und nicht die ab dem bewussten Zeitpunkt in der Nacht. In meiner Welt braucht es halt ganz klare Anweisungen. Möglichweise habe ich nun für dich als Ausgleich für meinen Fauxpas eine interessante Neuigkeit. Heute Abend hatte ich Zeit und ich warf noch mal einen Blick auf die Speicherkarte. Den letzten sozusagen, weil ich dir doch das Teil zurückgeben muss. Leider fand ich keine weiteren Weginformationen. Allerdings gibt es da noch einen Punkt. In der Dateiverwaltung waren Fragmente von temporären Vorbis-Dateien. Die Dateninhalte dazu kann ich definitiv nicht rekonstruieren, doch in einem der Dateiköpfe fand ich einen Zeitstempel, der mit deinem Erlebnis bei den Wölfen zusammenfällt. Möglicherweise findet man mehr heraus, wenn man sich den Flashspeicher des GPS auf unterster Ebene anschaut. Wenn du mir das Teil schickt, kann ich das gerne für dich übernehmen. Ist allerdings ziemlich fummelig und wird dauern. Gruß aus M., T.‹

Wenn er wüsste, was eine Vorbis-Datei war, dann würde er Thaddäus' Nachricht sogar verstehen, brummte Valentin. Er startete die Internetsuchmaschine auf seinem PDA und tippte den Begriff ein. Schnell spürte er auf, was Vorbis war, ein Kompressionsalgorithmus für Audiodaten. Das könnte tatsächlich auch für Sara interessant sein. Allerdings scheute er sich, diese um vier Uhr früh aus dem Bett zu klingeln. Aus diesem Grund leitete er die E-Mail von Thaddäus als SMS weiter und bot ihr an, morgen früh mit ihm im Hotel zu frühstücken. Er grinste in sich hinein, als ihm bewusst wurde, dass die Mitteilung auf fünf oder mehr Kurznachrichten zerstückelt wurde und dass Sara diese dann auf ihrem antiquierten Telefon einzeln aufrufen musste, um sie zu lesen.

Kaum war das Bündel an Nachrichten verschickt, klingelte das Telefon. Das ging schneller als erwartet, dachte er überrascht. Jetzt hatte er sie doch aufgeweckt, fünf SMS machten vermutlich den gleichen Radau wie ein Wecker. Doch es war nicht Sara, die anrief, sondern Jo. Im Hintergrund waren laute Partygeräusche zu hören und seine Stimme klang alkoholisiert.

»Hi, Val, dich hätte ich ja beinahe vergessen. Gut, dass du mich erinnerst.«

»Hast du den Raabe schon angerufen?«

»Natürlich. Er wollte nicht so recht erzählen, um was es geht. Erst als ich ihm drohte nicht zu kommen, weil ich am Freitag noch einen anderen wichtigen Termin habe, ist er damit herausgerückt. War ganz interessant, was er von mir will.«

»Jetzt sag schon und mach's nicht so spannend. Um diese Tageszeit habe ich nicht den Nerv für lange Einleitungen.«

»Sei doch nicht so ungeduldig. Ich glaube, es könnte dich interessieren.« Die laute Musik im Hintergrund wurde stellenweise von einer weiblichen Stimme übertönt, die Jo etwas zuflüsterte. Valentin verstand jedoch kein Wort davon.

»Jo, konzentriere dich doch bitte für einige wenige Minuten. Dann kannst du dich weiter mit deiner Begleiterin beschäftigen.«

»Plural, Valentin, plural. Es heißt Begleiterinnen und nicht Begleiterin.«

Valentin war kurz davor, ins Telefon zu brüllen. Am liebsten hätte er Jo eine Ohrfeige gegeben, damit er wieder halbwegs zu sich fände. Stattdessen sprach er langsam und eindringlich. »Okay, dann halt Plural – Begleiterinnen. Was hast du herausgefunden? Dann bist du mich gleich wieder los und kannst dich deinen Ausschweifungen widmen.«

»Na gut, wenn du mich so nett bittest. Am Samstag soll ich möglichst auf der ersten Seite des Zwiesler Regionalteils einen Artikel reinnehmen, der in etwa besagt, dass man sich bei der BGI der sozialen Verantwortung und der Verpflichtung gegenüber der Region bewusst ist. Man möchte aus diesem Grund die ausgesprochenen Kündigungen zurücknehmen und allen bereits entlassenen Mitarbeitern die Rückkehr zu den alten Konditionen anbieten.«

Valentin war völlig fassungslos. »Hat er irgendetwas dazu gesagt, wie es plötzlich zu dieser Kehrtwende kommt?«

»Raabe will sich offensichtlich als Samariter positionieren. Frag mich nicht warum, vielleicht hat er ja vor, in die höhere Kommunalpolitik einzusteigen. Ist ja im Prinzip egal, für die Gegend ist das zur Abwechslung mal eine echt positive Nachricht.«

Valentin legte auf. Wenn das nur im Ansatz stimmte, was Jo ihm gerade erzählt hatte, dann hatte Raabe vor, Valentin als Bauernopfer einzusetzen. Die Presse würde anschließend Raabe als den Retter der Hüttenarbeiter hochjubeln und er wäre das Schwein von außerhalb, das die armen Leute rauswerfen wollte. Damit war er in Zwiesel erledigt. Er konnte gleich seine Sachen packen und sich hier nie mehr blicken lassen.

Er setzte sich auf und schaltete das Licht an. So einfach würde er sich von diesem arroganten Idioten nicht fertigmachen lassen. Jetzt musste er endlich agieren und nicht immer nur reagieren. Wenigstens war er vorgewarnt und hatte mehr als einen Tag Zeit, sich etwas einfallen zu lassen.

KAPITEL 40

Sara saß eine Butterbreze mampfend an Valentins Stammplatz in der Gaststube, als dieser kurz nach sieben verschlafen in den Raum tappte. Er hatte beinahe bis 6 Uhr über seine verfahrene Situation und die möglichen Auswege gebrütet. Dann erst war er von der Müdigkeit übermannt worden. Das schrille Klingeln seines Telefons hatte ihn aus dem Schlaf gerissen. Sara hatte Bescheid gegeben, dass sie bereits unten auf ihn wartete.

»Guten Morgen«, sagte sie ausgeschlafen. »Das sieht mir ja nicht gerade nach einem erholsamen Schlaf aus.«

»Das kannst du laut sagen. Habe heute Nacht von besagtem Jo eine Nachricht erhalten, die mir ziemlich viel zu denken gibt.«

»Was hat denn der Schreiberling mit dem Falkersdorfer zu tun?«, fragte Sara verwirrt.

»Gar nichts, das ist eine andere Geschichte. Gib mir bitte einen Augenblick Zeit, bis ich meine Gedanken neu sortiert habe.« Valentin schenkte sich entgegen seiner sonstigen Gewohnheit eine Tasse Filterkaffee aus der von Sara bestellten Kanne ein. Er trank ihn schwarz und stierte eine Weile selbstvergessen in die dunkle Flüssigkeit. Als er den Kopf wieder hob, blickte ihn Sara auffordernd an. »Ich habe gerade ein echtes Problem am Hals. Das muss ich heute lösen oder es gibt den ganz großen Knall. Deswegen bin ich so durch den Wind. Doch zuerst eine Neuigkeit von Thaddäus, die dich sicher interessieren wird.«

»Schieß los.«

»Irgendwie war ihm gestern Abend fad und er hat mit der Speicherkarte herumgespielt.«

»Du meinst, die bewusste Speicherkarte, die ich seit mehr als zwei Wochen von dir haben will?«, unterbrach ihn Sara.

»Genau die. Seine Nachricht war zwar ziemlicher Technik-Slang, doch mit ein bisschen Nachforschen im Web konnte ich sie decodieren. Die Essenz daraus ist, dass er auf der Karte Reste von Audio-Dateien gefunden hat, also ähnlich wie MP3 nur ein anderes Format. Er meint, dass man die Daten eventuell rekonstruieren kann, wenn man den Speicher des GPS näher anschaut. Das wäre dann dein Part.«

»Ja, vielen Dank, der Arthur wird mir was erzählen. Der hat doch schon wegen der Rufnummernrecherche so lamentiert.«

»Es könnte sich jedoch lohnen. Es wäre doch denkbar, dass der Falkersdorfer das Teil zusätzlich noch als Diktiergerät genutzt hat, und dann ließe sich gewiss einiges ausgraben.«

»Das klingt zumindest plausibel. Ich rufe anschließend Arthur an und hetze ihn auf die Trümmer des GPS. Das wird mich definitiv eine ziemlich große Bergtour in den Alpen kosten.«

»Das schaffst du schon«, sagte Valentin müde.

»Nein, mein Lieber, das schaffen wir beide zusammen«, entgegnete Sara lächelnd. »Bei dieser Tour bist du ebenfalls dabei.«

»In Gottes Namen, wenn es denn sein muss«, gab sich Valentin geschlagen. »Sag mir dann bitte rechtzeitig, wie viele Wochen ich vorher mit dem Training anfangen muss.«

»So, und jetzt erzähle mir endlich, was du auf dem Herzen hast. Wegen diesem Sprachdateienzeugs bist du gewiss nicht die halbe Nacht wach geblieben.«

Valentin schenkte sich noch eine Tasse Kaffee ein und Sara signalisierte der Bedienung hinter der Schenke, dass sie dringend Nachschub benötigten.

Er fing an zu erzählen, dass sein Chef für ihn in den letzten Tagen nicht mehr erreichbar war und berichtete dann von dem nächtlichen Telefonat mit Jo. Sie blickte ihn nachdenklich an. »Aus dieser Perspektive ist das durchaus schlüssig. Bist du dir wirklich sicher, dass du da nicht eine Verschwörung hineininterpretierst?«

»Ich habe keine Gewissheit«, erklärte Valentin, »doch will ich nicht sehenden Auges in eine Falle laufen.«

»Das kann ich schon durchaus nachvollziehen«, stimmte Sara zu. »Was hast du jetzt geplant?«

»Ich mache heute Vormittag sozusagen einen letzten Lackmustest. Geht der schief, dann baue ich mir noch heute die Bombe zusammen und die kommt dann spätestens morgen früh zum Einsatz.«

»Jetzt mach bloß keinen Blödsinn«, sagte Sara.

Valentin guckte sie verdutzt an. Nach einigen Augenblicken hellte sich sein Gesicht auf und er lächelte. »Das meine ich doch nur im übertragenen Sinn.«

»Hä?«

»Heute Nacht habe ich lange überlegt, welche Optionen mir in dieser Situation noch bleiben. Viele sind es nicht, aber eine davon hat mir besonders gut gefallen. Ich werde versuchen, heute alles über diese Diskrepanzen von produzierter zu verkaufter Ware zusammenzutragen. Das spiele ich morgen einigen Zeitungen, der Polizei und der Staatsanwaltschaft zu. Da wird sich dann am Samstag kein Mensch mehr für Raabes zuckriges Sozialgelabere interessieren.«

»Gute Idee. Selbst der dümmste Leser sollte dann begreifen, dass niemand entlassen werden muss, wenn alles mit rechten Dingen zugeht.«

»Das wäre soweit mein Plan. Ich bin mir nur noch nicht sicher, wie ich die Information streuen soll. Am besten wäre es wohl, ich besorge mir eine anonyme E-Mail-Adresse und versende darüber die Unterlagen.«

»Mach das nicht. Erstens musst du mittlerweile schon zu den IT-Halbgöttern gehören, damit die Mailadresse auch wirklich nicht zugeordnet werden kann, und zweitens vertraut man Papier einfach mehr, als irgendwelchen elektronischen Unterlagen. Das ist zumindest meine Erfahrung aus der Polizeiarbeit. Ich hätte da noch eine Idee. Nutze deinen Kontakt zu Jo. Das bringt mehr, als die Sachen per Schrotschuss zu verteilen.«

»Ich weiß nicht. Jo steckt doch viel zu viel mit der Lokalprominenz zusammen. Und eine Krähe hackt bekanntermaßen der anderen kein Auge aus.«

»So habe ich es nicht gemeint. Du musst ihn schon unter Druck setzen, sonst bekommst du nur eine weich gespülte Version. Gib ihm die Unterlagen heute Abend und sage ihm, er hat zwölf Stunden Vorlauf gegenüber den anderen Zeitungen. Diese erhalten die Dokumente erst morgen Vormittag. Wetten, dass er eine große Story daraus macht. Wenn er nur ein bisschen geschickt ist, nutzt er seinen Interviewtermin mit Raabe, um ihn mit den Unterlagen zu konfrontieren.«

»Du bist ganz schön heimtückisch«, stellte Valentin anerkennend fest. »Das könnte tatsächlich klappen und es ist dann zweifelsohne das erste und einzige Interview von Raabe zu diesem Thema.«

Sara zwinkerte ihm zu und lächelte. »Versprich mir bitte noch eines. Mach deinen Lackmustest ordentlich. Das ist die ganz harte Nummer, die du da fährst und die muss gerechtfertig sein. Sonst schießt du dich selbst ab.«

»Das mache ich, versprochen. Jetzt lass uns noch zusammen richtig groß frühstücken, ich schätze, es wird ein langer und harter Tag.«

Dies sollte Valentins letztes Frühstück im Hotel für die nächste Zeit bleiben. Wie erwartet hatte sein Chef gestern keine Zeit für ihn gehabt, und ein langes Telefonat am Nachmittag mit Luisa erhärtete seine Entscheidung. Abends traf er sich auf dem einsamen Parkplatz am Schleicher mit Jo und übergab ihm einen dicken braunen Umschlag. Man konnte richtiggehend spüren, wie es in Jo arbeitete, als ihm Valentin den knappen zeitlichen Vorsprung gegenüber den anderen Zeitungen offenbarte.

Nun musste Valentin noch die Mail abschicken, dass er völlig unerwartet Fieber bekommen hatte und heute leider nicht zur Arbeit kam. Dann noch schnell sein Zimmer im oberen Stock räumen und anschließend ab nach München zu Luisa und den Kindern. Für die nächste Woche war ohnehin seit langer Zeit der Weihnachtsurlaub geplant. Dann würden sich die Dinge entfalten, die er auf den Weg gebracht hatte. Mit einem Quäntchen Glück kam er mit einem blauen Auge aus der Geschichte heraus. Falls nicht, dann konnte es durchaus sein, dass er in Zukunft keine vernünftige Arbeit mehr fand. Er versuchte, nicht zu lange darüber nachzudenken. Nach dem Dreikönigstag würde er zurück nach Zwiesel kommen, bis dahin hatte sich der Rauch sicherlich halbwegs verzogen und würde einen klareren Blick auf die Zukunft zulassen.

KAPITEL 41

»Richard, kauf dir doch bitte mal ein vernünftiges Messer«, sagte Valentin und blickte verächtlich auf das archaisch aussehende Schneidewerkzeug. »Das Teil sieht aus, als wenn du es vom Sperrmüll hättest.«

Der Angesprochene drehte sich mit dem Messer in der Hand verständnislos um. »Was hast du denn gegen mein Küchenmesser?«

»Schau es doch mal an. Das ist doch schon halb verrostet.«

»Ist es eben nicht. Dieses Santoku bōchō ist ein Einzelstück aus Japan, geschmiedet aus 16 Lagen um eine Innenlage aus blauem Papierstahl. Ein besseres Messer für die Küche wirst du nur schwerlich finden.«

Ann stand eng neben Richard und half ihm bei der Küchenarbeit. Sie ergänzte dessen Erklärung um ein, wie Valentin fand, sehr interessantes Detail. »Du solltest erst mal sein Katana sehen. Das ist noch schärfer. Im letzten Herbst haben wir damit Getreidekreise erzeugt. Die Videos davon sehen einfach grotesk aus.«

»Ich gebe ja zu, dass ich von solchen Dingen keine Ahnung habe. Zumindest weiß ich gutes Essen zu schätzen«, sagte Valentin amüsiert. Er überlegte, wie Sara wohl auf die Erkenntnis reagieren würde, dass es sich bei den rätselhaften Kreisen um Aktionskunst handelte.

Am späten Nachmittag des 11. Januars war er nach der ganzen Aufregung über die Weihnachtszeit wieder nach Zwiesel gekommen. Sein Urlaub ging zwar bis einschließlich morgen, doch hatte die Schule bereits wieder begonnen und er wollte noch einige Dinge im Wald regeln. Die Einladung der Glasschmiede kam ihm deshalb gerade recht.

Als Valentin die Stube betrat, fiel ihm sofort auf,

dass der große Tisch von allem Krimskrams befreit war. Eine rohweiße Leinentischdecke, ein filigraner Leuchter mit brennenden Kerzen und ein schlichtes Besteck schufen ein äußerst ansprechendes Ambiente. Die Tür vom Flur in die Stube öffnete sich und Axel betrat mit Rebekka Hain im Schlepptau das Zimmer, was Valentin ziemlich überraschte. Sie war selbstverständlich längst nicht so mondän gekleidet wie beim Konzert in Buchenau, trotzdem war Valentin auch diesmal von ihr fasziniert. Sie balancierte auf einem Tablett fünf langstielige Sektkelche und Axel trug eine dickbauchige Prosecco-Flasche hinterher.

»So, da wären wir«, sagte er und stellte die Flasche auf den Tisch. »Hat genau die richtige Temperatur. So langsam können wir mit dem Festmahl beginnen.«

»Jetzt erzählt mir bitte noch genau, warum ihr heute Abend diesen ganzen Aufwand betreibt.«

»Du bist ja der Retter von 300 Arbeitsplätzen bei der BGI in Zwiesel und hast außerdem noch den korrupten Raabe zur Strecke gebracht«, sagte Axel und nestelte an dem Verschluss der Flasche herum.

»Offiziell habe ich ja gar nichts getan. Ich bin nur ein kleines Rädchen im großen Getriebe der Hütte«, sagte Valentin.

»Und die Erde ist eine Scheibe«, entgegnete Axel und ließ den Korken mit lautem Knall durch den Raum fliegen. Dann schenkte er mit Bedacht die herrlich perlende Flüssigkeit in die Gläser. »Auf Val und natürlich auch auf uns. Dass das Jahr weiterhin so erfolgreich weitergeht, wie die ersten zehn Tage.«

Sie stießen die Kristallgläser aneinander. Nachdem sie alle von dem hervorragenden Prosecco gekostet hatten, küsste Richard Anne und Axel Rebekka.

Valentin sah die vier nachdenklich an. »Darf ich euch etwas sagen, ohne dass ihr mir beleidigt seid?«

»Immer zu, nur keine Scheu«, antwortete Axel.

»Anfangs habe ich gedacht, dass ihr beide ein typisches schwules Pärchen seid. Richard als der umsorgende Hausmann und du als der dezent aggressive Macho.«

Die vier blickten sich einen Augenblick lang betreten an und lachten lauthals los. Kurz darauf fiel Valentin in das allgemeine Gelächter ein und es dauerte eine Weile, bis sie sich wieder beruhigt hatten. Noch nach Luft japsend antwortete Rebekka: »Hast du wirklich nicht gemerkt, dass die beiden das absichtlich machen? Schon seit mehreren Jahren. In der Künstlerwelt kommt dies total gut an, zwei im Wald lebende Männer, die mit ihren kräftigen Händen Glasobjekte schaffen. Frauen würden dieses Bild nur stören.«

»Und ihr beiden macht das Spiel mit?«, wunderte sich Valentin.

»Na klar, solange manche Besucher bei den Vernissagen nicht allzu aufdringlich werden, ist das gut fürs Geschäft. Außerdem ist es meistens sogar recht lustig.«

Valentin schüttelte nur ungläubig den Kopf. Unterdessen holten Richard und Ann mehrere Teller aus der Küchenecke und einen Korb mit duftenden kleinen Semmeln.

»Als Hausmann möchte ich euch alle bitten, Platz zu

nehmen«, blödelte Richard. »Als Amuse Gueule habe ich eine Pastete von Forellen aus der Flanitz auf einer leichten Dillsoße vorbereitet.«

Sie setzten sich alle an den ungewohnt aufgeräumten Tisch und begannen zu essen.

»Sagt mal, was ist denn jetzt aus dem Raabe geworden? Ist euch da schon etwas bekannt?«, fragte Valentin.

»Der dürfte inzwischen in Straubing hinter Gittern sein«, antwortete Axel. »Der Jo hat ja kurz vor Weihnachten das mittlerweile berühmte Interview durchgeführt und ihn dabei mit gewissen Unterlagen konfrontiert, die er anonym in seinem Briefkasten gefunden hat.« Er zwinkerte Valentin zu und fuhr dann fort. »Am Samstag konnte man dann die konfusen und sehr dünnen Ausreden von Raabe in der Zeitung auf der einen Seite lesen und gegenüber fand sich die Aufstellung, in welchem Umfang unter der Hand Gläser verschoben wurden.«

»Wie hat man dann die Verbindung zwischen den Betrügereien und Raabe hergestellt? In den Datenbanken konnte ich nie einen Bezug finden.«

»Über die IT wäre das tatsächlich auch nicht möglich gewesen, dafür hatte er gesorgt. Allerdings entwickelte die Sache recht schnell ein Eigenleben. An dem bewussten Wochenende war es naturgemäß Stadtgespräch und am folgenden Montag ging eine gewisse Maria Müller-Berg zur Polizei und brachte einen dicken Ordner vorbei. Er enthielt detaillierte Aufstellungen der vertickten Ware. Alles mit Raabes Unterschrift versehen.«

»Wie denn das?«

»Raabe verkaufte die Gläser an den Zwischenhändlern vorbei direkt an die regulären Kunden, allerdings auf eigene Rechnung. Dafür braucht es natürlich Lieferscheine und all den anderen Papierkram. Dazu hatte er die Müller-Berg eingespannt, unter der Annahme, dass diese sein doppeltes Spiel nicht bemerkt. Das war tatsächlich der Fall, doch als sie die Geschichte in der Zeitung las, wurde ihr recht schnell klar, was sie monatelang für ihren Chef getan hatte.«

»Sie wollte demnach nicht hineingezogen werden.«

»Das war nicht einmal das Hauptargument. Die Frau arbeitete seit über 30 Jahren für jeden Geschäftsführer der BGI und es ging ihr einfach gegen das Ehrgefühl, dass man sie in so einen niederträchtigen Betrug verwickelt hatte. Sie muss sich wohl auf der Polizei ziemlich über Raabes kreative Verkäufe aufgeregt haben. So zumindest hat man es mir erzählt.«

Das musste ein tolles Ereignis gewesen sein, als die resolute Müller-Berg mit ihrer wundervollen Stimme über Raabe herzog, dachte Valentin. Zu schade, dass er nicht dabei sein konnte. Er musste in den nächsten Tagen unbedingt Sara fragen, ob sie das Gespräch aufgezeichnet hatten. Eventuell durfte er es sich ja mal anhören.

»Ich hoffe, ihr konntet vor lauter Glasgesprächen den Gruß aus der Küche genießen«, bemerkte Richard. »Als Vorspeise habe ich einen Feldsalat mit einer Orangen-Balsamico-Vinaigrette vorbereitet. Wenn ihr brav seid, dann folgt als Höhepunkt eine Daube Provençale und zum Ausklang eine Tarte Tatin.«

»Du hast das Wichtigste vergessen«, warf Axel lautstark ein und wedelte auffordernd mit den Händen in Richards Richtung.

»Ach ja, liebe Festgemeinde«, fuhr dieser scherzend fort. »Anschließend werden wir uns in den kerzenbeleuchteten Keller begeben und unsere mehr als 30 Bärwurzsorten verkosten. Wer die meisten Lagen erkennt, der hat gewonnen.«

»Damit eines klar ist«, bemerkte Valentin im gleichen witzelnden Tonfall wie Richard, »und ihr könnt mich auch anschließend als Weichei bezeichnen, doch diesmal fahre ich mit dem Taxi heim. Wer weiß, ob ich sonst über die Waldstraßen den Weg zum Hotel zurückfinde.« Sie prosteten sich laut lachend zu und redeten weiter über die Ereignisse der letzten Wochen und deren Auswirkungen.

KAPITEL 42

Die Feier bei den Glasschmieden dauerte bis in die frühen Morgenstunden. Wie angekündigt fuhr Valentin tatsächlich mit dem Taxi zurück. Die Alternative, selbst durch den Wald nach Zwiesel zu fahren, wäre in seinem Zustand mehr als abenteuerlich gewesen. Er schlief bis kurz nach Mittag. Als er wieder einigermaßen die Orientierung gewonnen hatte, beschloss er, die acht Kilometer zu Fuß durch den Wald zu gehen und sein Auto abzuholen.

Es kostete ihn fühlbar mehr Anstrengung, die Schmiede zu erreichen, als erwartet. Dort war es völlig ruhig. Er nahm an, dass die vier immer noch schliefen und so stieg er in seinen Geländewagen, schloss leise die Tür und fuhr zurück zum Hotel.

Mittlerweile saß er gespannt im Gastraum, hatte ein Wasser ohne Kohlensäure vor sich und wartete, dass Sara erschien. Er blickte nachdenklich aus dem Fenster. Vor zwei Stunden hatte es richtig stark zu schneien begonnen und nun tanzten im gelben Licht der Straßenlaternen langsam dicke Flocken zur Erde. Am Boden hatte sich bereits eine mehr als 20 Zentimeter hohe Schneeschicht gebildet und sogar die Einheimischen fuhren gemächlicher. Der Winter war nach einer langen Zeit des Wartens endlich angekommen.

Die Pudelmütze ganz weiß kam Sara zur Tür herein und schüttelte als Erstes die Schneeflocken ab. Sie trug zivil und war dem Wetter entsprechend dick mit Skipulli, Cordhose und Winterstiefeln gekleidet. Sie erblickte ihn sofort und kam an seinen Tisch.

»Wasser statt Pils?«, fragte sie. »Bist du etwa krank?«

»Och, wir hatten gestern Abend so eine Art Businessbesprechung in der Glasschmiede«, erwiderte Valentin betont leutselig.

Sie sahen sich einen Augenblick direkt in die Augen und plötzlich mussten beide schallend lachen. Sara boxte ihn gegen die Schulter. »Warst du eigentlich schon in der Firma?«

»Ich hatte keinerlei Kontakt, seit ich vor Weihnachten nach München abgehauen bin. Offiziell ist heute mein letzter Urlaubstag. Morgen früh schaue ich dann im Büro vorbei.«

»Gruselt es dir?«

»Da muss ich jetzt wohl durch. Tatsächlich ist es so, dass ich nicht unbedingt auf diesen Job angewiesen bin. Wie geht es denn eigentlich der Praktikantin bei der Polizei?«

»Gut, dass du es erwähnst. Ich habe dir etwas mitgebracht.« Sie zog eine ziemlich zerknitterte Zeitungsseite aus der Gesäßtasche ihrer Hose und reichte sie über den Tisch. Während Valentin versuchte, das Papier ohne es zu zerreisen auseinanderzufalten, studierte Sara die Speisekarte.

»Was essen wir denn heute? Schnitzel hatten wir schon lange nicht mehr.«

Valentin las konzentriert den ganzseitigen Artikel mit mehreren Fotos und der reißerischen Überschrift ›Ehemaliger Forstamtsleiter brutal ermordet‹. »Such ein gutes Hauptgericht für uns beide aus. Ich verlasse mich ganz auf dich«, antwortete er geistesabwesend.

Sara entschied sich für den Rehbraten und gab der Bedienung Bescheid. Nach einer Weile hatte Valentin den Artikel durchgelesen und blickte sie abwägend an. »Wir lagen also richtig mit unserer Vermutung. Den

Schrazelgang haben tatsächlich die Handwerker bei der Renovierung entdeckt, trauten sich jedoch nicht hinein. Sie verständigten daraufhin das Landratsamt und man schickte Falkersdorfer, um sich die Sache anzuschauen. Diesbezügliche Erfahrungen hatte er ja. Er erkundete den Schrazelgang und entdeckte das Uranglas. Wenn ich es mir recht überlege, dann muss er sich bereits in der Höhle entschieden haben, nichts zu sagen und das Glas allein zu bergen. Es war dann sicherlich ein Leichtes, den Arbeitern einen Zweitschlüssel abzunehmen. Anschließend hat er die Kisten in der Nacht herausgeschafft und beim unterirdischen See in der Kiesau versteckt.«

»Das war ganz simpel, da sowohl in dieser Höhle als auch im Rotkot streng geschützte Hufeisenfledermäuse überwintern. Das fiel in seinen Aufgabenbereich und er hatte die Schlüssel für die Zugänge.«

»Habt ihr herausbekommen, warum er die Sachen nicht in der Höhle in Rotkot versteckt hat. Immerhin war er in der Nacht dort.«

»Das wissen wir nicht. Vielleicht war es ihm einfach zu mühsam, die Kisten mit dem Glas in den Wald zu tragen. Die Scherbe, die du im Stollen gefunden hast, stammt aus einem Transportschaden. Die Kisten allein in der Nacht herumzuschleppen, war wohl ziemlich schwierig.«

»Sind die Sachen aus Uranglas wirklich so wertvoll wie hier steht?«, fragte Valentin.

»Ich war dabei, als die Experten die Kisten öffneten und den Inhalt begutachteten. Die kriegten sich gar nicht mehr ein, als sie die Ketten, Kelche und anderen Dinge begutachteten. Sie hatten eine richtig starke UV-Lampe dabei und da merkte man es erst, wie märchenhaft das Glas aussieht.« Die löwenmähnige Bedienung brachte die beiden Teller mit dem Braten. Diesmal war sie sehr zuvorkommend. Vielleicht hatte sie Sara erkannt, die in dem Zeitungsartikel groß mit dem Fund abgebildet war.

»Es handelt sich wohl um die ersten Urangläser, die hergestellt wurden. Sie stammen mit ziemlicher Sicherheit ursprünglich aus Böhmen, dort gab es in Joachimsthal ein Uranvorkommen. Auf welchen Wegen sie dann in den Schrazelgang unter den Zwiesler Stadtplatz gekommen sind, weiß man nicht, dazu gibt es nur Vermutungen. Eine davon ist, dass man die Glasobjekte zum Ende des Krieges vor der anrückenden Roten Armee in Sicherheit bringen wollte. Für diese Theorie spricht, dass sie in alten Munitionskisten aus dem Zweiten Weltkrieg verpackt sind. Genaueres wird man wohl nie in Erfahrung bringen.«

»Schon verrückt«, murmelte Valentin. »Vermutlich ist derjenige, der die Sachen versteckte, gestorben und damit ging das Wissen um den Schatz im Schrazelgang verloren.«

»Apropos Gang«, ergänzte Sara. »Das war eine richtige Sensation. Es ist einer der größten Schrazelgänge, die man bisher entdeckt hat, und die Halle am Ende des Stollens ist wohl einzigartig. In der Stadtverwaltung überlegt man bereits angestrengt, wie man dies als

Werbung für Zwiesel nutzen kann. Die haben schon die irrwitzigsten Ideen.«

»Das glaube ich gerne. Sag mal, möchtest du auch Dessert? Die Apfelkücherl im Bierteig mit Zimtzucker und Zwetschgenmus würden thematisch gut zum Rehbraten passen.«

»Da bin ich dabei, speziell für dich gibt es von mir noch eine ganz besondere Nachspeise«, erklärte Sara geheimnisvoll.

»Da bin ich jetzt neugierig. Hoffentlich ist es nicht zu viel.«

»Das verrate ich nicht«, lächelte Sara. »Man kann es sogar mit vollem Magen genießen. Was wirst du denn jetzt machen? Bleibst du bei der BGI?«

»Ganz ehrlich, ich weiß es nicht. Das hängt sicherlich davon ab, wie es morgen läuft. Zugegebenermaßen bin ich inzwischen nicht mehr überzeugt, ob die Glasindustrie in Zwiesel für mich das Richtige ist. Zu dem Thema hatte ich über Weihnachten mehrere hitzige Wortwechsel mit Luisa.«

»Was passt ihr denn nicht?«

»Sie hat ein sehr interessantes Angebot von dem Sender erhalten, für den sie seit einigen Jahren arbeitet. De facto hat sie bereits zugesagt. Insofern passt es natürlich überhaupt nicht, wenn sie in München arbeitet und ich hier in Zwiesel bin. Das Risiko, dass dabei unsere Ehe zerbricht, ist mir ehrlich gesagt zu groß.«

»Das verstehe ich. Eigentlich eine weise Entscheidung von dir.«

»Danke«, antwortete Valentin. »Und wie geht es mit

dir weiter? Nach der erfolgreichen Aufklärung des Mordes am Wolfsturm sollten dir bei der Polizei ja alle Möglichkeiten offen stehen.«

»Das stimmt zwar, doch mir geht es da beinahe wie dir. Ich komme mehr und mehr zu der Ansicht, dass mich die klassische Polizeiarbeit nicht glücklich machen wird.«

»Also zurück zum Biathlon nach Bad Endorf im schönen Chiemgau?«

»Bis zum Ende der Saison bleibe ich hier und absolviere mein Praktikum. Das will ich nicht einfach abbrechen und es gibt mir Zeit zum Nachdenken. Bislang bin ich immer ganz gut gefahren, wenn ich mich auf mein Gefühl verlassen habe. So eine Entscheidung braucht Zeit. Irgendwann ist dann in meinem Innern plötzlich Gewissheit und ich weiß, was ich tun soll.«

Valentin nickte. Das entsprach zwar überhaupt nicht seiner favorisierten Vorgehensweise, doch möglicherweise hatte Sara sogar recht. Guter Wein entstand ja ebenfalls nicht in wenigen Wochen. »Was gibt es denn jetzt als Nachspeise?«, fragte er nach einigen Augenblicken des Schweigens.

»Das hier habe ich mir noch aufgehoben.« Sie legte ihren MP3-Player auf den Tisch und steckte ein paar Ohrstöpsel an. »Wer Falkersdorfer vom Turm gestoßen hat, konntest du ja sogar in der überregionalen Presse nachlesen. Warum dies allerdings geschah, hast du bislang nicht erfahren. Das wird wohl vermutlich so bleiben. Ich möchte dir gerne einen Teil von dem vorspielen, was Arthur aus den tiefsten Tiefen des GPS-Speichers ausgegraben hat.«

»Also hatte Thaddäus doch recht, das GPS besaß eine Aufzeichnungsfunktion.«

»Natürlich, und Falkersdorfer hatte sie regelmäßig für seine Beobachtungen genutzt. Das war gewiss einer der Gründe, warum er das Teil überallhin geschleppt hat. Das Wesentliche ist, dass er bei seinem Treffen am Wolfsturm die Aufnahme angeschaltet hat. Vermutlich als Rückversicherung, um die beabsichtigte Vereinbarung gegebenenfalls später beweisen zu können. Eigentlich ein ziemlich raffinierter Schachzug. Falkersdorfer rechnete jedoch gewiss nicht damit, dass er bei dem Treffen zu Tode kommen würde. Unser Glück war, dass genau zum richtigen Zeitpunkt ein neugieriger Mensch mit offenen Augen sein abendliches Jogging absolvierte. Sonst wäre der Mord nie aufgedeckt worden.« Sie drückte eine Taste auf dem Gerät und hielt ihm die Stöpsel hin. Zwei Männerstimmen waren zu hören.

»Falkersdorfer, das kannst du vergessen, ich mache das nicht für dich.«

»Im Leben gibt es nichts umsonst. Du hast damit angefangen und jetzt will ich auch ein Stück vom Kuchen.«

»Ich denke gar nicht daran.«

»Schau dir diese Kette aus Uranglas an. Nimm sie ruhig in die Hand, sie ist wunderschön und es ist nicht gefährlich. Ich habe ein paar Kisten mit Schmuck, Freundschaftsbechern und Gläsern. Alles fein graviert und ziemlich alt.«

»Dann gib mir halt mal die Kette.«

»Da hast du sie. Denk über meinen Vorschlag nach. Als Vorstand des Glasmuseums ist es für dich ein Leichtes, den Inhalt der Kisten zu kaufen. Ein Fünftel der Summe bekommst du, sozusagen als Vermittlungsgebühr, der Rest geht an mich. Wenn ich bedenke, was du mir alles angetan hast, ist das für dich sogar ein ziemlich guter Deal.«

»Jetzt reg dich mal wieder ab. Es war doch ganz schön blöd zu glauben, dass du mit deiner komischen Bürgerbewegung gegen die Entscheidung der Partei anstinken kannst. Wärst du nicht so borniert gewesen und hättest zur richtigen Zeit die Seiten gewechselt, dann gäbe es heute für dich ebenfalls einen schönen Posten im Nationalpark, und als kleine Draufgabe zum BAT-Gehalt noch den einen oder anderen Job als Vorstand. Doch du musstest ja so stur sein und bis zum Untergang kämpfen.«

»Dieses Kapitel meines Lebens ist abgeschlossen. Also sülze hier nicht lange herum. Du kaufst das Glas über eines der diversen Förderbudgets für öffentliche Einrichtungen im Nationalpark und lässt es dann für eine Weile im Fundus verschwinden. Geld für diese Art von Käufe ist genügend vorhanden.«

»Ich habe es dir doch schon gesagt, dass dies nicht möglich ist. Ich kann doch als Vorstand nicht einfach über diese Budgets verfügen.«

»Natürlich kannst du das. Denk nur an dein Haus in der Au, das hast du doch auf diese Weise finanziert. Das Glasmuseum kaufte deine Sammlung an Schnupftabakgläsern und diversen anderen Glasobjekten. Das kann ich sogar belegen. Ich weiß sogar, wo du das Zeug ursprünglich herhast.«

»Jetzt reicht es langsam, Falkersdorfer.«

»Sei nicht so zimperlich. Meine Sachen deklarierst du als alten Familienbesitz, dann benötigst du nicht einmal Zertifikate. Irgendwann in ein paar Jahren könnt ihr das Glas dann ja zufällig im Keller des Museums entdecken und macht eine große Ausstellung mit viel Tamtam. Bis dahin habe ich mich zur Ruhe gesetzt und bin nicht mehr auf Typen wie dich und die anderen Pharisäer angewiesen.«

»Ich kann es mir ja mal überlegen. Du gibst mir also das gesamte Glaszeug und ich organisiere das Finanzielle. Ob ich wirklich so viel auftreiben kann, wie du willst, weiß ich nicht. Die Fördermittel sind nicht unbegrenzt.«

»Ich kenn dich lange genug, Lomitzky. Das wirst du schon schaffen. Und jetzt rück die Kette wieder raus. Die gibt es erst, wenn ich das Geld in Händen halte.«

»Die behalte ich als Beweis. Irgendetwas brauche ich ja, um die Gelder locker zu machen.«

»Gib die Kette her.«

»Wirklich?«

Undeutlich waren nun die Geräusche einer Rangelei zu hören. Die Tonaufzeichnung endete mit einem lang gezogenen Schrei.

Weitere Krimis finden Sie auf den folgenden Seiten und im Internet: www.gmeiner-verlag.de

OLIVER WOLF
Netzkiller

326 Seiten, Paperback.
ISBN 978-3-8392-1239-4.

GAME OVER Es scheint ein Traum für Computerspieler zu sein. Eine Seite, auf der illegale Downloads angeblich verfolgungssicher angeboten werden. Doch der Traum wird zum Albtraum, denn jeder, der sich einloggt, ist dem »Gamemaster« hilflos ausgeliefert und nimmt an einem ganz besonderen Spiel teil. Die Regeln sind einfach: Finde eine Person auf einem vorgegebenen Google-Street-View-Bild oder sie wird sterben. Die Kriminalbeamten André Bürkle und Antonia Ronda machen sich auf die Jagd nach dem Mörder, doch selbst als dieser gefasst wird, ist das Spiel noch lange nicht vorbei …

ELKE MARION WEISS
Triangel

371 Seiten, Paperback.
ISBN 978-3-8392-1246-2.

MÉNAGE À TROIS In einem Dorf in Südbaden leben Malerin Emily und die gerade verwitwete Josette, zwei Freundinnen, wie sie unterschiedlicher nicht sein könnten. Zufällig lernen die beiden Felix Fraunfelder kennen, der durch illegale Geschäfte ins Visier der Polizei geraten ist. Emily, die unter akutem Geldmangel leidet, kommt diese Notlage gerade recht und sie beschließt, ihm Unterschlupf zu gewähren – natürlich gegen angemessene Bezahlung. Doch das Vorhaben gestaltet sich schwierig und als alles aufzufliegen droht, geschieht Unglaubliches …

GMEINER

Wir machen's spannend

OSKAR FEIFAR
Dorftratsch

322 Seiten, Paperback.
ISBN 978-3-8392-1229-5.

KLATSCH UND TRATSCH Niederösterreich 1971. In dem kleinen Ort Tratschen wird der Trainer der örtlichen Fußballmannschaft tot im Clubhaus aufgefunden. Verhaftet wird Manfred Sedlak, Platzwart des Vereins, der am Vorabend Streit mit dem Opfer hatte. Sofort kursieren im Dorf Gerüchte über das Motiv des angeblichen Mörders. Doch Postenkommandant Leopold Strobel hat Zweifel an der Schuld Sedlaks. Er findet heraus, dass mehrere Personen gute Gründe für den Mord gehabt hätten und stößt auf einen Sumpf aus Scheinheiligkeit, Neid und Korruption hinter der dörflichen Idylle.

CLAUDIA ROSSBACHER
Steirerherz

278 Seiten, Paperback.
ISBN 978-3-8392-1243-1.

VON HERZEN Abteilungsinspektorin Sandra Mohr und Chefinspektor Sascha Bergmann vom LKA in Graz werden in die Weststeiermark gerufen, um einen grausamen Mord aufzuklären. Die bildhübsche 19-jährige Studentin Valentina Trimmel wurde gepfählt und wie eine Vogelscheuche auf dem Kürbisacker ihres Vaters aufgestellt. Die Spuren führen zunächst nach Graz, wo der Freund des Opfers und dessen Vater, ein reicher Autohändler, ins Visier der Ermittler geraten. Sandra fürchtet, dass der Mörder ein weiteres Mal zuschlagen wird …

Alle Gmeiner-Autoren und ihre Romane auf einen Blick

Alle Gmeiner-Autoren und ihre Romane auf einen Blick

Naschmarkt-Morde **MADER, RAIMUND A.**: Schindlerjüdin • Glasberg **MARION WEISS, ELKE**: Triangel **MAXIAN, JEFF / WEIDINGER, ERICH**: Mords-Zillertal **MISKO, MONA**: Winzertochter • Kindsblut **MORF, ISABEL**: Satzfetzen • Schrottreif **MOTHWURF, ONO**: Werbevoodoo • Taubendreck **MUCHA, MARTIN**: Seelenschacher • Papierkrieg **NAUMANN, STEPHAN**: Das Werk der Bücher **NEEB, URSULA**: Madame empfängt **NEUREITER, SIGRID**: Burgfrieden **ÖHRI, ARMIN / TSCHIRKY, VANESSA**: Sinfonie des Todes **OSWALD, SUSANNE**: Liebe wie gemalt **OTT, PAUL**: Bodensee-Blues **PARADEISER, PETER**: Himmelreich und Höllental **PARK, KAROLIN**: Stilettoholic **PELTE, REINHARD**: Abgestürzt • Inselbeichte • Kielwasser • Inselkoller **PFLUG, HARALD**: Tschoklet **PITTLER, ANDREAS**: Mischpoche **PORATH, SILKE / BRAUN, ANDREAS**: Klostergeist **PORATH, SILKE**: Nicht ohne meinen Mops **PUHLFÜRST, CLAUDIA**: Dunkelhaft • Eiseskälte • Leichenstarre **PUNDT, HARDY**: Bugschuss • Friesenwut • Deichbruch **PUSCHMANN, DOROTHEA**: Zwickmühle **RATH, CHRISTINE**: Butterblumenträume **ROSSBACHER, CLAUDIA**: Steirerherz • Steirerblut **RUSCH, HANS-JÜRGEN**: Neptunopfer • Gegenwende **SCHAEWEN, OLIVER VON**: Räuberblut • Schillerhöhe **SCHMID, CLAUDIA**: Die brennenden Lettern **SCHMÖE, FRIEDERIKE**: Rosenfolter • Lasst uns froh und grausig sein • Wasdunkelbleibt • Wernievergibt • Wieweitdugehst • Bisduvergisst • Fliehganzleis • Schweigfeinstill • Spinnefeind • Pfeilgift • Januskopf • Schockstarre • Käfersterben • Fratzenmond • Kirchweihmord • Maskenspiel **SCHNEIDER, BERNWARD**: Todeseis • Flammenteufel • Spittelmarkt **SCHNEIDER, HARALD**: Blutbahn • Räuberbier • Wassergeld • Erfindergeist • Schwarzkittel • Ernteopfer **SCHNYDER, MARIJKE**: Stollengeflüster • Matrjoschka-Jagd **SCHÖTTLE, RUPERT**: Damenschneider **SCHRÖDER, ANGELIKA**: Mordsgier • Mordswut • Mordsliebe **SCHÜTZ, ERICH**: Doktormacher-Mafia • Bombenbrut • Judengold **SCHUKER, KLAUS**: Brudernacht **SCHWAB, ELKE**: Angstfalle • Großeinsatz **SCHWARZ, MAREN**: Treibgut • Zwiespalt • Maienfrost • Dämonenspiel • Grabeskälte **SENF, JOCHEN**: Kindswut • Knochenspiel • Nichtwisser **SKALECKI, LILIANE / RIST, BIGGI**: Schwanensterben **SPATZ, WILLIBALD**: Alpenkasper • Alpenlust • Alpendöner **STAMMKÖTTER, ANDREAS**: Messewalzer **STEINHAUER, FRANZISKA**: Sturm über Branitz • Spielwiese • Gurkensaat • Wortlos • Menschenfänger • Narrenspiel • Seelenqual • Racheakt **STRENG, WILDIS**: Ohrenzeugen **SYLVESTER, CHRISTINE**: Sachsen-Sushi **SZRAMA, BETTINA**: Die Hure und der Meisterdieb • Die Konkubine des Mörders • Die Giftmischerin **THIEL, SEBASTIAN**: Wunderwaffe • Die Hexe vom Niederrhein **THADEWALDT, ASTRID / BAUER, CARSTEN**: Blutblume • Kreuzkönig **THÖMMES, GÜNTHER**: Malz und Totschlag • Der Fluch des Bierzauberers • Das Erbe des Bierzauberers • Der Bierzauberer **TRAMITZ, CHRISTIANE**: Himmelsspitz **TRINKAUS, SABINE**: Schnapsleiche **ULLRICH, SONJA**: Fummelbunker • Teppichporsche **WARK, PETER**: Epizentrum • Ballonglühen **WERNLI, TAMARA**: Blind Date mit Folgen **WICKENHÄUSER, RUBEN PHILLIP**: Die Magie des Falken • Die Seele des Wolfes **WILKENLOH, WIMMER**: Eidernebel • Poppenspäl • Feuermal • Hätschelkind **WÖLM, DIETER**: Mainfall **WOLF, OLIVER**: Netzkiller **WUCHERER, BERNHARD**: Die Pestspur **WYSS, VERENA**: Blutrunen • Todesformel